閱讀大學中文系

陈平原 著

南方出版传媒
花城出版社
中国·广州

图书在版编目（CIP）数据

阅读·大学·中文系 / 陈平原著. -- 广州：花城出版社，2017.6
　ISBN 978-7-5360-8314-1

Ⅰ.①阅… Ⅱ.①陈… Ⅲ.①杂著－中国－现代－选集 Ⅳ.①C539

中国版本图书馆CIP数据核字(2017)第067139号

封面题字：陈平原

出　版　人：詹秀敏
策划编辑：詹秀敏
责任编辑：杜小烨　陈诗泳
技术编辑：薛伟民　凌春梅
封面设计：姚　敏
封面绘画：邓晓童
版式设计：付诗意

书　　　名	阅读·大学·中文系 YUEDU DAXUE ZHONGWENXI	
出版发行	花城出版社 （广州市环市东路水荫路11号）	
经　　销	全国新华书店	
印　　刷	恒美印务（广州）有限公司 （广州南沙经济技术开发区环市大道南路334号）	
开　　本	880毫米×1230毫米　32开	
印　　张	12.875　2插页	
字　　数	310,000字	
版　　次	2017年6月第1版　2017年6月第1次印刷	
定　　价	58.00元	

如发现印装质量问题，请直接与印刷厂联系调换。
购书热线：020－37604658　37602954
花城出版社网站：http://www.fcph.com.cn

目录 / Contents

小引

阅读

惟愿一辈子读书　　　　　　　　　　　　003
　　——答《新京报》记者吴虹飞问

警惕学者明星化倾向　　　　　　　　　　008
　　——答《成都晚报》记者李兵等问

关于《筒子楼的故事》　　　　　　　　　015
　　——答《南方都市报》记者李昶伟问

"别忘记苦难，别转为歌颂"　　　　　　018
　　——答《东方早报》记者许荻晔问

"既有激情燃烧，也是歧路亡羊"　　　　021
　　——答《深圳商报》记者刘悠扬问

当阅读被检索取代，修养是最大的输家　　　025
　　——答《文汇报》记者吴越问

关于金克木　　　031
　　——答《三联生活周刊》记者贾冬婷问

寻觅阅读的乐趣　　　035
　　——答《新京报》记者吴永熹问

书里书外话"风景"　　　041
　　——答《新金融观察报》记者李香玉问

不凑热闹，不怕出局　　　048
　　——答《环球人物》记者姜璐璐问

岭南文化如何"步步高"　　　052
　　——答《广州日报》记者谭敏问

阅读受制于社会趣味，这是个大问题　　　059
　　——答《文汇报》记者黄纯一问

"读书无用"，是个伪命题　　　066
　　——答《解放日报》记者王一问

请读无用之书　　　076
　　——答《南方周末·名牌》记者王与菡问

远离热闹，不离人间　　　086
　　——答《贵阳日报》记者郑文丰问

谈"晚清"，为何需要"图像"　　　089
　　——答《光明日报》记者李苑问

大学

站稳自家脚跟　重拾学术自信　　　　　　　　　　　　　*097*
　　——答《深圳特区报》记者马璇问

参与国际学界的对话　　　　　　　　　　　　　　　　*102*
　　——答《北京大学校报》记者巴扬问

大学更应关注普通校友的"小捐"　　　　　　　　　　*109*
　　——答《新京报》记者高明勇问

当今大学难出大学问　　　　　　　　　　　　　　　　*115*
　　——答《中国科学报》记者孙琛辉问

"好的校长演讲对学生来说是一辈子的事情"　　　　　*121*
　　——答《东方早报》记者许荻晔问

国家经济实力保证学者间的"平等交往"　　　　　　　*126*
　　——答《文汇报》记者吴越问

大学的职责，首先是教学　　　　　　　　　　　　　　*130*
　　——答《南方都市报》记者赵大伟问

关于"高考"　　　　　　　　　　　　　　　　　　　*137*
　　——答《南方日报》记者雷雨问

为中才立规矩　为天才留空间　　　　　　　　　　　　*141*
　　——答《人物》杂志记者何瑫问

为何"民国大学校长"难以重现　　　　　　　　　　　*151*
　　——答《看历史》记者刘杨、赵婕问

把心情压在纸背下 　　　　　　　　　　　　　　*160*
　　——答《南方人物周刊》记者彭苏问

以港为镜，透视内地高等教育 　　　　　　　　*167*
　　——答搜狐教育记者谭畅问

不是把前面的拉下来　而是让后面的往上拱 　　*176*
　　——答《南方日报》记者达海军问

重看"分数面前，人人平等" 　　　　　　　　*182*
　　——答澎湃新闻记者彭苏问

媒体、大学与政治 　　　　　　　　　　　　　*190*
　　——在凤凰网读书会上答听众问

弦歌不辍　精神不死 　　　　　　　　　　　　*199*
　　——答新华社记者任沁沁等问

大学的内迁与内迁中的学人 　　　　　　　　　*206*
　　——答腾讯文化记者陈文嘉问

弦歌不辍　艰难玉成 　　　　　　　　　　　　*218*
　　——答《贵州都市报》记者姚曼问

史家的学养与文人的情怀 　　　　　　　　　　*224*
　　——答《北大青年》记者陈雪问

如何超越"纪念图书" 　　　　　　　　　　　*232*
　　——答《南方》杂志记者向松阳问

中国大学的影响力比排名高 　　　　　　　　　*238*
　　——答《长江日报》记者宋磊问

中文系

教育理念与教学方法   *247*
    ——答语文出版社社长王旭明问

在"史学品格"与"现实感怀"之间   *267*
    ——答《文学报》记者何晶问

学者风范与学人本色   *282*
    ——答湖南理工学院余三定教授问

"我在中大康乐园完成了精神蜕变"   *295*
    ——答《广州日报》记者赵琳琳问

每一次学术转向的背后,我都有内在理路在支撑   *299*
    ——答《南方都市报》记者李昶伟问

中文系就是为你的一生打底子   *312*
    ——答《钱江晚报》记者屠晨昕问

中文情怀与大学教育   *318*
    ——答《乌鲁木齐晚报》记者杨梦瑶问

北大与五四精神   *325*
    ——答《东方早报》记者胡攀问

"文学史"永远都在重写   *331*
    ——答《深圳商报》记者夏和顺问

耳顺之年陈平原   *339*
    ——与张双庆对谈人生与文学

年长一辈应为后来者搭建舞台　　　　　　　　　　*353*
　　——答新华社记者任沁沁问

对公众发言，必须坚持专业立场　　　　　　　　　*357*
　　——答"腾讯文化"记者胡子华问

新文化运动是一个播种的时代　　　　　　　　　　*369*
　　——答《凤凰周刊》记者徐伟问

小城文化与学者之路　　　　　　　　　　　　　　*378*
　　——答《潮州日报》记者邢映纯等问

小引

"阅读""大学""中文系",这三个关键词,既是我近年演讲及著述的重点,也是媒体采访时最为关注的。这样也好,作为《京西答客问》的"续编",本书终于有了正式的书名。除学术经历及时事话题外,书中大部分问答都是围绕这三点以及我已刊相关书籍展开的——有评介,有补充,有修正,也有若干很不错的发挥。但总的来说,本书仍属学术普及与文化传播。

凤凰出版社2012年版《京西答客问》的"小引"中,我谈及同是采访稿,因观察角度不同,可以是"问答",也可以是"答问"——前者属于新闻学,后者则与文章学接壤。作为中文系教授,你可以有自己的文章趣味;但答问毕竟不同于书斋写作,明显受话题选择、现场氛围、提问水平以及整理者趣味的影响。只是在正式发表或成书时,我有权加以增删与润色——确实也是这么做的。在这个意义上,不说那些书面答问,即便根据现场录音整理的,也都不是"原生态"。在我看来,既然落在纸上,且作为"文章"传播,本身就有经营的意味。

本书所收51篇答问,北京媒体占了将近四成,上海、广州媒体并列第二,这既是我的生活环境决定的,也代表了当下中国传媒文化地图。并非时尚人物,我联系较多的是纸媒,偶尔接受电子媒体采访,惊叹其效率与容量,但不太适应其不落地的传播方式。

为了吸引眼球,不管纸媒还是电子媒体,都喜欢在标题上大做文章,或出奇制胜,或惊世骇俗。可怜我那些正儿八经的答问,原本不太好玩,被冠上了精彩的标题后,总感觉有挂羊头卖狗肉的嫌疑,对不起读者。此次入集,大都改回了原样,但在文后注明刊出时的标题,以便检索。所收各文,略有修饰,若改动较大的,我会在文后注明。至于答问前面的"采访小记"或"编者按"等,或保留,或删去,或裁剪,取决于其提供的信息量多少。

以下几篇答问,体例或生产过程有点特别,需略加注解。第一篇近乎口述史,那是歌手兼作家吴虹飞刚从清华毕业,在《新京报》上做的尝试。当初编《京西答客问》时曾犹豫过,这回决定收录,看中的主要不是内容,而是文体。2012年夏,听说我辞去了北大中文系主任,语文出版社社长王旭明约做专访。这次访谈,整理成四则短文,连载于《语言文字报》;后又剪裁成《怎么学好语文,怎么教好语文》(2013年6月19日《中国青年报》),这里用的是完整版。至于初刊《文艺报》的《学者风范与学人本色》以及初刊《同舟共进》的《在追摹时回味,在鉴赏处反省》,是湖南理工学院教授余三定及北京大学中文系博士生李浴洋,分别接受相关报刊的邀约,根据我以往的文章及著作,精心剪辑而成的。张双庆教授是我在香港中文大学中文系教书时的同事，身兼《百家》杂志社社长，为我编的这期专辑，某种意义上是送行之作。唯一没列提问者姓名的《媒体、大学与政治》，是我在凤凰网读书会演讲后的答问，根据北大出版社提供的录音整理稿修订而成。

有机会将颇为芜杂的答问编辑成书，除了感谢当初的采访者、发表访谈的各家媒体，更要感谢花城出版社社长詹秀敏女士以及责任编辑。

2016年2月13日
于京西圆明园花园

阅读

惟愿一辈子读书

——答《新京报》记者吴虹飞问

1984年,我30岁,念完硕士,北上求学,王瑶先生收我为北大中文系第一届博士研究生,应该算是个人学术生命中的转折点。记得当时北京的柳树和迎春花生机勃勃,而琉璃厂的古书和故宫的红墙绿瓦,也令人心醉。

那时北京的生活很不方便。广东人经常要洗澡,来了之后不能够;广东人比较讲究吃,而当时的北京则不然。我还记得去买胖头鱼,我问师傅是死的还是活的,被他劈头盖脸地骂了一通:你什么时候见过活的鱼啊?当时北京不产鱼,没有活鱼。还有一次买鲤鱼,我问他要一条公的,因为广东人吃鲤鱼,是分公和母的。那人还以为我在取笑他。

尽管生活差异很大,但是北京的文化环境和学术氛围,还是吸引了我。

今年是中国建立博士学位制度的20周年。20年前拿到博士学位，并没有别人想象的那么激动。自己到未名湖边拿完就回来了，也没有戴博士帽。不过路上买了一个很大的西瓜，在宿舍里冰了大半天，晚上就吃西瓜，庆贺了一番。

别人问我，当博士意味着什么。拿到博士学位的那一刻，我最明晰的就是：自己终于可以名正言顺地一辈子读书了。

现在的孩子上学是很自然的。对我们这一代人来说则不然，读书和不读，只是擦身而过的机会。我们那时候不容易有机会读书，如果有，也只是命运的偶然。能够读到这个地步，能够在大学里有一份教职，很不容易。相比我的同辈人，我是很幸运的。时至今日，少时山村里昏黄的灯光，深夜中遥远的木屐，盼望雨季来临以便躲在家中读书的情景，仍不时闯入梦境。

1969年初中毕业，由于父亲被批斗，不能再继续念书。回到潮汕老家的一个山村插队，很快我就当上了当地的民办教师，就像阿城的《孩子王》那样的，16岁开始教书。当时教孩子和现在不一样，先要教他们上课不能尿尿，突然学生会站起来，老师——我要尿尿。你告诉他，上课是不能尿尿的。等到下课的时候，他就叫：老师——我的裤子湿了。我就是从这样的孩子开始教起，一直教到五年级。

潮汕地区的人，长大之后可以下南洋，走北方。而我们下乡的时候，不能去四方闯荡，到省城去，是要开证明的。一直到了上大学，我才看到了火车。农忙的时候下地干活，我第一天劳动，村里的父老乡亲照顾我，让我扛两把锄头，走了六七里地就累得够呛。晚上读书，有时有电，有时没电。最向往的是下雨天，这样可以躲在家里读书，而雨天读书，又有更多的失落。我在乡下待了八年，包括青春的懵懂冲撞，伴随着整个时代的变化，那时候的苦闷，是觉得前途渺茫，不知道路在哪里。最落拓的时期，恐怕就是在这一段时光。我当时以为，我们三兄弟，都会"屈死"在这个小山村里。当时说了，让父亲很伤心。

但我一直有一个愿望，一种冲动，如果有机会，我还想继续读书。

1971年，"读书无用论"还很盛行，我工作也很顺手，但我做了个决定，辞职去念高中。放弃做老师来当学生，对我来说是第一个坎。我的成绩，平均每门都是99分以上。那个高中至今没有这样的记录。

第二个坎是1977年高考制度的恢复。我高考报的第一志愿是中山大学，第二志愿是华南师院，第三是肇庆师专。我的愿望十分简单，只要能够念书就好。

这些强烈的读书愿望，决定了我的生命历程。

父亲的书房必然影响孩子的趣味。父亲是当地中专的语文教师，自己也写诗，写散文，喜欢买书、藏书。在当时，他的藏书算是很多的了，尤其是文学和史学，所以我的趣味偏好于此，也是有渊源的。他喜欢古代文学和外国诗歌，前者对我影响深远。外国诗歌我读的是莱蒙托夫、普希金等。

"文革"期间，学校关门，图书馆也关门了，外面的革命乱哄哄的，多亏父亲的那些藏书，让我那些年头没有完全荒废。

最早读的，你想不到，其实是各种语文教材。各个年代的语文教材，父亲都保留下来。那时初中高中的语文教材我都读完了，从中了解古今中外文学的基本知识。

我父亲中学没有读完就辍学了，但是受新文化的影响很深，甚至影响到他的生活和观念。他特别希望我能读北大。日后我跟从的老师的著作，基本上我在山村都翻过。比如林庚先生，我父亲就有他的七八种书。王瑶先生的书更多，还有中山大学诸位老师的书，以及多种《中国文学史》《中国诗史》等，家里都有收藏。那时我的阅读不讲究学科、专业什么的，凭趣味选择，比较驳杂，说不好听就是"乱翻书"。

"文革"刚结束，百废待举，作为恢复高考招收的第一届大学生，"七七级"很被人期待。然而图书教材、课程设置、学术氛围等，都不尽如人意。现代文学、古代文学完全没有课本，我们一年的文艺理论课程，是以《在延安文艺座谈会上的讲话》为中心。学生不满，教师也很雄辩："谁说毛泽东文艺思想不是文艺理论？"

尽管如此，还是有一些温馨的回忆。当时为了买刚刚重印的《安娜·卡列尼娜》，我们从中大到北京路的新华书店，坐了40分钟的车，天一亮就赶去排长队。《约翰·克利斯朵夫》也是这样买来的，为了主人公的命运，我们在吃狗肉煲的时候，争得脸红耳赤。那时刚好"思想解放"，学校允许我们办刊物。我们在闹市叫卖《红豆》，居然卖得还不错，但每次回来，一算都亏了，不知道是钱找错了，还是有些人根本没有给钱就拿走了。

那时候，老师和学生关系比较密切。老师比较用心，而学生又比较好学。现在我很感慨，老师和学生的关系越来越疏远，老师似乎只是例行公事地传授知识。当年梁启超感叹，到清华授课，基本上是做演讲，和学生交流不多。这有点可惜，因为除了知识传授，关注性情与思想的对话，不是在课上完成的。后来我带硕士和博士，星期四上完课之后，会和学生一起吃饭。吃饭当然很简单，我有饭卡，学生打了饭到我的研究室，边吃边聊天。

我教过许多学校，对好的学生，有一种"依赖"和期待，希望得天下英才而育之。作为老师，要愿意花许多精力在学生上。和学生沟通，对我来说很重要。

我的导师王瑶先生有过一句比喻：学人和大学，就像商品和橱窗的关系一样。我在北大，是借了橱窗的光，是获益者。在北大，因有师承的原因，引起公众关注，在学术界获得成功比较容易。但我很希望有一天，能够让橱窗意识到商品也很重要，也就是说，你的存在能够为大学增添光彩。

我们这代人，在历史转型时期，从少不更事的时候，怀着美好的向往和对前途的未知，仿佛在荒野中一步步挣扎着走过来。我最惶惑的时光，以及逐渐形成自己的性格和趣味，是在中山大学完成的，因此记忆也刻骨铭心。

（初刊2003年12月1日《新京报》，原题《陈平原：惟愿一辈子读书》）

警惕学者明星化倾向
——答《成都晚报》记者李兵等问

【采访手记】8月间,著名学者、北大教授陈平原来蓉发表关于"大学精神"精彩演讲。这位充满神秘色彩的实力派学者一直颇为引人注目——他成名甚早,著述颇丰,研究领域很广,本都是一个人最该自得之处,他却从不张扬。我们抓紧时间采访了他,他的安静简朴叫我们着实领略了一代优秀学者的风范……

李兵:您曾经主张一个学者应多坐书斋,不要做学术活动家。但在今天这样一个传媒空前发达的时代里,你认为这个主张真的可取吗?几年前,余秋雨教授在谈到学者是应该死守书斋还是应该走出书斋时,观点似乎与你迥异……

陈平原:几年前,不记得是在成都还是在西安,余秋雨接受一个采访,引起争议。采访中,记者说到钱锺书的固守书斋,余秋雨则主张学者应该走上电视,认为现在的学者不应该再像以前那么做。这篇报道出来后,引起一场风波。很多人批评他,认为他不该对钱锺书先生的选择说三道四。后来余秋雨做了一个辩解,称当时他说的不是钱锺书,而是陈平原。批评我毫无问题,而我成了替代品,也很光荣。

你感到我与余秋雨先生有区别,这没错。在当下中国学界,我大概属于一般人所认为的学院派,也就是比较强调学院本身的自律和学院本身自我发展的可能性。现在传播媒介变了,学者和大众对话的可能性越来越大,包括上电视、写专栏、做演讲等。学者可借此影响社会。但是,学者之所以是学者,首先是因为他在学术上有所贡献。

上电视、写专栏、做演讲等基本上都是学术普及工作。对一个学者来说,最本位的还是做好自己的专业研究。学有余力,再出来做文化普及工作。作为一个学者,我自然更看重自己的专业研究。但跟一般专家不同的是,我同时也写学术随笔,即介于学术与非学术之间的小文章。

余秋雨的意义,在于他在一个学术转型时期找到一个很好的位置,用恰当的文体,把大众的趣味和学者的眼光重叠起来。他已经是著名作家,基本上走出学术圈了。学界现在大概没有人会认为余秋雨是一个学问家,都觉得他是一个很好的散文家。虽然北大学生对他的散文有很多批评,但你必须承认,他完成了一个转型,成了大众文化时代的英雄。这句话本身,其实有褒有贬。因为对一个学者来说,不见得每一个人都需要走到这一步。

专业研究是一个逐渐积累的过程,一代一代地积累,最后才能有一个大的成功和突破。所谓专业研究,就是很多专家固守书斋,穷其一生,做三两件自认为很有意义的事情。要尊重这样的学者。比如有些做古文献的,一辈子就研究一两本书,但这个东西很重要,可以作为台阶让我们一步一步往上攀登。而散文不一样，散文更多的是一种自我表达。在这个意义上，学者的专著和散文家的集子，是两回事。现在因大众文化力量很大，电视以及其他媒体的影响也越来越大，所以，我更愿意强调学者应该坐稳自己的冷板凳。

我来之前刚好给中央电视台做过一个演讲，讲到现在媒体工作的朋友有一种无端的骄傲，因为受众很多。我并不这么看。短期内媒体确实很有号召力。但放长视线，学术对人类精神的影响更为深远。现在是大众文化时代，就像超级女声一样，是用掌声多少来计算得失成败的。但请记得，文化盛衰不是靠公众投票决定的。判断价值的高低，这标尺有时候是掌握在少数人手中的。

也可以这么说，学术文化的发展，靠一批有心人勤勤恳恳、一点一滴地往前推进。对于这些人的工作，我们更应给予关注，即便他们和大众隔得很远，很多人根本读不懂他们的东西。做媒体工作的，有责任当好二传手，把专家的思想和研究成果向大众传播。大部分的文化随笔，起的也是二传手的作用。我把二者分得很清楚，比如，我的专业著作在北大出版，学术随笔在三联出版，二者分工不同，各有各的受众。

马雁：你刚才说到专家的研究在平时得到的关注很少，但是在电视台等媒体访谈的时候，却容易得到更多的掌声和回应。你觉得这样的掌声和这样的回应的质量怎样？

陈平原：要是觉得自己的研究成果需要被大众理解，上电视或做专访是必要的。但不能太被这些掌声所陶醉。如果你以为公众掌声代表学术水平，那就大错特错了。能够被大众理解和欣赏的，不太可能是专业性很强的东西。比如北大评职称，是不太看重公众掌声的。你在社会上名声很大，不能保证你晋升职称很顺利。社会名声与专业贡献，是两回事。

作为学者，我有专业上的追求，同时也有人间情怀。希望向公众传播自家思想或研究成果，这个时候，我晓得在哪个场合、用什么姿态发言，更容易获得掌声。但必须学会自我控制，不能沉湎于此。整天上电视，那就变成新闻从业人员了。现在学者明星化的倾向很严重，这让我有点担忧。很多原本做得不错的学者，一转身成了电视明星，回不来了。在电视上根据节目需要，说各种大众能够听得懂，却没有多少学术含量的话，这不是学者的主要责任。

马雁：你刚才说了，在向大众传播的过程中，可得到读者的回应。但这是一种什么样的回应呢？你或许希望传媒更多地向大众传递学术信息，可大众传播本身是非常商业的，它会自己去寻找那种最符合自己利益的东西。

陈平原：那我就拒绝进入这种游戏。在北京工作，偶尔也接受媒体采访，但不是所有报纸和电视我都愿意上。话题必须是在自己能够掌控的范围内，不能说太外行的话。稍为出了点名，媒体什么问题都来找你，你胆子也够大，不管懂不懂，什么都敢说。这样的话，你就变成万金油了。我绝对不会这么做。没有专门研究，或没有几分把握的，我会坚决拒绝接受采访。

马雁：也就是说，你会坚定地从自己的立场出发……

陈平原：是的。偶尔接受电视采访，我也会问对方，你想做成什么样的节目，需要用我多少分钟的镜头。你要半个小时，我讲四十分钟；你用十分钟，那我就十五分钟。之所以不愿意多说，因为素材太多了,编导会用公众的趣味来加以剪裁。最后结果很可能是,我想说的都没有了;你保留的,都不是我特别想说的。

马雁:你对大众说话,但是媒体却用大众的趣味来修改你,让你成为一个能够受大众欢迎的人。

陈平原:所以我不愿意这样做。你可以说是爱惜羽毛,但另一方面,也是在维护一个学者的独立与尊严。比如,你提的问题我回答不了,或根本不想回答,那我就直说了。这没什么,因为我不靠这出名。专业研究是我的主要着力点,至于传媒报道不报道,跟我没多大关系。有的人整天想着传媒会怎样看待自己,我没有这方面的顾忌。我甚至直言不讳,批评某些"主流媒体"无端的倨傲。我和它们之间没有直接的利害关系,所以,可以说得很直率,不用看对方的脸色。

廖慧:你写过关于武侠的著作,但现在谈"武侠"显得新潮之时您却又闭口不谈了……

陈平原:这是媒体最愿意提起、而我又最不愿意接招的。因为,大概十多年前,我很可能是最早在中国大学里讲关于游侠的专题课的。但成为潮流以后,我就不愿意再搀和了。我之所以谈游侠,因它是一种重要的民间文化精神。只谈儒释道等大传统,不足以涵盖整个中国文化。中国老百姓的思想、观念、感情、趣味等,很大程度受制于民间信仰、民间传说、民间文化。20世纪90年代初,我花好多时间做这方面的研究,主要关注游戏想象对于中国文化的影响。

廖慧:你主要是从研究的角度探讨这个现象。但是你有没有觉得武侠中的侠义、血气等已经融入到了你个人的个性之中呢?

陈平原：作为几千年中国文化积淀及艺术想象中的产物"大侠"，寄托了中国人独立不羁的追求，以及那种自由思考、独立表达乃至快意恩仇的愿望。侠客本身也在不同时代被赋予不同的精神内涵。我喜欢游侠，愿意花时间从《史记》一直讲到当代武侠小说，这样一个学术课题的选择背后，是有自己的情怀的。但要说因研究武侠而变化气质，则没有那么明显。

李兵：从你的文章中我们还是能够看出，你好像认为传统的、主流的话语圈对武侠小说的评价是偏低的。你觉得对于武侠小说而言，究竟怎样一种评价才是相对公平的？

陈平原：你说的是现代的武侠小说吧。因为，古代的侠义小说早就进入了文学史。以前我们对现代武侠小说评价偏低，很大程度是因为它属于通俗小说。这是按照五四新文学的标准来衡量的，把通俗小说看成边缘性的东西。现在不这么看了，谈现代中国文学史，一般都会涉及30年代的张恨水或60年代的金庸。应该警惕的是另外一个偏向，那就是，随着大众文化的影响力越来越大，有些人反过来把金庸说成是中国现代文学的主流。这是不对的。武侠小说是一种类型化写作，再有才华，还是受限制。你可以说琼瑶的言情小说和金庸的武侠小说都写得非常棒，特别了不起，但它们依旧是类型文学。把金庸的武侠小说越说越伟大，越说越深刻，那是有问题的。

李兵：武侠小说之所以如此流行，是因为它们在很大程度上满足了读者一些预先的阅读期待。但是好莱坞电影肯定也满足了一些类似的期待。我们只要稍加比较，就会发现今天的武侠小说与好莱坞电影之间有很多的可比性。比如均要对暴力、爱情、个人英雄主义等进行赤裸裸的夸张颂扬等。你是如何看待这种大众趣味的？

陈平原：武侠小说的功能，确实像你说的，跟好莱坞的警匪片、灾难片等类似，满足了人身上一些潜在的欲望。以前我们只说升官发财是欲望，其实犯罪、嗜血也是一种潜在的欲望。现在不能随便杀人了，那我们就看武侠小说或武侠电影，看大侠是如何惩恶扬善、虐杀大坏蛋的。人有宣泄的本能，可以理解，但不该说得太崇高。

李兵：网上流传着一篇文章，名字叫《多事不过陈平原》，你看过这篇文章吗？你是怎么看待别人对你"多事"的评价的？

陈平原：这文章是在为我说好话，是一个进修教师写的。大意是说，从20世纪80年代到现在，每过几年，我学术上就会有一个变化。而这变化本身，总会引领后面的学术潮流，很多人跟着做。有的课题做到一定程度后，就是重复生产，只有量的增加，不可能再有质的变化了。这个时候，不愿意自我复制，那就只能另辟蹊径了。做得好，借用自然科学的话，就是建立新的学术范式；退而求其次，那也是开辟新的研究领域。正因为有此野心，某课题做得差不多，就不做了。比如谈武侠小说，写了那么一本书之后，就不再做了。因为再做也就这个水平，只是量的增加。说"大侠"不敢，只是有一点文人气。做学术研究，功力及汗水之外，同样受个人性情的驱使。我在北大工作，条件比较优越，很早就不受各种评鉴的影响。我又没有仕途上的追求，不想当校长或部长，因此，可以把学问做得很有趣，也很开心。

（初刊2005年9月4日《成都晚报》，原题《陈平原：我不是万金油》，略有删改）

关于《筒子楼的故事》

——答《南方都市报》记者李昶伟问

对于20世纪50年代到90年代生活在中国大陆的读书人来说,"筒子楼"是一种典型的居住环境及生活方式。不仅北大是这样,那个年代过来的大学教师(以及公务员),绝大多数都有类似的生活经历。只不过中国人更习惯于"向前看",相信未来必定更美好,不屑于谈论那些"陈芝麻烂谷子"。我之所以格外珍惜这一历史记忆,不全是"怀旧",也不是为了"励志",而是相信个人的日常生活,受制于大时代的风云变幻;而居住方式本身,又在某种意义上影响了一代人的知识、情感与趣味。那种艰难环境下的苦中作乐、自强不息,还有邻里间的温馨与友情,后人很难体会与想象。

今天大学里的同事,不管你住"豪宅"还是"蜗居",相互间很少有生活上的联系,更不要说学术及精神上无时不在的交流。我和钱理群、黄子平商谈"20世纪中国文学",主要是在老钱那间"筒子楼"的宿舍中完成的。那时住得很近,就在隔壁楼,端起饭碗就过去,一聊就聊大半天。像今天住得这么分散,见面聊天,要事先打电话约定,再也不可能那样无拘无束了。当然,不全是住宿的问题,还有整个时代的精神氛围。如果说上一代学人因"政治运动"等,相互间走得太近,缺乏个人隐私与独立的生活空间,闹了不少矛盾;那么,今天的问题是倒过来了,离得太远,同事间相互不了解,连在一起聊天说闲话的机会都很少。我在北大中文系定期组织"博雅清谈",就是想改变这一现状。

所有的回忆,都是有选择性的。即便你很真诚,说的都是真话,还是有所隐瞒;因为,还有同样真实甚至更为重要的话题,被你有意无意中遗忘了。或者,因现实环境的限制,无法准确地表达出来。最明显的是,这本书对于筒子楼温馨的一面谈得比较多,残酷的一面谈得少;当初的怨恨与诅咒,随着时间流逝,渐渐隐去。我不希望让读者误认为,那是一种理想的校园生活;更不希望变成今日的大学校长拒绝帮助青年教师解决居住问题的借口。至于其中文章不太牵涉那一时期严酷的政治生活,有编辑出版方面的策略考虑。

此书乃"献给北大中文系百年华诞",作为编者,我当然明白将筒子楼的生命记忆与这一时期的政治史和学术史勾连,将有很好的发展前景。但这毕竟不是个人著述,只能取最大公约数;另外,还得考虑现实条件的限制。实际上,即便一个小小的北大中文系,要写"信史"也都很难,明摆着有很多坎你是过不去的。与其临渊羡鱼,还不如退而结网,在力所能及的范围内,借勾勒若干精彩的生活断片,呈现特定环境中的个体记忆与历史想象。几年前北大出版社曾刊行《开花或不开花的年代——北京大学中文系55级纪事》,今年初新华出版社推出了《文学七七级的北大岁月》,再加上这本《筒子楼的故事》,以及即将由北大出版社刊行的"北大中文百年纪念文集"六种(《我们的师长》《我们的学友》《我们的青春》《我们的五院》《我们的园地》《我们的诗文》),所有这些书籍,编写者不同,但都是希望化整为零,兼及文史,以轻松的姿态谈论相当严肃的话题。能走到哪一步,很难说,但毕竟还是在努力。

(此乃书面答问,为李昶伟刊于《南方都市报》2010年8月1日的《北大筒子楼:五十年的共同记忆、一代学人的命运变迁》提供素材)

"别忘记苦难,别转为歌颂"
——答《东方早报》记者许荻晔问

《东方早报》:为什么现在开始回忆鲤鱼洲?

陈平原:这本书编成于2011年,是鲤鱼洲师生回到北京四十周年。我们此前编过《筒子楼的故事》,记录二十世纪五六十年代北大中文系老师的日常生活;还有《北大旧事》,讲二十世纪三四十年代的故事。在官方记述之外,我们希望用各种各样的办法为不同时代的北大师生生活留下记录,在还没有盖棺论定的历史结论的时候,立此存照,留点资料。如果我们不做这个事情,它将很快过去,写文章的老师都已经退休了,在岗的教师对此没有了解。那段历史现在不谈,再不去回首烟波浩渺处,它就将沉入历史湖底。我们在做的是打捞记忆的事。

《东方早报》:约稿时对稿件提什么要求?

陈平原：第一，鲤鱼洲干校的存在是在"文革"期间，话题比较敏感，因此，我们要求写的是鲤鱼洲的生活，而且范围是在北大中文系，并没有直接碰"文革"。第二，从内部角度，所有回忆录都会涉及同事关系，在某些问题上你揭发我、我批判你，形成纠纷，这没有必要。第三，当时的老师从鲤鱼洲回来也已经40年了，可能会忘记当初的痛楚，但一定不要把回忆录写成田园诗，把鲤鱼洲写成桃花源。这是一段痛苦的历史，但在大环境下，有亲人、朋友、同事之间的感情值得追怀，不过我担心忘记苦难，转为歌颂。还好，基本没有出现这些问题。

《东方早报》：你在序言中强调这些文章是"片段记忆"而非"历史结论"，是否也有此考虑？

陈平原：任何书都有遗憾，这书也不例外。比如，怀旧为主，反省不够。但我认为，反思"文革"不是此书所能承担的责任。老师们的文章，我没有任何改动。写作中，老师们会用电子邮件互相交流。但写出来后，不要动。你会发现，北大在鲤鱼洲的时间并不很长，两年时间，大家谈及的很多事件是交叉交叠的，但每个人的叙述方式不同。同一件事，有很多缝隙，每个人的位置及经历不同，回忆也就可能有差异。至于这段历史如何判定，那是眼光问题，不应由我们裁断。

《东方早报》：序言中还提到严绍璗、洪子诚对全书风格提出警示？

陈平原：他们主要提醒我，这本书不要写成田园诗。往事在回忆时，很容易被美化，一不小心就只剩下温馨记忆了。两位老师担心大家忘记鲤鱼洲的悲苦,只记得若干温馨的场面,变成了歌颂,因此特地写信提醒,以历史学家的眼光看待过去的事,而不只是感恩或抒情。

《东方早报》:他们也因此没有为本书供稿?

陈平原:我跟严老师有很长时间的电话沟通,他说他打算自己写一本鲤鱼洲的专著。洪老师没有供稿,但洪老师的夫人么书仪为我们写了一篇很好的回忆文章,他们是在鲤鱼洲结婚的。并不止这两位,还有好些老师没有供稿,我们只是征稿而已,不能质问人家为什么不写。有的老师认为把握不准,有的老师其他事务很忙,有的老师认为现在不是好的回首时间。

《东方早报》:谁的稿件最令你感动?

陈平原:当初稿件是陆陆续续来的,我写序言的时候统在一起再看一遍,很受感动。我记得乐黛云、周先慎是最早交稿的。大家对同一些细节的回忆可能有所不同,但都是真诚的。那代人记录他们的经历,你可能看的时候很轻松,但其实很沉痛。

《东方早报》:为什么只有中文系的老师来回忆鲤鱼洲纪事?

陈平原:鲤鱼洲的生活当然不仅限于中文系,我们也考虑过是否要扩大到整个北大,但因为各种技术性因素,比如征稿有困难,还容易引起不必要的猜疑,经过一番犹豫,征稿范围最终确定在中文系的老师、学生及家属。

(初刊2012年4月5日《东方早报》,原题《"别忘记苦难,别转为歌颂"——对话北京大学中文系主任陈平原》)

"既有激情燃烧,也是歧路亡羊"

——答《深圳商报》记者刘悠扬问

"有些历史被有意无意地遗忘"

《文化广场》:关于鲤鱼洲的故事,过去散见于不少当事人的回忆性文章,但一直未能结集成书。您最初想要编这样一本书,除了纪念鲤鱼洲师生回到北京四十周年之外,是否还另有深意?如果说立此存照、打捞记忆,那么"鲤鱼洲"不能忘却的意义在哪里?

陈平原:历史不能遗忘,我相信所有人都明白。但世事纷繁,变幻莫测,真正被记忆起来的,其实很少。我们不可能记得所有的人和事,但有些关键时刻,你确实必须记得。记忆什么,不记忆什么,受一个时代的风气和我们自身学术眼光的限制。因此,今天谈"鲤鱼洲",背后肯定是有关怀的。

媒体、政府和学界都关注的事情,肯定容易被记住,比如抗日战争。但有些历史,却被有意无意地遗忘了,比如"反右",比如"文革"。正因此,某些惨痛的历史教训,后人没有很好地汲取,这跟"遗忘"与"失语"有关。单凭教科书,年轻一辈不知道"文革"是怎么回事,很容易产生并不美好的误解。我发现,说起"文革",二十世纪三四十年代出生的不用说,那真是刻骨铭心;五六十年代出生的人也都有记忆;可到了七八十年代出生的,基本遗忘了那一段历史。连我的学生都说:"很好玩啊,大串联,到处跑,不用上课。"曾经的深刻教训,没有得到很好的总结、反思与批判,这是很可怕的事情。

更多"干校"历史需要记录

《文化广场》:这本书出版以后,引起读者去关注那段历史,才发现原来当年清华在四川绵阳、河南三门峡,人大在江西余江等地,都遍布着类似的故事。或许更多的"鲤鱼洲"应该被记起,被书写。就您所了解,在过去的四十年间,为什么那么多当事人对那段历史不再提起,也不曾书写?

陈平原:我不想夸大"鲤鱼洲"的作用,那只是大时代的一个缩影。当年的亲历者,参加座谈会的北大老师们也说,拒绝煽情,不能无限夸大自己的苦难。"五七干校"全国各地都有,那段历史,很多人至今都不想或不愿正视。我们则希望直面惨淡的人生,把它记录下来,留给后代。"历史"既然无法完整呈现,那就借助"片段"来复原;这一类的出版物多了,大众自然会越来越了解。

对于"五七干校",我不是过来人,可也算旁观者。父亲当年在"潮安五七干校"的惨痛经历,使我对那一段历史有较多领悟。其实,许多人和我一样,都对"文革"中的各种怪胎深有体会;之前为了抚平创伤，大家故意不说，久而久之就被埋起来了。很多大学、研究院、国家机关的"干校"，其历史同样需要记录、整理。再往大了说，"五七干校"只是"文革"的一个局部，我希望这本书能引起大家对"文革"的关心，不断往下撬。

"当初并没有意识到荒谬"

《文化广场》：您在《出版感言》中提及，"因外在环境及自身能力的限制，本书的笔墨稍嫌拘谨，论述也有待进一步深化"，谈到了编辑出版这本书的遗憾之处。您讲得比较含蓄，"遗憾"是否指的是回忆文章中的反省不够？

陈平原：这一回编《鲤鱼洲纪事》，截稿时突然发现，好像少了些什么。想了半天，终于回过神来，确实少了受害者声色俱厉的"我控诉"。"我控诉"，就是对这一段历史的深刻反省和批判。若没有大声疾呼，缺了痛心疾首，是否因时间长了，大家已经平静看待那一切？我提出这个疑问，有位老师给了回应，我觉得有道理。他说，谈历史，切忌事后诸葛亮；在林彪事件之前，绝大多数中国知识分子对"文革"并不怀疑。今天看来特别不可思议的事情，当初他们在鲤鱼洲就这么过来的。最多私底下有些埋怨，但即便如此，也都觉得自己接受劳动改造是很正常的。

所以，我们必须反省：为何学富五车的教授们，当初并没有意识到这件事很荒谬？或许，这更值得我们关注。"文革"中，绝大多数知识分子服服帖帖接受思想改造，这种心态，不是一个偶然事件。此乃新中国建立后的知识分子政策导致的。二十年的思想改造，已经让他们觉得自己的立场、趣味确实有问题。对这一思想路线普遍产生怀疑，那是后来的事情。我们不能站在今天的立场，来讲述那一段往事。研究者的立场跟当事人的立场，必须严格分开来。当事人尽可能忠实于他们的记忆，那是对的；至于研究者从中读出了什么，如何进一步阐释，那是研究者的事情。所以，北大老师们追忆往事时没有"声色俱厉"，不必要"遗憾"，这种写法或许更可取。

"知识分子能否挺直腰杆"

《文化广场》："五七干校"的历史，还有一层反思，是关于知识分子自身。贺黎和杨健在《无罪流放》前言中写道："（中国的知识阶层）带着一种'原罪'感，下去接受改造。因此，'五七干校'所呈现的场景是奇特的。"我们该如何理解那一代学者？

陈平原：批判特定年代政治权力对知识分子的摧残，最好能反过来诘问：那个时代的知识分子能否挺直腰杆，有没有脊梁来承担各种重压？回头看鲤鱼洲的生活，不仅北大、清华趴下了，整个中国的读书人，绝大多数都没能挺直腰杆。从政治史角度看，这边一点点加压，那边一寸寸萎缩，这个过程从20世纪50年代初就开始了，持续了二十多年。但另一方面，我们必须承认，那个时代的知识分子之所以"诚心诚意"接受思想改造，有一个精神支柱：那就是国家意识与民族尊严。既有激情燃烧，也是歧路亡羊，这个问题很复杂，必须深入剖析。我担心年轻一辈完全不理解，只是感叹父辈"怎么那么傻"。若阅读此书，得出这样的结论，那就太可惜了。

（初刊2012年5月7日《深圳商报》，原题《对话〈鲤鱼洲纪事〉主编、北京大学中文系主任陈平原："既有激情燃烧，也是歧路亡羊"》）

当阅读被检索取代，修养是最大的输家
—— 答《文汇报》记者吴越问

【采访手记】略带广东口音的普通话，偏慢的语速，肯定的语气，虽然遣词用句已十分准确而结实，但在强调某一个意思的时候，他还是会像在课堂上那样，以一个惯常用的短语作为发语词："我说的是……"他是北大中文系主任陈平原。

拜访陈平原教授的那天，他正有些着急新书《读书的"风景"》的出版进度，这本书的副标题是"大学生活之春花秋月"，很显然，主要的言说对象是大学生、研究生等接受过高等教育的读者。陈平原笑言，这书得赶在那些应届毕业生刚刚卷铺盖挥别校园之际出来。"我知道，刚毕业还没有问题，日子一久，很多学生是不再读书了，网上逛一逛，电视看一看。"趁现在，他的这些读书体会或许还能引起一些年轻人的兴趣，"能够影响到几个算几个吧"。

陈平原说，《读书的"风景"》里，有三分之一内容是曾经发表过的，三分之二是他新写的。文章分三组，第一组是一般意义上的谈读书；第二组是谈大学；第三组是谈人文情怀、困境和人文能走到哪一步，"隐含了我对当下大学的不满和批评，隐含了我对重科技轻人文的思考"。

"为什么我会出这本书？因为在某种意义上，与以往的世纪相比，21世纪的人文在边缘化。大学在扩招，但是大学的精神意义在衰弱；人文在普及，但人文在整个社会上不太被关注。这样的问题导致我会借这本书来谈人的精神生活。"

你半夜醒来发现自己已经好长时间没读书，而且没有任何负罪感的时候，你就必须知道，你已经堕落了

《文汇报》：当您在谈论读书时，实际上是在谈论什么？

陈平原：读书的意义在于：保持一种思考、反省、批判、上下求索的姿态和能力。我不久前在中央民族大学的毕业典礼主旨演讲上说过，知书，知耻，知足。知书识礼其实是中国人的说法，知书才能识礼。如果过了若干年，你半夜醒来发现自己已经好长时间没读书，而且没有任何负罪感的时候，你就必须知道，你已经堕落了。不是说书本本身特了不起，而是读书这个行为意味着你没有完全认同于这个现世和现实，你还有追求，还在奋斗，你还有不满，你还在寻找另一种可能性，另一种生活方式。说到底，读书是一种精神生活。

专业性的读书和一般性的读书不太一样。专业性的读书，你在大学期间为了拿学士、硕士、博士学位，必须读的；但养成一种好的读书习惯，可以持之以恒，而且跨越专业界限，成为你的精神生活。今天的中国人越来越看重实际利益，越来越看重物质需求，越来越看重

欲望，越来越少精神生活。精神生活看起来很虚很虚，找一种看得见摸得着的姿态，那就是读书。你已经走出学院了，十年二十年了，你还在读书，那说明你还有某种精神生活的需求。

《文汇报》：在现今的时代，做一个读书人是更容易了还是更难了？

陈平原：过去是书到用时方恨少，现在是书到用时方恨多。问题不是资料太少，而是太多。古人如黄宗羲等要寻访一本书、造访一个藏书楼，多么困难呀。现在虽还有个别资料需要上下求索，全世界跑，但大部分资料已经唾手可得了。资料太多，带来的问题是歧路亡羊，面对每天生产出来这么多的文字材料，你不知道哪些是该读的，哪些是不该读的，迷失在这茫茫文字海洋里会被淹死的。

今天一味提倡苦读，没有意义，还可能误人子弟。因为书太多，你根本读不过来。现在谈读书，选择的趣味、阅读的定力、批判的眼光，比以前更需要。每天睁开眼睛，打开电视、网络，或者上街，进地铁，都会被塞入一大堆广告。你读什么？绝大部分的文字是没有意义的。

《文汇报》：这些年来，科技在不断满足或者说制造阅读需要，无论如何，读书的渠道毕竟是丰富了许多。

陈平原：其实，我知道阅读形势在变。不能说现在没人读书，地铁上很多人捧着手机、平板电脑在读，还有网上的小说也有很多读者，但不是所有的阅读都有意义。书有好有坏，有雅有俗，相对于整个文化生产来说，经典还是更值得你跟它对话。

有一天，手机丢了，电脑丢了，或者全世界断电了，或者被外星人的病毒攻击了，整个人类要倒退几百年

《文汇报》：据您的观察，阅读载体的变化如何改变人们的思维。

陈平原：书籍载体及阅读形式的改变，导致今人的思维及表达发生很大变化。第一，就是发散型思维，已经很难集中在一点了。古人读经，一个月乃至三五年，集中精力与一部经书不断对话，一个字一个字斟酌。现在不行了，学生的思维特点是不断跳，好处是很活跃，缺点则是无法集中精力在一段时间里做一件事情。

第二，表述的片段化。今天的微博热，对写作者来说是一个很大的误导和残害。每天习惯写100多字的微博，养成了这个习惯，是很难再改变了。能够写几句很聪明的俏皮话，但写不成一篇完整的好文章。我们今天多强调知识的广博，很少强调思维的深度。大多数人的思考方式，以前是时间维度的，现在是空间维度的。海南，山东，南极，北极，每个人都能跳跃性地和你说上一大堆。但如果谈深，就说你的家乡吧，都不见得能说透。思考有广度，缺深度，这和我们的阅读习惯有关。我们每个人都是"知道分子"，比起以前世代的人，我们常识多，但思考及辨析能力不足，这跟大家缺少琢磨的时间有关。没有时间，也没有耐心仔细琢磨一个事情。

还有一个特点，那就是记忆力衰退。全世界的人都一个样，把记忆力交给电脑了，把所有的知识交给了数据库。我们以前要记忆很多东西，所谓读书破万卷的好处，就体现在某种传奇性的老学者，你说一句古书，他能马上告诉你在哪本书的第几卷第几页。以前觉得这特

了不起。今天大家已经不再读书，变成查书了。阅读被检索取代，这是一个很可怕的事情。不知道你怎么样，我常惊讶于自己怎么会突然间记忆力明显衰退呢？我们以前总是拼命想记住某些东西，现在没有这种动力了——忘记了？"没关系，我电脑里有"，年轻人则是"我的手机里有"。有一天，手机丢了，电脑丢了，或者全世界断电了，或者被外星人的病毒攻击了，整个人类要倒退几百年。因为你过分依赖数据库来记忆和辨析。

阅读和修养两者不再同步之后会出现很严重的问题，读书对人格、心灵、气质、外在形象的塑造，都被切断了

《文汇报》：读书是否陷入一个被夸大的困境？或者正相反——实质的困境还被描述得不够？

陈平原：读书的确存在真实的困境，而且这困境一下子很难解决。读书最关键的功能并非求知，而是自我修养。

现在读书不再被认为是严肃的、认真的、必须面对的事情，阅读不像以前那么执着和要紧，这就有了我刚才说的毕业多年还读不读书的问题。知识变得唾手可得之后，读书原有的三个功能——阅读，求知，修养，都受到了影响。我们以前读书，求知和自我的修养是同步的，现在求知这个层面被检索所取代，只要知道一个书名和人名，检索就行了；而阅读更强调了娱乐功能。原来苦苦追寻、上下求索的状态消失之后，知识有了，但修养没有了。我们以前推崇苏东坡的"腹有诗书气自华"，也就是书读多了，那种"书卷气"自然而然就出来了。而今天阅读和修养不再同步，读书对人格、心灵、气质、外在形象的塑造，都被切断了。这是很严重的问题。

我们这一代，在书籍时代成长，也赶上了数字化时代，两边都略有了解，所以会有如此感慨。我知道，对年轻人来说，教训是没有用的。我把自己的体会写下来，希望多少引起他们对这个问题的思考。

《文汇报》：将来的时代，什么样的读书人将脱颖而出？

陈平原：我常跟学生说，检索能力是很容易学会的。全世界的图书都在一个"云"里，将来稀缺的是独立思考、批判精神，不依附于前人、古人，不盲从于社会，时髦不能动。对中文系学生来说，还得再加一条：表达能力。人文学不是一个实验的科学，能不能找到好的题目，形成完整的思路，优雅地、很有说服力地表达出来，这对人文学者来说十分要紧。

（初刊2012年7月13日《文汇报》；此文在网上流传时，多改用中国新闻网代拟的标题《陈平原：微博残害写作者　俏皮话不能代替文章》）

关于金克木

——答《三联生活周刊》记者贾冬婷问

《三联生活周刊》：您提及和金克木先生是在20世纪80年代初期通过《读书》结缘，具体过程是怎样的？当时是因为他的某篇文章或某个观点产生拜访他的念头吗？

陈平原：人在旅途，手中没有资料，不敢乱说。钱锺书嘲笑中国人搞创作缺乏想象力，而写回忆录则想象力太丰富；自当以此为戒。记得是1986年下半年，《读书》编辑转达，说金先生读过我和钱理群、黄子平的《二十世纪中国文学"三人谈"》，评价是"有点意思"。此前我读过好多金先生的文章，很佩服，于是就跑去请教。此后多次拜访，没有明确目标，只是觉得听金先生聊天很有趣，也很受启发。

《三联生活周刊》：在《读书》创办的初期，金先生的文章在当时的青年人中产生了怎样的冲击和影响？金克木在《读书》的第一代作者群体中的特色是什么？

陈平原：金先生很敏感，关心国家乃至国际大事/大势，且往往另辟蹊径，从世人忽略或不太关注的角度思考并发言。他不太喜欢"主流话语"，与时代大潮始终采取若即若离的策略，既特立独行，又总是能踩到鼓点上，这让我很佩服。但他文章的妙处，没有一定的知识储备和文章修养，是不太能欣赏的。换句话说，即便在年轻学人中，金先生有不少"知音"，但不形成"时尚"。

《三联生活周刊》：如果把金克木等老先生作为《读书》的第一代作者，包括您在内的"文革"后毕业的第一批研究生算作《读书》的第二代作者，那么两代作者文章的视角和深度有何变化？

陈平原：金先生的专业修养、人生阅历与文章趣味三者，协调得很好，故能深也能浅，能长也能短，能雅也能俗。所谓《读书》第二代作者，大概指我们这一批"文革"后培养的大学生或研究生，因为特殊的历史因缘，大都急就章般接受了专业训练，有历史舞台，也有理想与激情，但缺乏必要的"沉潜把玩"，落实在文章中，就显得有"生气"，但不够"醇厚"。当时意识不到，十年二十年后重读，感觉很明显。

《三联生活周刊》：您在十几年间无数次和金先生对谈，他对您最大的影响在哪方面，更多是一种知识获取还是思维训练？金先生这种灵光一现式的杂谈，客观来看，是不是也有专业性和逻辑性的欠缺？

陈平原：我不是金先生的入室弟子，所谓"请教"，海阔天空，没有一定的方向，更没有具体的结论。我从金先生的谈话中获得的"无言的教诲"是：永无止境的求知欲、凭个人兴趣阅读与思考、蔑视世人以为不可逾越的学科边界、对文章体式的高度重视。

《三联生活周刊》：您认为金克木先生作为一个"专家做底的杂家"，仅仅是一个天才式的特例，还是同时体现了那一代学者的某种共性？您怎么看"通才"的养成机制？

陈平原：金先生的道路不可复制：首先，金先生早年是诗人，这一"底色"不能忽略，乐于接受各种挑战，勇于驰骋想象，这点在晚年的文章中仍有很明显的体现。其次，金先生并非科班出身，主要是自学成才，能做学问，但也可以不做学问——没必要在一棵树上吊死。再次，等到历尽沧桑，因《读书》创刊而撰写各种虎虎生风的随笔、杂感、文化评论时，金先生年事已高，不太适合整天泡图书馆，从事专深的专业著述。金先生没像冯友兰晚年撰写《中国哲学史新编》或季羡林先生晚年完成《糖史》，而是天马行空，自由挥洒，给后人留下无数有趣的"话题"或"谜语"，这两种选择都值得尊敬。

所谓"通才"，有个人才情，有学科背景，也有时代机遇，不可强求。在一个"专业化时代"，尊重"专家"与期盼"通才"，二者不可偏废。至于大学教育，只是给你的一生打底色，让你有自由选择生活道路及学术方向的能力；不要把某些课程设想得太伟大，若悬得太高，容易画虎不成反类犬。一句话，"通才"不是学校刻意培养出来的，是当事人在与现有的知识体系、政治制度、社会需求的左冲右突中，逐渐闯荡、摸索、磨炼出来的。想象金先生早年就设计好了"通才"道路，然后按部就班，一路走下来，那是不对的。人生路上，充满各种不确定性，金先生聪明之处在于，晚年及时抓住机遇，最大限度地发挥自家才华，成就了学者之外的另一种辉煌。

（此乃书面答问，为贾冬婷刊于2012年第29期《三联生活周刊》【7月23日】的《金克木，猜谜的人》提供素材；时在旅途，2012年6月18日凌晨于伊斯坦布尔某旅馆撰写并发送此答问）

寻觅阅读的乐趣
——答《新京报》记者吴永熹问

【采访手记】在复旦大学研究生院毕业典礼致辞中,著名作家王安忆对复旦的同学提出三个嘱咐,希望他们"不要尽想着有用""不要过于追求效率""不要急于加入竞争"。这篇致辞以《教育的意义》为题于2012年8月5日在《东方早报》刊载,旋即在网络上引发热议,掀起了一场关于教育的目标与意义、大学生的价值与追求等议题的讨论。

与之同时,北大中文系教授陈平原的新书《读书的"风景":大学生活之春花秋月》也在毕业季面世。在这本明显以大学生为对象的文集中,陈平原从"读书"、"大学"、"人文学"三个角度切入,以平和而明晰的语言,与读者讲述读书的心得与喜悦,探讨大学教育的意义与得失,语气谆谆,心意切切。

与王安忆一样,陈平原号召学子多读"无用"之书,警惕与远离主流价值观，养成独立的趣味和广博的审美。有感于当今大学教育的急功近利，陈平原重提，大学的目标"是培养有文化、善交流、注重精神生活的读书人"。

为自己而读书

《新京报》：如今我们到了一个书籍很多的时代，像您书中说的"书到用时方恨多"。在这样一个时代，其实读书的方法更重要了。

陈平原：在不同的时代，有不同层次的经典。有两千年的经典，有两百年的经典，有五十年的经典；在我心目中，能够在读书人的书架上长期站立的，就算是经典。换句话说，经典的定义及含金量、在现实生活中的命运，以及是否值得你我认真品鉴，是有时代性的。

但不管怎么说，"好读书"与"读好书"，二者应该有一个结合。这就带出另一个问题：什么是好书，什么是坏书。林语堂说过，他喜欢读极上流的书和极下流的书。"极上流的书"好说，那就是我们常说的经典；"极下流的书"为什么也值得阅读？不说超前的著作被打压，即便沙里淘金，也是一件很愉快的事。这比整天背诵、引述名人警句更值得夸耀。

在噪音铺天盖地的当代社会，建立并坚持自己的阅读趣味，是很难的。相信你自己的立场、视野及趣味，不受周围各种声音的诱惑，用胡适的话说，即除了传统的"富贵不能淫，贫贱不能移，威武不能屈"之外，还得添上一句"时髦不能动"。周围的人都说好，都说"非读不可"，都说不读就OUT了，你还能坚守自己的趣味，这就很不简单。

作为中国人，除了《论语》《诗经》等几十种经典著作，你确实非读不可，不读说不过去；其他的书，其实都是两可的。只是请记得一点，阅读可以消闲，但"消闲"不一定是"阅读"。越是时尚的东西，越容易过时。假如这个时尚碰巧是你个人的趣味，那我不反对；如果不是的话，需要保持一种警觉。读自己喜欢的书，为自己而读书，这就是我的基本立场。

找到你信任的读书人

《新京报》：要怎样建立自己的趣味和标准？

陈平原：在我的新书《读书的"风景"》中，有一篇《人文学的困境、魅力及出路》，提及如何重建人文学的自信，选择怎样的读书策略，以及"尚友古人"的好处。其中谈到金克木的经历，他在北大图书馆当馆员，认准几个著名教授，人家来借书，他抄书单；人家还书，他就跟着读。读得懂读，读不懂也读。

几年下来，金先生也成为一个眼界颇高的"学者"了。还有就是林语堂的故事。林语堂的中国文化底子原本很薄，经周作人指点，迷上了晚明文人袁宏道，并以此为基点，左冲右突，上挂下联，很快理出一条属于自己的读书线索。日后撰《四十自叙诗》，有这么两句："近来识得袁中郎，喜从中来乱狂呼。"

不管是追随五百年前的古人，还是结交现实生活中的师友，找到你信任的读书人，跟他们一起阅读、思考，就可以事半功倍。跟什么样的人打交道、交朋友、谈读书，会决定你的视野和趣味。

《新京报》：对一个普通读者来说，什么样的书是他最应该读的？

陈平原：这很难说。阅读最基本的经典著作，这上面已经说了。别的，那就取决于你的阅读目标，是希望借此建立一种公民立场，还是完善自家的审美趣味；是祈求良好的生活态度，还是促成专深的研究方向，这都影响你的阅读策略。

所以，很难说哪一本书是一定、一定要读的。另外，时代变化了，知识在更新，阅读视野也在转移，上一代人觉得必读不可的，下一代人不见得这么认为。除非是在大学讲专题课，否则，我不敢、也不愿给人开书单。

寻觅阅读的乐趣

《新京报》：您在书中提到您很欣赏"爱美的"学问家，即"业余"的学问家，为什么？

陈平原：晚清西学东渐以后，我们整个教育制度都变了，世人对于"学问"的想象，也跟以前大不一样。过去说，读书人应博学深思，"一物不知，儒者之耻"。现在呢，专业分工这么细，人家问你什么问题，回答"不懂"，这很自然，也很正常。好处是大家都"术业有专攻"，任何一个稀奇古怪的问题，都能找到专家来解答。

可作为具体的"读书人"，你一辈子就从事一个小小的专业，就精神层面而言，未免有点可惜。追求人的全面发展，在高深的专业研究之外，保持对于宇宙、对于人生的广泛兴趣，这是一种值得欣赏的生活态度。过分学科化与专业化，导致知识之间的明显隔阂、人们对世界理解的不完整，以及日常生活和学术研究之间的巨大鸿沟。这不是一个理想的状态。

欣赏"爱美的"学问家，就是主张专业之外的读书。为专业而读书,这不必你强调,任何一个接受过学院训练的人都会这么做。缺的是专业以外的阅读。是的,从专业角度,天文我不懂,地理我不懂,考古我不懂,宗教我也不懂,可我有兴趣,会阅读那些我感兴趣的书籍。

不满于封闭的专业小圈子,穿越各种学科的边界,不是希望从事"跨学科研究",而纯粹是出于求知的欲望。前者如今成了另一门"学问",而我想说的是个人的"修养",一种无关学位与学历,不能拿来评职称、报课题的"阅读的乐趣"。

构建丰盈的精神生活

《新京报》:在今天学科分工越来越细的条件下,尤其是您读到博士,以学术为业,好像路确实越走越窄。这好像是一种普遍的困境,很难打破。

陈平原:是困境,但不是不能打破。看老一辈学者的学养及趣味,就不是这个样子,那是他们小时候所受的教育决定的。走到今天这一步,跟最近20年中国的教育体制有密切关系。中学文理分科,大学突出实用性,人文学日渐边缘化,这决定了一代人的学养及趣味。

人家问我,关于"读书"有什么建议,我常回答"读文学书"。为什么?因为"文学"没用。在一个以赚钱为第一要务的时代,连大学教授都以赚钱多少来决定认不认自己的学生,你还能说什么?如何赚大钱,不归人文学者教;编写"商战手册"或"股市指南",那也不是大学教授的责任。我们能做的,是培养有文化、善交流、注重精神生活的读书人。

作为中文系教授,我谈《人文学的困境、魅力及出路》,或者撰写《"学堂不得废弃中国文辞"关于重建"大一国文"的思考》（2012年5月9日《中华读书报》），很容易被嘲笑为"自我保护"。可母语教育的滑落、人文修养的缺失，长远看，危及一个民族的整体素质，是个迫在眉睫的大问题。民众追求看得见摸得着的"实际利益"，这完全可以理解；可本该成为"精神圣地"、"指路明灯"的大学，也都变得如此急功近利，不能原谅。

《新京报》：您更提倡博雅而非专深，这是不是您认为中国大学不应盲目学习国外大学的原因？

陈平原：不对，今天中国大学的教学理念及课程设计等，之所以过分实用化，并不是学习欧美一流大学的结果。人家不管是综合大学还是文理学院，都注重博雅课程，要求大学生对人类、对历史、对艺术、对人生有比较好的了解，然后才进入专业研究。我们过早地专业化，小小年纪，就画定了一条红线，把很多知识排除在外，并贴上标签，注明"这不归我管"。这样的教育是有问题的。从制度上说，除了中学的文理分科，再就是大学的专业及课程设置过分侧重技术性知识，美其名曰"与市场对接"。我再三提醒，"职业培训"不是大学的宗旨，大学的主要任务是培养学生的修养、眼界、趣味。当然，如果你认定，我们的"大学"本来就应该是"职业培训学校"，那我没得说。

（初刊2012年8月10日《新京报》，原题《陈平原号召学子多读"无用"之书》）

书里书外话"风景"
——答《新金融观察报》记者李香玉问

【采访手记】在《读书的"风景"》一书的封底,有一方好玩的藏书章图案:两个戴眼镜的小人儿并肩坐在灯下读书,一本书翻开两边,左边是字,右边是图。这两个人就是北大中文系主任陈平原教授和他的妻子夏晓虹教授。听闻这方藏书章是陈教授亲自所刻,他还曾调侃地说自己"没文化",所以"读图",夏老师"有文化",所以"读字"。从这方藏书章,便可看出陈教授的阅读姿态与趣味。阅读这件事,在他看来,本身就具备某种特殊的韵味,值得再三赏玩。

书中展示的是一片郁郁葱葱、期待有心人徜徉其间并评头品足的"读书的风景",在这"风景"里既有学识,又有趣味;既有"关键问题",又有各种"八卦"。对学生而言,书中暗含治学门径;对普通读者而言,书中描述的人与事都是一种"风景"。

《新金融观察报》：书名《读书的"风景"》，这里的"风景"包含了哪几层含义？在书中，关于一般意义上读书的文字只有首尾为数不多的几篇，大量篇幅则集中在您最为关注的"中国大学"和"人文学"上。读书、中国大学、人文学，三者之间是怎样的一种关系？

陈平原：所谓"风景"，可以是外在的，有眼就能"识泰山"；也可以是内在的，用心才能感受得到。我谈论的读书，既是一种社会现象，也是一种精神境界，如此内外兼顾、虚实相生，故特意在"风景"上加了个引号。相对于人的一生，大学四年（本科生）或十年（博士生），不算太漫长。可能否养成好的读书习惯，大学阶段是个关键。

本书的拟想读者，是在校大学生及受过高等教育的成年人，之所以选择"读书""大学""人文学"三个话题，这里有自家兴趣及能力的限制，但更主要的是，我认定，在校园里生活，不仅要"读书"，还要"读大学"。换句话说，不仅接受学校里传授的各种专门知识，还把学校传播知识的宗旨、目标、手段、途径，作为一种特殊的"文化"来反省，而不是盲目地接受或拒斥。

《新金融观察报》：在一篇《中国人与美国人的读书态度》的文章中，提到这样一句话——中国人对读书的观念过于隆重；而美国人对于读书视为一件平常已极的事情。比如，大部分中国人常常觉得自己没有整段的时间来读书，不大习惯像外国人那样在生活与工作的空隙里读书。对于这样的情况您怎么看？

陈平原：同样在"读书"，工作目标不同，可以是专业研究，也可以是个人修养。如果是前者，全世界都一样，非全神贯注不可。所谓在生活与工作的空隙，随意拿起一本书，就能津津有味地读下去，这更多的是一种读闲书的姿态。鲁迅在《且介亭杂文·随便翻翻》中,既说了自己有个"随便翻翻"的阅读习惯,又提醒这种"当作消闲的读书",不是读书的全部,"如果弄得不好,会受害也说不定的"。看鲁迅辑校古籍、翻译西学或从事著述时的认真与执着,那完全是另一种阅读姿态。

在我看来,所谓中国人与美国人读书态度的差异,很大程度是教育水准决定的。随着大学教育的普及,会有越来越多的中国人养成良好的阅读习惯;而对于他们来说,读书确实是"平常事"。当然,如此境界,并非一蹴而就。当下中国,设立"读书节",鼓吹"好读书读好书",努力培养"书香社会",这同样是个艰巨的任务,一点不比提高升学率轻松。

《新金融观察报》:您表示:"过去是书到用时方恨少,现在是书到用时方恨多。现在的读书人比以前来说,选择的眼界和自我的阅读的定力,还有批判的眼光,会更加需要。"选择的眼界、自我的阅读的定力,还有批判的眼光,这三种能力的养成主要靠什么?

陈平原:陆游诗云:"纸上得来终觉浅,绝知此事要躬行。"所谓"选择的眼界、阅读的定力以及批判的眼光",不应该是阅读的前提,而是长期阅读的结果。不曾"博览群书",侈谈"眼界"与"定力",那是缘木求鱼。因此,关键是养成读书习惯。过去说"手不释卷",现在书籍的形态变化了,可以有多种阅读姿态。但是,黄庭坚所说的"士大夫三日不读书,则义理不交于胸中,对镜觉面目可憎,向人亦语言无味",还是有一定道理的。

在我看来,"习惯"比"能力"更重要——养成喜欢读书的好习惯,且乐此不疲,自然而然地,就不时会有"初极狭,才通人;复行数十步,豁然开朗"的感觉。相反,上大学时没养成好的读书习惯,只是被动地应付各门功课,毕业后忙于日常事务,更是将阅读丢到九霄云外,久而久之,就真的变得"语言无味"、"面目可憎"了。

《新金融观察报》:阅读的内容和方式越来越多元化,在今天和未来,您认为阅读的敌人是什么?

陈平原:当今世界,知识爆炸,文化多元,阅读的内容及方式不可能也不应该"定于一尊"。所谓"阅读",没有一定之规,因时因地因人而异。某种意义上,一部"阅读史",就是人类文明进化的历史。回首我们走过来的路,九曲十八弯;"阅读"也一样,并非一马平川。

当下中国,要讲"阅读的敌人",首推过分"功利化"。身处专业化时代,确实需要很多目标非常明确的"阅读",可我们必须明白,这并非"读书"的全部意义。传统中国区分"为人之学"与"为己之学",今天看来,或许过于高蹈;但将"读书"仅仅理解为拿学位、学本事、谋职业,还是过于狭隘了。这也是我再三提倡大学生应该养成阅读文史哲等"无用书"的缘故。不是说"有用书"没价值,而是因其已经进入各大学的规定课程,有了制度性保证,且广受世人的推崇,根本用不着你提醒或提倡。

《新金融观察报》:关于读书,您多次提到"趣味"一词,能否以您的经历谈谈阅读趣味的形成?

陈平原:为什么有人痴迷、有人勉强对付、有人则打死也不愿意读书?除了受教育程度、经济能力、空闲时间等,关键在于是否感觉到"阅读的乐趣"。过去常说"开卷有益",这没错;可"开卷"除了"有益",还必须"有趣",这样才能"可持续"。

我成长在思想封闭的年代,相对容易养成对于书籍的兴趣;现在年轻一辈所面对的诱惑,比我当年多得多。那么多"有趣的玩意"在等着,为何选择相对比较辛苦的读书呢?这个时候,能否真切体会到"读书之乐",就成了关键。

"阅读"是很个人的事情,所谓的"趣味",因人而异。审美眼光确有高低雅俗之分,但就"阅读"而言,关键还是在找到属于自己的"趣味"。人人说好的,不见得适合你;十年后才能读得懂的,不妨暂时束之高阁。对于真正的读书人来说,"偏食"是正常的。因为,有"趣味"就意味着有个性、有边界、有局限。第一次面对人人说好而你很不喜欢的书籍时,心里很惶惑,也很茫然。久而久之,明白自己的"阅读趣味",你就坦然了。人家说好,没错;你读不下去,也没什么——各有各的合理性。正是基于这一理念,我拒绝给不熟悉的人开"必读书目"。

《新金融观察报》:您的父辈就藏书,现在您家里的书更是不计其数。藏书给您带来了什么?毕竟家里的空间有限,您又怎样控制书籍的增长数量呢?

陈平原:关于我的"藏书故事",两年前曾在《陈平原:藏书为读书,读书为兴趣》(田志凌,2010年7月11日《南方都市报》)中讲述过。既不知道家中究竟有多少册藏书,也没想过到底花去了或能卖出多少钱。

我说过,藏书人分四类:为了读书而藏书,为了保留文化而藏书,为了增值而藏书,还有就是为了附庸风雅而藏书。我们夫妇都在北大中文系任教,毫无疑问,之所以藏书,是为了自家阅读及研究需要。"文革"期间,学校停课,图书馆关门,全靠父亲的藏书,我才没有荒废宝贵的青年时光。而今家中藏书虽多,不时有"挤压生存空间"的感叹,也只是稍微节制收藏新书的欲望而已。家里的很多旧书,眼下确实没用,也不是什么珍本善本,但伴随着我们走过漫长岁月,舍不得轻易丢掉。

你问怎么控制书籍增长的数量,我采取的策略是:除了朋友赠书,只收研究中需要的,或自觉十分有趣的书籍。这跟年龄增长有关,以前读书兴趣广泛,似乎自家学问的发展具有"无限可能性",故什么书都想收、什么书都想读;现在明白了,有很多人人喝彩的"好书",我只能很遗憾地与其"擦身而过"。另外,电子书的普及以及数据库的剧增,使得一些可收可不收的大套书,我也"明智"地放弃了。话是这么说,我和妻子毕竟是在纸本书的时代长大的,所谓"本性难移",经常打破自己立下的规矩,这才使得两处房子均"书满为患"。

《新金融观察报》:您表示,现今状态下,人文学者面临一个困境——如何安身立命?在您看来,有三条路可走:继续坚持您的批判性,成为公共知识分子;进入大众传媒,"风风火火闯九州";固守书斋,做好学问,别的都不管。那么,您现在走的路属于哪一条?这三条路具备可综合性吗?

陈平原:所谓人文学者可供选择的三条道路,属于理想型分析。现实中的读书人,不一定非此即彼。你问三条路是否具备综合性,若是希望"大满贯",什么都走到顶点,那是不可能的。但一路走来,左顾右盼,兼及其他,则可以做到。

至于我自己,既非"公知",也不是"媒体人",以书斋治学为主，但保持人间情怀，偶尔探出头来，在媒体上写写文章，坚持自己的批判立场。这属于个人的选择——你愿意高举某面旗帜，一条胡同走到底也行；愿意固守中庸之道，不时根据时势调整自家的发言姿态也行。唯一需要提醒的是，作为读书人，你要有自己的理想与坚持，切忌依附权势或投机取巧。陈寅恪为清华大学王观堂纪念碑撰写碑铭，刻意表彰"独立之精神，自由之思想"，作为后来者，我辈虽不能至，心向往之。

（初刊2012年9月17日《新金融观察报》，原题《对话北大中文系主任陈平原：书里书外话"风景"》）

不凑热闹,不怕出局
——答《环球人物》记者姜璐璐问

【采访手记】与陈平原取得联系时,他正在国外讲学,但非常爽快地接受了《环球人物》杂志记者的采访请求。电话、邮件往来交流中,他言辞不多,却真诚、谦和,分寸感极强,一如他在学生、公众面前的一贯作风。在北大,雅号"平原君"的陈平原深受学生喜爱,被公认为"极有魅力"。在学生眼中,他宽厚、亲切,爱请学生吃饭,时而有点"冷幽默";在同侪看来,他是个爱"冷板凳"胜过"满堂彩"的学者,从不故作惊人之语。2012年9月,陈平原从担任了4年的北京大学中文系主任职务上卸任,对于自认为"缺乏行政兴致与官场智慧"的他来说,这并无任何失落之感。身为系主任时,他曾因为"有些话只能绕着弯子说"而颇感苦恼;卸任后,他重新回归一名普通大学教授的身份,按他的话说,"那样更本色些"。

2012年6月,他的新书《读书的"风景"》出版,收录了其一系列演讲、随笔。在引言中,陈平原写道:"书中展示的,不是包治百病的'良方',也不是经济实用的'指南',只不过是一片郁郁葱葱、期待有心人徜徉其间并评头品足的'读书的风景'。"令他倍感忧虑的是,在当今社会,读书似乎已经变得"不合时宜"。不惟大众,连受过高等教育的知识分子甚至精英阶层,也不再以读书为乐事。

《环球人物》:读您的著作,感觉您更倾向于师法古代教育传统、警惕西式学科教育。您确实有这种倾向吗?

陈平原:所有的发言,都得看上下文,语境很重要。为什么在这个时候,而不是在晚清为传统教育说好话,当然是因其"流水落花春去也",再不追怀,就会被彻底遗忘。晚清以降,一直到今天,毫无疑问,"西学东渐"始终是主流。既然是"时代潮流",不必唱赞歌也能奔腾万里。像我这么发言,其实只是在给当道诸公提个醒,拾遗补阙,敲敲边鼓而已,根本就不指望"登高一呼,应者云集"。

另外有一点也很重要,那就是学科的规定性。相对于自然科学或社会科学,人文学科更容易获得"反省意识"与"本土情怀"。教育也是如此——如果连中文系都像医学院或商学院那样,汲汲于采用英文授课,那绝不是好兆头。

《环球人物》:您多次谈到过当代大学教育的问题,但您也提到,这可能是一个世界范围内的问题,"从夫子游""咏而归"这样风雅、闲适的教育方式,似乎已难以实现。

陈平原:中国有句老话,叫"虽不能至,心向往之"。问题在于,今天中国学界,对到底什么是好的教育方式并无共识。因大规模扩招,加上评价体系向研究成果倾斜,压力重重的教授们,别说对培养本科生不太用心,连指导研究生也只能"放羊"。教书这一行,本就是良心活,做多做少,只有自己以及自己的学生知道。

《环球人物》:很多人在评价当代社会时,都会用到两个词:浮躁和急功近利,您认同这种看法吗?作为个体,我们该怎样对抗这种浮躁?

陈平原:因科学技术突飞猛进,人的时间感与空间感全都变了。一边是"天涯咫尺",另一边则是"争分夺秒",像陶渊明那样"采菊东篱下,悠然见南山"很难了。远离古代文人雅士的沉潜与静穆,现代人之所以只争朝夕,有其合理性。

某种意义上说,今天弥漫在中国社会中的浮躁和急功近利,既是转型期社会的通病,也是个人发展的动力。很长时间内,这个状态无法改变,喊口号没有用,因为这是整个经济结构与社会氛围决定的。作为个体,你只能"有所为,有所不为"——不要凑热闹,不要怕出局,沉得住气,有所坚持,这就行了。

《环球人物》:近年来,您一直在关注以文史哲为代表的人文学科,以及当代人文学者面临的困境,您认为要脱离困境,出路在哪里?

陈平原:我想特别强调三点:第一,自然科学及社会科学之所以得到政府及民间的普遍尊重,有其合理性;第二,人文学科的命运与人文学者的命运,既有联系,也有区别;第三,人文学者必须在坚持自己的价值立场和学术观念的同时,努力理解这个时代,调整好自己的心态及工作策略,主动出击,大声地说出我们的好处,向世人展现自身存在的意义及价值。我不主张一味地孤芳自赏或冷嘲热讽,那样久而久之,真的会变成"深宫怨妇"的。

《环球人物》:您多次提到"理想主义"这个词。您是一个理想主义者吗?

陈平原:如不是生活所迫,自愿选择教师职业的,十有八九都是理想主义者。因为投入这个行业的前提,就是相信"十年树木,百年树人"。百年后的"人才辈出"以及"民富国强",是看不见的,最多只能见其端倪。也正因为有此愿景,现实中的诸多缺憾、奋斗时的无数挫折,都能泰然处之。我曾说过,自己属于低调的理想主义者,知其不可为而为之。某种意义上,强调耕耘而淡化收获,甚至将耕耘本身作为目标,这与鲁迅先生说的"直面惨淡的人生",其实是异曲同工。

(初刊《环球人物》2012年第30期,原题《陈平原:不凑热闹 不怕出局》,原文分两部分,删去谈读书的上篇,因与其他访谈重复)

岭南文化如何"步步高"

——答《广州日报》记者谭敏问

《广州日报》：现在越来越多的人认同文化是城市的核心竞争力，城市的发展离不开文化的支撑，具体而言，一座城市的发展与历史文化有怎样的关系？

陈平原：从"城市的核心竞争力"的角度来谈"文化"，有得也有失。说"得"，因其符合政府官员的口味，很容易转化为具体决策；说"失"，因政府高调介入，其大力扶持"文化"，必定倾向于"产业化"。近年"北上广"等努力发展"文化创意产业"，看中的主要不是精神，而是其迅速增长的产值。"文化"也能赚钱，而且赚大钱，还"绿色"、"环保"，这一"新思路"影响十分深远，但流弊自也不小。因为，能产业化的，不一定就是好的文化；那些处于分散、手工、自然状态，因而很难产业化的文化，或许更值得你我关注。说绝对点，能提升城市实利/实力的文化，自有政府官员青睐;我关心的是那些不能转化为金钱的文化——如服务民众的文化设施、植根历史的文化遗存、兼及审美的城市格局、着眼未来的教育水准等。一句话,在我看来,文化的价值,首先体现在民众的"幸福感",而不是城市的"竞争力"。你可以说,民众的笑容及"幸福感"本身就是一种动人的力量,最终也能转化为城市的"竞争力";但不能反过来说,生活在一座"很有竞争力"的城市,就一定是很幸福的事情。因在当下中国的语境中,所谓的"竞争力",更多落实在"经济指标",而不是"精神维度"。

《广州日报》:中国有许多历史文化悠久的城市,但是,有的城市衰败了,有的继续辉煌,出现这种差别的原因在哪里?

陈平原:城市的衰落,可能毁于战火,可能缘于气候变化或资源枯竭,也可能是科技发明或商贸、交通等因素决定的。经常是"祸不单行",各种因素综合作用,不以当事人的意志为转移。如宋代以降经济中心南移,便很难归结为单一原因。有些属于大趋势,谁也挡不住的,聪明人只能顺势而行,并略做调整,力争四两拨千斤。但大部分情况下,城市的兴衰,与主政者的决策是否恰当有关。只是身处激烈竞争的时代,所有落子的"最佳时机",都如电光石火,稍纵即逝。

在考古学家眼中,有两千年历史的城市比比皆是,只是并非每个城市都有机缘在全国性乃至国际性的舞台上"充分表演"。若着眼于中国史,明清以降的广州(及广东),其重要性日渐增长,借用一曲广东音乐来描述,那就是《步步高》——基本上走的是上坡路,没有大起大落。关于这座城市的性格,我在《风正一帆悬——如何"养育"世界文化名城》(《南方都市报》2011年1月25日)中,提及

"广州是座有平常心的城市，不骄纵，不造作，比较本色与低调"，这是其好处。但另一方面，广州人强烈的"世俗精神"，使得其缺乏某种超越性，容易"小富即安"。

《广州日报》：文化能够引领城市未来的发展方向吗？

陈平原：在全球化浪潮中，不仅能保存、坚守、自我更新"本土文化"，甚至"要出而参与世界的事业"（鲁迅《而已集·当陶元庆君的绘画展览时》），这很难得。作为一个正迅速崛起的大国，中国有这个机遇、条件与实力。而具体到中国内部，各地区、各城市之间，也会展开激烈的竞争。现在政界及学界谈得多的，是经济上的你追我赶，我则关心城市间"文化的竞争"。广州人的自信与从容，使得其敢于肯定"粤语"作为一种方言的"正能量"，这是很有远见的。当下中国，大部分地区的方言都已退出了课堂乃至文坛，而只在日常生活中流通的方言，必定日渐世俗与粗鄙，无法参与到日新月异的学术、思想、文化建设中。因为香港、澳门的存在，加上珠三角强大的经济实力，粤语至今还能"上得厅堂，下得厨房"，保持其鲜活生猛的状态，长远看，这是巨大的财富。

"开眼看世界"的同时，能不能"低头思故乡"，这是判断一个城市的文化是否成熟的重要标志。这里所说的"故乡"，包括典籍文化、衣食住行、语言表达、精神状态等。

《广州日报》：在中山大学与广州市合作的第一届广州论坛上，您曾提出关于城市，除了"建设""经营""打造"之外，还需要"养育"。这种养育一定是根植于文化基础上的，广州作为岭南文化的中心地，您认为岭南文化的特质是什么？在中国的文化版图上居于什么地位？对广州城市品格的形成有什么样的影响？

陈平原：你问"岭南文化的特质是什么"，我相信十个人有十种说法，且都有道理。我自己更倾向于感性的描述——如注重实用，少讲排场，理性低调，灵活机动，不欣赏吊死在一棵树上，也不追求"不到黄河心不死"。另外，因广州在大一统时代从来不曾做过帝都，对日常生活、经济运作、文化创造起决定性影响的，往往是民间的立场、民间的力量、民间的趣味。

学者谈论地域文化时，大都喜欢从远古说起。可在我看来，相对于古代的基因，近代以降的历史进程更值得重视。任何有生命力的"传统"，都具有自我修正、自我更新的能力。就像一条河流，有时潜入溶洞，不见踪影，有时又冲出地面，湍急澎湃，你必须登高望远，才能看清其大致走向。前两年广东评选"岭南十大文化名片"，我为"广交会"入选叫好——创办于1957年的中国进出口商品交易会，每年春秋两季在广州举办，迄今已有50多年历史，"是中国目前历史最长、层次最高、规模最大、商品种类最全、到会客商最多、成交效果最好的综合性国际贸易盛会"。说实话，今天的广交会，虽依旧热闹非凡，可其经济实力及文化影响，已今非昔比。但有了这个重要环节，作为港口城市的广州，其悠久的"对外开放"的历史（从秦汉到现代），就显得更为顺理成章了。

《广州日报》：广州提出培育世界文化名城的目标，岭南文化作为偏安一隅的地域性文化，是否具有这样的文化影响力和辐射力？

陈平原："偏安一隅"这个词用得不好。相对于唐宋元明清的帝京来说，广州是偏僻遥远了点，但并非有待开发的"蛮荒之地"。至于晚清以降广东人（黄遵宪、容闳、康有为、梁启超、孙中山、叶剑英等)在中国文化及政治舞台上的精彩表现,更在提醒我们:此地也是"物华天宝""人杰地灵"。

几年前撰写《深情凝视"这一方水土"——〈广东历史文化行〉引言》(《同舟共进》2006年4期),我曾引用梁启超的《世界史上广东之位置》,大意是说:就中国史观之,僻居岭南的广东有如鸡肋;就世界史观之,地处交通要道的广东至关重要。正因与海外交通的便利,广东人养成剽悍活泼进取冒险之性格,"故其人对内竞争力甚薄,而对外竞争力差强"。具体结论可以商榷,但其思路值得注意,起码让我们意识到:论述任何对象,参照系变了,学术思路以及评价标准都会随之转移。

若谈学术研究及文化创造,身处高台不一定是好事。因一举一动备受关注与挑剔,缺少革新的动力与方向感,更容易因循守旧。反而是远离政治中心,从边缘处思考、发声,阻力较小,有可能获得真正的突破。回顾晚清以降一百多年历史,广州(及广东)曾多次扮演此类绝地反击、引领风气的关键角色,这点很让人欣慰。为何广东在二十世纪七八十年代的改革开放大潮中能"杀出一条血路",除了中央的精彩布局,也与此地历来"天高皇帝远",条条框框较少,故可"放手一搏"有关。

作为个体的广东人,选择留在四季花开的岭南,还是跨长江过黄河、到"居大不易"的京城来谋生,各有利弊。选择后者,机会较多,但压力更大。这就说到文化的"辐射力"——二十世纪九十年代起,因广东率先致富,此地的毕业生不太愿意到北方工作,进京人数急剧减少。一开始显示不出来,十多二十年后,你会惊叹,京城里关键岗位上的"人物",很少是来自广东的。作为中山大学北京校友会会长,我对此深感忧虑。一直到最近几年,这一趋势才开始扭转。

《广州日报》：您之前在广州"岭南大讲堂"上曾说过，广州目前在思想、文化上，还无法与北京、上海比肩，这种差距是城市发展的问题，还是岭南文化自身的影响力不够？广州要缩小这种差距，有没有具体的建议？

陈平原：城市的竞争，某种意义上就是人才的竞争。使出浑身解数，吸纳自家所需的各路英豪，这一点，每个城市都在做，广州也不例外。从长远看，比起外出招聘，更重要的是自家的造血功能。作为教育大省的广东，在高等教育方面，成绩虽大，仍不太理想。

中山大学最近十年的急起直追，让人刮目相看；另外，广州大学城建设经费的解决方式，在全国也没有先例。但作为中国人口最多、经济总量最大的省份，广东的大学并不太强。2013年初教育部学位中心发布95个一级学科评估结果，不说北京遥遥领先，故扬扬自得；也不说上海位居第四，故耿耿于怀。就拿广东与排名第二、第三的江苏、湖北比，你就明白差距何在。排名第一的学科：江苏13，湖北10，广东2；排名前五的学科：江苏64，湖北44，广东26；排名前十的学科：江苏111，湖北80，广东50。广东比不上江苏，这情有可原——后者在文教方面一直领先全国；但广东与湖北也有如此差距，则出乎我意料。

若说一级学科评估不太可靠，那再参看"211"高校名单：北京26所，江苏11所，上海9所，湖北、陕西各7所，四川5所，广东、辽宁、黑龙江各4所。这么一比较，你就明白广东的高等教育在全国的位置。当然，你可以这么辩解：这是历史遗留问题，短期内改变不了；而且，中小学教育更值得关注。我之所以哪壶不开提哪壶，是想提醒：广东目前还不是"教育强省"，这对于广州的科技发展及文化影响力,是很大的掣肘。

《广州日报》:您曾经在"广州论坛"上讲过,具有同样岭南文化基因的广州、深圳和香港三地应该合作共赢的问题。三地文化同根同源,但表现出来的城市性格却并不相同,合作会走向文化的融合,趋向同质化?还是更强调各自的特质和分工?广州应该怎样突出自己的特色?

陈平原:相对于香港和深圳,广州的定位更为复杂——不仅是一座特大城市,还是广东省的省会。省会城市的特点是,除了自身建设,有时还得兼及全省,故责任重大,牵制很多;但另一方面,历史悠久,腹地辽阔,有更多腾挪趋避的空间,则是其优势。

以岭南文化来描述广州,大致上是可行的。但必须意识到,广州并非只是"广府文化","潮汕文化"及"客家文化"也有很强的生命力。作为广东省的行政中心,广州不仅吸纳了外国及外省的英才,更需要融会省内其他方言区的文化。因此,谈岭南文化时,必须注意其内部的复杂性,观察其对话的能力,鼓励其不断地自我更新。

至于广州该如何与香港、深圳展开积极的合作与竞争,我在《"三足"能否"鼎立"——都市文化的竞争与对话》(《南方都市报》2011年11月18日)中已经说了,没有更多的想法,不再重复。

(初刊2013年4月16日《广州日报》A2版及AII7版,刊出时,因版面缘故第一、二问合并)

阅读受制于社会趣味,这是个大问题

——答《文汇报》记者黄纯一问

【采访手记】格外关注阅读,是因为在互联网时代,越来越多的人,精神家园日渐花果凋零——不少读书人,也慢慢爬上了网,任他们曾经习惯的书本沾上厚厚的尘埃。"可以问一问每位教师几天读一本书?不读书怎么教书?不读书算什么读书人?"沪上一位小学语文教书匠的呐喊(详见《语文老师不读书,谁读书》,本刊2013年2月21日),无意间点燃了这场读书大讨论的"导火索"。

几个月来,很多老师和学者加入这场讨论。"缺乏阅读,再灵秀的文字也无法呈现个人思维的缜密,更何谈表达思想?!"(详见《这年头,学生还能有阅读习惯吗?》,本刊2013年3月29日)"我们恐怕正在经历史上最严重的语体松动。"(详见《拜托,请维护公共语言环境的整洁》,本刊2013年4月11日。)……著名学者、北京大学教授陈平原更透彻地看到了大众阅读滑坡背后的问题:真正的高雅阅读，即便在大学也很难坚持。如何养成正确的阅读习惯？趁他近期来沪讲学，本报记者做了专访。

"最近20年，大学教学愈来愈功利化。很多大学的科目设置，倾向于实用知识，'小火慢炖'的通识教育不受重视，继而导致中学里也同样忽略课外阅读，像多米诺骨牌一样。"

《文汇报》：多年来，您不断在公开场合勉励年轻人多读书，个中原因不言自明，很多80后、90后沉浸于网络，正丧失阅读的习惯。但另一方面，每年我国图书出版量却成级数增长，看上去很繁荣。您如何解释这对矛盾？

陈平原：很早以前我就说过，在当下中国，阅读的最大敌人是功利化。今人读书过于势利，都希望有立竿见影的效果。而这只有电器说明书、股票指南这类读物能做到。一个民族的语言文字的学习、掌握和使用，是需要长期的"无用"阅读来积累的。

举例而言，在中学里，"语文"是最不能急功近利的科目。因为对文字的感觉需要漫长的时间去熏陶和培养，阅读习惯也必须靠平时日积月累逐渐养成。最后，"语文"的修养会自然而然地体现。就像广东人煲汤，太猛的火是不行的。

中国有一首流传很广的《劝学诗》："富家不用买良田，书中自有千钟粟。安房不用架高堂，书中自有黄金屋。娶妻莫恨无良媒，书中有女颜如玉。出门莫恨无人随，书中车马多如簇。男儿欲遂平生志，六经勤向窗前读！"众多劝学诗文，没有比这首名声更大、影响更深远的了。你可以批判它，但中国人"读书做官"的思路根深蒂固。若发现读书既不能"做官",也不能"发财",一转便是"读书无用论"。换句话说,大部分中国人至今没有养成好的"读书习惯"。

《文汇报》:功利化阅读表现在课堂上,最典型的现象莫过于学生读教辅书的时间,远远甚于读闲书。而承载母语养料的语文课,虽然大家都知道重要,但其实从中学开始就在边缘化。您觉得,应该怎么来救救我们的语文课?

陈平原:20世纪90年代,北大开设过一段时间的"大学语文"课程,但后来消失了。近年我希望恢复老北大的"大一国文",没有成功,因有些理科院系的老师追问:你能保证学生上了一学期"大一国文"就变得特别聪明吗?其实,这样的"中国文辞"学习,主要目的在养成学生的阅读习惯和审美品位,需持之以恒,其好处方能体现出来。

但在社会趋势总体趋于实用的背景下,最近20年,大学教学愈来愈功利化。很多大学的科目设置,倾向于实用知识,"小火慢炖"的通识教育不受重视,继而导致中学里也同样忽略课外阅读,像多米诺骨牌一样。须知,使用本国语言文字的能力,是国民文明素质的重要表征。让学生们能准确无误地、优雅地使用本民族的语言文字,对于教育而言是最基本的。而在当下中国,语言文字的重要性,在绝大多数民众和政府官员眼中,远不如经济增长指标,因此可以忽略不管。

"阅读一旦受制于社会舆论、受制于大环境背后的政治利益和商业潮流,就没办法读出自己的味道,活出自己的特性来。"

《文汇报》:世界读书日那天,您在《人民日报》发文,呼吁读书人坚守自家的阅读立场。在您看来"阅读时尚"是不是也是一种问题?

陈平原:大部分中国人的阅读,严重受制于整个社会的趣味,不敢对抗时髦,这是一个很大的问题。阅读一旦受制于社会舆论、受制于大环境背后的政治利益和商业潮流,就没办法读出自己的味道,活出自己的特性来。

从学校里的课程设置,到国家发展战略,眼下中国人的阅读环境之所以不太理想,与国人普遍忽略本国语言文字的教学有密切关系。一个大学生,学习外语是有制度保证的,日常生活中,更多地受网络语言影响。平时你没感觉,一到写论文,发现他们为何如此半土不洋,杂乱无章。作为中国人,没有能力准确、优雅地表达自己的思考,实在太遗憾了。

胡适说过,现代的中国人,在传统的"富贵不能淫,贫贱不能移,威武不能屈"之外,还得添上一句"时髦不能动"。社会需要各种立场、声音和表达方式,但现在很多人都希望获得"最大受众",哪个地方受众多,哪个话题时髦,哪个场合掌声响,就往哪里跑。

我在上海交大做讲座,讲抗战烽火中的中国大学,如何在战争状态下弦歌不辍。讲座结束后,有学生问我,为什么当时的人读书兴致盎然,我们现在却觉得读书很没劲?我给他们看西南联大的一张老照片,照片上的人个个衣衫褴褛,然而精神焕发,"很漂亮的"。眼下这个时代,物质的诱惑太多,教授忙课题,学生茫茫然,读书环境及文化氛围已经发生了很大变化。

《文汇报》:您能给读者一些关于阅读的具体建议吗?

陈平原:这需要问三个问题。第一,走出校园还读不读书?如果一个人在学校没有养成阅读习惯，一出校园，书很可能就被扔下了。第二，课外书读不读？为专业而读书，不必强调，任何一个接受过学院训练的人都会这么做。缺的是专业以外的阅读。我说的不是"跨学科研究"，而是纯粹出于求知的欲望，一种无关学位与学历，不能拿来评职称、报课题的"阅读的乐趣"。而在这一类阅读中，最后进入视野的大都是人文类书籍。第三，同是人文的书，哪些值得读，哪些不值得读？这就要考个人的眼界和趣味了。对于已经走出学校的人来说，我建议大家"业余时间"凭"自家兴趣"读点"杂书"。这里所说的"读杂书"，不是漫无目的地"乱翻书"，而是指超越具体专业的限制，且不含功利目标。这种阅读很高雅，也很难坚持。

"当一个人整天阅读破碎的内容，不仅不可能养成好的阅读趣味，还可能因越读越烦，最后变得毫无阅读的乐趣。"

《文汇报》：最近，第10次全国国民阅读调查结果表明，纸质书籍阅读和手机阅读比例都较前次有所增长。看来，经过前些年的振臂一呼，"阅读危机"是不是已经减缓了？

陈平原：过去是书到用时方恨少，现在是书到读时方恨多。宋代，由于刻本大量增加，朱熹曾感慨，今人读书，"看了也似不曾看，不曾看也似看了"。这句话特别适合于当下中国社会的阅读状况。对于聪明人来说，读过的书能说，没读过的书也能说。这是一种本领，可也是陷阱。

很多人没意识到，阅读是一个过程，需要在这过程中得到乐趣和思考，从而提升自己的精神或修养，而不是得到一个具体的结论。如果只在网络和手机上读别人给出的书籍摘要和评论，表面上不断地接受信息，但实际效果不好。其实，过分地贪多求博，对阅读是一种戕害。宁肯少读、精读，那样更有意义。

《文汇报》：有一种观点认为，呼吁传统阅读的都是年纪较长的知识分子，成长于网络时代的年轻人应当有自己的生活和阅读方式。这好像是两代人之间的"代沟"，您怎么看？

陈平原：媒介的变化当然值得重视。1872年《申报》创办，中国人开始读报刊；1978年中央电视台正式成立以及电视机的日渐普及，"看电视"于是成了重要的学习和娱乐。20世纪90年代出现网络，信息流通的速度及渠道大变，最近十年很多人读手机。在媒介层面上，现在的阅读可以说是"目迷五色"。在某个时代成长的人，肯定对特定时代的媒介感兴趣。但媒介只是一种外在形式，媒介影响着内容，却不等于内容。

年轻一代成长于电子媒体的环境中，其阅读习惯与长辈不同，这很自然。其实，在使用电子书时，大部分人还是倾向于阅读时尚、通俗、娱乐的内容。这种网络时代养成的阅读习惯，在我看来有很大的局限性。当一个人整天阅读破碎的内容，不仅不可能养成好的阅读趣味，还可能因越读越烦，最后变得毫无阅读的乐趣。

一种新媒介横空出世后，旧的媒介会做策略性调整。我的判断是，纸质书的使用量会日渐缩小，但将会越做越精致，不只是供你阅读，还让你赏玩。一方面，实用性书籍、更新换代很快的书刊会迅速电子化，另一方面，经典书籍会继续以纸质形式存在。这和阅读习惯有关。阅读有各种状态，我个人只有在查资料时才看电子书，一是习惯于读纸质书时的姿态、纸张的味道和触觉，更重要的是，我觉得阅读的速度和快感，在纸面上和电脑上是不一样的。比如读《诗经》这类需要咀嚼，或不是一眼就能看懂的东西，就需要放慢阅读的速度，调动各种学识及积累来面对文本，在这种状态下，纸质书更合适。

不熟悉的人来我家做客，常惊呼，北京房价这么贵，这么宝贵的空间，你怎么用来放书？太可惜了！我想，将来有一天，想读好的纸质书，除了图书馆，也只能到真正的读书人或藏书家家中才行了。然而，纸质图书作为物质文化和精神文化取得平衡的最佳作品，我相信它是不会消亡的。

（初刊2013年5月16日《文汇报》，原题《阅读受制于社会趣味，这是个大问题——专访北京大学教授、教育部"长江学者"特聘教授陈平原》）

"读书无用",是个伪命题
——答《解放日报》记者王一问

【采访手记】近来,沉寂了多年的"读书无用论"再次潮起。北京大学教授陈平原在接受《解放周末》独家专访时说,"读书无用"是个伪命题,它的真心声是人们对于当下大学教育所持有的怀疑。这是大学的问题,又不只是大学的问题。

强调"有用",而且希望马上就显现出效果,那是在做职业培训,不是办大学

《解放日报》:媒体不久前聚焦了这么件事,说成都一位父亲为即将读大学的女儿算了一笔账:读4年大学大约要花8万元,而如果女儿高中毕业就打工则差不多能挣8万元,来回差了约16万元。他说读大学不仅浪费钱,读完还不一定找得到工作,觉得这书读得"没用"。您怎么看这位父亲算的这笔账?

陈平原:读大学到底有没有用,最好别一概而论。我承认,不是所有人都因读大学而受益。某种意义上,大学读得怎么样,获益有无或大小,是由个人的家庭、心境、身体、兴趣、才情等因素决定的。不能说不读大学就没有前途,我们知道有不少著名作家和企业家都没读过大学。毕竟,现在不是"万般皆下品,唯有读书高"的时代了。

不过,虽然有这样或那样的抱怨,每年高考还是挤破头,竞争非常激烈。可见,大多数人并不真的认为"读书无用"。

《解放日报》:可是很多人开始算这笔账,这说明什么呢?

陈平原:其实,算这笔账的背后是不少人抱怨我们的大学没办好。这些大学的办学理念不适应社会发展需求,课程设计、教授水平、管理制度等都有明显的缺陷,上这样的大学浪费时间,拿了文凭也是浪得虚名。

除了抱怨大学本身,这里还牵涉很多社会问题,比如就业时存在的一些不公平竞争等。在一些人看来,"拼学问不如拼爹"。还有,因为我国的"学历高消费",社会上普遍对职业教育存有偏见,很少有人主动选择这类学校。可要说就业前景,算投入与产出比,职业教育可能更有优势。

《解放日报》:有人说这是第三次"读书无用论",您怎么看?

陈平原:我不认同,甚至觉得这是一个伪命题。很多人说"读书无用",主要是在发泄对现有教育制度的不满。你看每年高考竞争的激烈程度,再看看有多少人是真的考上名校而不去读的,就能明白其中的奥秘。

但是此前我们国家确实曾出现过两次"读书无用"的思潮,我都经历了。"文革"时期,所谓"知识越多越反动",人们真的认为读书没用。那是由于政治偏见。20世纪90年代初,商品经济大潮刚兴起时,又一波"读书无用论"来袭,当时的说法是"搞原子弹的,不如卖茶叶蛋的"。那是因为经济压力。我记得很清楚,1993年,那时北京市出租车司机的收入大概是北大教授的四到五倍。出门打车,出租车司机喜欢问,你们北大教授一个月赚多少钱呀,听了我的回答,有人就很骄傲又语重心长地说:"国家对不起你们呀。"

《解放日报》:在很多人眼里,"有用"就是"实用"。

陈平原:这是另外一个"用"。1910年,王国维写《国学丛刊序》,其中有这么一句话:"学无新旧也,无中西也,无有用无用也。凡立此名者,均不学之徒。即学焉,而未尝知学者也。"这里谈的是学问,也可以理解为教育的精神与境界;但对一般人来说,所谓"有用"与"无用",说的是教育的具体用途,甚至落实在毕业生的就业状态上。

《解放日报》:您怎么理解教育的"有用"?

陈平原:谈到"用",有大用,有小用;有长用,也有短用。有的知识你今天学,明天就能用;有的则要十年、二十年后才显山露水;有的甚至潜移默化,终生受用。所有这些,都不一样。如果整个教育都往一个方向走,都在强调"有用",而且希望马上就能显现出效果,那是在做职业培训,不是办大学。

我承认职业培训的重要性;但职业培训和大学教育是两个不同的概念。大学里读的很多东西,不是马上就有用的,比如哲学、音乐、数学等，很可能一辈子都没有用武之地；但这是人生的基本修养。修养不是商标，不能挂在脖子上到处炫耀；但如果有需要，修养可以转化为技能。大学提供的基本上是学识与修养，而不是具体的技能，因此不该追求立竿见影式的"有用"。

不管高处适不适合自己，就是要拼命往上爬，为什么不换一种思考方式呢

《解放日报》：现在很多学生上课是为了应付考试，教师写论文是为了评职称，在这种风气影响下，大学里的教学是否会越来越实用化？

陈平原：谈这个话题，我们不妨拉长视线，回过头看看以前的中国大学。这方面，西南联大是很好的榜样。在抗日战争的连天烽火中，西南联大并没有过分讲求实用性。那时的口号是"战时如平时"，还坚持原有的课程设计和学术水准，整体水平没有下降。

战争结束后，很多西南联大等名校的学生出国留学或继续做研究，后来成为新中国建设的主要力量。记得当年杨振宁先生从西南联大毕业后去美国留学。他说他到了美国，感觉自己不比美国一流大学的学生差，甚至比他们还要强。那是因为，除了有很好的师资与生源，还有这样的理念——不因为战争而把教育给扭曲了。而目前的状态是，很多大学太实际了，没有超越职业训练的志向、旨趣和想象力。不只是学生如此，教授如此，有的校长也不例外。

《解放日报》：这种纵向比较，值得人们反思。

陈平原：我们再来看看横向的，比如美国的大学。

曾长期担任哈佛大学文理学院院长的罗索夫斯基，在《美国校园文化》一书中提到：美国大约有3000所大学，一端是1000多所二年制学院，数量约略等于我们的专科；另一端是高高在上、名列前茅的研究型大学，也就50所左右；剩下的就是文理学院或其他专业性院校。值得关注的是，美国的文理学院固守本科教学，不要求教师发表那么多论文，主要任务是教学。这些学校有融洽的师生关系、丰富的校园生活、完善的课程设计，是真正的大学教育。他们培养出来的学生就业前景非常好，学生取得的业绩以及对母校的回报，也不比哈佛、耶鲁的学生差。

《解放日报》：这种学校为什么只培养本科学生？

陈平原：他们不是没能力培养研究生，而是更看重本科教学。这是一种自觉的选择，或者说是明智的放弃。而我们国内的大学，要是只做本科教育，往往会被人看不起，认为它级别不够、办得不好。因此，只要有可能，这些学校都要争取升级，申请硕士点，成功了就再加把劲，申请博士点。

《解放日报》：很多学校以招收博士生、博士后为荣。

陈平原：有的学校真的是"有条件上，没有条件，创造条件也要上"，因为评价体系在那里摆着。我们的很多问题出在不管做什么事，好像都是"自古华山一条路"。感觉像登山一样，你最初处在较低的位置，不管高处适不适合自己，也不管方向对不对，就是要拼命往上爬。为什么不能换另一种思考方式，或者说另一种生活态度、另一种教育理念呢？

这哪里是在挑学者，分明是在选演员；可这出大戏演给谁看

《解放日报》：如果所有大学都奔着一个目标，也会导致"千校一面"。

陈平原：顺应中国高等教育的发展趋势，大学升格也很正常。问题在于，在此过程中，如何守住自己的根基，不人云亦云。

农业大学开办文学院、林业大学设立金融学院、工业大学里又有了新闻学院，这都是在往综合性大学的方向发展。可很多大学其实并不具备这样的师资力量，社会也不认可其毕业生。为了"上档次"，追求"大而全"，就忽略了自己学校的特色，真的是得不偿失。我们很多大学的最大缺陷是没有个性，没有明晰的发展目标与自家面目，"千校一面"这样的教育布局，很让人担忧。

《解放日报》：现在，还有个口号常被挂在嘴边，叫"与国际接轨，建世界一流大学"。

陈平原：我再三说过，同样是向外国学习，大学和工厂不一样。工厂只要拿到图纸，人家的模式基本直接就能用；可大学必须接地气，其中的文化氛围、历史传统、教授水平、管理制度等，都决定了你的办学方向。你想弄一个理想的样本，或者拷贝哪所著名大学的模式，肯定水土不服。

《解放日报》：我们学的也往往是皮毛，甚至舍本逐末。

陈平原：最近几年，不少国内的大学都在努力国际化，提了不少好笑的指标。比如，招聘年轻教师，要求无论学什么的，都必须有出

国留学的经历。以至今天全世界稍微有点名气的大学里,都有自带经费前来"合作研究"的中国教授。我们的大学怎么这么没有自信,逼着人都往国外跑?这么一种制度设计,慢慢地会把我们自己的根都给砍断了。

《解放日报》:这样的大学,也只是披着"国际化的皮"。

陈平原:是这样的。日本的大学就不一样,它们能够留住最好的学生,原因就是本国大学的毕业生在就业时非常有利。当然,他们也会出国拓展视野,但根是留在本国的。我们现在是一点点把根都拔掉了,然后拿在手中,向全世界炫耀。如果有一天,中国大学都变成了"海归"的天下,我认为这不值得庆贺。

最近这几年,有些大学有钱了,就想聘名教授装点门面。这时候你就会发现,他们选教授的标准是:内地的不如港台的,华裔的不如外国的,东亚的不如欧美的。有位主管一语道破玄机:"最好一看就是外国学者。"这哪里是在挑学者,分明是在选演员;可问题是这出大戏演给谁看?这不是三五个人的问题,而是社会风气使然。

想要的太多了,而又力所不及,就很容易造成浮夸与浮躁

《解放日报》:在您看来,什么是大学教育的根?

陈平原:说到底,大学教育的关键是"人"。现在叫"教书育人",古时候叫"传道、授业、解惑"。这应该是整个教育,尤其是高等教育的核心。但因为"育人"的效果怎么样不太好量化,评价起来比较麻烦,今天就有意无意地被忽略了。大学的功能,其实就是在一个很好的精神氛围中,不同世代的人进行诚挚的对话,传递专业知

识,并共同寻求真理。当然,还要努力培养学生们合作的精神、向善的意志和适应社会的能力。

《解放日报》:现在很多老师基本上是到时间来上课,下课夹包就走。他们只在授业,传道和解惑的环节越来越少了。

陈平原:教育讲究"熏陶",除了课程设置,还得靠整个校园文化,靠教授们的言传身教,让学生们知道如何治学、如何做人。可"十年树木,百年树人"这句话,现在似乎被遗忘了,连搞教育的也都热衷于"多快好省"。如此急功近利地苦干蛮干,短期看效果很好,长远看后患无穷。

北大百年校庆时,我曾写过一篇小文,题目叫《即将消逝的风景》。说的是,那些学养丰厚、有精神、有趣味的老学者,是大学校园里最为靓丽的风景。当年我在中山大学、北京大学求学时,看到过很多这样的风景。老教授们在校园里闲谈、漫步,望着他们的身影,你会特感动,觉得这校园很有文化。

对于学生来说,在大学念书,不仅阅读书本,也阅读教师。而现在的大学校园,教授们来去匆匆,忙着做课题、写论文,或者眼睛长在头顶上,随时准备下海或另谋高就,还有多少人真正关心学生的喜怒哀乐、得失成败?

《解放日报》:校园因此少了很多风景,多了不少浮躁气。现在校园问题也接二连三,比如让人痛心的大学生自杀、杀人等事件,是不是也和校园刮起的这股"浮躁风"有关?

陈平原:全世界的大学都会有不测事件。问题是用什么办法,尽可能预防这样的事情发生。我特别感慨,大家都在说今天中国大学的

"氛围不好"；但想出来的办法却仅仅是"加强管理"。其实，让我感触最深的是，我们的很多大学里，从校长到教授再到学生，都显得过度亢奋，缺乏脚踏实地、不卑不亢、一步一个脚印地往前挪的意志与精神。想要的太多了，而又力所不及，这就很容易造成浮夸与浮躁。

当然，我能理解，身处一个急遽变化的时代，不光是大学，有的时候，整个社会就像一个热气腾腾的工地。我们在不断地开弓、射箭，这是好事；就怕过度亢奋，很快就成了强弩之末。有志向是好事；但想"多快好省"地建设世界一流大学，在我看来不现实。

对于观察家来说，大学何尝不是我们当下社会的一个投影呢

《解放日报》：有人说，我们的大学培养出了很多专家；但不少是"砖家"。您怎么看这个现象？

陈平原：现在我们国家每年培养的博士人数是全世界最多的，超过了美国。不仅是招生人数天下第一，毕业人数更是遥遥领先，因为我们的淘汰率很低。

为什么会有这些问题，除了中国的大学规模在迅速膨胀，最关键的还是用人单位对高学历的迷信。其实，很多工作岗位不一定需要博士、硕士。你看西方国家的政府首脑、商业精英、公务员，大部分都没有博士学位。日后做出成绩，被某大学授予名誉博士，那是另一回事。一方面是莫名其妙的"博士热"，另一方面则是过早的专业化，导致我们的很多专家，有学问但无见识、无趣味、无人情。如此"货真价实"的专家，不见得真有治国平天下的本事。

《解放日报》：您是一位文学史家，可十多年来，您却从事着大学教育的研究，出了好几本书。为什么对大学教育这么感兴趣？

陈平原：我的博士论文讨论的是中国小说叙事模式的转变。在逐渐深入的研究中，我发现小说形式及欣赏趣味的转变，与清末民初整个教育制度的转变密切相关。因此，我开始关注科举制度的取消以及现代大学的崛起。当然，1998年北大百年校庆，对我来说是个很好的契机——借讲述与阐释"老北大的故事"，进入现代中国大学史的研究。在我看来，理解20世纪中国的政治、思想、文化、文学，最好能兼及大学教育。因为，政治思潮、文化生产、文学潮流等，都和现代大学的兴起与演进息息相关。

《解放日报》：您把中国大学当作观察和理解中国的一个窗口？

陈平原：是的，关注大学校园，也是关注当下的中国。我们的大学一方面浮躁不安，另一方面生机勃勃。正因为在蜕变过程中，有各种各样的可能性，我们思考中国大学到底该往哪里走，参与其"寻路"的努力，说不定能发挥某些作用。另外一点同样重要，大学的迷人之处，不在于它"办"在中国，而是"长"在中国。对于办学的人来说，你不理解国情，你就无法"办好"大学；而对于观察家来说，大学何尝不是我们当下社会的一个投影呢？

（初刊2013年10月18日《解放日报》）

请读无用之书
——答《南方周末·名牌》记者王与菡问

耐得住寂寞才能"千里走单骑"

《南方周末·名牌》：中国的文学和作家在历史进程中总是扮演不容忽视的角色，眼下的状态却不太让人满意，您怎么看？

陈平原：英国著名小说家福斯特有一本小书，题为《小说面面观》。其实，无论谈天还是说地，"面面俱到"是做不到的，这只是表达一种从不同角度观察问题的意愿。你问我当下中国的"文学生态"，我首先反问，你想谈的是哪一个角度的"文学"？由作家及批评家构成的文坛，主要目标是推出优秀的文学作品；由教授及学生构成的大学，主要功能是培养好读者以及有创作潜力的年轻作家。至于文学活动的组织者与参与者，则五花八门，不管你有没有创作才华。

很多人感叹当下中国"文学"的落魄与寂寞，这种描述不太准确。作为一种精神探索，文学创作本就不该太热闹，作家应该耐得住寂寞，方才可能"千里走单骑"。文坛没必要整天锣鼓喧天，冷清一点并非坏事。眼下的"文学活动"，组社团、提口号的少了；谈销售策略、关心版税收入的多了。换句话说，有关"文学"的"活动"，日渐从精神层面滑向物质层面。在一个以经济活动为中心的时代，这好像很容易理解。在我看来，要想"振兴文学事业"，关键在于提振公众阅读文学作品的热情和品位。

《南方周末·名牌》：您对当下中国遍地开花的各种文学评奖活动似乎不太以为然，为什么？

陈平原：我并不反对政府、企业或文化机构出资，奖励那些做出突出贡献的作家或优秀作品，我担心的是，这些热闹的评奖活动吸引太多的目光与注意力，以至本末倒置，变成一种文人、商家与官员互相勾兑的社交场合。评奖若公正、高雅且有远见，对于文学事业的开展，是能助一臂之力的。但即便如此，催生伟大作品的土壤及动力，不太可能是这些。好作家不为获奖而写作，设立文学奖项的主要目的是文化宣传与普及。媒体的积极介入，对提升作家的知名度及作品的销售量会有帮助，但操作不当，很容易演变成为另一种"名利场"。说实话，好作家与好学者一样，主要活动空间应该是书斋，而不是聚光灯下。

《南方周末·名牌》：说到"文学奖"，这里的"文学"，是指小说、诗歌等特定文类，还是指修辞、想象力或表达能力？

陈平原：按照今天中国大学里通行的"文学概论"，所谓"文学"，包括小说、诗歌、戏剧、散文四大文类。可这是晚清以降才形成的思路，你要是知道诺贝尔文学奖曾授予英国哲学家罗素（1950年）、政治家兼历史学家丘吉尔（1953年），你就明白这"文学"的边界并非牢不可破。我所理解的文学，就是准确地、优雅地、创造性地表达自己的生活阅历、情感体验、独立思考和想象力。可以是诗歌、小说、戏剧，也可以是书札、语录、史著，完全可以有更加丰富多彩的表现形式。只要是很好地使用语言（而不是色彩或音响），就可能是好的文学作品。我相信随着时代变化及科技发展，各种跨类、跨界、跨媒体的写作，会受到越来越多的关注。其中也可能涌现伟大的作品。

《南方周末·名牌》：从精英教育和培育角度看，文学最大的益处在哪里？身为精英，究竟怎样有选择地进行阅读？

陈平原：谈论读书，有三个不同的维度。第一，提倡经典，贬斥烂书，希望大家都能充分利用有限的时间，进行有效的阅读。如果不这样，拿到什么读什么，连广告、马经、天气预报、列车时刻表等都不放过，那实在浪费时间。至于林语堂所说的兼读最上流与最下流的书，虽说不无道理，但操作起来不容易。第二，建立自己的阅读趣味。公众认可的好书不一定适合自己，媒体再三鼓吹的，也可以置之度外。不太受外界的干扰，独立选择自己感兴趣的书籍，然后思接千古，与之展开深入的对话，这点很重要。第三，主张多读无用的书。为什么这么说？因为今天中国人的阅读，过于讲求"立竿见影"了。在校期间，按照课程规定阅读；出了校门，根据工作需要看书。与考试或就业无关的书籍，一概斥为"无用"，最典型的莫过于搁置文学、艺术、宗教、哲学、历史等。而在我看来，所谓"精英式的阅读"，正是指这些一时没有实际用途，但对养成人生经验、文化品位和精神境界有意义的作品。

"文学"如何"教育"

《南方周末·名牌》：您曾说，古往今来，任何一个民族，都有恰如其分的"文学教育"。在二十世纪中国社会发展及转型中，"文学教育"有何得失？

陈平原：传统中国文人的写作，虽有润笔一说，但并非固定收入。因此，除非落魄江湖，一般读书人不会追求成为专业作家。不管有无行政才能，读书人都梦想着"致君尧舜上，再使风俗淳"；用今天的话说，就是当官。最散漫的苏东坡，或者"采菊东篱下"的陶渊明，也都并非以写作为生。吟诗作文，在古代中国，主要是一种个人兴趣与志向，职业作家的出现，与现代稿费制度的建立密切相关。

与作家的职业化关联的，是文学教育的专业化。每个时代都有自己的文学教育，但宗旨及途径很不一样。在传统书院中，"诗文"乃所有读书人都必须修习的课程；至于小说戏曲，则不登大雅之堂。现代中国大学将"文学"作为一个专业，设置了相关的院系及科目。此举使一小部分人得以专心致志地研究"文学"，与此相对应的，则是很多读书人从此远离"文学"。这一文学专业化的大趋势，乃中国现代化进程的组成部分，不以个人好恶为转移。

《南方周末·名牌》：在中国，"文学教育"很容易对应"中文系"的职责。关于"中文系不培养作家"的说法引起很大的争议，您怎么看？

陈平原：这个问题全世界都一样，名作家并非本国语言文学系刻意培养出来的。文学创作对天赋、才情及阅历有很大的依赖性，这使得大学课堂很难"依法炮制"。说白了，不是不想培养，而是培养不了。一定要做，某些具体的写作技巧是可以传授的，但"训练班"出不了大作家。中文系能提供给学生的，只是有关文学的知识、修养及趣味。因此，我们把主要精力放在培养语言、文学、古文献等领域的专门人才。换句话，中文系的工作目标是培养有文学修养及写作能力的研究者，而不是诗人或小说家。

《南方周末·名牌》：精英范式的培养很难用一代或两代人完成，就此而言，从基础抓起显得很重要。从为下一代编选教材到选取读物，您有何建议？

陈平原：我参加过中小学语文课本的编写，但很快便逃离这一"神圣的事业"。原因是，我发现自己并不了解青少年的知识背景及阅读兴趣。大学教授若不经过一番认真学习，洞悉孩子们在每个年龄阶段的接受能力，是没办法编出合适的教材的。单从文章好坏着眼，忽略了循序渐进的教学过程，这样的教材不能用。同样道理，现在很多家长根据自己的趣味，要求孩子学这个、学那个，甚至盲目地让小孩子背很多古诗文，我不觉得是好事。因为，一旦压力过大，养成逆反心理，效果很不好。学文学，本该很有趣，弄得苦巴巴的，坏了胃口，日后很难调整过来。不敢贸然闯进这一领域，因此也就没什么好建议。

一代人有一代人的文学立场

《南方周末·名牌》：您是中国俗文学学会的会长，如今的流行文学，是否可归类为俗文学？为什么那么精英的五四新文化人，会热切关注俗文学？

陈平原："俗文学"与"流行文学"是两个不同的概念，简单地说，前者主要来自民间，生产者与消费者很难区分，往往是无名的集体创作；后者则是作家根据消费者的需要，刻意生产出来的。流行文学的商品属性非常明显，制作者以获利为首要目标；俗文学则不见得。

五四那代人之所以关注俗文学，是有精神性追求的。眼光向下，既是思想立场，也含文学趣味。提倡俗文学，比如征集歌谣，在五四新文化人看来，既可以达成对于"贵族文学"的反叛，又为新文学的崛起获取了必要的养分。这一论述思路，含真知灼见，也有自作多情的一面。比如，从歌谣中寻找新诗发展的方向，这一努力就基本上落空了；至于以"刚健清新"的民间与"陈腐浅陋"的文人对峙这一二元对立的思路建构起来的《白话文学史》，今天看来也是遍体鳞伤。

《南方周末·名牌》：您写过《千古文人侠客梦》，作为北大教授，您为什么要研究武侠文学？

陈平原：关于武侠小说作为"成年人的童话"，如何构成二十世纪八九十年代的阅读热潮，我在好多地方谈及，中国人根深蒂固的武侠情结不只是体现在小说中，诗文、戏剧、影视等，也都有很好的表现。从司马迁到金庸，历代文人都有如此情怀，不能不令人刮目相看。这里只想提醒一点,将中国人热衷的武侠小说,与英国的侦探小说和日本的推理小说对照阅读,能明白很多道理。

《南方周末·名牌》:二十世纪八十年代迅速崛起的"纯文学"或者"先锋小说",如今也被认为是"彻底解体"。从文学史家的角度,您怎么看当下中国文学创作中,"先锋派"成为一个空壳?

陈平原:二十世纪八十年代"纯文学"的立场,如今受到了很多挑战,一代人有一代人的文学立场,单从是否"先锋"立论,似乎不够妥当。就像跳舞一样,走三步退两步,未尝不可以。如何在特立独行与市场需求之间取得某种平衡,这也是一种探索。

某种意义上,读者的趣味决定了作家所能达到的精神高度。今天的读者和二十世纪八十年代的读者明显不同。同样读不懂,后者认为是自己的问题,努力去思考、去弥补;前者则毫无精神负担地扔掉。什么著名作家,什么精神探索,统统不买你的账。以前的作家有自信,作品很小众,根本卖不出去,也依旧昂然挺立。现在写书的关心版税多少,读书的先问是否畅销,再决定读还是不读。这种氛围明显不利于大胆的、离经叛道的艺术探索。这一点,书画家更明显,见面谈的多是自家的画价。

《南方周末·名牌》:换一个话题,您曾提及"在中国,很长时间里,文人不愿意承认自己对于都市生活的迷恋,在城乡对立的论述框架中,代表善与美的,基本上都是宁静的乡村"。当下中国的城市化进程超乎寻常的快,文学家的视野是否也会随着移动,以求与现实生活合拍?

陈平原:作家的创作,明显地与自家的成长经验有关。随着城市化的迅速推进，越来越多的写作者从小就生长在城里，根本就不晓得乡村为何物，因此，都市文学将成为日后中国文学创作的主流，这完全可以预期。对比大陆、香港、台湾三地的文学进程，很容易明白这个道理。

问题在于，文学创作需要积累，不仅你自己的经验，还包括前辈作家的影响力。相对而言，整个中国的文学传统，确实更偏向于乡村或山林。大概需要两三代人的感受、消化与磨合，才会有大量活色生香的城市生活及人情世态的精彩呈现。另外，我对今日中国农村之颓败与凋敝，抱有深深的同情。我相信，不管是已经融入城市，还是依旧迷恋乡土，很多作家都会有同感。这极有可能催生出一批质量上乘的挽歌式的关于中国农村生活的作品。

诗歌乃大学之精魂

《南方周末·名牌》：文学的生产与传播，贯串了整个人类社会生活。但另一方面，文学又很有时代性。对于急剧转型的中国社会，文学的社会角色到底发生了哪些变化？

陈平原：借用《文心雕龙》作者刘勰的话，那就是"文变染乎世情，兴废系乎时序"。但你这个题目太大了，不是三言两语就能打发的。不妨换一个角度，从文类的升降，看文学如何回应时代风云的变幻。梁启超的"小说为文学之最上乘"，表面看是一句空话，可不登大雅之堂的小说戏曲，从此得以凌驾于传统盟主诗文之上，促使中国文坛发生了翻天覆地的变化。所谓风云激荡，既体现在作品所表现的内容，更积淀为审美感受与艺术形式。

《南方周末·名牌》：可是您写过一篇文章，谈"小说的世纪"已经结束了。这和一般人将文学复兴的希望主要寄托在小说家身上相去甚远，为什么这么立论？

陈平原：那篇文章题为《小说霸主地位受到挑战》，我说的是"小说的世纪"已经结束，不是预言"小说"这一文类即将死亡。原文是这样的："展望新世纪，小说的文坛霸主地位将受到很大挑战。从世纪初知识者为'改良群治'而推小说为'文学之最上乘'，到世纪中政治家别具慧心地将小说作为政治斗争的导火线，再到世纪末，小说为取悦受众而努力与影视结盟。小说在20世纪的命运充满戏剧性。但不管是被捧还是挨骂，文学总算被全民所关注。这一好运，下世纪恐怕难以维持。"

是小说家高行健、莫言而不是哪位中国诗人、剧作家、散文家荣获诺贝尔文学奖，这本身是有偶然性的；但以中国人对于诺贝尔奖的崇敬与迷信，在以后很长一段时间里，起码在中国，"小说"这一文类会更加走运。单就读者接受面以及"生存能力"而言，四大文类中，小说最为强势；即便没有政府、大学以及基金会的支持，著名小说家也能靠市场自立。戏剧主要活在舞台上，剧本并不是唯一性；散文的边界很宽，也有能够纵横四海、兼及文学内外者。唯独诗人，在当下中国，基本上不太可能靠版税来支撑写作。因此，我当初表彰"爱美"的文学，或称"非职业写作"，心里想的主要是诗歌。而且，诗歌在所有文类中是最具先锋性的，诗人对于语言的讲究，远在小说家或散文家之上。

《南方周末·名牌》：文学形式多种多样，一般人都认为，当下中国，诗歌被彻底地边缘化了。可您去年写文章，称颂"诗歌乃大学之精魂"。为什么？

陈平原：我是从教育学的角度，痛感当下中国大学校园过分浮躁与功利，认定读诗是一味不错的良药。我当然知道，大学生们走出校园，绝大多数不会再理会诗歌了；可不管你学的是什么专业，在繁花似锦、绿草如茵的校园里，与诗歌同行，是一种必要的青春体验。因痴迷诗歌而获得敏感的心灵、浪漫的气质、好奇心与想象力、探索语言的精妙、叩问人生的奥秘所有这些体验，都值得大学生们永远珍惜。

（初刊《南方周末·名牌》2013年第11期，原题《请读无用之书：对话陈平原》）

远离热闹,不离人间
——答《贵阳日报》记者郑文丰问

【采访手记】8月2日七夕节,陈平原、夏晓虹这对著名的"学术伉俪"是在贵阳度过的。第二十四届"全国书博会"期间,夫妻俩应邀在孔学堂分会场举行讲座。讲座期间,陈平原教授接受了本报记者的采访。因"书博会"而来的陈平原夫妇,今年恰好有新书面世。但他们并没有顺便在"书博会"上签名售书的打算。"我们写的不是畅销书,是专业性的研究,不适合在热闹的场合签名售书。最适合我们的还是大学。"陈平原在刊物、媒体上就当今大学、教育、城市等热门公共问题的深入发言,获得了极大的知名度。为何在避开热闹的同时,又在参与热点话题的讨论呢?对写过《学者的人间情怀》《千古文人侠客梦》等著作的陈平原而言,他的书名本身就是对这个看似矛盾的问题的最好回答。

发言三原则：懂得，相信，做得到——"许多学者进入媒介发声后，养成了语不惊人死不休的媒体人趣味。尤其是在拥有一定话语权后，往往自我膨胀得很厉害，觉得可以对一切公共事件发言，且发言一定要与众不同。这样一来，'声音'就容易失真、变形，具有表演性。民间社会的戾气与撕裂，在一定程度上与温和、理性声音的缺乏有关。"陈平原说，在众声喧哗中，我们需要冷眼热肠、中道而行。

《贵阳日报》：您在就公共事件发言时，会有哪些注意事项？

陈平原：就公共事务发言，我有三个原则。首先是懂得。读了几十年书，深知自己真懂的东西其实很有限。所以，对公众发言的领域，和自己在书斋里的研究有很大的重合性。要说就得说到位，不懂得的、知之不多的、很难说到位的，不轻易开口。其次，说自己相信的话，不考虑潮流，更不委曲求全；再次，不唱高调，考虑可操作性。这样，我可以畅快地表达所思所想，而不是绕着弯子、吞吞吐吐、欲言又止。

读书必须学会拒绝——自称"职业读书人"的陈平原教授，多年来摸索出了一系列的"读书心得"。和他就公共问题发言一样，他不从自己爱书的角度谈读书，而是分析读书的利与弊。

《贵阳日报》：对现在的年轻人，您有一些读书建议吗？

陈平原：读书是件好玩的事，但必须学会拒绝。现在很多人不是不读书，而是太受潮流影响，东摸摸西看看，这也想读，那也想读，尤其是不敢不读大家都说好的书。为什么？在资讯爆炸的年代，怕跟不上当下的热点话题，怕落伍。其结果很可能是被潮流裹挟，无法形成自己的阅读视野。我想说的是，没有必要读这么多的书，也没有必要知道那么多的事。找到自己真心喜欢且适合阅读的书，这就够了。

本土文化的活力在于与其他文明的对话性——此次来贵州，陈平原夫妇打算去安顺看一看。他说："老钱经常在我们面前'吹牛'，说安顺的文化有多么了不起。我们就想去一探究竟。"陈平原口中的"老钱"指的是钱理群教授。钱教授视安顺为"第二故乡"，他和一批贵州文化人编写《贵州读本》，倡议"认识我们脚下的土地"，"构建地方文化的知识谱系"。

《贵阳日报》：这些年来，贵州也试图构建"黔学"，凸显本土区域文化的主体性。您怎么看这种做法？

陈平原：很多地方的学者都会根据本地的历史、文化、生活、民俗等，构建某种特殊研究领域，比如我的老家潮汕就有"潮学"。谈论"黔学"，当然是可行的，我关注的是怎么谈。在构建"黔学"的过程中，请注意几点：首先，一门学科不能仅仅按行政区域划分；其次，不能以某个历史阶段的辉煌成就代替整个历史发展趋势；再次，西南地区少数民族文献很丰富，要寻找和其他主流文化对话的可能性。如此，才有可能在学术体系中为"黔学"找到合适的位置。

（初刊2014年8月4日《贵阳日报》，原题《陈平原：远离热闹，不离人间》）

谈"晚清",为何需要"图像"

——答《光明日报》记者李苑问

《光明日报》:您写作这册《图像晚清——〈点石斋画报〉之外》(北京:东方出版社,2014年)的缘由是什么?

陈平原:此书的重心,首先是"图像",而后才是"晚清"。从1995年写作《从科普读物到科学小说——以"飞车"为中心的考察》起,我就有意识地在历史论述中使用图像资料:借用照片的,属于配合"演出";引入明清版刻的,论述也不够深入;唯有晚清画报研究,算是有比较像样的成果。这册《图像晚清——〈点石斋画报〉之外》,其实只是我若干"读图"书籍中的一种。

我关注图像,与美术史家不同,更多考虑的是图文之间的缝隙、对话与互补。古代中国"图书"并称,有书必有图。只不过在漫长的历史岁月中,大部分图像资料没能像其阐释的经典那样留存下来。图谱的失落以及国人读图能力的退化,宋人郑樵已有很深的感叹。在

《通志略·图谱略》中,郑樵专门讨论了"图"、"书"携手的重要性,批评时人之"见书不见图"。在文字之外,图像如何传递知识、表达情感以及完成文明的塑造,不是一两句话就能说清楚的。而对于中国学界来说,"读图"还是一门生疏的"手艺"。既擅长阅读、分析图像,又颇能体味、保持文字魅力,这很不容易,需要修养,也需要训练。

作为中文系教授,我深知读图有趣,但并不轻松——这同样是一门学问,值得认真经营。这也是我二十年间,持续关注图文之间的对峙与对话,且多有论述的原因。

《光明日报》:为什么书名提到了《点石斋画报》,书中谈的却是其他的画报?如此命名,有何深意?

陈平原:这回东方出版社刊行的《图像晚清》,其实是两册,一专注《点石斋画报》,一谈论《点石斋画报》之外的"晚清画报"。前者乃旧书重印(虽略有修订),后者方才是近期的研究成果。更重要的是,《点石斋画报》国内外学界多有研究,我只不过是"众声喧哗"中的一家之言;而关注《点石斋画报》之外的"晚清画报",虽不敢说"独步天下",但起码是比较有特色的。

多年来,我曾在不同场合提及:"创刊于1884年5月8日,终刊于1898年8月的《点石斋画报》,十五年间,共刊出四千余幅带文的图画,这对于今人之直接触摸'晚清',理解近代中国社会生活的各个层面,是个不可多得的宝库。"这话有瑕疵,须略为修正:不仅《点石斋画报》,众多徘徊于"娱乐"与"启蒙"之间的晚清画报,都将"对于今人之直接触摸'晚清'"起决定性作用。之所以不厌其烦,再三谈论此话题,目的只有一个,那就是提醒学界关注《点石斋画报》之外的晚清画报。

《光明日报》：选择这些画报的原则是什么？

陈平原：此书收文二十则，介绍了二十八种晚清画报。选择画报的标准有三：第一重要性，第二艺术性，第三稀缺性。前两者属于个人判断，不见得都被认可；第三种更值得一提。举个例子，上海环球社1909年8月至1910年8月间发行的《图画日报》，共出刊404期，每期十二页，总篇幅与《点石斋画报》不相上下。1999年上海古籍出版社重刊了这套画报，很多大学图书馆都有入藏，因而我就少费口舌；至于那些存世极少、水平不错而又罕为人知的画报，如北京的《星期画报》（1906）、《益森画报》（1907）等，我会格外用心。

晚清画报主要集中在今天大家耳熟能详的"北上广"——如果按创刊时间排列，应该是上海、北京、广州。第四个重镇稍微弱了一点，那就是北方重要通商口岸天津。其他城市偶尔也刊行画报，但大都发行时间短，影响也不大。这一出版格局，与当年西学东渐的步伐大致吻合。或者应该这么说，画报本身就是现代传媒以及都市生活的产物，且反过来印证了现代都市文化的形成。

《光明日报》：您为什么会选择"晚清画报"这个视角？

陈平原：自从进入学界，我一直关注晚清的思想潮流、社会生活及文化生产。二十世纪八九十年代仅仅使用文字材料（如书籍、报刊、档案、书信日记等），最近十几年方才兼及图像。画报不仅是资料库，更是一个特殊视角，我称为"低调启蒙"——与《新民丛报》《民报》等高调论述不太一样，更接近普通百姓的日常生活。如果说"开通群智，振发精神"是晚清所有报刊的共同主旨，那么，以"图像叙事"为主的晚清画报,追求的是"其事信而有征,其文浅而易晓"。这种编辑策略,当初是读者对象决定的——"故士夫可读也,下而贩夫牧竖,亦可助科头跣足之倾谈"(申报馆主:《第六号画报出售》,《申报》1884年6月26日);百年后,研究者则从这种兼及娱乐、商业与改良群治的读物中,发掘出一种不怎么居高临下的启蒙姿态。

《光明日报》:请问从这些画报的角度,您看到了哪些晚清社会文化,其中有哪些新意?

陈平原:晚清乃"三千年未有之大变局",各种社会矛盾错综复杂,其中最为关键的是中外、满汉、新旧、雅俗,还有革命与改良等,如何论述,取决于你的立场及视角,正所谓"远近高低各不同"。《图像晚清——点石斋画报》开列了"中外纪闻""官场现形""格致汇编""海上繁华"四大主题;而在《图像晚清——〈点石斋画报〉之外》中,再添上民俗风情与城市建筑,这是考虑到今人的阅读趣味。至于当初占据不小篇幅的鬼神故事以及因果报应,我没有纳入。这就好像同样讲女性生活,我关注走出家门的女学生,而不是割肉疗亲的好媳妇,如此取舍,包含着价值判断。

《光明日报》:书中所涉及的画报,哪些让您最感兴趣?为什么?

陈平原:第一,石印术的引进;第二,画家在启蒙事业中的作用。明清小说戏曲的插图十分精美,但版刻制作工艺相当复杂;而石印术的引进,使这一切变得简单许多。剩下的主要问题是:配图的原则以及绘画的能力。在中国,吟诗作文乃读书人的当行本色;至于绘画能力,则必须接受专门训练。故但凡创办画报,"延请名手,精心图绘"便成了要务。此前我们谈论晚清的启蒙事业,关注的基本上都是"文人"。而从上海的《点石斋画报》到广州的《时事画报》,其成败得失,画家均起关键性作用。

《光明日报》:这本书的写作过程中,有无让您觉得愉快或者遗憾的经历?

陈平原:谈论晚清画报,必须兼及政治立场、审美趣味、技术手段以及生产流通。本书虽有整体规划,但毕竟是为《看历史》撰写的专栏文章,更加强调可读性。若从专业角度看,如此"图文并茂",好处是兼及雅俗,缺点则是缺乏深度。这是著述体例决定的,很难"两全其美"。专业性的考证、辨析与阐发,只能交给即将由北京三联书店刊行的增订版《左图右史与西学东渐——晚清画报研究》来实现了。

(初刊2014年12月5日《光明日报》,原题《"晚清"为何需要"图像"——对话〈图像晚清:"点石斋画报"之外〉作者陈平原》)

大学

站稳自家脚跟　重拾学术自信
——答《深圳特区报》记者马璇问

【采访手记】在中国高校改革如火如荼、国民教育越来越受重视的今天,许多读者都希望对多元化发展的中国大学有一个总体认识,对中国大学的丰富内涵和办学精神有一个全面的了解。在深圳特区报举办的"名家讲坛"开讲前夕,本报记者专访了论坛嘉宾——北京大学中文系主任陈平原教授,聆听他对教育问题的新想法、新思路。陈平原教授认为,如今国内众多大学纷纷追求"与国际接轨"是一个误区,中国大学应该追求"国际视野与本土情怀"合一,在国际化时代站稳脚跟,重拾自信。

"接轨说"误尽苍生

《深圳特区报》:去年清华大学百年华诞时,您曾经撰写文章,提出"走向国际"并不一定就是"迈向一流",引起业界的关注。如今国内的众多大学都追求"国际化"、"与国际接轨",您如何看待这个问题?

陈平原:生活在全球化时代,新一代学者具备某种意义上的"国际视野",已经并非难事。就是如今的青年学生,经由电影、电视、互联网的熏陶,对于世界局势、文化潮流亦早就了然于心,对他们来说,出国旅游、开会、进修、念学位,已经不是什么了不起的事了。

然而面对今天铺天盖地的国际化论述,我倒想泼一泼冷水——"走向国际",并不一定就是"迈向一流"。二者之间,确实有某种联系,但绝非同步,有时甚至是风马牛不相及。如果说办大学就是要"与国际接轨",可国外著名的大学并非只有一个模式,那么到底要用哪个"轨",怎么"接"?认真学习当然可以,也很应该;但"接轨说"误尽苍生。

今日中国大学,正亦步亦趋地复制美国大学的模样。举个例子,几乎所有中国大学都在奖励用英文发表论文,理科迷信SCI,文科推崇SSCI或A&HCI;聘教授时,格外看好欧美名牌大学出身的;至于教育行政官员,更是唯哈佛、耶鲁等马首是瞻。在我看来,改革开放三十年,若讲独立性与自信心,中国学界不但没有进步,还在倒退。

《深圳特区报》:您觉得中国的大学应该如何在全球化时代重拾学术的自信?

陈平原:21世纪的中国学界,会更多考虑如何自立门户、自坚其说。最佳状态是:借助各种对话以及合作研究,彼此沟通思路,争取各自走向成熟。

中国学界除了"请进来",还要"走出去"。文化上的"走出去",讲究的是"润物细无声"。依我浅见,当下的中国学界,不要期待政府揠苗助长,也别抱怨外国人不理睬你,更不靠情绪性的口号,关键是练好内功,努力提升整体的学术水平。若能沉得住气,努力耕耘,十年生聚,十年教训,等到出现大批既有国际视野也有本土情怀的著作,那时候,中国学术之国际化,将是水到渠成。

莫气走能干的"儿子"

《深圳特区报》:高校改革是如今中国教育界的热点话题,也是本报举办此次"名家讲坛"的主题,作为一名教育史研究专家,您对国内大学正在进行的各类人事、教学改革,有何感受与看法?

陈平原:凡在大学教书的,大概都承认,最近这二十年,我们的收入在提升,我们的压力也在增大。以前只要教好书,论文写多写少,出版不出版,关系不是很大。现在不一样了,要是评估不过关,轻则降级,重则解聘。

关于大学管理,我认为:第一,要展示愿景——让老师们看到国家的、大学的以及自己的前途;第二,了解自家人——切忌引进未必精彩的"女婿",而气走好几个能干的"儿子";第三,明确自家位置;第四,善待青年学者。

《深圳特区报》:许多大学都争相聘请大师级的学术领军人物,在校内鼓励竞争,对此您怎么看?有何建言?

陈平原:鼓励学术竞争,这本是好事。可悬得过高,达不到,容易造假,或养成急功近利、喜欢吹牛的毛病。

我认为,在高校管理与改革当中,善待青年学者十分重要。一些大学在争抢"大师"或"明星学者"的同时，对于刚出道的青年教师，则不甚关心，当廉价劳动力使用，且提出不近情理的考核标准。这种"高标准严要求"，会让年轻学者手忙脚乱，心气浮躁，根本没有时间想问题或从容读书。

"漫卷诗书喜欲狂"才是理想状态

《深圳特区报》：随着大学扩招，现在中国的高等教育已经走向大众化。大学毕业生找工作难的现象也越来越突出。对此您怎么看？您认为大学应该怎么学？

陈平原：大学扩招，专家们大都主张应注意专业对口，对此我有不同意见。如果原本就是以技能训练为中心，这样的学校容易与就业市场对上口；可又讲提高学术水准，又提瞄准市场需要，这"口"到底该怎么"对"？

在我看来，与其在研究型大学里增设许多实用专业，弄得不伦不类，还不如放手一搏，相对脱离一时一地的就业市场。这里的基本假设是：社会需求瞬息万变，大学根本无法有效控制；专业设置过于追随市场，很容易变成明日黄花。

我认为，大学四年，能获得人文、社会或自然科学方面的基本知识，加上很好的思维训练，这就够了。问题在于，在中国，大部分人还是把"上大学"等同于"找工作"。假如有一天，念大学和自己日后所从事的职业没有直接对应联系——现在已经有这种趋势，尽管不是自愿，我相信，很多人会同意我的看法：了解社会，了解人类，学点文学，学点历史，陶冶情操，养成人格，远比过早地进入职业培训，要有趣也有用得多。

《深圳特区报》：您是北京大学的首届文学博士，知识渊博，是许多学子的偶像，您对当今大学生的学习与读书有何建议？

陈平原：对于读书，专家各有说法，这牵涉到不同的学科立场。作为文学教授，我的建议是，多读文学书。这么说，并非出于私心。今人读书过于势利，事事讲求实用，这样不好。经济、法律等专业书籍很重要，这不用说，我想说的是，审美趣味的培养以及精神探索的意义，同样不能忽略。没有任何功利目的、全凭个人兴趣地读书，那样的"漫卷诗书喜欲狂"，才是读书的理想状态。

这里推荐章太炎的思路，章先生再三强调，平生学问，得之于师长的，远不及得之于社会阅历以及人生忧患的多。他还说：学问只在自修，事事要先生讲，讲不了许多。读书有不明白处，则问之。合起来，就三句话：学问以自修为主；不明白处则问之；将人生忧患与书本知识相勾连。"借花献佛"，这就是我所理解的"读书的诀窍"。

（初刊《深圳特区报》2012年5月26日，原题《北京大学中文系主任陈平原教授：站稳自家脚跟　重拾学术自信》）

参与国际学界的对话
——答《北京大学校报》记者巴扬问

《北京大学校报》：中文系是北大最早培养留学生的院系之一，也是外国人了解北大、了解中国的一扇窗口。那么，在过去几年中，中文系的国际交流状况如何？

陈平原：翻阅为百年系庆而重新修订的《北京大学中文系系友名录》，感到很骄傲。北大中文系1952年起成建制地培养外国留学生，1954年开始接受外国访问学者，半个多世纪以来，从这里走出多少著名的汉学家或外交家，他们对中外文化交流做出的贡献，目前还不太为人所知。我在北京大学中文系百年系庆庆祝大会上致辞，专门提及："今天我们谈优秀系友，往往只看国内的；如果有一天，那些生活在异国的北大中文系系友做出了不起的成绩，我一点都不惊讶。"

也是在那篇题为《百年阳光，百年风雨》的讲话中，有这么一段："说到北大中文系的国际化程度，不能不提及我们引以为傲的留学生教育。整个中文系学生,若按百年统计,留学生占9%,若按改革开放三十年统计,留学生占14%,至于目前在读学生中,留学生所占比例是23%。我说的是到北大中文系念学位的,不是那些单纯学汉语的。上次周校长到中文系调研,看到这个数字,很是赞赏。"

《北京大学校报》:您怎样评价过去几年中文系的国际交流状况?

陈平原:所谓"国际交流",得分教师与学生。刚完成一级学科评估简表,其中有两项,我很得意。一是"学生国际交流情况":2009年—2011年间,我们出国(境)访学、进修三个月以上的学生是66人。二是这三年间授予境外学生硕士、博士学位的数量,我们有75名。

至于老师的"国际交流",举个简单的例子:北大中文系教师中,除了刚聘任的,都有国外任教的经历。请注意,不是个别名教授,而是所有中文系教师都曾在国外大学任过教。这当然了不起。但我必须承认,这些光鲜的数据,是有水分的。不少中文系老师到国外大学教书,主要讲授普通汉语课,而不是自己的学术专长。另外,我们的"脚步"太快了,"灵魂"有些赶不上——人生活在国外,思想及趣味还停留在国内。相对于海外汉学家对当下中国学术的"塑造",我们影响人家的力度远远不够——即便谈中国问题,也不占主导地位。

《北京大学校报》:中文系作为研究、传承本国文化的百年系所,在国际交流中的受益之处是什么?

陈平原:80年代中期,我在北大念博士,也曾申请出国访学,但被研究生院拒绝了,人家的理由很充分:你学中国文学,出去干什么?那个时候,除了比较文学专业,中文系教师大都安于关起门来做学问。现在不同了,不用说语言专业、文学专业,就连古典文献专业的师生,也都经常进进出出。像他们编辑《日本宫内厅书陵部藏宋元版汉籍影印丛书》,以及获得2010年国家社会科学基金重大项目"国外所藏汉籍善本丛刊",都是需要国际视野的。

《北京大学校报》:您曾提出过,中文系不应满足于在国内的独领风骚,而是要能够以更长远的眼光:立足国内,沟通两岸三地,背靠东亚,面向欧美。那么在未来,中文系有着怎样的国际化建设的战略?

陈平原:这话必须是"内部人士",方才明白真正的含义。此前,北大中文系的国际交流主要集中在东亚,我希望改变这个局面,更多地面向欧美学界,走出去,请进来,大幅度提高中文系的国际化程度。虽然以研究"中国语言"及"中国文学"为主,我们也不能关起门来称大王。借助举办国际会议及学术讲座、邀请讲学、互相访问、特聘与兼职等,让我们的老师与学生,有更多直面欧美主流学界的能力与机会。

对于目前的"海外汉学热",我是有警觉的;也曾撰文批评"外来和尚会念经"的时尚。但即便如此,我还是希望中文系教师能开阔眼界,参与国际学界的对话。现在看来,请进来,我们做得不错;走出去,也还可以。缺点在于,我们的研究成果被国外学界接纳的,还不太多,这方面,还有很长的路要走。

作为个体的学者,尽可"八仙过海各显神通";而作为集体的北大中文系,这两年的重要举措就是,走出去,与国外大学合作召开专题性的学术会议。比如，2011年11月，在美国纽约，与纽约大学合作召开"鲁迅与中国现代'文'的政治性"研讨会；2012年4月，在加拿大爱德蒙顿，与阿尔伯特大学合作召开"全球化时代比较文学的未来"研讨会，2012年5月，在美国檀香山，与夏威夷大学合作召开"汉语研究与教学"研讨会；2013年的计划是，3月在威尼斯，与意大利威尼斯大学合作召开"从古代到当代：中国思想史及文学史的断裂与连续"研讨会，6月在图宾根，与德国图宾根大学合作召开"欧洲近代文化与'现代中国'的诞生"研讨会。这样的"国际交流"，既是学习，也是扩大自身影响力的有效途径。

《北京大学校报》：您心中理想的中文系应是怎样的？

陈平原：中文系有八个二级学科，众多教授术业有专攻，应鼓励大家互相尊重，各自做好自己的学问。这是我们的根基，不能动摇。此外，北大中文系还有个特点：不仅仅研究本专业的知识，还关注社会、人生、政治改革等现实问题，与整个国家的历史命运紧紧联系在一起。我称之为"溢出效应"——此举有其利，也有其弊。但这关乎"系格"，可以修订，不能删除。今天，我还想谈另一种"溢出"——那就是，如何挥洒才华，将专深著述转化为大众读物，将学术成果传播给国外学界，而不仅仅满足于在所谓的"核心期刊"上发论文。

《北京大学校报》："胡适人文讲座"是中文系2010年以来举办的高端学术讲座，邀请的学者都已闻名中外。那么，当初成立它的初衷是什么呢？如今看来，对中文系的院系与学科建设起到了怎样的效果呢？

陈平原：在大学里设立高规格的学术讲座，既对讲者表示敬意，也给听众一番惊喜，在我，这念头由来已久。出任中文系主任后，很想追摹先进，以尽可能优厚的待遇，邀请国际上杰出的学者到北大来，以系列讲座的形式，传授其人文理想及学术成果。如此理念，学人大都赞赏；但实行起来，非有特殊经费支持不可。于是，利用百年系庆的机遇，我请系友黄怒波捐资，创立了此"胡适人文讲座"。

以"胡适"命名此讲座，当然是别有幽怀。作为北大人，我对适之先生有一种歉疚感。翻阅20世纪50年代三联书店出版的八辑《胡适思想批判》，不难明白当年的批胡，重头戏多由北大人主唱。1998年，北大借百年庆典之机，重提"老校长胡适"，这已经跨出了一大步——此前，我们只肯定其在新文化运动中的贡献。其实，谈论20世纪中国的思想文化建设，胡适是无论如何也绕不过去的。在政治、思想、学术、文化等诸方面，适之先生都曾发挥巨大作用。但尤为难得的是，其始终保持"建设者"的姿态。与充满激情的"革命"相比，强调"建设"，自是显得"黯然失色"。适之先生利弊参半的"平实"，既受制于性格、学识、才情，但也与这一"建设者"的自我定位不无关系。可建设者的力求"平实"，不等于墨守成规、维持现状，更不等于没有自己独立的政治理念。

能找到足够的经费创设高端讲座，这是大好事。但除了钱，还得有人愿意做。处心积虑，寻找好学者，定出好题目，再加上前前后后的组织工作，其实不容易。从前三届看，这个讲座很受北大学生欢迎；既然如此，累点也值得。

《北京大学校报》：据了解，北大中国诗歌研究院已邀请了叶维廉先生和余光中先生两位"驻校诗人"。在您眼中，如何解读诗歌文学形式存在的必要性？

陈平原：北大中国诗歌研究院成立，我专门撰写了则短文，题为《诗歌乃大学之精魂》，刊在《人民日报》上。此文大意是：无论古今还是中外，诗歌与教育同行，或者本身就是其重要的组成部分。而在日益世俗化的当代中国，最有可能热恋诗歌、愿意暂时脱离尘世的喧嚣、追求心灵的平静以及精神生活的充实的，无疑是大学生。因此，大学天然地成为创作、阐释、传播诗歌的沃土。毫无疑问，诗歌需要大学。若是一代代接受过高等教育的青年学子远离诗歌，单凭那几个著名或非著名诗人，是无法支撑起一片蓝天的。但我更愿意强调的是另一面，那就是，大学需要诗歌的滋养——专门知识的传授十分重要，但大学生的志向、情怀、诗心与想象力，同样不可或缺。

其实，除了设立"驻校诗人"，中文系还与《中国作家》杂志社合作，主办"中国作家北大行"系列讲座，邀请众多名作家进校园，给热爱文学的大学生讲述创作经验。大学的"文学教育"，其主要功能不是培养作家——能出大作家，那最好；没有，也无所谓。我们的目标是：酿成热爱文学的风气，培养欣赏文学的品位，提升创作文学的能力。

《北京大学校报》：北大如今在努力将自身建设成为"世界一流大学"，与国际接轨，中文系为之能做些什么？

陈平原：我不喜欢"接轨"这个提法，国外名校并非全都同轨，你让我接哪一个、怎么接？其实，越是这个时候，越需要冷静。说到底，学术上的独立与自信，最为关键。没有自家根基，你拼命走出去，也没用。

我现在担心的是，我们的志向不够高远，我们的学问不够精深，我们的思考不够缜密，我们的视野不够宏通。别整天惦着"接轨"，也别整天观察人家的脸色，竭尽全力，把自家的事做好，做到极致，自然就是"世界一流"了。

（初刊2012年5月15日《北京大学校报》）

大学更应关注普通校友的"小捐"
——答《新京报》记者高明勇问

捐款性质　捐款本身都是善举

《新京报》：现在国内高校似乎每逢校庆，都会呼吁校友捐款？

陈平原：其实，大学接受捐款，并非到了校庆的时候才做；这项工作一年四季都在做，一般都是以某某大学"校友会"或"教育基金会"的形式专门负责。为什么到了校庆时才引起公众注意，特别是逢五逢十乃至百年校庆？这里有三个因素：一是时机，校庆时说服校友捐款相对容易，也显得顺理成章；二是心理，这个时候，基于"荣辱与共"的立场，校友们容易被感动；三是媒体，媒体的积极介入，让捐款者更多了解母校的进步及需求，也让捐款这一善举更广为人知。此外，大学为了制造"规模效应"，也可能平时谈好，校庆时集中发布。这就造成了大学校庆期间密集捐款的现象。

《新京报》：您认为从性质上看，校友捐款算是什么？对国内国外而言，有区别吗？

陈平原：捐款这一行为本身，应该都被视为"善举"。不管是捐给大学，还是捐给专门的慈善机构；是关注国内的环保、医疗、灾害、残疾人问题，还是非洲地区的失学儿童，都是一种爱心的体现，一种高尚的品格。至于捐给"甲"还是"乙"，那是由捐款人的意愿决定的，你不能追问，更不能限制。但现实中确实出现了这么一种倾向——越知名的大学，获得的捐款越多，形成所谓的"马太效应"。你看看大学的捐款排名，与大学的影响力基本同步。原因在于，捐款人若考虑"效应"的话，当然是捐给知名大学更容易获得关注与赞誉。另外，还得考虑校友的能力：越是著名大学，其毕业生成才的概率越高，对母校的回报因而也就越普遍。这样，就形成了良性循环。

捐款动力 出自对母校的认同感

《新京报》：您曾说："（校友会的工作）第一步是建立牢不可破的感情，而不知不觉中，你会有回报母校的冲动。"但是从目前来看有一个显著特点，就是捐款主体多为有钱的、有名的和有权的校友，普通校友似乎只是旁观者，缺乏"回报母校的冲动"，为什么会这样？

陈平原：一个人愿意捐款，有两种基本的心理动机：一是同情，二是感恩。纵观国内外大学，所谓"回报母校"，就像给自己家乡捐款一样，有感恩的成分在里面。这既合理，也合情。因此，我真正想表达的是，对于校友捐款，不应该仅仅统计捐款总额，更要统计实际捐款的人数和比例。因为，看捐款的积极性，可从一个侧面观察到校友对于母校的认同感。从这个角度说，各大学除了看重"大钱"，更得关注"小钱"。募集小额捐款，既吃力，又不讨好，可这很能显示校友的心情。我看国外及香港的大学，在校友的小额捐款上，做得非常细，让你举手之劳就能完成此心愿。还有，他们统计时，会说今年共有多少校友捐款，这与总共募到了多少钱，两个数字都很重要。前者往往被公众及媒体忽视了，但它体现的是全体校友对母校的认同感。

所以，我认为校友捐款的比例，应该成为评价一所大学的"校友会"或"教育基金会"工作的重要指标之一。当然，这也是大学形象及声誉的侧影，可被仔细观察与剖析。

《新京报》：我注意到您有一个身份是"中山大学北京校友会会长"，是否会呼吁捐款？如何呼吁？

陈平原：或许是长期从事人文研究的缘故，我对"为母校募捐"这件事，处理得很低调，小心翼翼。这确实是校友会的重要工作之一，但要把握一个度，不能让参加活动的校友感到压力。最热心校友活动的是两头，一是已退休，一是刚毕业。这些人热情高，但往往经济实力较弱。募捐不是"逼捐"，你首先得考虑捐款者的能力及心情；参加校友活动，不管捐不捐，都要给人尊严与快乐。另外，我不喜欢泛泛而谈，若募捐，必须有特定需求。比如，最近中山大学筹建博物馆群，希望校友们捐款，这我觉得可以做。

捐款回报　适当奖励是必要的

《新京报》：2010年，是北京大学中文系成立100周年，当时系友黄怒波捐出200万元,支持设立高端学术层次的"胡适人文讲座",表面看似乎没有什么直接回报。有具体回报吗,是什么?您怎么看待这件事情?

陈平原:那200万元是支持北大中文系百年系庆的一系列活动,至于设立"胡适人文讲座"和"鲁迅人文讲座",是另外给的。此举没有任何直接回报。我认为,愿意捐款的,大都看重以下三点:一是事情有意义,二是本人有能力,三是事后能落实。我们的工作目标很明确,黄本人有能力,以往的合作也很顺利,因此,我只谈了半个小时就敲定了。倒是我自己心里有压力,人家赚钱不容易,不能乱花。系庆活动不用说,大家看得很清楚,有他这笔钱垫底,我们可以只谈"友情",只字不提这"阿堵物"。至于他捐给"胡适人文讲座"和"鲁迅人文讲座"的钱,我们放在"北京大学教育基金会",建立专门账号,专款专用。而且,每年汇报业绩,说今年请谁谁谁来讲,效果如何如何。人家看不看我不管,我这么做,自己心安。在我看来,大学既要学会"要钱",更要学会"花钱",让捐赠者深切地感受到,这捐赠是值得的。

《新京报》:国内不少高校校友捐款,一般都会给予一定回报,比如冠名大楼或讲座或奖学金。现在似乎面临两难,给出回报,会有沽名或交易之嫌;没有回报,会影响到其他校友捐款的积极性。您怎么看?

陈平原:因校友大笔捐款而冠名大楼或讲座,我认为很正常。必须区分两种不同性质的"回报"。一是合法的荣誉,对于积极捐助教育者,给予适当的表彰,这个全世界都一样。就像这回华生夫妇为东南大学捐款,也包括此前黄怒波为北大捐款,大学很自然要提出是否冠名的问题。他们谢绝了,那是他们的高风亮节;但不能苛求所有的捐赠者都这么做。另外一种回报,则带有学钱交易的色彩,不太合适。比如,你给我捐款,我授予你学位或学术头衔。好大学爱惜羽毛,一般不会这么做。问题主要出在募捐困难的学校。金钱和学术之间,不能进行直接交易;你可以用别的奖励方式,以表示感谢。如何让捐款人真切感受到做善事的魅力,但又不损害学术的尊严,这方面,"仪式感"很重要。

捐款管理　"用不好"会让人心冷

《新京报》:与国外高校相比,国内高校校友捐款是否乐观?

陈平原:我持比较乐观的态度。一来国人经济实力提升,二来鼓励捐赠的法规逐渐完善,三来各大学积极操作。最近这些年,各大学的校友捐款工作发展很快。通过向海外高校取经,加上国内各院校之间互相学习,很多大学都建立了运作良好的校友会及教育基金会。但这项工作要有长远打算,最忌讳"势利眼"。两年前我在中大演讲,提及做校友工作不能"嫌贫爱富",不能冷落那些"非著名"的校友。越不著名,越不能怠慢,因其容易受伤害。而且,今天是著名校友,弄不好明天就身败名裂,进监狱去了;而今日的"非著名",说不定日后"发迹变泰",为母校做出更大的贡献。尤其是学者,沉潜几十年,默默无闻,突然一飞冲天的,不是没有可能。借用毛泽东的诗句"风物长宜放眼量",做校友工作,属于"长线投资",切忌"短线操作"。

《新京报》：校友捐款该如何使用？是否需要向全体校友定期公布捐款数量及使用情况？

陈平原：当然需要。具体在什么范围、采用何种方式公布，那是因时因地而异。我注意到北大及中大都有公布，只是人家校友不一定关注。我还是那句话：人家看不看是一回事，你做了，自己心安。用好善款，能唤起大家继续捐款的愿望与热情。反之，则容易让人心灰意冷。近日媒体报道，汶川大地震后，香港教育工作者联会、香港特区政府和绵阳市政府共同投入建设了一座教学楼，2010年3月投入使用，并更名为绵阳紫荆民族中学。日前这楼被拆掉了，具体原因众说纷纭。不管理由是什么，凡接受捐赠，都必须尊重捐赠者的意愿，尊重他们的感受；万一出现变更，一定要事先与捐赠方充分沟通。

（初刊2012年5月26日《新京报》）

当今大学难出大学问
——答《中国科学报》记者孙琛辉问

【采访手记】当下中国大学,有生气,但乱哄哄,通病在于急功近利,无论老师、学生,治学都不够踏实,也不够从容。这种状态,必定倾向于零敲碎打,要出大学问,很难。北京大学中文系教授、系主任陈平原治学之余,还关注现代中国教育及学术,并有着很多独到的见解。日前,围绕大学理念、学科评估等高等教育的重要话题,本报记者专访了陈平原教授。

《中国科学报》:目前,我国多所大学都在提世界一流大学建设,世界一流大学是否有一定的标准?中国高等教育和西方发达国家的一流大学之间的差距在哪里?在我国建设世界一流大学的过程中,哪些因素起关键作用?

陈平原:你问"世界一流大学是否有一定的标准",这让我想起金人王若虚《文辨》中的一句妙语："或问文章有体乎？曰：无。又问无体乎？曰：有。然则果何如？曰：定体则无，大体须有。"在我看来，"大学评价"犹如"文体辨析"，也是有"大体"而无"定体"。或许，妙就妙在这儿——你能明显感觉到"世界一流大学"的"大体"，但若想彻底地"坐实"、"敲定"、"说死"，又觉得不对劲。目前我们处于奋起直追的阶段，习惯于将其分解为若干指标；总有一天你会发现，每项指标都达到了，可依然不是"世界一流"。那时候，你就会明白——"指标"不可不信，也不可全信。除了所有可量化的"指标"因时因地因研究领域而存在着变异，还因为，所谓的"全牛"，不等于"四肢"加"躯干"加"脑袋"。

今天的中国大学，在硬体设施以及论文数量上，与世界一流大学其实差距不大；真正拉开差距的，是大学理念、学术精神以及制度设计。过去我们常拿"钱"说事，似乎中国大学别的不差，只要有了这"阿堵物"，就万事大吉了。现在终于明白，单靠钱是堆不出一流成果的。至于薪水低而外骛多，直接导致年轻教师生活窘迫，以及科研经费铺张浪费，乃中国学界的另一积弊，这里不说。现在应该反省的，是如何在制度建设以及风气养成方面下工夫，而不是汲汲于提各种激动人心但不切实际的口号。

请允许我直说：当下中国大学，有生气，但乱哄哄，通病在于急功近利，无论老师、学生，治学都不够踏实，也不够从容。这种状态，必定倾向于零敲碎打，要出大学问，很难。

《中国科学报》：2011年底，教育部颁布了《高等学校章程制定暂行办法》，并于2012年1月1日起正式施行，许多大学纷纷开始制定各自的章程。那么，大学章程应主要包括哪些内容，您如何看待大学章程在大学治理中的作用?

陈平原：最近二十年，我们一直呼吁政府增加教育经费。这百分之四的硬指标，估计今年能落实。但在此过程中，学界有意无意地忽略了（或者说不愿意直面）拨款机制的问题。目前这个状态，"跑部钱进"最有效；因此，政府的钱越多，大学的自主性就越小。不说别的，只希望有一天，教育部的部长、司长、处长、科长"莅临指导"时，各大学不必"鸡飞狗跳"。

这个问题不解决，再好听的"大学章程"都是"纸上文章"。连硕士生入学考试都要求"全国统考"，而且，有关方面还在组织撰写并力推"统编教材"，你就明白这"大学章程"能起多大作用。十多年前，我说了一句，教育部管大学，应该"抓小放大"，让有长期办学经验的好大学自行发展；可实际情况是，教育部的权力越来越大，教育部的官员越来越忙——这可不是好趋势。

《中国科学报》：教育部学位与研究生发展教育中心日前决定，继2002年、2008年两轮学科评估后，于2012年2月开展第三轮学科评估工作。您如何看待学科评估？在您看来，合理的学科评价体系是什么样的？

陈平原：好的学科评估，能帮助各大学以及各院系发现工作上的缺失，寻找奋斗的目标，起"监督"作用，值得肯定。学科评估之"好"与"坏"，关键在指标体系的设计——当然也包括具体操作过程。第三轮学科评估开始前，不断征求学界意见，做了很多调整。我本人也曾多次接受咨询，提了不少建议。从最初注明"请勿外传"的"讨论稿"，到最后正式颁布的"评估指标体系"，有很多修订，这其中包含诸多博弈。

定稿的评估指标分"学科基础"、"科学研究"、"人才培养"、"学科声誉"四部分,前三部分各有若干小点。别小看这些零零碎碎的设计,它决定了你哪些成绩"算分",哪些工作"挂零",而这,将引领日后中国大学的发展。"趋利避害"乃人之通性,完全不计功利、我行我素的,毕竟是极少数。在这个意义上,评估指标还可以进一步推敲。大概是为了留有余地,这回公布的方案,没有显示各项指标的"权重"。其实,各项指标的长短、大小、轻重、缓急,更能体现指标制定者的趣味。举个例子,带有更多主观色彩的"学科声誉",到底该占多大权重,就是个难题。

我更想说的是,即便所有的指标体系全都合情合理,操作过程也中规中矩,当校长或院系主任的,心里该明白:这不等于"学科建设"的全部。既然要评估,就必须数字化;而一旦数字化,必定删除那些表格之外的贡献。那些稀奇古怪的想法、那些很不合群的学者,今天是负担,明天说不定就是你的光荣。因此,我的策略是:认真填表,但不太在乎输赢,更不会用"画眉深浅入时无"来评价具体的教师。有志气的好大学,切忌亦步亦趋地依据"评估指标"来指挥生产;更值得期待的是不计一时短长的大学者与大著作。

《中国科学报》:您曾提到,大学教师以前只要教好书,论文写多写少,关系不是很大,现在科研论文压力则明显增大。出现这种现象的原因是什么?大学教师应该如何处理教学与科研的关系?

陈平原:大学之所以不同于研究院,就在于其首要任务是"教书育人"。问题在于,随便拿起一份教师表格,论文发表多少一目了然;至于书教得好不好,则不太容易说清楚。眼下的学科评鉴以及大学排名,越来越成为高校办学的指挥棒,这就使得缺乏自信的校方以及院系领导，拼命催要那些"看得见"的成绩。正是基于此，目前各大学对老师（以及研究生）的考核，多偏向于科研成果。最近到北方某大学（尚未进入"985工程"或"211工程"）参加校庆活动，教授们自嘲：希望自己的学校能"降低"到北大的水平。因为，相对来说，北大的管理比较有弹性，不会盲目追求论文发表的数量。

不同类型的大学，应该有不同的工作目标。若在研究型大学任教，你当然有义务拿出较多科研成果；但如果是教学型大学，科研方面不该有那么高的要求。而目前的状态恰恰相反，好大学相对从容些，次一点的大学要求更高——我说的是论文数量。一旦指标定得不切实际，老师们要不掺水，要不造假，这样一来，效果适得其反。2011年年底，我在广州的暨南大学演讲，谈及"一所大学的校风是否'正'，能否'宁静致远'，关键不在教师，在领导"，就是这个道理。

《中国科学报》：作为系主任与教授，您认为两个身份是否有冲突，您的工作重心在哪里？作为系主任，您对北大中文系有哪些改革措施？

陈平原：你的提问，后半截不好回答：一来北大中文系位置特殊，其得失成败不具有普遍意义；二来谈论"改革措施"，等于是在介绍经验，那我怎么说都不对。还是前半截有意思，牵涉个人心境。需要自我介绍时，我总是称"北京大学中文系教授、系主任"。除了"教授"是永久的，"系主任"是暂时的，还包含另外一层意思——我更看重自己的"教授"职位。这么说，可能被讥为"矫情"——最近这些年，在公众场合，我常被作为"北大中文系主任"来介绍与尊崇。可是，有兴趣的朋友，请读我的短文《"专任教授"的骄傲》

（2007年1月16日《人民日报》），其中提及：2006年，我总共获得了国家、教育部、北京市、专业学会以及北京大学颁发的6个奖；其中，最让我牵挂的，是级别最低的"北大十佳教师"。因为，其他的奖都是肯定我的专业研究，只有这个是表彰我的教书育人。作为大学教师，我更看重"传道授业解惑"。在很多人眼中，像我这么个年纪，没混上省长市长，也得弄个校长院长当当。眼看许多"成功人士"的名片上，印满各种虚虚实实的头衔，一面不够来两面，还有折叠式的；像我这样干干净净，只写教职的，不太多。对此，我一点也不感觉难堪，甚至还不无得意，说这才叫"专任教授"。

自从当了系主任，各种会议及社会活动明显增加，影响自家的教学及科研，这在意料之中，就不说了。更为严重的是，我的学术立场与当下学界的主流不合，常常处于两难境地。做学者，我可以特立独行；当系主任，则不能不多有妥协。在别人，这或许不是大问题；在我则感觉很痛苦。你问我"工作重心在哪里"，我只能说"当一天和尚撞一天钟"。这不是理想状态，但总比"占着茅坑不拉屎好"。

（初刊2012年5月30日《中国科学报》，原题《当今大学难出大学问——陈平原谈大学理念与学科评估》）

"好的校长演讲对学生来说是一辈子的事情"

——答《东方早报》记者许荻晔问

【采访手记】2012毕业季又至,各高校的毕业致辞纷纷被上传至网络,而这几年的毕业致辞中出现了不少网络词汇,比如俯卧撑、躲猫猫、打酱油等,有的甚至还被称为"根叔体"、"甄嬛体",台上台下笑语连连。北京大学中文系主任陈平原教授致力于大学史的研究,在他看来,虽然很贴近学生,但"时尚的网络语言用到校长演说中,让典礼变成娱乐跟狂欢,像一场演唱会一样,就成为一个快速消费的东西"。

学生致辞偏老气 校长致辞太时尚

《东方早报》:毕业典礼上校长致辞,这一传统始于何时?

陈平原:这是跟目前的学位制度联系在一起的,而学位制度是恢复高考后逐渐建立起来的，早期也并没有颁发学位典礼的形式。至少我1987年博士毕业，是北大第一届文学博士，没有毕业典礼，只是口头通知我去未名湖畔的研究生院领毕业证书。

其实以前没有授予学位的时候，校长开学会演讲，平时有兴趣的话也演讲。晚清以来，演说就成为在公共场合发表见解、阐明事理、说服听众的方式，梁启超将演说与学校、报章并列为传播文明三利器。中国人开始以这种新的方式传播知识，演说也有各种不同用途，比如政治选举、文化普及以及典礼致辞。

《东方早报》：您曾经批评过当下大量使用网络流行语汇的校长致辞。

陈平原：我曾经撰文评论过"根叔体"（华中科技大学校长李培根在2010届毕业典礼上的演讲中使用了俯卧撑、躲猫猫、打酱油等当年网络热词，被称作"根叔体"，编者注）。这是一种风潮，是风潮自然会来也会去，我相信校长们也都会反省这种方式。校长致辞也有自己的难处，毕竟面对这么多不同的学生，也都经过了认真的准备，虽然讲稿多数是秘书处理的，但校长肯定是参与拿主意的。

《东方早报》：您提到致辞应注重场合与文体。

陈平原：什么样人讲什么样话，如果一场毕业典礼，校长、教授、学生致辞的风格都一样，那就是失败的。校长应该有自己的立场、表达风格，也有自己的尊严。为了下面的欢呼而采取甚至不是每个学生都会去使用的语言，并不恰当。其实演讲者是容易受台下气氛影响的，如果为了掌声热烈就刻意朝那个方向走，我觉得是违背教育传统的，不符合校长的角色。一般来说，大学校长在开学典礼、毕业典礼上的致辞,当讲究仪式感:典雅、庄严、得体、立意高深。但现在大家对"大话"不感兴趣,毕业典礼也像一场娱乐演出一样,学生为自己兴奋的地方鼓掌,但校长致辞并不是为了要大家鼓掌的。好的校长演讲对学生来说是一辈子的事情。

《东方早报》:能否举隅?

陈平原:像蔡元培1917年《就任北京大学校长之演说》、1919年《北大第二十二年开学式演说词》,以及两任清华大学校长罗家伦、梅贻琦在1928年、1931年的就职演说,我觉得不仅在其后的10年、20年,乃至到今天都能为人接受。而现在的"根叔体",可能现场很热烈,像一场明星演出,但当时被叫好的那些词,很可能两年后就没有人用了。

《东方早报》:有个现象似乎是学生致辞偏老气,校长致辞时尚化?

陈平原:我听过几个学生致辞,觉得都太正经,反而校长致辞倒"太不正经",这个状况蛮拧的。学生可能是好不容易被选中,战战兢兢,不敢放开,可能也不大会写文章,爱用四个字四个字的,在典礼状态下,特别不好听。校长致辞太时尚,是想尽可能贴近学生,但贴近学生未必就只有这样的方式。

需要仪式感来提升精神境界

《东方早报》:这跟整个文化环境的娱乐化有关吧。

陈平原:但大风潮下有的人挺住了,有的人则随波逐流。学生需要娱乐,他们毕业时的心情我可以体会,但典礼、聚餐或者晚会的功能是不一样的。比如毕业聚餐,致辞结束我就离开,让学生好好玩,因为我在他们会拘谨的。但典礼不是演唱会,校长也不是娱乐明星。校长的角色定位,跟隔壁阿叔不一样,不需要你唱歌跳舞地亲民,校长应该以自己的人格、理想、风格、风雅……给学生带来影响。传统中国人认为说话写文章,"得体"很重要,得体谓之"雅",不得体谓之"俗"。所谓说话得体,涉及你对听众的判断,对自己的定位,对传播手段的把握等。把时尚的网络语言用到校长演说中,让毕业典礼变成了娱乐加狂欢,在我看来很好笑,也有损校长的尊严。

《东方早报》:风格化的演讲形式可否看作对某类固有僵化的讲话方式的反驳?

陈平原:但校长致辞是毕业典礼中最重要的,目的是提振精神,凸显境界,因此,不妨文体典雅一点,篇幅短一点,平时已经讲了这么多,没必要再啰唆。明白这只是一种仪式,公众对校长致辞的期待不要那么高,校长对掌声的期待也不要那么高。

《东方早报》:有没有印象深刻的国外大学的校长致辞?

陈平原:不必这么具体。所有重要仪式,被感动的是参与者你自己,如果以娱乐心态处之,那是兴奋,不会感动。只要参加过国外这一类毕业典礼的,就明白这个场合的庄严与肃穆。为什么这么热的天要穿学士袍,而不能穿背心短裤?因为人的行为、心情是会受到环境布置,乃至衣着、音乐等影响的。这样的场合,需要给人庄严感,成为日后不断追怀的对象。这种庄严感,一直保持着,会累死的;但一辈子从未体验过,那也太可惜了。必须有这么个场合,有这么个人来扮演这么一个角色，让你感受到生命的意义及教育的神圣。所以，我反对校长扮演没有威严只有笑脸、变着法子逗你乐的邻居大叔。

（初刊2012年7月4日《东方早报》，原题《"好的校长演讲对学生来说是一辈子的事情"——专访北京大学中文系主任陈平原教授谈"毕业致辞"》）

国家经济实力保证学者间的"平等交往"
——答《文汇报》记者吴越问

《文汇报》：从您的亲身经历来说，从第一次踏出国门到最近一次海外访学，您的经历和内心的感受是否发生很大变化？

陈平原：我是"土鳖"，谈这个问题，不太合适。因为，"访学"与"留学"不一样，留学生所经历的辛酸苦辣、得失成败，我并无深刻体会。第一次踏出国门时，我已经是北大教师，人家对你相当客气，故没受什么"洋罪"。相反，必须警惕的是，长期"被优待"，容易养成一种弱者的心态。记得20世纪90年代初我到荷兰莱顿大学参加国际会议，接机的朋友告知：我用的是当年庚子赔款的钱。那笔钱还有剩余，可申请用于支持中国的学术事业。初闻此言，说实话，有一种很不自在的感觉。现在出去的留学生或访问教授，大概很难体会，二十年前我们参加国际会议，组织者除了提供机票、住宿外，还会给一点零用钱。因为，大家都知道中国教授很穷。

2012年6月,北大中国诗歌研究院在土耳其的伊斯坦布尔参与主办第四届亚洲诗歌节,诗歌节所有的活动费用,都是我们负责。改革开放三十年,中国经济确实取得很大成绩,体现在国际学术交流中,就是我们现在出国开会,不再有人给发零用钱了。目前中外大学合作办会,不管会场设在欧美还是中国,大都是费用分摊。至于专题性的学术论坛,全部由中国人出钱,也都相当普遍。

有钱不等于就有学问,但国家的经济实力,某种程度上保证了学者间的"平等交往"。这是一个很大的变化。尤其是讨论中国问题,你的价值观、自信心以及发言姿态,自觉不自觉地受到国家实力的影响。

《文汇报》:在跨文化交流中,您所感受到的差异和误读往往集中于哪些方面?

陈平原:各种文化间的"差异"如何理解,我等会儿谈;至于交流中的"误读",其实是很难避免的。各自生活环境、学术氛围、文化趣味的差异,很容易导致相互间的误读。有的不是误解,而是利益及立场的激烈分歧。在公开场合,涉及国家利益,其实大家都有"偏见",别五十步笑百步了。这种事情,碰得多了,你就会明白。有些可放在桌面谈,有些则不必开口,都心知肚明。既然无法谈到一起,有些话题不妨暂时搁置。即便只是讨论文学、史学、哲学等,也都有这种情况。所谓"跨文化交流",主要基于学术判断,但请记得,其中也蕴藏着某种政治立场及国家利益。

"跨文化交流"的目标,并不是走向意见一致,而是走向相互理解——理解对方的立场,理解差异的存在,理解自己到底要坚持些什么。在这个过程中,学会最大限度地表达自己的立场,并争取自己应有的权益。

《文汇报》：您如何看待中国对外文化形象的建立和表述走过的道路？

陈平原：如何改善中国的"对外文化形象"，这很重要，属于国家战略，很多学者摩拳擦掌，跃跃欲试。如此"大战略"，依我浅见，社会科学家更有用武之地。要说对于一国文化形象的塑造，人文学的特点是"随风潜入夜，润物细无声"。细微处用足工夫，自然而然地，会产生深远的影响。若太着急，用力过猛，给人印象并不好。采用霹雳手段，三下二除五，迅速改变外界对于中国、中国人以及中国文化的想象，不仅做不到，而且可能引起人家的警惕与反感。当然，这是传统的人文学者思考问题的方式。

如今，为了说明人文学同样很"有用"，不少哲学家、史学家、文学家模仿起社会科学家，承接各种近在眼前的实战课题，而且干得轰轰烈烈、有声有色。佩服之余，我还是有点担心。因为，过于直接、过于强烈的"自我推荐"，有时效果适得其反。中国经济这些年发展得不错，"大国"确实在"崛起"，国人也都开始挺直腰杆，说话有底气了。在我看来，中国在经济、政治、军事方面的"举足轻重"，没人敢忽略；但将此优势"顺理成章"地转化为中国人对于人类学术/思想/文化上的贡献，则还有很长的路要走。可以扳着指头算清楚的"外币储备"，并不能迅速转变成为看不见摸不着的"软实力"。

基于此判断，我认为，过度谦卑与过度热情、过度冷漠与过度作为，同样不可取。之所以主张中国学者应自然而然地、不卑不亢地"走出去"，让自家的思想光辉与文化力量逐渐展示出来，是担心过于追求速度,必定渴望外界关注的目光,不知不觉中,会扭曲自己的目标与步伐。

(此书面答问被穿插入2012年9月2日《文汇报》的《"中国梦"——中国对外文化形象的建立与表述:王辉耀、陈平原、颜海平三人谈》(吴越),同日人民网改题《陈平原:国家经济实力保证学者间的"平等交往"》)

大学的职责,首先是教学

——答《南方都市报》记者赵大伟问

【采访手记】作为一个人文学者,陈平原对于"大学"的观察和思考,自撰写博士论文起,从来没有停止过。最近15年,在文学史、学术史等专业著述外,他先后出版了《北大旧事》(编)《老北大的故事》《中国大学十讲》《大学何为》《历史、传说与精神——中国大学百年》等专题文集,纵谈中国大学一百年的历史经验,评析当下中国大学的诸多改革实践。此次由北大出版社推出的新书《读书的"风景"》,同样是围绕着大学的主题,用"读书""大学""人文学"三个话题来划分篇章,讨论的都是中国大学的"关键问题"。其中大学部分,以老北大、清华国学院、西南联大为主体,追溯中国大学"逝去的传统"。书中北大文科研究所和清华国学院的对比,尤其耐人寻味——后者尊崇名家,这使得清华国学院迅速崛起,"四大导师"至今令人回想;而前者更强调制度建设,由此标志了中国研究生制度逐渐走上了正轨。陈平原认为，二者各有利弊。另外，陈平原指出："所有学术突破、思想革新、文化创造都必须落实到制度层面，才有可能持续发展。所谓制度化，教育是一个关键。"

而陈平原所面临的现实语境是，当下中国大学，即便如北大这样的名校，也只能拾遗补阙，很难有制度上的创新，或根本性的突破。因为，各种牵制实在太多了。"一方面是校长及院系领导的能力和勇气，另一方面是公众对于中国大学过高的期待。像北大这样，动辄得咎，当领导的必定倾向于守成，不敢做任何大的改动。更何况，在中国，大学的问题，不是大学说了算。"陈平原对南都记者说。

目前中国拼命发展研究生教育，属于"超前消费"

《南方都市报》：您这一辞职，立马让人想到清华国学院时候的吴宓。

陈平原：没必要这么类比。在大学里，行政总得有人做，但不是每个教授都适合做行政。吴宓筹办清华国学院有功，尤其是"尊师重教"，只当主任，不做导师，至今让人怀想。可一年多后，吴宓就辞职不干，到外文系当教授去了。我相信，吴宓是好教授，但不是优秀的学术行政人才，你看他那么浪漫，那么容易冲动，如何协调众多不同的利益主体？其实，以前在大学做行政，比现在要容易得多。当下中国大学，制度没有真正完善，规模却越来越大，利益越来越多。当领导的，既想立身正，又想出绩效，是很难的。

《南方都市报》：书中讲到清华国学院和西南联大等中国教育历史中特殊的例子，如今都是被反复传颂的一个传奇，谈论它们对当下的现实意义是什么?

陈平原:今天谈西南联大,都说当初的教学水平如何高,日后学生如何有出息,尤其在专业上。这么叙述,不是很准确。因为,理工科方面的毕业生,好多出国念研究院,日后再回来,才是大家知道的新中国科技及教育事业的栋梁。换句话说,西南联大很强,但主要强在它的本科教学。抗战时期,国家处在危难中,大学条件非常艰苦。因此,西南联大毕业的研究生,人数很有限,差不多只有北大中文系现在一年招收研究生的数量。在我看来,因经费限制而没能多招研究生,导致西南联大的教授们全力以赴地经营本科教学,这真是"塞翁失马,焉知非福"。

《南方都市报》:坚守本科教育这一点对我们有何启示?

陈平原:好几年前,我在《我们需要什么样的大学》中提及:美国的好大学,不仅是哈佛、耶鲁、哥大、斯坦福等,还包括那些很好的文理学院,都是了不起的好学校。后者之所以不招研究生,不是没这个能力,而是全心全意经营好本科。

今天的中国,没有一个大学心甘情愿坚守本科教育———除非没能力,办不了研究生院。其实,为了争取办研究生院,或者争博士点,挪用本该用在本科教学的资源,包括人力、物力等,是得不偿失的。可这是大学评估体系决定的,没招多少研究生,算什么好大学?结果呢,研究生院没办好,本科教学又被耽搁了,两头不讨好。我再三提醒,校长们必须记得,本科教育是大学的关键。对大学来说,第一位的工作是教书育人,而后才是学术研究。特别好的研究型大学,可以强调教学和研究并重;但一般的大学应以教学为主、研究为辅。这个思路必须明确。目前中国拼命发展研究生教育,在我看来属于"超前消费"。

大学扩招,不是纯粹的教育问题,可以说是政治问题

《南方都市报》:看报道,现在的北大教授好像也跟本科生交流不多,是吧?

陈平原:北大中文系每年招收国内的本科生80人到90人,硕士生、博士生合起来则是140人,研究生数量超过本科生。今天中国所有好的大学,基本上都是这个样子,即以研究院为主。目前的状态是,努力将大学与研究院的选修课剥离开来,要求教授们多为本科生开设合适的选修课。当然,我承认你说的,跟其他中国大学一样,北大教授们对本科教学的投入明显不足。

《南方都市报》:西南联大、老北大的故事被反复提及,不可避免地让人与现在对比。

陈平原:今天的北大有很多得意之处,过去的北大也并非总是春光明媚,但为何文人学者落笔时,很容易变成拿"老北大"打"新北大"?这里有合理的成分,即今天的北大,确实有很多不尽如人意的地方,乃至成为舆论攻击的靶子。可正如我在《阅读大学的六种方式》中说的,这不全然是北大的错。北大乃"作为'箭垛'的大学",万千宠爱集于一身,也就得承受国人对于中国大学的不满与愤怒。无论哪所大学,都有不如意的事,你知道钱锺书为何离开昆明,以及清华国学院为什么要关闭,对大学的复杂性才有真正的体会。雅事与轶闻,并不是"大学史"的全部。可是我们为什么津津乐道"老北大的故事",就因为其中寄托了某种今天已经失落的精神。今天谈这些"精神",是一种现实关怀,希望借助其照亮历史,也影响当

下。

《南方都市报》：高校扩招明显的矛盾出现在学生数量和就业需求上，但是教师队伍没跟上发展也是一个需要反思的问题，是吗？

陈平原：原来办大学，基本上是精英教育，今天变成大众教育了。中国在迅速崛起，需要很多人才，为尽快达成目标，必定增加大学并扩大招生规模。可另一方面，各级领导也喜欢把这作为一项政绩来考虑。短短15年间，中国大学突飞猛进，于是出现了校舍、规模、质量、就业等形形色色的问题；当然，师资不足，也是其中一个很重要的方面。原来招100个学生，现在变成了招1000个，那100人肯定在里面，他们不会考不上的。但问题是，这样的情况下，教育关爱和学术水准必定下降，就业资源也必定分摊出去了。

还有更重要的，我们不能保证原先那100个人将来会站在最前面。原因是各种各样的，整个教育方式及社会风气改变了，说不定"劣币驱逐良币"。对于政府来说，20世纪90年代后期的大学扩招，不是一个纯粹的教育问题，也不仅仅是学术问题或商业问题，某种意义上，可以说是政治问题。

我现在最担心的是大学毕业生找工作难的问题。我的老家在广东，这里经济状态比较好，尚且有不少人念了大学找不到工作，很痛苦。我想西北、西南等经济落后地区，这个问题更严重。没有人打包票，说念了大学就能找到理想的工作；但如果很多大学毕业生没有"充分就业"，这迅速扩张的大学教育，难道不值得认真反省？办教育是一个系统工程，我们不能不考虑受教育者的权益。

当今中国,是一个高学历社会,只看"面子"不看"里子"

《南方都市报》:就业跟教育质量直接挂钩,其实是一个复杂而难解的问题。

陈平原:北大教育学院的教授接受政府委托,做过研究生教育调查,说是学术水平没下降,反而有明显提升。我长期在大学教书,也在国内外各大学走动,对专家的这一结论持怀疑态度。

历史在前进,但都是走三步退两步。能不断地往前挪就不错了。要学会自我调整,不能为了面子,明知有差错,还死扛着。其实,从去年起,教育部的口径已经变了,说是进入调整阶段。大家都知道,无休止地扩招,那是"不可持续"的。香港这么好的一个地方,同龄人中上大学的比例,还没有内地高。香港那么富裕,可不少香港人接受的不是本科教育,而是"专上教育",类似于内地的大专文凭。

这就涉及另外一个问题,如何看待高等职业教育。很多人大学乃至研究院毕业以后,所从事的工作,并不需要那么多专业知识。在德国上职业学校,进行专门的技术培训,出路也不差,而且不会受到歧视。可在中国,几乎每个人都非要念大学不可。中国也在努力发展职业教育,但存在很大困难。首先家长就不太认可,其次制度设计上有缺陷。上完大学,可以读硕士生、博士生,一直往前走。但中专或大专毕业后,没有再往前发展的空间,可以说是一条"断头路"。

当今中国,是一个高学历社会,制定的各种规则,是只看"面子"不看"里子"。从提拔领导开始,都是过于强调高学历,而不太注重实际能力和个人兴趣。这就导致所有的人都去念博士,这实在是浪费。我不止一次在演讲中称赞国家发改委主任张平,因为只有他报的学历是中专。我们都知道,官员在职期间弄个博士,是很容易的事。张平愿意承认自己是中专学历,说明他有自信。其实,对于政府官员来说,学历高低不是一个很重要问题。你到国外去看,念博士的,主要在大学和科研机构工作;而中国的博士,很多在政府机构就职,完全放弃了专业,这纯粹是资源浪费。相对来说,就业面最广的是本科;只要念完本科,一般性的工作都能胜任。拿到了博士学位,更适合于做范围很小的专业研究,选择的概率不大。因此,我经常劝退来报考我研究生的同学,如果不是非做学问不可,赶紧就业,没必要念什么文学博士。

《南方都市报》:对于更多普通的本科学校学生来讲,既面临着高校扩招带来的问题,也没有您书中的历史传统可以追寻,学生这种感觉更糟一点?

陈平原:是的,会有这个问题。今天的大学生,必须既追怀曾有过的学术传统,也直面现状,包括校园生态以及教授水平,在两者之间取得一种平衡。

我记得莫言在北大演讲,说他老爸对他说的,北大那个地方,土地很肥沃,插一根筷子都能发芽。不一定北大,凡中国好的大学,都是插一根筷子就能发芽的。但也有些大学不是这样,现状很不理想,传统尚未形成,这种情况下,学生很容易茫然。但只要有若干好老师进来,这状态会逐渐改变的,自然而然地,会形成自己的"气场",只是需要时间。

好多年前我写过一篇文章,谈到即使好中学也都有自己的故事、风格、传统。对这些独特的气质,你必须有意识地呵护、拓展。那样的话,中国教育才有希望。

(初刊2012年9月9日《南方都市报》)

关于"高考"

——答《南方日报》记者雷雨问

《南方日报》：您是1977年高考恢复后的第一届考生，您当年的作文《大治之年气象新》登上了《人民日报》，这已经为大家熟知。除了那篇高考作文，高考对于您还有一种怎样的情愫？还记得当年高考当天的场景，走进高考考场时的心情吗？

陈平原：作为"文革"后恢复高考的第一届考生，我们的压力其实不大。因为，山外有山，也不知道别人的程度有多高，谁也不敢说大话。既然有机会，那就尽力而为吧。再说，对于录取时是否真看成绩，很多人是半信半疑的。记得我报了中山大学，还被同事冷嘲热讽了好一阵子，因为他们不相信风向真的变了。具体到个人，很多人跟我一样，能有学上就行了，并没那么高的期待值。我的同代人中，好多日后专业做得很出色，当初上的并不是一流的大学。不像今天，好像考不上985或211大学，天就塌下来了。其实，没那么严重的。

《南方日报》：正是通过高考，您走出了广东潮州的小山村，走到广州和北京。可是有统计显示，近些年，农村寒门子弟读重点大学比例越来越少了。您怎么看待这件事？每年都有一些农村学生选择弃考，对他们您有什么想说的话？

陈平原："农村学生"与"寒门子弟"不是一个概念，前者说的是户籍或居住地，后者则看经济收入，表格上很难体现出来。请记得，城里人也有穷愁潦倒的。我承认，改革开放30年，城乡教育差距在拉大，导致今天生活在山村里的孩子很难考上一流大学。不过，谈这个问题，也得考虑城市化进程这一因素。据国家统计局的数据，中国的城市化率，1949年10.64%，1959年18.41%，1969年17.50%，1979年19.99%，1989年26.21%，1999年30.89%，2009年46.59%，截至2012年底，中国城镇人口已达到7.12亿，人口城镇化率提高到52.57%。一方面是城镇人口越来越多，另一方面则是优质教育资源向大中城市的少数名校集中，在现有考试制度下，农村孩子除非中学就进城读书，否则很难考上名校。国家可以下达指标，要求著名大学招收若干比例的经济落后地区考生，但经济落后地区照样也有城乡差别，怎么办？以当下中国的社会风气，所谓"不讲分数、重在表现"，弊病可能更大。某校长提出，家中三代没有大学生的，优先录取；这说法很民粹、也很诱人，但实际上无法操作。我的看法是，降低高考难度，比增加奖励措施（各种名目的加分），更有利于农村子弟。"死读书"不值得鼓励，但"全面发展"明显更有利于大城市的富裕家庭以及名校学生。

对于没有任何"背景"的农村子弟来说，"分数面前人人平等"，虽隐含着前提下的不公平，但还是比较靠谱的。考不上一流大学，可以考二流、三流的学校。进了大学以后，通过自身的加倍努力来改变命运。这比怨天尤人或寄希望于国家出台一个"惠民政策"，要实在得多。制度变更的路很漫长，而且不确定，可你的青春只有一次，不该拿来赌博。抱怨、批评都可以，但若真的弃考，实在可惜。权势及有钱人家的子女，可走的路很多。而对于农家子弟来说，参加高考是进入上升通道障碍最小的一种选择。

《南方日报》：2013年广东高考人数达到73万，超过河南，第一次跃升到全国第一。可以预见，今后几年内广东将保持这个规模，广东学生考重点大学的竞争压力几乎是全国最大的。对于今年走进考场的广东考生，您能否给他们一些祝语？

陈平原：广东高等教育的规模及水平，没能与其经济实力相匹配，这是很遗憾的，值得认真反省。至于即将走进考场的学生，在祝福他们考出好成绩的同时，有必要提醒"好男（女）儿志在四方"，填写志愿时请放眼全国。除了北大、清华，我们还有很多好大学值得诸位选择。当下中国各地城市生活差别不大，广东子弟不该过分留恋乡土，应尽可能走出去。借读书而"走南闯北"，是一种很好的人生阅历。

《南方日报》：相比30多年前"千军万马挤独木桥"，现在高中生的"出路"更多了，城市里越来越多高中生可以直接出国。您认为，对于我们这个国家和民族来说，高考的意义和价值是什么？对于高考改革，您的态度和主张是什么？

陈平原：参加高考不再是中学生唯一的选择，你也可能出国留学，或到香港、台湾念书。如此多样化选择，使年轻人的生命历程及经验更加丰富多彩。可选择太多，有时也会让人彷徨无地。对于中国教育来说，在以后很长一段时间里，高考仍将发挥重要乃至主导的作用。高考确实需要改革，但我希望是不断地微调，移步变形，而不主张"毕其功于一役"。因教育是个系统工程，牵一发而动全身，必须考虑学生的适应能力以及整个社会的接受程度。

（此乃书面答问，被纳入雷雨刊于2013年6月7日《南方日报》的《三代过来人共话"中国式高考"》）

为中才立规矩　为天才留空间

——答《人物》杂志记者何瑫问

《人物》：作为中文系学者，您为何要从事似乎和您的专业所长并不直接相关的大学教育研究？

陈平原：十多年前我就说过："从事学术史、思想史、文学史的朋友，都是潜在的教育史研究专家。因为，百年中国，取消科举取士以及兴办新式学堂，乃值得大书特书的'关键时刻'。而大学制度的建立，包括其蕴含的学术思想和文化精神，对于传统中国的改造，更是带根本性的——相对于具体的思想学说的转移而言。"我之关注大学问题，最早是因撰写博士论文《中国小说叙事模式的转变》（上海人民出版社，1988），牵涉到新教育与新文学的关系，比如讨论清末开始的书院改学堂，那些课程设置如何影响青年学生的知识结构，乃至转变其文学趣味与小说技法。而后，对于大学的关注，逐渐从新文学的形成转为现代中国学术的崛起，再到作为现代知识生产基地的大学制度，以及当下中国的教育问题，这一学思历程，使得我倾向于将大学置于教育史、文学史、思想史、学术史的脉络中来考察。

《人物》：您以前曾经多次提到，中国大学越来越像官场，大量提拔学有所长者出任各级行政领导。您多次对这一现象提出了严厉的批评。过去几年间，您本人担任北大中文系主任，这段经历过后，您对这一问题有哪些新的思考？

陈平原：大学越来越像官场，有各种原因，也有诸多"精彩的表现"，选拔好的学者当行政领导，这只是其中一个侧影。我之所以对此潮流持批评态度，是因为做行政和做学术研究是两回事。教育主管部门把当行政领导作为对学者的奖励——你专业做得这么好，不让你当校长或系主任，好像有点对不起你。这思路不对。奖励好学者，应该给他时间而不是职务。好学者需要的是排除掉大量杂务，集中精力，专心致志做研究。很可惜，今天中国的大学风气浮躁，很少人能志存高远、心气平和、全心全意地做研究。这是很大的问题。这和诱导乃至大量提拔研究出色的学者去做院长、校长甚至省长、部长的风气有关。

好学者很难得，可获得职务奖励后，杂务实在太多，没时间再认真读书做研究，又仍要戴着学术权威的头衔，四处乱说话，误人又误己。我当了一届北大中文系主任，任期一满，马上下来。我的体会有三：第一，做行政也是一门学问，不是谁都能做好的；第二，比起能力来，做行政更重要的是兴趣，要任劳任怨、能屈能伸；第三，当你的学术立场与现有的操作规则之间存在巨大矛盾，最好别做行政。因为，这么一来，不是你人格分裂，就是你耽误了同事的好处。依违两可，到处搞平衡，那是很痛苦的。若想坚守自己的立场，当一个教授比当系主任会更合适些。

听说我即将卸任,第一个来采访我的是语文出版社社长、教育部原新闻发言人王旭明。他问我,中国古代的读书人不都是学而优则仕吗,你为何不追求更上一层楼?我给他解说晚清以降政学分途的大趋势,称今天中国的读书人,不一定非混迹官场,完全可以凭借自己在专业领域做出的成绩,获得世人的尊重。当然,每个人的情况不一样,有的人擅长"双肩挑"乃至三四肩挑,我不做评论。问题是现在整个评价标准过于强调官职的重要性,似乎不弄个省部级或厅局级,就活得很没有意思。我反对此思路,这才跳出来,说些无伤大雅的风凉话。

《人物》:多年来,讨论大学改革时,一种流行的说法是要"与国际接轨"。在您看来,"与国际接轨"在实际操作过程中是否存在误区,具体是如何体现的?

陈平原:过去一百多年间,我们一直在向西方大学学习;而且,这条路还会继续往下走。我并不反对这个大趋势。但是西方的大学多种多样,有总的精神及价值取向,具体规则则五花八门。有人以为西方大学有一个通行的模板,可以依样画葫芦,全盘照搬,那是不现实的。好的大学都有自己的传统,落实到具体操作层面,更是很不一样。我们现在主要学的不是精神,而是规则,而规则恰恰是各大学不太一样。不要说欧洲和美国不一样,老大学和新大学不一样,私立大学和公立大学也不一样。此外,还要考虑到,不同专业取经的路径及难度也不一样。比如说,自然科学很容易与国际接轨,社会科学就比较难,而最难的是人文学,尤其是人文学里的文学研究,因为它和不同国家的语言系统、思维方式、文化趣味紧密联系在一起。经常有人问我,北大中文系和欧美大学相比水平如何,我说很难比。因为国外大学的汉学系或东亚系是教外国人学习中国语言及文学,我们的教学对象是本国人,两者的教学宗旨、方法、途径都不一样。理论上,我们应该跟各国的语言文学系比,比如跟哈佛大学的英语系或者东京大学的日语系比,可这种比较很困难。所以我说,大的方向,是应该向西方学习,但不能亦步亦趋,那样是很难学到精髓的,弄不好就成了邯郸学步。

《人物》:您反复强调,不能只谈"与国际接轨",还要努力发掘传统中国的教育资源。您所强调的现代大学和传统书院间的传承关系,具体应该如何理解?

陈平原:中国传统书院有自己的一套教学观念、学习办法和组织形态,其中有不少值得我们继承的。可惜的是,晚清以降的书院改学堂,我们连脏水带孩子一起泼掉了。蔡元培先生当年的思路,是希望把孔孟的教育理念,和英国那一套培养绅士为主的教育体系、德国那一套培养专家为主的教育体系,以及美国那一套以社会服务为主的教学体系结合在一起。问题在于,没有具体的制度保证,这一很好的设想无法落实。另外,传统中国的书院制度早就被废弃了,等过了几十年以后再重新拾起来,已经接不上气了。香港中文大学多年实践以及复旦大学正在探索的书院制,是有一点传统中国书院的影子,但更多借鉴的是英国的大学。一百多年来,中国各大学的办学理念在古今中外间反复挣扎,这条路值得很好地反省和清理。现在各大学都在借校庆纪念之机,梳理自己走过来的道路,这是可喜的现象,希望不要认认真真"走过场"。

《人物》：您曾经谈到，过于前卫或风险太大的改革很难发生在北大，真正的大学制度改革很可能发生在其他地方。为什么？毕竟北大在人们心目中长期以来是一种敢为天下先的形象。

陈平原：有句话叫"北大无小事"，表面上是吹捧，实际则是嘲讽。北大像一个箭靶一样，所有的人都往那里射箭，把自己的不满、兴奋、期待，全都投射过去。因此，我说北大要做根本性的变革很难。我有两个基本判断，第一，北大不会垮掉，因为每年有那么多优秀学生进入燕园，即使老师不怎么样，学生最终也会有出息的。第二，北大不会大变，因为稍微动一动，就会引起社会的广泛关注，引来一片骂声。而且，北大的特点是各种声音都有，每个人都有自己的主体性，没有一个校长能够登高一呼、应者景从，更不要说大旗一挥，千军万马齐上阵，那是不可能的。要想做大的变革，领导人需要某种权威性与个人魅力。当下中国，无论任命谁来当北大校长，都不具备这种能力。这是北大的好处，也是它的缺点；说好处是因为它不会突然沦落，说缺点则是船大掉头难，不太可能发生根本性的变化。有鉴于此，我才会说，真正发生制度性变革的，不会是北大、清华这样的名校，有可能是新办的大学，比如说南方科技大学，如果踩对了鼓点，说不定能闯出一条新路来。也有可能是一些二线的大学，只要校长有魄力，有远见，有权威，能整合各种力量，调动各种资源，也能做出一些"惊人之举"，为中国大学改革之路破冰。

《人物》：结合过去几年间担任北大中文系主任的经历，您理想当中的大学管理形态是什么样的？

陈平原：我曾说过，管理不是万能的；当了几年系主任，我得补充一句：没有管理是万万不能的。因为，你不能保证，所有的大学教授都特别优秀,且很自觉,既淡泊名利,又奋发图强。那是不可能的事情。所以说,大学里的行政管理,有其合理性。我只是提醒:管理者必须有长远的眼光。因为管理有两种不同的思路,一是快刀斩乱麻,追求立竿见影的效果。充分利用自己的职权与威望,让事情发生急转弯,这种"戏剧性",有很大的诱惑力。比如说,今年全系发表了150篇论文,我一声令下,建立某种奖罚制度,第二年翻一番,变成了300篇,作为主政者,很有成就感。但这种短暂效应,意义不大。我认为,管理者要考虑长远的利益,比如说,制定某项措施,不争一日之短长,更看重五年十年后的效果。这样的话,管理者才能从容不迫、从长计议。我们的问题是,所有的领导都有任期,都希望在自己的任期内看到我所领导的单位发生翻天覆地的变化,引人拍手叫好。其实做教育的人都明白,教育改革成果的呈现是很慢的,即便今天路走对了,几年后才能有好效果出来。管理者必须有这么个信念:这是一个漫长的过程,我先砌第一块砖,让后面的人砌第二块、第三块、第四块,然后就是一堵墙、一座城。

北大百年校庆时,我说过一句话,日后常被人引用。我说大学管理的微妙之处在于如何"为中才立规矩,为天才留空间"。对于一般人,必须讲规则,否则大学无法正常运转,且很容易误尽苍生。对于天才或特异之才,你给他保留足够的空间,让他自由发展,这就行了,也不必刻意鼓励与支持。真正的天才或者了不起的科研成果,往往是不可预测,也是无法引导的。所以我一再说,对于好学者,给时间、给空间,比给职位、给奖励更重要。

《人物》:近几年来,香港各高校招收了内地不少优质生源,对香港高校的好评也越来越多。结合您在香港多次访学的经历,您认为内地高校可否借鉴模仿香港高校的办学模式？

陈平原：最近几年，我一半时间在北大，一半时间在香港中文大学。两边都教书，对双方的优长与缺陷，都看得比较清楚。二十世纪八九十年代，很少人会将北京大学和香港中文大学等量齐观。但今天不一样了，两校的国际排名不相上下。香港高校原来最大的短板是学生，但这一缺憾正在迅速弥补，因很多内地优秀考生用脚投票，选择了到香港念书。至于师资方面，他们的优势是我们目前所不具备的，因薪水及制度方面的优势，他们有能力面向全世界招聘优秀教授。我们以前谈大学，总是拿国内的大学与欧美大学比，现在出现了第三类大学，它既有中国大学的一些特点，但基本精神及运作模式却是西式的。所以，今天香港的高校成了中国内地大学发展的一面镜子，我们必须认真对待。以前内地的文化精英看不起香港，为什么？认为是"文化沙漠"。后来觉得不对，人家的大众文学不错，再后来又觉得他们的电影及流行歌曲也很好。而今天我们甚至必须直面这一事实：香港的大学也办得很不错。

我的家乡是广东潮州，那里有座汕头大学，李嘉诚帮助办的，与香港科技大学同时起步。但今天港科大已经成了国际名校，起码在亚洲是一流的大学，而汕头大学则差得很远。我们必须认真反省，是什么原因导致了这一巨大落差？我不认为仅仅是金钱的问题。香港的大学层次分明，香港大学、香港中文大学和香港科技大学是研究型大学，其他五所则是教学型大学。现在可好，连这些教学型大学的国际排名都在内地很多211甚至985大学之上。当然，这里有评价标准如何设定的问题，比如他们用英文教学、用英文发表论文，在国际排名方面会有优势。但不管怎么说，一个七百多万人口的"小地方"，高等教育办到如此地步，可以说是非常出色的。2013年我到河南演讲，特别感叹,一亿人口的大省,而且历史上那么辉煌,如今没有一所特别好的大学,主政者必须认真反省。

《人物》:有调查数据显示,以北大、清华为代表的"名校"农村生源在持续减少,您怎么看这一现象?这一现象背后隐藏的深层次问题是什么?

陈平原:这个现象在顶尖的大学里表现得很明显,确实纯粹从农村出来的学生越来越少。但探讨这个问题,必须注意到一点,那就是近二十年日渐加速的城市化进程。从这个角度来看,农村生源减少,那是必然的。还有一个问题,跟整个选拔机制有关系。严酷的人才选拔,从初中阶段就已经开始了。可以这么说,没能上好的初中,就很难上好的高中;而不是各地重点高中的考生,要想考上顶尖大学,几乎不可能。所以,这不完全是高考环节上的问题,是整个人才选拔体制的问题。其中隐藏着一个深刻的悖论,那就是,选拔人才时,到底是公平为主,还是效率优先?近些年讨论高考改革方向,很多人都在批评一考定终身,主张多看综合素质。我从来不说这种话,因为我在农村待过很长时间,深知这种改革方向,会导致农村子弟更难以考上好大学。只看考试成绩,农村子弟若足够聪明且刻苦,考上好大学的可能性不低。但如果强调"全面发展",各种精心准备的"附加动作"都可以加分,则对农村子弟非常不利。所以我常说,高考制度不太合理,但这事情很复杂,牵一发而动全身,最好是认清方向后不断"微调",不要搞天翻地覆的"革命"。因后者即便很有理想性,也会牺牲一两代人的利益,弄不好会制造很多怨气冲天的"敌人"。目前的主要矛盾是"教育公平",像北大这样的学校,在录取新生时,确实有义务照顾经济及文化教育相对落后的地区。但谈论这个明显"政治正确"的话题时,调门不能提得太高。否则,若过分强调招生时的公平,让智商及训练不足的学生进入顶尖大学,会不会因揠苗助长,导致他们进入大学后很不开心?要是压力太大,实在读不下去呢,怎么办?

《人物》:相比于二三十年前您这一代凭一己苦读考上大学的学子,您认为当今的优秀学生与当时相比,有哪些长处,又有哪些不足之处?

陈平原:今天的孩子们,明显比我们当年聪明。我是77级大学生,也就是"文革"结束后恢复高考的第一届大学生。我常被人家善意地嘲笑,因为当年我的高考作文登在《人民日报》上。很多人笑话,说这样的作文也能考上?我们的起点确实很低,因为十年不招生,也不知道该怎么复习考试。但我们这代人历经诸多磨难,有忍耐力,有奋斗精神,擅长自学与独立思考,也比较能自我反省,这是我们的长处。但我们的基础知识及聪明程度明显不如现在的学生。我常说,能考上第一流大学最好,考不上也不要紧,还有很多改变命运的机会。这么说,大家可能嘲笑我"站着说话不腰疼"。很多学生乃至家长都觉得,考不上一流的大学,这辈子就完了。我说没那回事,我们这一代人中的佼佼者,无论学界、商界还是政界,很多人第一个学位都不是很好,日后经过不断努力才赶上来。改变命运的机遇很多,不一定非一条轨道走到底不可,必须学会在发展过程中不断调整自己的眼光、趣味和能力。有个朋友抱怨,他孩子考上了北大,可惜不是理想的院系。我说你连这个都抱怨,太离谱了。过于迷信名牌大学以及名牌专业,这个思路很容易窒息年轻一代的主动性和拼搏精神。在努力读书的同时,学会根据自己的才华以及外在的机遇,不断地自我调整，这是一种重要的能力。而这种自我反省、自我批判、自我调整的能力，在年轻一辈中比较缺乏。也正因此，走上顺路时，他们挥洒自如，表现很好；若是逆境，则显得比较脆弱，很难"绝地反攻"。这是我的基本判断，不知是否准确。

（初刊《人物》2013年第7期）

为何"民国大学校长"难以重现

——答《看历史》记者刘杨、赵婕问

《看历史》：您曾经在《"兼容并包"的大学理念——蔡元培与老北大》一文中写道："百年中国，有独立的大学理念，而且能够真正付诸实施的，不敢说独此一家，但蔡元培无疑是最出色的。这是因为，有其位者不一定有其识，有其识者不一定有其位；有其位有其识者，不一定有其时——集天时地利人和于一身，才可能有蔡元培出长北大时之挥洒自如。"能否谈谈为什么集天时地利人和的人是蔡元培？

陈平原：之所以说蔡元培"集天时地利人和于一身"，因他作为新旧交替时代的教育家，既是晚清翰林，又是德国留学生，老人喜欢他的新，新人喜欢他的老。另外，他当过民国首任教育部长，有地位又有学问，这样的人才很难得。因此，不说百分之百，起码绝大多数北大教授都服他。在这么一个特定时代，作为中国的最高学府，北大要找合适的校长,其实不容易。纯粹的留学生,人家会说他旧学根底太差;旧学修养好的,又有人嘲笑你对西方根本不了解。恰好,蔡元培这两方面的基本素质都具备。中学、西学,新学、旧学,地位、修养,加上他那传统儒家的春风化雨般的性格,做北大校长特别合适。我说过,即便在当年,蔡先生也不是第一流的学者,但他的学养、视野与胸襟,使得他可以游刃有余地促成北京大学的现代转型。

蔡元培出任北大校长是在1916年12月,一直做到1927年,中间有辞职,有出访,真正在校时间只有五年半。这个时期的中国,军阀混战,政治上很不稳定,大学经费严重不足。但另一方面,政府鞭长莫及,或者志不在此,没有强力介入大学的管理与运作,所以,执掌北大的蔡元培,有充分的自由及空间,来表达其教育理想,完成其现代大学建构。为了坚持自己的理念,蔡元培不断与教育部叫板,一会儿公开辞职,一会儿退回公文,这当然是因为他无欲则刚,但毋庸讳言,也与他的资历以及当时权力真空有关。如此天时地利人和,以后很难重现。

《看历史》:您在2000年纪念蔡元培校长逝世六十周年时写道:"假如承认教育对于二十一世纪中国命运具有决定性的影响,那么,其利弊得失,理所当然应该由所有中国知识者而不只是教育家来承担责任。"当时您曾经反问,我们在追慕蔡元培先生之后还能做些什么?13年过去了,我们能否从中国教育的变化中找到答案?

陈平原:理解当代中国的政治、社会、文化等,必须关注教育,尤其是大学教育。在我看来,知识的真正确立与有效传播,必须借助教育才能完成。所以,关心中国未来的读书人,都应该关心教育问题。我甚至认为,在21世纪,教育将成为一个跨学科、跨文化、兼及理念与实践、有无限可能性的重要专业。"知识"如何生产、怎样传播、能否应用、有无弊端，在今天以及未来很长一段时间，都将变成一个特别重要的学术领域。从1996年开始，以北大百年校庆为契机，我不断叩问中国大学问题。我的大部分论述，并不采取"教育学专家"的视角，而是基于知识分子立场，因此，有的是技术问题，如我们现在能做些什么，如何在历史提供的舞台上表演；但更多的是理念性的，包括中国大学历史的回顾，以及对大学精神的发掘等。但能走到哪一步，我也不清楚。常有人善意地嘲笑：你说得很对，也很好，但你能改变这个世界吗？我的答复是：尽力而为，但求问心无愧。

《看历史》：今天提到民国校长，人们一定会想到蔡元培、张伯苓、梅贻琦等人，为何他们会成为整个民国时代校长的代表？我们能否从中找到一种当时的精神特质？

陈平原：大众传媒所制造的"怀旧热潮"，不论对象是什么，都是只可远观，不可近视。实际上，"民国"或"民国大学"并不像大家想象中那样美好。当一个学术领域转化成公众感兴趣的话题时，必定基于对当下处境的反省与批判。人们之所以热衷于谈论蔡元培等"民国校长"，是用来比照、衬托、反省今天的中国大学。这种论述方式，对当下中国的校长们是不太公平的。因为，距离产生美感，我们更多看到先贤美好的一面，难得体会他们的艰辛与尴尬。不过必须承认，从晚清到民国，很多人是抱着"教育救国"的观念，来从事小学、中学、大学教育的。对他们来说，教育不仅仅是职业，更是理想。认定中国落后的总根子在教育水平，因此，蔡元培等人希望通过办学来"自下而上"地改造中国。可以这样说，晚清到民国年间从事教育的人，很多是有政治抱负的。作为理想主义者，他们的工作目标是为二十年、五十年乃至一百年后繁荣昌盛的"新中国"奠定根基。那一代的教育家其实很幸福，因为他们有理想，有情怀，觉得自己的工作很有意义。而今天的教授及校长们，未必都有这种幸福感。

不能说那时的校长全都这么高尚，但请记得，民国年间的大学校长是没有级别的，做事情也比今天要难得多。他们得筹集经费，还得应付学潮。在国共两党激烈斗争、校园严重分裂的时候，校长该做什么？既要保护学生的政治热情，又不能破坏正常的教学秩序；既不能让警察随便进校园抓学生，也不该支持学生直接对抗政府，这角色可不好当呀。我特别佩服那些有远见、有智慧且有担当的校长，他们能在那么艰难的环境下挺直腰杆走过来，完成自己所承担的历史使命，实在不简单。今天的很多大学校长，人聪明，专业做得不错，工作也很投入，但基本上是一种职业化的思考，缺失那种理想主义激情。当然，今天的大学校长是教育部任命的，其独立性大打折扣，不可能再像蔡元培那样为坚守自己的教育理念而特立独行了。

《看历史》：那您觉得我们是否可以这样说，今天人们对那个时代校长的认可与追慕，是想表达对现在的期许，希望当年的教育能在今天重现一下？

陈平原：也可以这么说。非专业的读者，其热衷于谈论某个历史问题，必定是有立场或心情在里面。为什么今天这么多人关注民国年间的大学校长，而不是英美名校的校长，或宋明书院的山长？原因是民国离我们很近，对比性强，容易拿来跟当下的中国大学做对比。

此类比附，好处是让人浮想联翩，但并非严格意义上的史学研究。比如，这么来谈"民国大学校长"，很容易将其美化。因为，你只读了那些对校长们的表扬和怀念，而没看批判或嘲讽的文章。当年的大学校长,即便做得很出色,也可能被教授及学生们赶跑,如罗家伦就曾被从清华大学校长位置上赶下来。老大学盛产故事,但不是每个故事都好听,就看你的选择。校史专家叙述往事时,大都不愿意揭伤疤,而是着重表彰先贤。另外,你还得考虑这故事是谁讲出来的,因立场不一样,看问题天差地别。作为大学校长,对外得处理与政府及民众的关系,对内须协调与教授、学生的利益,单是资源如何分配,就注定了校长不可能人人叫好。若是你翻阅史书,得出过去的校长再差也比今天的好,那是很不理智的。我们只能说,"民国大学校长"之所以成为一个引起广泛关注的话题,潜在的因素是公众对当下中国的教育制度不满,希望借此展开分析、反省与批判。

《看历史》:您在前段时间参加凤凰卫视的《锵锵三人行》节目时,谈到大学校长毕业典礼使用网络语言致辞的问题。这种个案的出现是否与今天校长的师道尊严退化有关?

陈平原:毕业典礼致辞、师道尊严、校长的职责,这可不是同一个层次的问题,也很难直接挂钩。我们还是就事论事,说说大学老师和校长们该如何给学生做表率。前些年我批评大学评估造假,批评大学过于商业化,批评大学校园里的官本位,包括阿谀奉承前来视察的各级领导等,都是着眼于如何还给大学生一个"干净的大学校园"。无论教授还是校长,在尊重领导的同时,必须学会尊重学生。千万别小看"小荷才露尖尖角",他们很敏感,对于校长及教授们的"小心眼"看得一清二楚。今天是学生,说不定明天就是国家的栋梁,或大学的"金主"了。教授及校长的一举一动,潜移默化地影响学生们的趣味,以及其对于母校的印象。因此,若你想强调师道尊严,最好同时追问,教授及校长们的言谈举止,是否值得学生们敬慕与怀想。

《看历史》：校长的作为取决于多种因素，今天这种局面的出现是否也与整个社会对于校长的期待有关？

陈平原：你说得没错，整个社会对校长的期待太高，让他们很难"名副其实"。其实，话应该这么说，当下中国，民众对于大学的期待普遍过高，某种程度上助长了大学的浮躁风气。比起半个世纪前，毫无疑问，中国大学进步神速。记得"文革"后期，中美文化交流刚刚开始，美国有一个代表团来中国考察，回去后做报告，说北京大学的水平约略等于美国的社区大学。"文革"结束后，中国高等教育逐渐走上正轨，1981年国务院批准了《中华人民共和国学位条例暂行实施办法》，此后我们的研究生教育有了长足发展。有一件事，我在别的场合也说过，1998年北大庆祝百年校庆时，建议中央将"建设世界一流的社会主义大学"这一口号，改为"建设世界一流大学"，即去掉"社会主义"四个字。从那个时候起，我们不再纠缠"姓社"还是"姓资"，名正言顺地向欧美名校学习，并积极参与国际竞争。只是大学不可能像工厂那样，引进新的生产线，马上就见成效。这些年，中国大学的"硬件"大为改善，盖了很多漂亮的教学大楼，添了很多先进的实验仪器，但教授基本上还是那些教授，制度上也没有根本性的改进。因此，我再三说，大家对中国大学不要期待太高。应该有耐心，允许中国大学从容不迫地完成这十分艰难的蜕变过程。如今，不管是政府还是民间，对中国大学的期待值都太高了，压力过大，步子就会变形，甚至可能出现方向性错误。方向正确，路子走得正，中国大学就会慢慢好起来。但如果希望中国大学三天上一个台阶，则很可能欲速则不达，弄不好会翻车的。

《看历史》：那您觉得校长应该怎么做呢？

陈平原：首先必须了解大学校长这个职业的特殊性。今天中国的大学校长，因比照同级别的官员，其任期多是三五年。我们都知道，1869年—1908年期间出任哈佛大学校长的艾略特（Charles W.Eliot），一干就是四十年。艾略特推行的高等教育改革，乃哈佛大学从传统学院向现代大学转型的关键。而这需要时间，如果他只做三五年，还没开头，就应该结尾了，那文章肯定做不好。某种意义上，做教育是需要终身投入的。民国年间的大学校长，一做就是十年、二十年、三十年。蒋梦麟做了十五年北大校长（1930—1945），这还不算此前十几年蔡元培校长时，他当总务长且三度代理校长。至于张伯苓，几乎就是南开"永远的校长"。好的大学校长，确实跟这所大学的精神、气质、历史、传统等紧密联系在一起。这种联系，今天没有了。因为，大学校长这一职务的特殊性，今天被有意无意地抹杀了。主管部门更多考虑的是级别相当且年龄合适，而不太顾及其是否真懂教育。再说，三五年的任期，校长们只能采取"短平快"战略，希望立竿见影，而不愿意长远规划，稳扎稳打，为后人开路或栽树。

《看历史》：如果是这样，连一个校长都无法来塑造一个大学的话，大学的精神气质靠什么来塑造呢？

陈平原：早期的大学普遍规模小，校长的威望很高，且经营时间长，故校长有可能影响这所大学的精神气质。现在不可能了，校长没这个威望，教授及学生也不是那么好哄了。今天中国的巨型大学，动辄好几万人，校长的职责主要是协调各方利益。另外，关于"大学精神"的论述，最好不要说过了头。应该提倡学界基本认同的"大学精神"，而不是每个大学自己另说一套。大学是有传统的，但这个传统是否提升为某某精神，是值得商榷的。中国1800多所大学，你不能想象有1800多种不同的大学精神。努力发掘自己的办学传统，讲述自家的大学故事，这很好，值得嘉许。但如果都想提升或凝聚成某某大学精神，就像眼下的刻意渲染"大学校训"一样，属于过分迷信文字的力量。

《看历史》：大学本应承担引领社会的责任，现在却反过来在社会中随波逐流，越来越急功近利，而传递精神之功用被淡化了。您如何看这个问题？

陈平原：不同的专业，看待这个问题的视角不一样。比如工科及社会科学，当然要强调社会服务。人文学的学科特性，决定了其无法创造直接的经济产值，也不见得能解决实际的社会问题。人文学关注思想、风气、精神、审美等，其服务社会的方式，与工科或社会科学不同。不要把"引领风气"与"服务社会"截然对立起来，那样表述不准确，效果也不好。在我看来，大学对于社会的贡献，既体现在科学技术，也落实在精神境界。这两方面都很重要，必须兼顾才行。现在的问题是，我们过分强调前者，多从科技转化、提升当地GDP或改善民生的角度，谈论大学的贡献。当然，这两者如何协调发展，是一个难题。另外，还有第三种力量值得关注——大众传媒在发布信息、传播知识、影响社会、建构理想的过程中，与大学里历史悠久的人文学科形成某种互补、对话乃至竞争的关系。

《看历史》：您觉得大学对人的塑造方面作用不是那么大了？

陈平原：若大学真的"对人的塑造"不起作用，那是很失败的。我们都知道，从小学、中学到大学，这孜孜求学的十多二十年，是塑造人的关键时刻。走出校门后，你也许会因"不识时务"而撞得头破血流,但即便如此,我还是赞成大学与社会保持一定的距离。如果大学生全都变得少年老成,还在念书阶段,就已经像饱经沧桑的世故的小官僚,那实在太可怕了。大学支起巨大的保护伞,让你在校园从容地读书、唱歌、做梦,尽可能身心健康地成长,这是比较理想的状态。最近20年,媒体的娱乐化倾向及其强大的商业惯性,拼命渲染大学的负面新闻,抹杀大学的精神价值,彻底瓦解了大学原本该有的那种"骄傲"。如今的中国大学,从校长到教授到学生,大都没有了那种清高与洁净的精神状态,恨不得早日"和光同尘"。

《看历史》:您对今天中国大学最满意的地方是什么?最不满意的地方又是什么?

陈平原:最满意的就不说了,还是谈谈不太满意的地方。第一,大学不是官僚养成所,不该以官职高低来评判学生的成功与否,更不该把官场的那一套做派引进校园来。这个问题我说了多次,上个月还在中山大学毕业典礼上"大声疾呼",明知说了没用,可白说也得说。第二,大学不该过分渲染"产学研"三结合。暂且不说这结合的效果如何,单是把"产"放在最前面,必定关注专利的转化,而不是教学或科研。第三,大学应以文理为中心,不该把专业学院排在最前面,让商学院(管理学院)挂帅,用各种名目吸引有钱人来大学校园里镀金,这种状态不值得鼓励。第四,大学应以"教书育人"为主轴,不该办成研究院。今天的中国大学,几乎无一例外,都是重科研而轻教学。对研究型大学来说,这么做尚且有很大的缺失,更不要说教学型大学了。

(初刊《看历史》2013年9期)

把心情压在纸背下
——答《南方人物周刊》记者彭苏问

振臂一呼的角色不适合我

《南方人物周刊》：现在，学术研究与教育改革在您心中持何比重？

陈平原：重心当然是学术研究。对于当下中国的教育改革，我会做带学术性的批评，但这最多也只是影响社会舆论及某些决策者的思考。不在其位乱出主意，那是不合适的。90年代末，就有老先生说我应该出来竞选当校长。这当然是不可能的。既然不可能，若你还站在校长的立场来思考与表达，就很容易错位。90年代初，我们创办《学人》，日本朋友的最初设想，也是支持我们办大学。我说做不到，除了经费来源，还有很多制度性因素的制约。在中国，当大学校长必须是共产党员，或是哪个民主党派的骨干。而我无党无派，总不能为了过把校长瘾，在自己家办一个补习班。

我承认教育改革既是理论问题，也是实践的能力与机会。可我不具备这些条件。所以，太技术性的问题我不谈。我是以一个教授的眼光看中国大学，不是以大学校长的眼光看中国大学。

《南方人物周刊》：10年过去，怎样回看2003年北大的人事制度改革？

陈平原：去年我本想写一篇《北大人事制度改革十年祭》，后来忙别的去了。总结那场改革的得与失，看有什么遗憾，最后为什么会是这样的结果，很有意思的。我的基本判断是，北大起了个大早，赶了个晚集；是好事，但没做好。

当初改革方案公布，校内当即出现严重分裂，我跟校长谈了几点意见，其中包括：第一，要明白大学里不是所有人都是一条心，起码管理者与被管理者的立场是不一样的。如果只听凭某一方一意孤行，必定出问题。制订改革方案的委员会里，没有教授代表，也不事先征求普通教授的意见，这是决策上的一大失误。不是说政策的制定者不是教授，而是他们早已从教授转变成管理者。大学管理者与普通教授思考问题的方式是不一样的。改革措施的制定，一定要有教授参与，作为代表一方利益者，能表达他们的关切与顾虑。第二个失误是，没有人文学者参与改革方案的制订，委员们全都是自然科学家或社会科学家。90年代以后，社会科学在中国迅速崛起，发挥了很好的作用；与此相对应的，是人文学的退居边缘。过去所说的"文科"，如今分裂了，人文学和社会科学二者的命运均发生了天翻地覆的变化，各自的立场产生很大分歧。如果制定改革政策时没有人文学者参与，会得出一些非常奇怪的思路与判断。再加上公布方案的时机，以及一些特别强硬的表达方式，徒然添乱。比如要求所有老师至少能用外语开一门课。对于外语系这没有问题，对数学系或管理学院大概也问题不大。但对于研究传统中国学问的教授们来说，绝大部分人做不到。更要命的是，这么规定没有任何道理，纯粹是为了"国际化"的虚名。

北大的困境，很大程度在于管理不到位。不是应不应该管理，而是管理必须合情合理、有节有度。一旦措施不得体，解释不到位，大家会对"管理"持完全排斥态度。所有的改革都会触动某些人的既得利益，有反弹是很正常的；但像北大人事制度改革那样，引起那么强烈的反弹，至今很多教师谈起来都深恶痛绝，是值得当事人深刻反省的。回看那场轰轰烈烈但半途而废的改革，我觉得很可惜。最终，它只有两项具体措施保留下来。第一项是所有博士生毕业后，不能直接留校。第二项只保留了一半。原本规定教师申请提职，如果两次不通过，就自动解聘。后演变成两次评审没通过，就不再提职了，但还可以留下来继续教书。这里有个问题，教师申请提职，国际上通行的是评审制，而我们却是名额制。不是合格不合格的问题，而是有没有教授指标。这样一来，你说他合不合格，很难说，因为是选拔赛，有名额限制。为什么这么规定，人事部门有他们的苦衷，最大的恐惧是"一放就乱"。

《南方人物周刊》：有人看了作家查建英的《北大，北大》后，感慨北大改革是中国政治体制改革的缩影。那么，今天外界对改革的呼吁与推动，是否也会影响北大的改革？

陈平原：从大的政治制度转型，到小的北大人事制度变革，说起来简单，具体实践则有很长的路要走，我不相信马上就能改过来。因为，这里面有很多现实利益的考量与羁绊，牵一发而动全身。比如大家谈得很多的大学去行政化,单是一个校长要不要行政级别,就绕不过去。中大校长说了,我们同意不要行政级别,但整个社会就这么官僚化,没有级别的校长怎么跟各级领导打交道?还有,很多领导进入大学前是有行政级别的,厅级或副部级,跑到大学当校长或党委书记,从此变成一个没有级别的人,他愿不愿意?这是整个社会风气的问题,单靠哪一所大学都没法做。而且,社会关注度越高,限制与约束也就越多。像北大清华这样的名校,很难进行真正的制度创新。

《南方人物周刊》:《北大,北大》中写道,在那场改革风波里,您是"温和自由派"。

陈平原:"温和"可以是指性格,也可以说是立场。所谓立场,即在不同的旗帜鲜明的派别中间保持一种独立性,而不急于站队、表态。不管哪面旗帜叫什么,也不管它声音有多大,你都会用一种怀疑的眼光去审视。这是长期读书、思考以及经历各种政治风浪以后养成的习惯。

我在《当年游侠人——现代中国的文人与学者》里,写过刘师培。1904年他发表一篇文章,题为《论激烈的好处》。大意是说,在现代社会里,想要被大家关注和记得,必须把话说到顶点。大众传媒越来越发达,这个问题也就越来越严重。声音必须被归类、被简约、被符号化,才能让人记住。所有无法归类的声音,很快就会跌入深渊,不再被记忆或提起。但过于追求表达上的"激烈",会使自己的立场跳来跳去。就好像刘师培在晚清,一会儿革命,一会儿告密,一会儿又变成无政府主义者,每回都从一个极端跳到另一个极端。这是我很不习惯、也很不喜欢的一种姿态。所以,不管采用哪一种政治立场或表达方式,我都警觉被归类与被符号化的危险,拒绝变成某一派别的代表。胡适说过，在传统的"富贵不能淫，贫贱不能移，威武不能屈"之外，还要加上一句"时髦不能动"。北大人事制度改革风波里，我写过3篇文章，很大程度上是在说理，而不是论战，故读起来"不够解气"，也是基于这一考虑。另外，北大在世界上不算特了不起，但在中国的地位很特殊。北大教授拥有某种"无形资产"，很容易引人瞩目，因此立论一定要谨慎。为了博取掌声而故意说一些过头话，那样不好。要说自己相信的话，说自己有把握的话，这是我的基本立场。另外，聪明人往往有当领袖的野心，我没有这个欲望。"拉大旗作虎皮"，或振臂一呼应者云集，那样的角色设计不适合我。

一流学者不能自动转化为一流管理者

《南方人物周刊》：《大学三问》的结尾，您引用了蔡元培先生在1921年于伯克利大学演讲的一段话。是否代表您理想的大学？

陈平原：蔡元培很幸运，有一个恰当的舞台与时机，供他很好地挥洒才华。历史上不是没有比他更聪明或更有想法的人，但有学识者不见得有地位，有地位者不见得有时机。

在伯克利大学的演讲中，他阐述自己的"大学理想"——中国传统的孔孟精神，加上英之人格教育、德法之专深研究、美之服务社会。在别的地方，他还讲过一句话：我们对传统中国教育不要估计过高，还是要努力向西方学习。今天，我希望把这话倒过来：我们对传统中国教育不要估计过低。我说的传统包括两个：一是从孔夫子以下的传统；一是晚清以降开办西式学堂以来形成的新传统。我认为，今天谈论大学改革者，缺的不是国际视野，而是对"传统中国"以及"现代中国"的理解与尊重。

整个20世纪中国的教育理念与实践，都是向国外学习，只不过有时学苏联，有时学日本，更多的时候学美国。我们似乎忘记了，中国是有长久的教育传统的，至于这个传统是否就叫"孔孟精神"，那另当别论。不管怎么说，这条传统的线不能完全扯断。我曾写文章感叹20世纪以后，中国书院的传统迅速陨落。也曾有若干人为之坚守和努力，但最后都是惨败。

《南方人物周刊》：您不主张一流的学者当校长，可您在2008年接任北大中文系主任？

陈平原：既然当了校长，就不该以一流学者自命。一流学者可以做的事情，校长很可能不应该做。同样道理，我当系主任那几年，零零碎碎的短文写了不少，但大书基本写不了。要做好管理工作，就不可能全身心地投入学术研究。

其实，一个一流学者，不能自动转化为一流的管理者，必须经过一番认真学习。这个过程对我来说很痛苦，主要不是时间安排，而是我的教育主张和现在的学界主流相冲突，说话有时言不由衷。比如我当教授，可以特立独行，任意批评教育部的决策。但当了系主任，我的言论会被过度解读。还有，教育部推行的政策，我执行不执行？作为个人，我经常批评目前如日中天的课题制不适合人文学；但成为系主任后，我要在全系大会上号召大家申请课题。

某种意义上，教育作为"学问"与"事功"，是两回事。作为事功的"教育"，必须有其时、有其势才能进行。你想推行自己心目中的"大学之道"，有很多先决条件，包括位置与时机等。如果条件都不具备，那就转过身来，做自己想做且能做的事。

《南方人物周刊》：您写过《千古文人侠客梦》，"侠"之境界，是否也传达您的某种向往？

陈平原：这首先是一个有趣的学术话题，为什么中国人在漫长的历史岁月里，对"侠"有这样的向往、想象与表达？我谈论"游侠"，从司马迁一直讲到金庸，兼及史学、诗词、戏曲、小说以及电影等。而不同文类之谈游侠，有不同的立场与传播途径。比如小说里的"侠"与诗歌里的"侠"，就不太一样。"一箫一剑平生意，负尽狂名十五年"，这里的"剑"是不杀人的，很大程度是一种精神气度的表现。

文弱书生与理性才子，其内心深处很可能也都有其壁立千仞、慷慨悲歌的层面。就像龚自珍咏陶渊明："陶潜酷似卧龙豪，万古浔阳松菊高。莫信诗人竟平淡，二分梁甫一分骚。"如果这些都没有，心如止水，毫无杂念，反而有点可惜。不同的是，有人喜欢将心情摊在纸面上，有人则是把心情压在纸背下。我习惯于后者。

（初刊《南方人物周刊》2014年4月9日，原题《陈平原：把心情压在纸背下》）

以港为镜,透视内地高等教育

——答搜狐教育记者谭畅问

【编者按】香港回归至今已经17年,两岸之间的联系随着彼此的深入了解现在变得越加紧密。细化到教育方面,公众可以清晰地看到,两岸的学术交流、人才流动已变得越来越频繁。不过,由于经济发展水平等原因,内地大多数人对香港的认识还是停留在比较粗浅的阶段。如果要找一个人同时为内地和香港的高等教育发声的话,同时身兼北京大学、香港中文大学两所顶尖高校教授身份的陈平原教授一定是个非常合适的人选。

陈平原的专业是文学史,但从1994年起业余研究大学教育。自从成为北京大学与香港中文大学的双聘教授以后,陈平原就以他在香港中文大学任教的经历为观察点,上求下索,思考中国的大学问题,写成了《大学小言——我眼中的北大与港中大》(三联书店,2014年)。

香港高校权责明晰，内地友情第一

搜狐教育：您在文章中提到过："一个偶然的因素，我成了北大和港中大的双聘教授。"这个"偶然"指的是什么？

陈平原：起初是香港中文大学招聘我当讲座教授，我去了。然后，北京大学希望我回来，当中文系主任。最后两个大学的校长协商，我就成了两校的双聘教授，半年在北大，半年在香港中文大学。在北大时拿北大薪水，在香港时拿港中大的薪水。多年下来，让我得以就近观察这两所大学的异同。以前虽也出外讲学，但都是一个过路心态。这回不一样，我以北大的眼光来看港中大，又从港中大的角度审视北大，互为镜子。

搜狐教育：您是否还记得最初到香港的时候，您是如何适应两种不同体制下的高校生态的？

陈平原：我适应那边很容易，但反过来，香港或国外的教授要适应内地的大学比较困难。因为，香港是用合约的形式明确你的责任与权益。内地的大学比较模糊，用友情及习惯来确定教授的位置。我在北大磨炼多年，知道是怎么回事：什么东西是可说不可做，什么东西是可做不可说，什么东西既不可做也不可说。有很多东西，你我都明白，但其实没有明确的规章制度。到一个制度明晰的地方，我也会有一个适应的过程，但问题不大。反过来，若从美国大学回内地高校任教，一下子不太适应，就因为那些朦朦胧胧的东西，你不知道真正的边界到底在哪里，分寸感该如何掌握。

另外，内地的教授不仅生活在校园，往往和整个中国社会变革联系在一起。这里的大学教授关注社会与人生，发表政治言论，很正常；港中大的教授更多专注于自己的研究，很少发表社会言论。当专家，那里合适；做知识分子，这边更好发挥。

搜狐教育：转换角度之后，您有没有发现北大有您过去从没有发现过的地方？

陈平原：在《新京报》的专栏里，我更多从香港的角度来看内地。换句话说，用香港的大学作为镜子，来观照我们的优点及缺失。只是在最后几篇，才从北大的角度来谈港中大的问题。所以，此书虽两边都出版，但更合适内地的读者。

香港从内地招生十年冲击一线高校

搜狐教育：从2004年教育部同意香港八所公立大学在内地招收自费生至今，已经有十年了。在您看来，这十年对内地的高等教育产生了哪些影响？

陈平原：允许香港在内地招收本科生，这个制度的实施，影响最大的，其实是香港的大学。为什么这么说呢？第一，香港的公立大学有很不错的师资，也有很好的国际化背景，但生源始终不太理想，这会限制大学的发展。当中央政府允许港中大等来内地招生，其分数线基本和北大、清华齐平。这样的话，香港高等教育的发展有很大潜力。

第二，对于内地各高校的冲击，主要体现在好大学。比如北大清华，以前是绩优生的首选。现在不一定了，好学生也可能选择到香港念书。这是很大的冲击。

第三，以前谈中国大学，一个就是自己的传统，一个是欧美的传统。现在引进了第三种力量——跟欧美或中国内地都不太一样的另一种大学传统，不再是非此即彼了。这是好事，起码选择的余地更大了。

香港青年对内地生拥入感到沮丧

搜狐教育：有数据显示今年内地的大学毕业生超过了700万，网友将其称为"更难就业季"，香港会不会存在就业难呢？

陈平原：内地大学生就业难的根本原因，是最近15年高等教育连续扩招，走得太快了，远远超过社会吸收能力。香港是一个大都市，经济实力很强，但他们大学生比例在整个适龄人口中仅占25%，而内地这么大，包含很多农村，却已经达到30%。这你就能理解，为什么香港大学生的就业形势，不像内地大学毕业生那么严峻。

搜狐教育：内地学生大量去香港求学和就业，对香港本地学生在当地的就业形势会不会产生影响呢？

陈平原：确实有这个问题，香港年轻一辈，对此很沮丧。因为，13亿人里的精英，如果都来竞争的话，香港青年的压力可想而知。但理论上他们不能拒绝，因为香港历史上就是一个海纳百川的城市，开放是所有的香港人都必须承认的价值观。另一方面，你会问，难道特区政府不知道香港年轻人压力很大吗？政府知道的，但愿意。因为内地提供了高素质的劳动力，香港可以通过此举吸纳人才，发展经济。所以，个人感受和政府决策之间，会有矛盾。虽然有人抗议，但这个制度还会实行下去。

北大申请奖学金比港中大更容易

搜狐教育：如果一个内地高三学生家长问您，他的孩子到底应该上北大还是上港中大的时候，您怎么样给他解答呢？

陈平原：第一，看学生的状态，然后是家长的要求，最后再谈别的。假定你的孩子成绩很好，同时考上北京大学和香港中文大学，那请记得，港中大录取的学生分两种，一种是给奖学金的，一种是要交学费的，前者大概只占十分之一。不能只说考上了，两种录取差别很大，这你必须认真考虑。

第二，还得看你孩子所选专业，有的专业北大比香港中文大学强，有的则是香港中文大学比北大好。放长视线，最好把专业因素考虑进来。

第三，如果你计划只是让孩子在香港过渡一下，念个本科，再到美国读博士的话，则不是很合适。因为，同样申请美国的奖学金，在北大可能比在港中大更有机会。

北大的国际排名超过实际水平

搜狐教育：您说过，如果一所美国大学的教授要招收东方学生的话，可能更倾向招收北大学生，这其中有深层原因吗？

陈平原：这里说的是中才，天才另当别论；天才大家都抢，那是不问出处的。原因很简单，假定我是一个美国教授，想招一个东方的学生，单就背景而言，北大比港中大更有代表性。中国崛起了，中国经济很强劲，中国在国际事务中发挥的作用越来越大，这个时候，国

外的高校需要了解中国，找一所大学做代表，北大和港中大相比，无疑前者更占优势。正因这种代表性，北大的国际排名，很可能超过它的实际水平。

搜狐教育：这样来看是不是说"高校排名"在港大、台大等高校管理者的眼中很重要呢？

陈平原：当然。很多人知道大学排名有问题，但你抵抗不住。香港中文大学校长沈祖尧上任时说，我们不要被这个排名给捆死了，要走自己的道路。可你不积极参与，没提供相关数据，排名一下子掉了一百多，怎么跟校友解释？大家都知道，这游戏不好玩，作为教授你可以很清高，但校长有校长的难处。关起门来，他们也会慷慨激昂，说这排名是垃圾；但走出去，还得说我们大学的排名，今年又上升了几位。若排名太靠后，怎么跟学生和校友交待呢？他必须做出妥协。

港中大深圳分校不是复制港中大

搜狐教育：最近我们听到一个消息，香港中文大学深圳分校即将在2014年9月开始在内地招生，首先想问一下您有没有听到过类似的消息。这是确定的吗？还有，目前越来越多的境外高校在内地建分校，您的看法是什么？

陈平原：先说香港中文大学深圳校区的事。确实是一个副校长过来当校长，也有很少的一些教授参与创业。但校方的说法是："我们不会挪用本校的资源给香港中文大学深圳分校，那会影响到本校的教学水平，只是会有一小部分教授应聘过去。"也就是说，这边要自己筹集经费、招聘教授、设立院系，短期内还受港中大指挥与审查，但迟早是要独立的。没有明说,但看样子不是办分校,也不是复制另一所港中大,是朝创建一所独立的研究型大学迈进。

我不相信近年热火朝天的合作办学,会催生出哈佛耶鲁或北大清华那样的名校。但我认为,国外名校参与进来,是很有意义的,起码刺激中国的高等教育,同时吸引公众及学生的目光。至于能走多远,可参看日本及韩国的例子。

担忧南科大被全国人民放在火上烤

搜狐教育:不光是我们刚才列举的这些大学的中国内地分校,内地也有大学想要试探着走香港的路。最典型的应该是朱清时校长的南方科技大学,当时一直宣称要走香港科技大学的路。您怎么看待南科大这几年的情况?今年也是朱校长任期的最后一年,您怎样评价他在南科大多年的工作?

陈平原:我很欣赏南科大的探索,但南科大的作用被夸大了,如此被舆论推着走,放在火上烤,左右为难,很难有大的突破。在这个意义上,我对南科大的未来颇为悲观。这就好像北大清华的处境。我说过,北大清华在制度上很难有大的突破。为什么?因为被全国人民紧盯着,一举一动,都被人家用放大镜观察、挑剔或赞赏。过分成为舆论焦点,是不利于推进改革的。南科大一开始就太高调,被寄予太大的希望,全国人民关心朱清时校长或教育部长的任何一个表态,这让他们怎么做?一所大学,承担不起如此重大的责任。说到底,南方科技大学和香港科技大学处在不同的环境里,不只是钱多钱少的问题,制度更为关键。

搜狐教育：内地大学的一些学风问题，内地大学抄袭成风，不只是学生，还包括老师、教授，都被卷入了诸如论文抄袭等案件中。您怎样看待这样的现状？像香港是怎么处理抄袭事件的？

陈平原：不能说香港的教授一定不抄袭，但相对来说，他们若违规，需要付出的代价更大。香港社会法制比较健全，不要说教授，就连学生都知道违反相关规定会受到什么处罚。我们的问题在于，法不责众，大家都抄，作弊的人太多了，没受什么惩罚或惩罚不重，这风气就刹不住了。对于抄袭之风，如何处理，该有一个明确的制度，才可能逐渐扭转过来。

校长应是伯乐而非千里马

搜狐教育：近日有一条新闻，校长不再参与到科研项目当中去了，很多网友就猜测，我们会不会就回到教授治校那样一种环境下。您如何看待？

陈平原：七八年前，我写过一篇《我为什么反对一流学者当校长》，说的就是这个问题。前些年，有关部门选校长时，著名的大学一般来说一定要院士。很多人认为，让著名学者来当校长，理所应当。可著名学者当了校长后，还继续做研究，承揽重大课题，带不少研究生，还写一大堆著作，这校长能合格吗？

民国年间著名的大学校长，大都很有学养，但不是一流学者。如北大校长蔡元培先生，他很伟大，但请记得，蔡先生在哲学，在伦理学，在美学，在艺术，在文学等各方面都很有兴趣，也有一定的成果，但并非第一流的学者。蒋梦麟、梅贻琦、张伯苓等也都如此。校长应该是教育家，而非学问家，他责任重大，需全心全意做管理工作,知道谁的学问好,哪个专业很重要,学术应该往哪个方向走,然后给予鼎力支持。我说了,校长的任务是当伯乐,而不是自己去做千里马。校长在任期间没有什么学术成果,这很正常;若硕果累累,那才是有问题。

大概去年起,风气开始变化,新任命的名校校长不一定是院士了。这就对了,只要他有教育家的眼光、胸襟和能力,是不是院士没关系的。

搜狐教育:香港的校长能不能参与科研项目呢?

陈平原:校长一般都是名学者,这没错;但一旦当了校长,压力很大,要和政府打交道,要和学界加强联系,还要跟学生拉拉手,讨他们喜欢。另外,大学校长还有一个很重要的任务,那就是争取经费,包括募捐等。这么多事情需要他去做,怎么可能整天泡在实验室或书斋里呢?

(初刊搜狐教育频道2014年3月17日,原题《陈平原:以港为镜,透视内地高等教育》)

不是把前面的拉下来
而是让后面的往上拱
—— 答《南方日报》记者达海军问

【采访手记】刚刚过去的2014年,在中国内地高校的发展历程上,出现了诸多热门话题。2014年2月26日,国务院召开常务会议,部署加快发展现代职业教育,明确提出要"引导一批地方本科院校向应用技术型高校转型";2014年4月,清华大学决定不再续聘外文系讲师方艳华,后方艳华与校方达成一致,转岗为职员;2014年末,网上传出国家已低调废除高校"985工程"、"211工程"的消息,中国大学格局面临重新洗牌的传闻不断发酵,但随后,教育部官员表示"国家既没有说不做,也没说下一步该怎么做。"……高校发展的话题,从来都惹人关注。日前,《南方日报》与北京大学中文系原主任陈平原就相关问题进行了对话。

谈大学精神——教师这个职业需要某种理想性

《南方日报》：您以前说过，"当前中国大学不缺钱、不缺学问、但缺精神"，您说的这个精神，在现在这个语境下具体是什么？

陈平原：任何一个大学校长都会很认真地告诉你，他很缺钱。因为钱越多，就意味着可聘请更多好教授，购置更好的实验设备，给学生更优厚的奖学金，以及改善学校的办公条件等。但钱多钱少是相对而言的。举个例子，1993年我到瑞典斯德哥尔摩大学参加学术会议，提交的论文题为《当代中国人文学者的命运及其选择》，其中有这么一段话："按政府公布的统计数字，北大教师薪水在北京市职工收入平均线以下；至于出租车司机收入，通常更是北大教师的八到十倍。"这不是空口说白话，我是做了认真调查的。现在当然倒过来了。这一切，今天看来都是不可思议的。我说不缺钱，是指相对于此前的穷困与窘迫，今天中国大学的经济状况明显好转，想做点正经的学术活动不会特别困难。

教师这个职业，需要某种理想性。因为，在学生眼中，你就是成人世界的代表，有义务更多地展现人生及人性美好的一面。因此，教师的品德、文化、修养应该比社会上普通人高。所谓"师道尊严"，很大程度靠这个来落实。而眼下，教师作为一种职业的理想性似乎有所丧失，工具性在增长，这是我所忧虑的。

《南方日报》：所以您说的这个精神主要还是指作为教师的理想和坚守？

陈平原：教师的理想与操守是一方面，制度建设又是另一方面。

所谓"大学精神",跟整个制度设计有关系,必须落实到制度层面,才能生根开花结果。

比如说,我们都在批评大学过分行政化、官场化,其中一个重要原因是政府给予校长书记副部或正厅的行政级别。这么做,本意是便于开展工作,可实际效果却是很多本来走行政道路的人,为了级别而进入高校。

中国大学面临的挑战与困境是综合性的,不是谁登高一呼就能解决的。只能走一步看一步,过于理想性的设计不仅做不到,而且很容易"出师未捷身先死"。办教育的大都是理想主义者,希望理想主义者尽力往前赶,能走多远算多远。

谈高校对比——内地高校师生有更强的认同感

《南方日报》:作为北京大学和香港中文大学的双聘教授,您一半时间在北京,一半在香港,对两种不同的教育体系应该有比较深刻的认识。以前老听到一种声音,内地高校不如香港高校。您怎么看?

陈平原:要是有兴趣的话,请读我刚出版的《大学小言——我眼中的北大与港中大》。今天关心教育的人,开口就是哈佛耶鲁,其实美国大学跟我们有很大的文化隔阂。香港的大学借用西方的教育制度,但又是中国人办的,大部分教授是中国人(或华裔),这样的大学之道,或许更容易借鉴。但总的来说,内地大学和香港大学的发展模式各有利弊。

单就用人制度而言,以前我们受到最猛烈的批评是"近亲繁殖"。各大学都用自己的毕业生,一代一代传下去,人际关系很复杂,学问的格局则越来越小。美国大学的规矩是不留自己的毕业生,一律送走,若干年后,如果你闯出名堂了,再把你请回来。此举保证大学教授的来源多样,形成了某种差异与竞争。香港及台湾的大学也是这么做的。北大10年前开始实行此制度。

此外,香港及澳门的大学在延揽人才方面比内地高校有优势。除了财力雄厚,制度灵活也是一个原因。据说澳门大学校长到特区政府去申请经费时,政府抱怨招聘教授的薪水太高了,以致本地官员不服气。校长给他们解释:官员是本地市场,教授是全球市场;官员离开澳门这个地方谁要?而好教授则"此地不留人,自有留人处"。

《南方日报》:与内地高校比,香港高校的弊端主要体现在哪方面?

陈平原:香港的教授对大学的认同感没有我们这么强。教授是校长的雇员,雇主给你很好的条件,你必须圆满完成任务。合同期一到,可能你炒我,也可能我炒你。而从退休的那一刻起,你就与大学没有关系了。

要说专业意识,香港高校的教授很突出;要说知识分子的承担精神,内地高校的更强烈。香港的教授来自五湖四海,居港期间,可以跟香港社会毫无关系。我的专业做得很好,你聘我,我出色地完成任务,这就行了。而北大等内地高校的教授则觉得,我不仅要讲好课,还要对中国负责,还要影响社会。这么说吧,内地高校的教授保留了较多传统读书人的家国情怀。

《南方日报》:南方科技大学的筹建,一度被寄予高校改革蹚新路的厚望,您对其关注多不多?

陈平原:大学改革牵涉的面很广,不是一所大学孤军奋战就能完成的。南方科技大学被过分强烈关注,这对它很不利。某种意义上,南科大是被舆论推着走的。朱清时校长是有理想的,我钦佩他。他为全社会讨论中国大学命运提供了一个很好的话题。其实,让一个意义深远的"话题"浮出水面,以便公众思考、质疑、争辩,也是一种贡献。

谈学校差距——集中财力办大学的机制要调整

《南方日报》:前段时间,有关高校211工程和985工程废除的消息沸沸扬扬了好一阵,最后证实说国家没有明确有这个说法。您怎么看待这个问题?

陈平原:211工程和985工程,是在中国财力比较薄弱的情况下,为了较快提升中国大学的水准而创立的制度。客观来说,得到211工程和985工程支持的大学,这些年确实发生了很大变化,办学水平有明显的提升。问题在于,对于非211工程的大学来说,这种做法不是很公平。这些年,我走访了好些原本很不错的大学,就因为没进入211工程,普遍士气低迷,发展缓慢。

对于中国大学来说,这两大工程是指挥棒,不仅涉及拨款机制、科研项目、教授待遇、学生就业,就连民间捐款也都挑985或211。这样一来,中国大学之间的贫富差距越来越大。在我看来,这种集中财力办大学的机制需要调整。

但是,完全取消这两大工程,技术上有一定难度,更有一点,我们不能因追求公平而丢掉效率。中国2000多所高校本就高低不平,不该重新回到大锅饭时代。不妨用增量的办法逐渐抹平这个鸿沟:不是把前面的拉下来,而是让后面的往上拱。比如说,让211或985动态化,把一些学风正且办学基础较好的学校,尤其是落后地区的好学校往上推。若干年评一次,往上推一批,让后来者有奋进的动力。用增量的办法来解决不同大学之间巨大的差距,这样方能使中国大学的整体实力得到较好的提升。

《南方日报》:今年有几个新闻报道,说有些大学老师上的课很受学生欢迎,但最后因为没有研究成果而被解聘。

陈平原:如果是研究型大学的老师,确实必须兼做研究;教学型大学的老师可以教学为主,不强调研究成果。我记得北大曾做了明确规定,教师分教学型、研究型、研究教学型三类。香港中文大学更明确,若是教授职位(助理教授、副教授、教授、讲座教授),必须有科研成果,每年都得填报;若是讲师(以前叫导师),则没有科研方面的要求,你的任务就是教好书。

这个话题之所以被热炒,是因为大学在考核教师时往往重科研而轻教学。这倒是个真问题。至于如何平衡教学与科研,目前仍找不到万全之计。

(初刊2015年1月15日《南方日报》,原题《如何抹平高校间发展差距?北大中文系原主任陈平原:不是把前面的拉下来　而是让后面的往上拱》)

重看"分数面前,人人平等"

——答澎湃新闻记者彭苏问

【采访手记】陈平原的《抗战烽火中的中国大学》即将出版。这部作品,加上之前的"大学三书"——《老北大的故事》《大学何为》《大学有精神》,以及《读书的"风景"》,将构成他的"大学五书"。"从中,大致可以理出我对中国大学的思考脉络。"7月5日,在北大人文学苑,这位北大中文系教授不徐不疾,细细阐述,他是站在教育史的背景下,来谈论当下中国大学的任何问题。"反省一百多年来中国的高等教育,中国人办大学的坎坷历程,及其是非曲直、功过得失,是我思考及表达的基本立场。"

他没有作通史,但一直在"选点":晚清建立新学制时的困惑与挣扎。"五四"新文化运动时期,中国大学的拓展。五十年代院系调整留下的遗憾。八十年代的改革开放和教育的重新出发。"再就是最近20年,当代中国大学的发展。虽然我有过很多批评,不过喜欢用这么一句话来形容:乱七八糟但生气淋漓。"说到"批评",他镜片后的眼神始终是一片温和的笑意。

在他的新作绪言里,你却能读到一段深沉的质疑:我终于找到一幅可与之媲美的老照片,那是西南联大教授朱自清、罗庸、罗常培、闻一多、王力的合影——我故意略去拍照的具体时间及地点,以便将其作为抗战中意气风发的中国读书人的象征。在一次专题演讲中,我提及这幅照片:联大有什么值得骄傲的?联大有精神:政治情怀、社会承担、学术抱负、远大志向。联大人贫困,可人不猥琐,甚至可以说"器宇轩昂",他们的自信、刚毅与聪慧,全都写在脸上——这是我阅读西南联大老照片的直接感受。今天的中国大学,从校园建筑到科研成果,都正朝"世界一流"飞奔,但再也找不出如此明亮、干净与自信的合影——那是一种由内而外、充溢于天地间的精神力量。

于是,采访从这里切入。

澎湃新闻:您可以谈谈,今天万事俱备,为什么校园里却缺乏西南联大师生那种刚健的精神力量?

陈平原:今天我们讲述西南联大的故事,某种意义上是理想化的,是将其作为当下中国大学的一面镜子。我们知道,当下中国大学教育有很多问题,但必须仔细分梳,哪些属于制度问题,哪些属于观念问题,哪些是学者本身的缺憾,哪些又是整个时代氛围决定的,做过认真的清理之后,才能够比较准确地下判断。历史是一面镜子,但不是一个标准,更不是万应药方。

澎湃新闻:据说,您一直担心将"大学精神"形成口号化?

陈平原：北大争了这么多年，定了好几次校训，都不成功。讲大学精神，我主张用蔡元培的"思想自由，兼容并包"，也都做不到。很大程度上，不是要不要精神，而是要什么样的精神。相对来说，定校训、说精神是比较容易的，但很多制度性问题，不是喊几句口号能够解决的。有时候，甚至不是教育体制的问题，是政治体制的问题。比如，如何设置以及讲授各种类型的政治课，就不是校长或部长说了算的。

澎湃新闻：您在《大学公信力为何下降》里，做过全面的分析。但我们发现公信力仍在下降，不免担心其走向？

陈平原：今天不只是大学的公信力下降，是整个社会的公信力都在下降。政府官员、大学教授、警察叔叔还有白衣天使等，今天都没有好名声。我曾经谈起，北大在八十年代到九十年代，特别在意媒体对我们的报道。每周或每月贴出一堆，很光荣。现在早就不做了，因为经常是负面的报道。这种情况，不仅发生在北大，所有大学基本上都一样。要知道，第一，表扬好人好事，或为某个机构唱赞歌，不是媒体的特性。第二，报道曾经很高雅的大学及大学教授的负面消息，很有阅读市场，甚至可以说是"大快人心"。今天中国大学形象之所以"一落千丈"，有大学本身不争气的原因，再就是媒体比过去更加发达了。

说到这里，让我想起最近这段时间发生的北大清华抢生源，那是一个让人伤心的话题。抢好学生很正常，所有国内外大学都在抢。问题在于手段及标准。比如美国大学也抢，但给学生选择的自由——好学生可以拿到好几所大学录取通知书，最后决定权在自己。可在中国，因只能被一所大学录取，就抢得很不像话了。尤其是发生在北大清华之间,而且还以高考分数来抢学生,抢所谓的"状元",实在没出息。

"高考状元"是老百姓的说法,这里姑且从俗。问题是我们都知道,高考分数690与688,其实是没有差别的。只是生活在一个科举制度源远流长的国家,大家都相信,只要考试,就必须争"第一",第二、第三没意义。为什么在中国,会弄出这么畸形的对分数的崇拜?这里有大学的问题,也有媒体的问题,还有公众的问题。某种意义上,大学是被媒体及公众绑架了。

民众追求"公平",欣赏一分之差见高低、定生死;媒体则以造星的眼光及趣味来谈高考,弄出省市县三级乃至单科"状元"等莫名其妙的说法。让人不解的是,大学也顶不住了,屈从于世俗的偏见。抢"状元"的真正原因,不是因为爱惜人才,而是保护学校名誉——在媒体及民众心目中,抢到的"状元"越多,证明这大学越好。

澎湃新闻:可我们也知道,这种世俗力量是很强大的,怎样扭转这一困局?

陈平原:北大曾经做过两个决策,但现在都落空了。第一是不公布,不排名。第二是与清华达成协议,彼此都不要炒作所谓的"状元"。实际上,校长及教授都明白,招进来的各省"状元",绝大部分将来不比别的学生强。高考只是一个门槛,入学以后,一切都必须"从头越"。到目前为止,没有任何证据证明当初的高考分数日后对学生有很大影响。各省高考的第一名,如果不是去香港就学,选择在内地读书的,基本上不是进北大就是进清华。所以,两所大学若能达成并遵守协议,不宣传今年录取了多少个各省第一,别的学校也就没有什么好炒作的了。再说,论学术实力与社会名声,这两所大学也算伯仲之间,有必要为此竞争与炒作吗?

我还是要说,抢生源是正常的,全世界的大学都抢好学生,因那是办好教育的关键一环。问题在于,用什么手段,根据什么标准——你为什么要盯住各省高考的"状元"抢呢?这就说到了整个社会对于分数的过分强调,导致今天所有学生被迫去抢每一分。

我曾经说过,"文革"结束后,我们恢复了高考制度,这很好,但只是回到常识。四十年来,我们不断为此唱赞歌,缺乏批判与反省。今天再看那句激动人心的口号——"分数面前,人人平等",其实有失偏颇。这种分分计较的"平等",某种程度掩盖了内在的不公平、没效率。

北大曾经尝试过两件事,也都失败了。一件就是"中学校长实名推荐"。我们在全国选了若干好中学,经中学校长实名推荐的学生,可成为北大自主招生直接候选人。2010年开始做,好几年了,我问招生办主任,为何推荐上来的学生未见特别出色的?我说的"特别出色",不是指智商高,而是像钱锺书那样偏科的奇才。我们做"中学校长实名推荐"的目的,就是想把那些在高考时没法获得承认,但特别有才华的学生推荐上来。可实际上做不到,那些推荐上来的,参加高考也能考上。后来我想清楚了,没有一个校长敢冒险推荐偏科或成绩不高的好学生。这就是公信力的问题。校长即便"独具慧眼",也不敢"独断专行"。记得有一次,有不认识的人给我写信,告他们中学校长推荐时有猫腻,把一个成绩不如他的人推荐上来了。我出于责任感,把信交给了学校。后来学校招生办给我解释了大半天,分数是一样的,名额又有限,校长并没有作弊。你可以想象,没有一个校长敢承担风险,将一个偏科的"奇才"推荐给北大。整个社会已造成这么一种舆论氛围,谁都不相信有人会出于公心、主持公道。假定哪一个校长敢把像钱锺书那样数学成绩很差的学生推荐上来,会被唾沫淹死的。更严重的是,一个偏科的学生,根本就没办法考进重点高中,他在小学或初中阶段就被淘汰了。所以,"分数面前,人人平等"这一标准化设计,可能限制了若干"猫腻",但也导致那些"特立独行"的好学生被卡掉。

第二件事,就是加大面试成绩比重。南科大招生,以及香港各大学招生,都是这么做的。是否有效,取决于面试老师的经验,以及试题的设计。面试学生是有技巧的,在短暂的交谈中,迅速发现他的潜能或缺陷,这也是很难的。如果像陈景润这样不擅表达的人来参加面试,也可能没法通过。再说,有了决定胜负的"面试",就有传授面试经验的培训,很快掌握答问的技巧与套路。

还有说说而已的"高中老师推荐"或"中学分数计入",更是缺乏可操作性。理论上,中学老师最理解自己的学生,哪个更有潜能,哪个只会考试,他是知道的。可你知道中国人的特点,这样一来,所有中学老师都会把班上学生全都夸成一枝花,所有学校都会制造虚假的高分。

澎湃新闻:现在这些林林总总的现象冒出,是否意味某种趋势走到一个阶段?

陈平原:我曾经说过,所有的制度,只有在它方生未生时是最有魅力的。一旦固定下来,就会有很多的遗憾,必须不断反省、批判、调整。1977年恢复高考至今,将近四十年了。当初建立这套制度是很有意义的,它保证了人才通道的畅通,每个人可以凭自己的努力实现梦想。可这个制度走了四十年后,我们发现,整个社会过分迷信高考分数。而且,这个趣味往上下蔓延,下到小升初,上到考博士班,全国人民已经习惯"分数面前,人人平等"这个口号了。这个时候,

"公平第一"的诉求,可谓压倒一切。我再三说,分数与才华、天赋是两回事。不打破这一迷信,"天公"就无法"重抖擞"。可如何打破高考分数迷信,谁来打破?今天的中国大学,没有一所敢脱离高考,独立命题,自主招生。北大曾想尝试,最后还是落空。除了巨大的工作成本,更严重的是,无法抗拒各种说情与压力。

我们都说"千里马常有,伯乐不常有"。所谓"伯乐",应该是人家都不看好的时候,独独你看好,且有能力将你的判断付诸实践。可今天的伯乐没有权力,没有权威,也没有社会威望,他说的话谁信?大家都相信"无利不起早",你为何打破常规,为某匹马说好话,必定是受贿,或有其他利益交换。整个社会已形成这么一种共识,"伯乐"无用武之地,只好缴械投降。

将近四十年的唯"高考分数"是问,对中国高等教育的健康发展,以及国民素质的提高,是有意义的。但过于计较分数,必定是偏于标准化——用同一把尺子选拔人才时,太长的给锯掉,太短的给垫高。所以,中国高等教育有一个明显的缺憾——整体实力迅速提升,教授及学生的平均水平也不错,但缺乏特别优秀的人才(或者说天才),因此也就难见"石破天惊"的伟大成果。

澎湃新闻:我问过刘道玉校长,怎样将对改革高校教育的提议落到实处?

陈平原:关心中国高等教育命运的,不仅要有言之成理的辨析,义正词严的批判,最好还能提出若干建设性意见。比如,最近我就连续撰写三篇谈如何拓展211的文章。重新开放211工程,逐渐吸纳一批办得较好的大学(尤其是中西部的大学),而且打破终身制,实行动态管理,我相信可以大大推进中国的高等教育。具体论述就不说了,

我想说的是那"压在纸背的心情"。

单说中国大学有问题,这还不够,如何群策群力,促使其较好地发展,这就是我关心的问题。研究教育的过程中,我深切体会到,任何一项教育政策的得与失,影响都十分深远。研究者必须明白,教育的发展与演进,只能是不断修改的过程。这不像一张白纸,可以画出最新最美的图画。千百万大学生中学生小学生,不能充当实验的小白鼠。想象完美的、彻底的改革,既没办法施行,也可能危害甚大。确实只能"摸着石头过河",在现有基础上不断调整,努力做到"移步变形"。这也是我谈中国大学时,不敢过于高调的缘故。

澎湃新闻:现况之下,学生怎样才能得到真正对自己有力有益的指导?

陈平原:大学教授与家长们对这个问题的看法是不一样的。家长可能说,中国大学若实在办不好,没关系,那我就走,把孩子送到国外去。而对于大学教授来说,得天下英才而育之,是很幸福的事;若好学生都走了,心里会很难受的。话说回来,我们只能一方面呼吁风气转变,介入到变革大潮中,另一方面努力庇护自己的学生,给他们提供尽可能好的学习条件。我特别感慨的是,当年我们做学生,老师为我们支撑起一片天。如今我们也成了老教授,却不太有能力为学生做更多的事。只能说是尽力而为了,毕竟不是所有人都有影响公共政策的能力。

(初刊澎湃新闻2015年7月7日,题为《陈平原谈抢"状元":大学不争气,被媒体公众绑架》,又见2015年7月8日《东方早报》,题为《陈平原:抢"状元"实在没出息》)

媒体、大学与政治
——在凤凰网读书会上答听众问

【小引】2015年6月14日下午,在北京言几又书店举行的凤凰网读书会上,围绕北大出版社刚刊行的《"新文化"的崛起和流播》,谈论"触摸历史,重返现场:作为物质文化的中国现代文学"。此活动分三个环节,第一是本书作者、北京大学陈平原教授的主题演讲,第二是陈平原与中国社会科学院杨早副研究员对谈,第三是陈平原回答在场读者提问。这里整理刊发的是第三部分内容。

提问一:刚才您讲到回到历史现场的问题,我想到的是,类似"五四"这样的历史事件,它与后续的相关事件叠加,形成对这个事件的注解,或者说诠释。同时,也有反方向的,它也有可能遮蔽我们对这个历史事件本身的认识。

陈平原:历史事件的意义,某种程度上是被后来人的认知和阐释所决定的。你说得对，有发扬光大的，也有遮蔽损毁的，还有扭曲变形的。谈"五四"，也是这个道理。几年前，我专门写文章，考察内地的《人民日报》与台湾的《"中央"日报》历年"五四"社论，都在纪念，但各有其政治立场与现实关怀。同一个历史事件，当它出现在日后的纪念活动中，由于发言者的姿态和立场，会有截然不同的阐释。无论强调某一个方面，或抹杀另一个方面，一般来说都是"深谋远虑"的。"五四"已过去将近一个世纪，历史转了好几道弯了，我们还能不能理解历史事件的原貌？这就是你想问的问题。刚才演讲中说了，我们为什么力图回到历史现场，其工作目标就是，剥开一代代人在阐释过程中依照自家趣味添加的五彩斑斓的外衣。但你我必须明白，历史事件之所以被记忆，端赖一代代读者"不无偏见"的阐释。但这是把双刃剑，要是不被阐释，很快就会被遗忘。"五四"很幸运，是极少有的从一开始就被认真关注，且近一百年来保持正面阐述为主的历史事件。有的事件很重要，可惜被污名化了；有的事件沉入历史深处，一时半会浮不上来。只有"五四"的形象，始终是正面的，并得到了不断的纪念与阐释。也正因此，导致它叠加的东西越来越多，必须警惕被过分拔高。假如你想做研究的话，第一步须厘清哪些是原来的"五四"，哪些是后来添加的；还有，"添砖加瓦"者持有何种政治立场与现实需求，以及"五四阐释"如何在各方力量的牵引下艰难前行。

提问二：陈老师刚才在演讲中批判大众媒体，我特别钦佩。今天的文化人，如何像章太炎他们一样，以一种战斗的姿态来继续肩负启蒙的重任，对各种压制性的力量，比如说媒体的力量，资本主义、殖民主义、帝国主义的力量，还有去政治化导致的遮蔽，以及大学的企业化，进行反抗和揭露，我觉得这个是特别重要的。今天的媒体像黑社会一样，媒体主编就是黑社会的老大。我的问题是，今天如何产生章太炎这样的人物，肩负文化启蒙的重任？

陈平原：你的立意很好，但论述时太极端了。今天中国的媒体，确实不理想，但你把它比作黑社会，主编都成了黑老大，这个论述我不能接受。我们对任何一个人物或事件的批评，不能只图痛快，需要有理、有利、有节，否则对方无法接受。你批评媒体，用了很多大词，如帝国主义、资本主义、殖民主义，有点像高射炮打蚊子，很壮观，但杀伤力有限。另外，我很高兴你喜欢章太炎，他流亡日本时的"提奖光复，未尝废学"，确实很让人神往。可他主编《民报》，也是借用传媒的力量，来实现你所说的"文化启蒙"的理想。所以，我们努力的目标，应该是如何改善媒体、善用媒体，而不是全盘否定——说实话，你想把它一棍子打死，也是打不死的。

提问三：首先谢谢主持人挑我这个从深圳特地赶过来的学生。我毕业多年了，在学校期间读过陈老师的《大学何为》。这是我当年坐火车去西安路上看的书，但我去的是一个理工科学校。到这个学校后，我想怎么在理工科环境中，葆有文学修养与文化氛围，于是办了一个刊物。请陈老师建议，我们能做什么事情，既提升自我修养，摒弃浮躁，又能让整个社会沉下气来？

陈平原：谢谢这位朋友。感谢你读了我的《大学何为》，而且是在火车上读的。我喜欢在飞机或高铁上读书的那种感觉。今天北京的地铁里基本上没人读书了，在火车或飞机上读书的人也不多。地铁上看手机，飞机上目前不能上网，那就看电视，或翻阅报纸杂志。其实，旅途上读书，是一个很好的习惯，而且很能见一个人的修养，甚至一个国家的文明程度。我们刚富起来，有能力外出旅游了，可太早地扔掉了书籍，实在有点可惜。

念理工科的朋友，如果愿意读书，尤其是读人文学方面的书，我很高兴。最近二三十年，中国的高等教育，专业化程度迅速提升，但重视实用性，相对忽略有点"玄虚"的人文修养。这是一个大趋势，深刻影响学生选择学习的专业。好些原本喜欢人文的学生，或因家长的强烈要求，或为日后就业考虑，选择了自己不太喜欢的专业。北大允许部分学生经过考试转专业，每年都有原本学理工的学生，因个人兴趣而转入中文系。我自己指导的研究生，此前有学生物的，有学工程的，有学医学的，也有学绘画的，当然以中文系毕业的为主。但很悲伤，以前转专业比较容易，现在越来越难了。好在很多因各种缘故而没选择人文学科的学生，还能保持广泛阅读的习惯，或选修面向全校开设的人文学方面的课程。昨天跟张丽华老师交流，感叹好些学数学、学物理、学经济学的，选修中文系课程时，成绩比中文系学生还好。因为他们本来就是很聪明的孩子，既然选修外系的课，必定真有兴趣，学得也很认真。所以，我对理工科大学生的人文修养，从不一概而论，确实是因人而异。

至于谈论中国大学，你的态度我比较认可。那就是，中国大学有问题，但正在努力改进。我写了好几本书谈中国大学，涉及历史与现状，有批判，但也有建议。最近几年，很多人在表彰民国大学时，溢美有余而思考不足。我承认民国大学有人物，也有好风气，但不想将其作为拍打当下中国大学的"砖头"。原因是，同属高等教育，精英化与大众化，评价标准是不一样的。把今天的中国大学说得一无是处，不符合史家立场。以全面抗战爆发那一年为例，全国大学生也就是四万多，而今天中国，同一个时间在全国各类高校念专科、本科、硕士、博士的，大约是2800万。四十多年前，毛泽东发起知青上山下乡运动，那时的"知识青年"，很多只是初中毕业生。而今天年轻人进入职场，本科毕业是标配，专科已经显得有点低了。放长视线，最近二三十年，中国的高等教育是在大踏步前进。只是走得太快、太急，留下很多遗憾，需要认真清理，重新调整步伐，但我不主张一上来就开骂，劈头盖脸，没一句好话。有一次演讲，提问环节，某愤青挥动着拳头说："中国有大学吗？没有！"我说你不要太激动，中国有大学，而且有很不错的大学。我们需要的是平心静气的讨论，而不是喊口号。中国大学不尽如人意，应该深刻反省与批判；但同时，最好能用负责任的态度，努力给中国的教育、文化、传媒等，提供一些建设性意见。

提问四：非常开心能听到您精彩的演讲。我想问您如何看待现在的网络语言。因为，现在很多媒体，经常使用一些稀奇古怪的网络语言。您如何看待网络语言的影响力，您觉得它能够流行的时间有多长？

陈平原：让我谈网络语言是不是？很遗憾，你恰好碰到一个不喜欢网络语言的人。这么说吧，很多新鲜出炉的网络语言我不懂，也不喜欢。我承认，有个别网络语言会一直流通，并积淀下来，但大部分很俏皮的网络语言，会随着时间流逝而被遗忘。我在大学教书，有职业的敏感，发现大学生之所以经常写错别字，以及表达不准确，跟他们喜欢网络语言有关。我不允许他们在学术论文里使用今天看来"很潮"的网络语言。在日常生活中，你要写情书，爱怎么写就怎么写；但学术论文不行。今天的中国，在交流中使用网络语言，显得很时髦，大家不敢说它不好。几年前我写过一篇文章，批评大学校长在毕业典礼上滥用网络语言。在场的学生们很喜欢,媒体也极力鼓掌,但我不认同这种风气。我说,同样期待掌声,但每个人的位置不一样,当一个娱乐节目主持人,和一个教授在课堂上讲课,以及一个校长在毕业典礼上致辞,如果差不多的话,那是有问题的。今天的中国人,普遍缺乏文体感,不明白典礼上的致辞,与私下里的聊天、婚礼上的祝贺,以及娱乐节目上的打情骂俏,应该有很大的差异。在我看来,在正式场合或庄重文体里,大量使用网络语言是不合适的。前些年,很多大学校长为了表示"亲民",让秘书收集该年的流行语,尤其是俏皮或小清新的网络语言,穿插到毕业致辞里,以博得暴风雨般的现场掌声。这个风潮,现在逐渐平静下来了。本来嘛,校长就不该跟学生比"潮"、比"嫩",那不是你的特长,也不是你的职责所在。今天很多生造的新词,什么"普奔"(杨早插话:"喜大普奔"),对,这"喜大普奔",你若写在文章里,几年后就必须加注,否则后人看不懂。汉语变成这个样子,新词频出,几天不上网就读不懂,这绝不是好现象。这些网络新词,多属自我调侃,制造及传播时很开心,若只是自娱自乐也就罢了,就怕广泛使用,且习惯成自然。作为中文系教授,面对如此潮流,无力"为纯洁祖国语言而奋斗",但起码得勇于表达自己的立场。至于别人认同不认同,喜欢不喜欢,我不管。

提问五:我想问一下陈老师,如何看整理国故运动和新文化运动的关系。因为您这本书是从出版和报刊的角度来看新文化的崛起和传播。而整理国故运动,差不多在同时期发生。我想问一下,以张元济为代表的商务印书馆,在当时做了一些古籍整理出版工作,是不是也是对胡适的一个回应?然后,还有北平图书馆,他们也都在进行古籍整理，还有去海外访书等活动，怎么看待整理国故运动在出版史上的意义，以及对于现代文化及学术的促进？

陈平原：你是在读研究生吧？（提问者：对，我是在读研究生。）这个题目一听就是。那好，既然是在读研究生，我就把你当研究生来指导。谈整理国故运动，一般会从胡适说起。1919年，胡适连续写了《新思潮的意义》《论国故学》《清代学者的治学方法》等三篇很能体现"历史癖"的文章，正式亮出了"整理国故"的旗帜。首先将新思潮概括为"研究问题，输入学理，整理国故，再造文明"四个密不可分的环节；其次以"人类求知的天性"为出发点，确认"现在整理国故的必要，实在很多"；最后论证"中国旧有的学术，只有清代的'朴学'确有'科学'的精神"，俨然有提倡用朴学方法整理国故的意思。对于胡适由"输入学理"一转而为"整理国故"，历来学界有不同的论述。但这些都是思想史的立场。其实，可以引入科技史的眼光，从晚清石印术的引进说起。作为一种技术手段，石印术的引进，大大促进了新文化的生产与传播（如画报的诞生），可也促成了传统书籍的整理与刊行。以前雕版印刷，费工费时，书籍因而价格昂贵；采用石印，一下子让整个制作成本大大下降，很多大套书及词典开始编印或重刊。那时的报纸上，常见征集各类书稿的广告，很多以前无法刊行的图书，借此新技术的东风而得以面世。这里，主导力量是书局而不是学堂。因此，你从张元济等人所代表的出版界是如何介入到整理国故运动中来，可溯源到石印术的引进中国。这是两条不同的线索，一是科技史及出版史，一是思想史及文化史，二者如何在20世纪20年代合流，学者与出版人共同努力，促成了整理国故运动的蓬勃发展，这是很有意思的题目。这么上下沟通、虚实结合，可以别开生面的。祝你成功。

提问六：我不太同意您的观点。您刚才讲到，有些大学老师基本上就搞专业，不怎么看电视新闻。我问您，有远离政治的纯文学作家吗？他不关心政治，不关心现在的情况，游离于社会现实，只关心写作，您认为这样的人能成为好的作家或某一方面的专家吗？

陈平原：大学教授从事的工作五花八门，立场及趣味其实大不一样。即便限制在中文系，也不仅仅是出作家，很多教授根本不写小说，也不写诗歌或散文，他们可能研究古文字，可能关心唐诗宋词，也可能专注于《诗经》《红楼梦》或当代文学。因此，看不看电视新闻，因人而异。还有，今天媒体这么发达，看不看电视新闻与是否关心国家命运，其实没有直接关系。我明白你的立场，是想提醒学者们不能脱离现实，要关心政治，这样才能写出好作品。

在我看来，关心政治和脱离生活，不是一回事。二十世纪五十年代以来，主管意识形态的官员一直都在强调作家、教授、读书人必须关心政治，不能脱离现实。可我的印象是，生活在中国，"政治"无处不在，你想躲都躲不开，根本没必要过分强调。反过来，普通中国人的喜欢"谈政治"，不是一个很正面的现象。"位卑未敢忘忧国"，这固然是个好传统，可日常生活的过度政治化，却使国人活得太累。这一点，年长的与年轻的，明显感觉不一样。

不管是专家还是大众，我都倾向于尊重个体选择。刚才表扬这两位学理工的年轻人，他们喜欢读人文学方面的书籍，关心现实政治，我很高兴。可反过来，假如他专门研究原子物理或计算机，对现实政治一点都不关心，我也不觉得需要苛责。以中文系教授为例，你说他研究先秦文献或宋代文学，若对现实政治一点兴趣都没有，没必要大惊小怪的。我们早就过了整天开会学习、强调思想改造的时代,他当学者,愿意专心治学,不知道今天中国的政协主席是谁,也不关心股票是涨还是跌,这有什么好指责的?尊重个体的选择,你关心现实政治,投身改革大潮,很好;他"两耳不闻窗外事,一心只读圣贤书",也没什么不对。社会应该有这个宽容度。而且,要说"政治",除了当代中国的谁上谁下、谁左谁右,还有人类未来、地球生态、宇宙演进等,同样值得思考与探索。即便是作家,也不能以是否"忧国忧民"作为评价标准。

(初刊2015年7月14日《北京青年报》,原题《毕业致辞,校长不该跟学生比潮比嫩》)

弦歌不辍　精神不死

——答新华社记者任沁沁等问

【采访手记】狼烟哭泣，家园飘雪。中国大学书声琅琅，弦歌不辍。一个民族的精神意志并未在炮火中被击垮，而是越战越勇，稳定了人心，赓续了文化命脉，更积蓄了让后人肃然起敬的力量，立起一座民族精神的丰碑。中国大学的集体内迁，书写了波澜壮阔的教育史话，呈现了家国大爱的人间情怀。即将出版的《抗战烽火中的中国大学》，呈现了这段历史。新华社记者日前对话本书作者、著名学者陈平原，在纪念抗战胜利70周年之际，重新回味了生死存亡之际中国学人展现的坚韧不拔的精神气质。

"世界教育史的奇迹"

新华社记者：日本侵华战争给中华民族带来深重灾难，但中国大地上"读书的种子"从未消失。为什么?

陈平原:我研究近现代中国大学史,一百多年中国大学波澜壮阔、跌宕起伏的历史上,最让我感动、感叹、感怀的,是抗战八年,炮火连天,满目疮痍中,中国大学依旧弦歌不辍。

大半国土沦陷,年轻人为何三五成群,穿越封锁线,到大后方念书,是什么力量在感召他们?不当亡国奴!这与教授们的响应政府号召,抛妻别子,随大学西迁,同样值得尊敬。为了保存"读书种子",也为日后建国大业储备人才,原本主要分布在沿海及华北的中国大学,在国民政府的统筹下,纷纷内迁。战争结束时,中国大学由108所增加到141所,学生从四万多增加到八万多。外在环境如此险恶,但中国大学没被炸垮,依旧昂然屹立,略为修整后,便大踏步前进,这实在令人敬佩。

新华社记者:战争带来巨大伤亡,却摧毁不了中国大学。弦歌不辍,这是一种什么精神意志?其意义是什么?

陈平原:连天炮火中,隐约仍见读书声,这本身就意味着信仰、勇气与力量,说明这个国家没有屈服,还在顽强战斗,且对未来充满信心。当年中央大学校长罗家伦有一句名言:"武力占据一个国家的领土是可能的,武力征服一个民族的精神是不可能的。"

因此,抗战中中国大学大批内迁,其意义怎么估计也不过分——保存学术实力,赓续文化命脉,培养急需人才,开拓内陆空间。更重要的是,表达了一种民族精神以及抗战必胜的坚强信念。

新华社记者:您在书中评价这是"世界教育史上的伟大奇迹"?

陈平原:二战期间,很多国家很快就被占领了,大学因而无处可迁；而像英国，因为隔着海，没被占领，只是被轰炸了，大学只需略为疏散，没必要整体搬迁。苏联在卫国战争中，同样存在大学内迁现象，这点和中国很像。但苏联的卫国战争相对于中国抗日战争时间要短，莫斯科大学在外流浪的时间是一年半，而北大、清华等在外流浪时间是9年。对中国读书人来说，这段历史特别值得记忆与珍惜。

按照以往的经验，最容易在战乱中被毁灭的，必定是手无寸铁的学校。只有等战争结束，硝烟散去，才有可能重建教育。中国历史上，还从未有过在战争中为了民族生存与文化赓续，而如此有计划、成建制、大规模地撤退学校。如此壮举，抗战时期做到了。

我还是特别看重抵抗的信心和必胜的信念。因为，前途茫茫，根本不知道什么时候能回来，亲人间很可能就此别过，再无重逢的机会，可政府一声令下，很多读书人居然就背着小包裹上路，不管是教授还是学生，都很值得尊敬。

往事并不如烟

新华社记者：中国大学内迁有什么特点？

陈平原：第一，这不是溃败后的逃难，而是有组织的集体行动；第二，教学上，不是应急，而是长远打算，所谓"战时如平时"，更多着眼于战后的建国大业，保证了战时培养的大学生有很好的质量；第三，学术上，不是仓促行文，而是沉潜把玩，出有思想的学问，有情怀的大学者——这一点人文学尤其明显；第四，因大学内迁而见识中国的辽阔与贫困，于流徙中读书，人生忧患与书本知识合一，精神境界得以提升；第五，除了具体的学术成果，大学内迁还为西南西北播下良好的学术种子，此举对于中国教育平衡发展意义重大。

新华社记者：大学迁于忧患之中，却为中国重建与发展储备了大量人才，奠定了文化基础，怎么做到？

陈平原：我刚才提到，大学内迁，不是简单的逃难，而是在战火中坚持教学与科研。就以浙江大学为例，浙大三迁广西宜山，新建草棚，做临时教室，师生于此安心教学14个月，直到1939年2月5日遭遇敌机轰炸。如此紧张的局面，大学也就停课三天，还专门记录在案，可见校方对于学业的重视。据校方介绍（1941年），抗战以来，浙大由杭州至建德、吉安、泰和、宜山、遵义，每学期实际上课周数平均在18周左右，如果加上缴费注册选课等时日，近20周。读过大学的人都明白，这等于说，浙大即便在迁徙过程中，也都不曾停课。这是什么精神在支撑？

台湾作家齐邦媛在《巨流河》中提到，当年她在四川乐山的武汉大学念书，战事紧迫，随时可能撤离，即使在这样的情况下，校长王星拱说了，不到最后一刻，弦歌不辍。第二天，朱光潜先生继续讲他的英国浪漫主义诗篇，只字不提随时可能降临的炮火。战争不会影响我们的阅读与思考，反而加深了我们对文学、对美的向往与追求。

还有很多如此这般有情且鲜活的历史画面，仔细阅读与钩稽，很容易理解中国学人的个人修养、历史意识和文化情怀。这也是中国大学能在忧患中浴火重生的答案。

新华社记者：艰难迁徙途中有哪些动人细节？

陈平原：中央大学濒临长江，内迁重庆最为顺畅，也最为便捷。1937年10月底，中央大学大部已搬迁，时任校长罗家伦到南京三牌楼农学院实习农场和职工道别。校长走后，农场职工认为畜牧场的这些美国牛、荷兰牛、澳洲牛、英国猪、美国鹅、北京鸭等都是饲养多年的良种实验家畜,决定把它们搬迁到大后方去。历经千辛万苦,一年后的11月中旬,这些职工赶着牛呀猪呀,终于到达了重庆。罗家伦1941年"于重庆警报声中"撰写《炸弹下长大的中央大学》称:"我于一天傍晚的时候,由校进城,在路上遇见它们到了,仿佛如乱后骨肉重逢一样,真是有悲喜交集的情绪。"这故事实在太动人了。我相信,再过一百年,说起抗战中普通中国人的坚韧不拔,这个故事都能作为代表。

新华社记者:抗战时期的大学内迁对国家民族的发展有何意义?

陈平原:这既是世界教育史上一段异彩纷呈的华章,也是中华民族复兴路上一座昂然屹立的丰碑。教育和政治、经济、文化密切相关,大批大学的内迁,把新的思想观念和生活方式,带到原先比较落后的西南西北。中国的发展原本很不均匀,经济及文化发达的地区,多集中在沿海及华北,战争打乱了这个布局,无意中促成了西部的发展。抗战期间的"大迁徙",与20世纪60年代的"三线建设",以及2000年开始的"西部大开发",对中华民族的可持续发展,具有十分深远的战略意义。

此情可待成追忆

新华社记者:战争时代的大学精神是什么?对当今教育有何启示?

陈平原:"身处逆境而正义必胜的信念永不动摇",以及"对国家民族所具有的高度责任感",在西南联大经济学系教授、系主任陈岱孙看来，正是这两点，"曾启发和支撑了抗日战争期间西南联大师生们对敬业、求知的追求"。而"这精神在任何时代都是可贵的，是特别值得纪念的"。我曾在一次专题演讲中提及："联大有什么值得骄傲的？联大有精神：政治情怀、社会承担、学术抱负、远大志向。联大人贫困，可人不猥琐，甚至可以说'器宇轩昂'，他们的自信、刚毅与聪慧，全都写在脸上。"

新华社记者：在烽火年代，对待学习，战时如平时；学术研究上，沉潜把玩，出大学者和大师。为什么今天难出大师？

陈平原：弦歌在，证明信念还在，这也是中华民族浴火重生的关键。第一，无论师生，在如此艰难的大迁徙中，人生忧患与书本知识合一。第二，生活圈子缩小了，教授们第一次和学生走得这么近，互相感召与启迪。第三，这段时间，枪口一致对外，校园里没有那么多内讧与政争。第四，生活艰辛，但对未来充满期待，反而显得"幸福"与"单纯"。这种精神状态，其实更适合于求学或治学。

比如，西南联大集中了北大、清华、南开的教授，稳定下来后，师生排除干扰，全力以赴教学、读书。老师们把所有精力放在本科生的培养上，教学态度的认真超乎想象。这些学生战后或直接走上工作岗位，或到国外进修，他们的成绩，证明西南联大等内迁大学的教学质量是可以信赖的。战后西南联大硕士毕业生杨振宁和本科生李政道被政府送到美国进修，日后做出很大成绩。杨振宁多次提及，他到美国后发现，西南联大的教学水平比美国好大学一点都不差。战争没有停止中国大学前进的步伐，这里说的，不仅是学生数量，也包括学术质量。

战时中国知识分子将个人命运与国家命运紧密结合，将自家学术成果与民族复兴重任密切联系，共同书写了大师辈出的时代传奇。当下的中国大学，都在奔"世界一流"，虽然我们有了不少壮丽辉煌的"大楼"，也有众多真假莫辨的"大师"，但就精神境界而言，其实我们比不上抗战那一代。正因此，有必要回眸那一段历史。

新华社记者：在纪念中国人民抗日战争暨世界反法西斯战争胜利70周年之际，回望西南联大精神及中国大学内迁史有何价值？

陈平原：谈及西南联大对于抗日战争的贡献，容易说的是有形的，如培养人才、推动科研以及投身战场；不太好说的是无形的，那就是在生死存亡的关键时刻，如何凸显某种高贵的精神气质。具体说来，硝烟弥漫中，众多大学师生弦歌不辍，这本身就是一种稳定人心的力量。西南联大以及众多撤退到大后方的中国大学，无论如何颠沛流离，坚持"笳吹弦诵"，这本身也是抗战必胜信念的鲜明体现。

战火纷飞中，中国大学顽强地抗争、艰难地成长，此中蕴含着某种让后人肃然起敬的精神力量。回望这段历史，对今天的教育发展以及社会改革，有重要的启示作用。即便只是着眼于教育，起码让你我警醒：大学的存在价值，不仅仅是传授具体知识、生产科研成果，更包括坚定正确信念，以及塑造民族灵魂。

（初刊新华网北京7月17日电（新华社记者任沁沁/白旭/吴凯翔），又见《新华每日电讯》2015年7月17日，原题《弦歌不辍　精神不死——陈平原谈抗战烽火里的中国大学》）

大学的内迁与内迁中的学人
——答腾讯文化记者陈文嘉问

【采访手记】1937年全面抗战爆发,包括北大清华南开在内的中国大学,开始内迁。在南渡的浩荡洪流里,诸多知识分子的命运被裹挟其中,迁移的故事被时人、后人不断诉说、咀嚼,由此滋生中国的大学精神。

"中国现代大学100多年的历史,最令我感动的,是抗战八年那一段。"8月5日,北大中文系教授陈平原对腾讯文化记者说。此前在《抗战烽火中的中国大学》的绪言里,陈平原已向读者剖白:"中国大学顽强地生存、抗争、发展,其中蕴含着某种让后人肃然起敬的神秘的力量。"

作为"大学五书"的最后一本,《抗战烽火中的中国大学》集纳了陈平原最近5年来对于那段大学历史的思索与感怀,然而书中四篇文章的酝酿恐怕得追溯到更早时间,自称已经是半个大学史专家的他，自信有不少"精彩的发现"。

8月5日下午，陈平原接受了腾讯文化的采访，与记者聊起那个时代的大学、学人以及学术。由于篇幅较长，分为两篇文章刊发。第一篇主要讲述大学的内迁故事。第二篇讲述内迁中的学人与学术。

西南联大的故事变成一种神话，并不等于它不真实

腾讯文化：这本书的现实关怀是大学教育与大学精神，您带着什么样的眼光来看待西南联大的史料？

陈平原：任何学者进入历史研究，都会有自己的政治立场、理论意识、学术趣味。面对八年抗战，有不同的观察角度与论述方式，有人从政治史，有人从经济史，有人从军事装备，有人从知识分子心态，有人从文学思潮切进来，都会有独特的体会与发现。除非你做一般性的通论，否则，谈论大历史背景下不同的人物与事件，必须有自己的研究领域。

我关注的是，八年抗战，既是救亡图存，也是民族复兴，在这过程中，读书人（主要是大学教授、年轻学生）该做什么、能做什么？我的研究针对这样一个特定的群体，以及他们所依附的特定体制，那就是大学。

背后的关怀是，中国的教育源远流长，可现代大学只有100多年历史。这100多年的坎坷历程，有光荣与梦想，也有失落与遗憾。最困难的时刻，也是最让我感动的，是抗战时期的中国大学。

若干年前，《南方日报》发文章，为中山大学打抱不平。为什么一说抗战中的中国大学，你们都谈西南联大，中大呢？不也颠沛流离，而且坚持下来了？确实如此，不是一所大学在抗战。从抗战爆发

到1941年底，大约八成大学迁移到内地；太平洋战争爆发后，又有一些大学关闭或者内迁。他们的故事，同样可歌可泣。只不过北大、清华、南开三校合在一起，力量特别强，加上日后校友有意识地发掘与阐扬，所以成了代表，或曰"主流"。

腾讯文化：您引用《战争与革命中的西南联大》作者易社强的判断说，西南联大"湘黔滇旅行团"长征的现实夹杂着神话和传奇的色彩，如何理解"神话"和"传奇"？

陈平原：不只是"湘黔滇旅行团"，抗战中各大学的内迁，很多都有传奇的经历。这里所说的"神话"，更接近形容词而不是名词，指各种有趣、神奇、变幻莫测、值得深入探究的故事与传说。说此乃"神话"，不等于就是不真实，或"无中生有"；而是指事情在传播过程中，其内涵逐渐扩大，且日渐英雄化、神圣化。比如，战争烽火中文化教育机构大规模内迁，那段日后看来不可思议的行为，是真实存在的。只不过你不在那个处境，有时候不太能理解，甚至怀疑其真实性。

对很多教授来说，卢沟桥事变后的全面抗战，是一场突然降临的战争。大家都没准备好，一开始以为中日双方会有一些谈判与妥协，国联也会帮助协调。很多人最初不相信这会是一场全面战争，读蒋介石那十天的日记，他也在猜测这到底是全面战争，还是局部冲突。直到判明对方的战略意图，退无可退、忍无可忍，蒋介石发布"庐山谈话"，称"地无分南北，年无分老幼，无论何人，皆有守土抗战之责任，皆应抱定牺牲一切之决心"，方才明确了全面抗战的目标，一改此前迷茫的不确定的状态。

一旦发现事态不可控，全面战争爆发，而且战事很不利，所有大学都必须动起来。那时你得考虑：交通工具怎么办，迁移费用从哪里来？大家愿不愿意走？走到什么地方？那个地方能否接受我们？将来大学前景如何？家属要不要带？所有这些，都必须在三四个月内做一个了断。

这个选择的艰难，超乎想象。很多人都知道，这一去很可能就回不来了，可最终还是听从政府的召唤，匆促上路。这种全民抗战，"抱定牺牲一切之决心"的精神状态，今天看来，确实近乎"神话"。

"传说"的制造与流播，有一些是有意的，有一些则是无意的

腾讯文化：您在书中说，讲抗战烽火中的中国大学故事，要坚持历史、传说、精神。如何理解西南联大的"历史""传说""精神"？

陈平原：关键是传说。陈寅恪说过，真的史料可以做研究，伪的史料也可以做研究，就看你怎么甄别，如何论述。无论档案还是诗文，都可以参考，只是在论述过程中，必须做一个区隔，哪些是真实的历史存在，哪些是历史事件在传播过程中发生的各种各样的余波荡漾。

作为文学教授，我会特别关注这一点。我使用的资料，有公家档案，也有私人日记，既关注学术著作，也关注新闻报道，甚至引用诗文和小说。我希望这些东西能共同营造一种氛围。即便是纯粹虚构，那也是一种心情；或许不符合史实，但他/她如何表达，同样值得关注。在这个意义上，日记书信以及诗文小说，同样是历史研究必须面对的对象。

早年我写《老北大的故事》，也是这个思路。如果说我做大学史

研究，与历史学家或教育学家在材料处理上有什么不太一样，很可能就是这一点。我对虚虚实实的故事与传说，同样持认真对待的态度，把它跟档案资料等对照阅读，从中发现或阐扬现代中国的"大学精神"。

腾讯文化：您同样说他们在"制造传说"。

陈平原："传说"的制造与流播，有一些是有意的，有一些则是无意的。与今天所说的"炒作"不一样，所有今天大家熟知的关于西南联大的故事，基本上都是事后追忆。不要说十年、二十年，即使是同一件事情，在当时传播过程中，就会有各种各样的变异。更何况，我们有意识地回顾抗战中的中国大学，是时隔40年后。

1986年，关于西南联大的历史才逐渐引起公众的关注。那时，留在内地的联大校友差不多都退休了，他们写文章回顾那一段峥嵘岁月，不用说，会有一些误记或粉饰的成分。因此，引用这些回忆录的时候，必须和当时的历史资料相对照，才能有比较准确的理解与论述。

西南联大有很多不愉快的经历，但这不是主流

腾讯文化：联大校友之所以回忆以往的美好，内心是不是有对现实感到失望？

陈平原：第一，所有追忆，必定是有感而发；第二，谈论过去的事情，尤其是青春年华，必定是偏向于美化。所有在校生谈及大学，都是批评为主；所有校友几十年后回顾，都是表扬为主。不要说那个时候，今天也是这样。

钱穆在《师友杂忆》的最后一章，有一妙语："能追忆者，此始

是吾生命之真。其在记忆之外者,足证其非吾生命之真。"真实的生命,是我愿意记得的,愿意珍惜的,愿意永远追怀的。但我不否认,还有很多我没有记得的,或者被我有意压抑的不愉快的经历。

腾讯文化:您在书中屡次提到西南联大的"缺憾",它是什么?

陈平原:进入到具体语境,西南联大同样有很多不愉快,可我在书里面没有细说。不用看档案,你读吴宓、朱自清的日记,会知道那时的读书人,是有很多郁闷与不满,甚至痛骂当局。钱锺书的《围城》是真实的,鹿桥的《未央歌》也是真实的。《未央歌》里的西南联大生活好像一首田园牧歌,而《围城》里的教授却都很猥琐,可这两者都是真实的存在。

你我都明白,没有一尘不染的黑或白。我们谈大的历史走向,不该抹杀那个时代大部分读书人的志向与情怀。对于他们在那一场战争中的表现,应予以充分肯定。这也是我写这本书的目的。

没有地方民众的接纳,大学没有办法生根

腾讯文化:中山大学校长许崇清在学校迁回广东之际,说"未能对于地方文化,社会建设多做贡献,深滋愧报",这种知识分子参与地方文化建设的责任感,在当时是否普遍?

陈平原:应该说是一种普遍的状态。今天谈那段历史,多站在大学的立场,着重表彰大学的贡献与坚守。但是,你必须记得,没有地方民众的接纳与支持,大学根本没有办法立足,更不要说生根开花结果了。你可以想象,一个大学的到来,必定使当地物价上涨,民众生活也一定受影响。我们应该感激大后方民众对于大批外来的读书人的

鼎力支持。

每到一个地方，包括中大在内，所有大学都会努力为地方做点好事。具体到学者，根据所学专业不同，有从事地方文化研究的，有做方言调查或民族学考察的，工科或医科则将科学知识应用到日常生活中，更能切实帮助地方改善民生。在我看来，这是教育者必须有的情怀，也是外来大学对于地方应尽的责任，或者说"必要的回报"。

南渡的知识分子怀想陆游的诗，抒发离开中原的感伤

腾讯文化：闻一多从长沙步行前往昆明途中给父母写信，述及投宿情形。您说单看文字会以为是太平年代轻松有趣的远足，而想象不到那可是"生死抉择"。为何是"生死抉择"？

陈平原：全面抗战爆发以后，是否离开北平南下，撤退到西南西北，是一个"生死抉择"。对于清华原教授闻一多来说，还有一个艰难的抉择是，当长沙临时大学师生从长沙迁往昆明，三条路中，选择哪一条路？步行是最艰难的，前途莫测，可闻一多恰好选择了这条路。北大教授杨振声曾开玩笑，说闻一多该带一口棺材上路；闻一多步行到达昆明后，很得意，说我已经走过来了，棺材给你吧。

实际结果是，旅行团没有遇到特别大的风险，没人在路上病死或摔死，但路上颇多险阻，确实是惊心动魄。湘黔滇旅行团这300师生，之所以日后被我们长期感念，主要是此举体现的勇气与情怀。

别的学校也多有步行迁移之事，如浙江大学、同济大学、中山大学等，可长沙临时大学准备最充分，一开始便做了各种规划，包括旅行团如何记日记、路上准备做什么事情，如收集歌谣、考察民情等。当然，说路途艰难，不等于没有任何快乐。实际上，读当事人的日记与诗文，这"小长征"的路上，很多人都把惊险化为欢娱。

腾讯文化：包括陈寅恪在内的多数知识分子，在迁移过程中，总会联想到中国历史上的大迁移，比如魏晋的元嘉南渡、北宋末的南渡，以及南明政府的颠沛流离。能否详细阐释一下这种"南渡"情节？

陈平原：中国人是历史感特别深重的民族，所谓"南渡自应思往事，北归端恐待来生"，陈寅恪这两句诗，说出了很多读书人共同的隐忧。不管是战争结束以后的追忆，还是战时各种各样的记载，包括留在北平的，以及迁移到西南来的读书人，他们经常谈起陆游的诗句："王师北定中原日，家祭毋忘告乃翁。"这种悲愤与感伤，弥漫在所有读书人中间。尤其是那些撤退到西南的教授，那种历史感与沧桑感，很容易穿越时空，在前代无数南渡诗文及史著中获得共鸣。

西南联大文科研究所的研究生，很多人关注中古史。为什么呢？有技术因素，如宋元明清的资料很多，但大部分没有带出来；先秦两汉的资料又很匮乏。相对来说，中古这一段基本文献容易找到，可以"竭泽而渔"，比较合适做研究。但更重要的因素是，中古文学及历史的研究，特别契合那时读书人的心境。十多年前，我为王瑶先生《中古文学史论》重刊本撰写跋语，特别提及："南渡的感时忧世、魏晋的流风余韵，配上嵇阮的师心使气，很容易使得感慨遥深的学子们选择'玄学与清谈'。40年代之所以出现不少关于魏晋南北朝的优秀著述，当与此'天时''地利'不无关联。"

内迁并非首选，很多人希望留北平从事研究并保存气节

腾讯文化：您说穿越沦陷区来到大后方来任教的行为本身就意味

着一种"政治选择"。您如何看待陈垣留在北京的行为？他没有与日本人合作，也做出了不错的学术成绩。

陈平原：没有南下的北平学人，有各种各样的缘故，有些身体很差，有些出于生活考量，有些则是政治立场，不能一概而论。当初北大南迁的时候，有四个"留平教授"，是学校承认并给予津贴的，包括周作人、孟森、马裕藻、冯祖荀。除了周作人，其他三位都坚持下来，保持了自己的民族气节，战后受到政府或学校的表彰。

另外，抗战初期，除了日本人支持的伪北大、伪师大，还有燕京大学、协和医学院、辅仁大学等可以选择。教授们在后三所大学教书，是心安理得的。可太平洋战争爆发以后，前两所被关闭，只有天主教本笃会创办的辅仁大学能够继续存在，那是因为罗马教皇在梵蒂冈，意大利是轴心国的缘故。

陈垣主持的辅仁大学，因这种特殊缘故能够继续存在，且不唱日本国歌，不升日本国旗，不受日本军队的骚扰，同时又得到国民政府的承认。由于这种特殊的便利，不少著名教授的气节得以保持，他们不跟日本人合作，也能生存下来。陈垣就在那个特殊的环境里，撰写了《通鉴胡注表微》《明季滇黔佛教考》等很有分量的著作，并在书中或隐或显地表达自己的立场与情怀。但不是每个人都像陈垣那样幸运的。比如，战争一开始，吴宓也曾投书，希望到燕京、辅仁来任教，这样可以不离开北平这个很好的学术环境，同时又能保持自己的气节，可惜没有成功。

资料限制、时势变迁，多数学者的研究更宏观、更有民族关怀

腾讯文化：您在书中说，教授们在后方往往怀着"南渡的悲愤，北归的愿望,艰难中的崛起"的心情,并且渗透到著述当中去。这种渗透会给学术风格带来怎样的变化?

陈平原:战争肯定影响学术研究,但不同专业所受影响不一样。以人文学为例,哲学思考与文学研究不太受限制,民族学研究则大有拓展,方言研究或少数民族语言研究也会有很大的变化。外在环境变了,学者们会自觉地调整研究方向及策略,乃至修正自己原先的研究思路,以便在有限的时间空间里更好地体现自己的才华。至于胜利以后,他们各自回到大学讲台,带着那场战争留下来的深刻记忆,以及复兴中国文化的强烈愿望,有不少很好的研究成果奉献给读者。

腾讯文化:一种观点认为,抗战前,学术更精细。抗战爆发后,学术更偏宏观。为何有这种转变?

陈平原:有三个因素导致了学术风气的转变。一是研究条件的限制,这是技术能力。一是时代需求,关乎能否发表。一是学者对于时势的感怀,这是个人心情。

陈寅恪抗战以前写的都是单篇的专业论文,抗战爆发后,他写《隋唐制度渊源略论稿》《唐代政治史述论稿》,自称"论稿",不敢视为"定本"。在这两本书的前言后记里,他都提及战争爆发,大部分书丢失了,只能根据往日读书笔记,以及残留书籍上的批注,"草率"写成此书。在那种严酷环境下,你没有时间,也没有能力做很精细的考证。因为,资料没有了,时间也不允许,而且还得跟炮火赛跑。不知道什么时候一颗炮弹下来,你毕生的才华就此消失。

包括钱穆的《国史大纲》,也是这种写作思路。缺少资料和时间,无法做精细的考辨,那我就讲大的问题,注重宏观分析。某种意义上,是漫天烽火促使他们必须走这条路。

这里还有时代需求以及发表问题。只有在北平那样相对安定的环境下，陈垣才能继续做那种远离现实的细致的史实考辨。

第三是个人的心情。对学者而言，确实觉得需要通过某种方式，在这么一个大的政治动荡中，抒发自己的感怀。这个时候，宏观的论述方式，更适合于表达自己的忧患意识与现实关怀。书斋里的研究者，虽然远离战火，但对国家命运的关切，始终存在。

受周围知识分子影响，原本不问政治的闻一多突然变得很激进

腾讯文化：有的联大研究著作将闻一多等人定义为"自由主义学者"，您怎么看这一标签？

陈平原：教授这一职业，很容易被人定义为自由主义。除坚定的党派人士，其他多属见多识广、思想通达、温文尔雅，政治上倾向于自由主义。抗战期间的大学校园，党派立场不像此前此后那么重要，民族意识占主导地位。抗战后期有很大变化，闻一多此前是固守书斋的书生，到后来才变得特别激进。

腾讯文化：闻一多怎么突然就变得很激进？

陈平原：政局日渐纷乱，官员腐败，知识分子的处境越来越艰难，加上校园里党争不断强化，而闻一多周围又有很多激进的知识分子，拉着他走出浸淫多年的书斋。只不过关键时刻，确实需要有人站出来登高一呼，这个时候，闻一多的诗人性格，很容易壮怀激烈，加上很有演讲才华，就一下子被推到了前台。

西南联大叙事较少谈及钱穆,与他不是主干教授有关

腾讯文化:今年是钱穆诞辰120周年,谈起钱穆,很少有人谈起他在西南联大的经历。谈起西南联大,也较少把钱穆纳入联大校史的主流叙述中去。人们谈论更多的是陈寅恪、吴宓、潘光旦、闻一多、冯友兰等人。

陈平原:为什么谈西南联大历史时,比较少涉及钱穆,主客观上都有原因。首先,20世纪80年代开始大批出现关于联大的回忆文章时,钱穆不在内地,主要弟子也不在这,故很少涉及他。这里有意识形态的缘故,但不全然是。在很多联大学生眼中,钱穆不是很重要,不特别值得追忆。

钱穆本人的学问做得很不错,但其保守的政治立场,不为那个时代的青年学生所喜欢。另外,要知道他周围的教授们,大都有在国外求学的经历,而钱穆基本上是自学成才,是从地方的一个小学、中学老师上来的。虽然陈寅恪、汤用彤、顾颉刚等对钱穆很欣赏,但你仔细分辨,钱穆与这些名人的交往并不密切。大学里的人际交往,和学术史上的贡献,不是一回事。对于后人了解那段历史,著名学者的日记、书信以及回忆录,是至关重要的。这就像一个重叠编织的网络,有人身处关键位置,你无论谈什么事情都绕不开他;有人独居边缘,回忆录里不太被提及。我们今天谈论抗战中的钱穆,主要靠他的《师友杂忆》,周边材料很少涉及,就是这个缘故。

(初刊腾讯文化2015年8月7日、8日,原题《陈平原:联大如何被神圣化》《陈平原:联大学人怀着悲愤写作》,现合为一篇)

弦歌不辍　艰难玉成
——答《贵州都市报》记者姚曼问

【采访手记】曾就"抗战中大学内迁"这一题目写过很多文章的北大中文系教授、著名学者陈平原近期推出了新书《抗战烽火中的中国大学》，他借助档案、报道、日记、书信、散文、杂感、诗词、著作等不同史料的仔细辨析，讲述了抗战中中国大学内迁这一段波澜壮阔的历史，呈现战时中国大学的精神风貌，表现了当时知识分子在战乱时期的内心世界。在接受本报专访时陈平原教授谈到，八年全面抗战，漫天烽火中，中国大学大规模西迁，大部分教授响应号召，随大学辗转迁徙，且一路弦歌，其精神与气象，值得后人永远追怀与记忆。战时高校西迁保存学术实力，赓续文化命脉，培养急需人才，开拓内陆空间，更重要的是，表达了一种民族精神以及抗战必胜的坚强信念。

《贵州都市报》：您一直以文学研究者的身份为人所知，这次《抗战烽火中的中国大学》以历史为研究对象，能给我们谈谈文学家的治史心得吗？

陈平原：传统中国，文史本就不分家。进入现代社会，学术体制发生很大变化，即便如此，"文学研究"与"史学研究"也并非绝缘。世人心目中的"文学研究"，包含"文学理论"、"文学批评"与"文学史"——后者兼及钩稽史料、描述进程与阐释作家作品，本来就是广义的历史学。

顾颉刚《当代中国史学》（南京胜利出版公司，1947年）下编的第四章"俗文学史与美术史的研究"，包含"小说史的研究""剧曲史的研究""其他俗文学史的研究""美术史的研究"等四节。这一思路，可追溯到梁启超，梁在南开、清华等校讲学，其讲稿分别整理为《中国历史研究法》（商务印书馆，1922年）和《中国历史研究法补编》（商务印书馆，1930年），前者强调专题史的研究，后者具体分析人的专史、事的专史、文物的专史、地方的专史以及断代的专史，其中"文物的专史"包括文艺、学术、民族、宗教等。换句话说，学养深厚的文学史家，本就应该是历史学家。

当然，同样关注历史现象，你是侧重政治、军事，还是关心经济、教育，或者专注于文学、艺术，具体操作时各擅胜场。作为中文系教授，长期的学术训练，使得我对"文章（著作）"的立意，"史料"的甄别，以及如何跨越虚实、注重体味、驰骋想象等，与一般历史学家不无差异。

《贵州都市报》：很多人都在怀念那大师辈出的年代，说那时候中国大学有许多值得珍惜的传统，您能谈谈您的认识和理解吗？

陈平原：人作为一种生物，进化速度是很缓慢的。若以百年为时间尺度，人的智商其实差别不大。之所以有时天才辈出，有时则如一潭死水，主要不是物种本身，而是外在环境决定的。突然的剧变，或曰重大历史事件，会改变很多人的命运。有的天才被彻底碾碎了，有的则趁机破茧而出。抗战很艰苦，但谁都承认，那是一个严峻的历史转折关头，也是巨大的历史机遇。对于中华民族如此，对于具体的读书人也不例外。

这就说到了中国大学，那时物质生活很贫乏，但教授们自由驰骋的空间很大。如此艰难环境，限制了某些专业的发展（如实验科学），但刺激了人文学者的思考与表达，未尝不是好事。套用一句老话——"艰难玉成"，作为学者，经由此环境的砥砺，完善人格，加深思考，如果机缘成熟，会有很好的表现。

谈及"学问"，有技术的一面，也有道义的一面，后者跟个人心境以及整个时代的精神氛围有关。最近二十年，我们强调外在的物质条件比较多（比如中国大学之所以落后，就因为办学经费少），相对忽略了学者们的精气神儿。在我看来，所谓"大师"，不仅仅是学术成就，也包括精神境界。太平年代的读书人，在享受各种生活上的以及学术上的便利的同时，必须警惕人格的平庸以及思想的浅薄。面对不完满的世界，以及不确定的命运，必须保持特立独行，方才有可能重现"大师辈出"的局面。

《贵州都市报》：大学西迁，留下很多美好的故事和传说，但钱锺书先生的小说《围城》同样也有表现大学西迁的内容，给人却是完全不同的感觉，怎样看待这种不同？

陈平原：谈论战争中的中国大学，小说家与史学家的立场及趣味不太一样,前者感觉敏锐,文笔流畅,很有感染力。但小说家不承担"复原历史"的责任,有权力"攻其一点不及其余",你举《围城》,他也可以举出《未央歌》。十年前,我撰写《文学史视野中的"大学叙事"》(《北京大学学报》2006年2期),其中谈及:"现代中国大学的日渐成熟,使得校园成为重要的生活场景;而战争中的流转迁徙,更是加深人们对于大学的记忆。于是,两部现代史上影响深远的描写大学生活的长篇小说,得以在抗战的烽火中酝酿成型。一是充满讥讽智慧的《围城》,一是洋溢着青春激情的《未央歌》,二者分别代表'大学叙事'的两个侧面——现实的以及批判的,理想的以及诗意的。钱锺书笔下的三闾大学,固然是虚构;鹿桥描述的西南联大,又何尝真的是写实?无论是虚中有实,还是实中有虚,小说家所描述的三闾大学和西南联大,已经成为我们关于现代中国大学的最为鲜活的记忆。"

不管是《围城》还是《未央歌》,既不是个人自传,也不是历史小说,但都有助我们理解那个时代大学的整体氛围。说过不能把《围城》当"信史"读,反过来,还得承认你的提醒是对的:抗战中的大学西迁,并非一路凯歌,也有很多遗憾。只不过时隔多年,当事人的追忆以及后世读者的阅读,都倾向于选择美好的事物。再加上谈历史必须识大体,在那么艰苦的环境中,中国大学有如此精彩的表现,确实值得表彰。

《贵州都市报》:大夏大学、浙江大学等高校的迁入,对抗战时的贵州文化教育乃至社会全面进步都起到了很大作用。您怎么评价中国大学在抗战中的内迁对当地的影响?

陈平原:将近二十年前,具体说是1988年,贵州民族出版社曾刊行《抗战时期内迁西南的高等院校》，其中收录有《抗日战争时期内迁西南的高等院校情况一览表》，记载抗战期间迁往西南的高校56所，那是我第一次注意到抗战期间迁往贵州的浙江大学、唐山工程学院、湘雅医学院、大夏大学等。今天谈抗战中的中国大学，不能仅限于西南联大，应尽可能多地钩稽漫天烽火中众多弦歌不辍的学校。

我曾谈及，抗战中大批中国大学内迁，以及二十世纪六十年代的"三线建设"、2000年开始的"西部大开发"，乃中华民族可持续发展的三个重要乐章，具有十分深远的战略意义。原北大校长、西南联大三常委之一的蒋梦麟，抗战期间撰写《西潮》一书，此书第三十章《大学逃难》谈及全面抗战爆发后，原来集中在沿海省份的大学纷纷迁往内地："学术机构从沿海迁到内地，对中国内地的未来发展有很大的影响，大群知识分子来到内地各城市以后，对内地人民的观念思想自然发生潜移默化的作用。"蒋梦麟断言，经过这一次民族大迁徙，未来西部有很大的发展空间与机遇。

谈大学内迁的历史意义，无论当初还是现在，多侧重内迁大学对于当地的政治、经济、教育、文化的积极影响。这当然没错，可我觉得还是必须换一个角度，思考作为战略后方的西南西北民众对于整个抗战——包括中国大学内迁的鼎力支持。理由是，在历史论述方面，大学是强者，比移居地民众有更多的发声机会。经由一次次的校史教育，无数大学生走出校门后，谈及这段历史，很可能只记得自家的"光荣与梦想"，而忘了后方民众的委屈与牺牲。若真如此，当然不公平。

《贵州都市报》：中国大学能完成抗战时期文化教育中心的大转移，重新搭建了战时中国教育布局，使得教育实力得到保存，您认为有哪些原因？

陈平原：首先必须承认，是前方将士的浴血奋战，用血肉之躯抵挡住了日本军队的疯狂进攻，才有后方的弦歌不辍。此外，除了上面提及的后方民众的鼎力支持，还必须表彰国民政府的远见卓识，将"抗战"与"建国"相提并论，不仅是眼界，更包含着信心。正是基于对知识及人才的极端重视，才会在战事如此紧张的状态下，果断地撤退绝大多数大学，这在古代中国是不能想象的。众多大学内迁，涉及方方面面的问题，如经费的筹措，交通工具及组织方式，还有沿途怎么接应、落地能否生根等，这么大的事情，不是大学说走就能走的。因此，我在著作中特意引述战时中国的教育部部长陈立夫的回忆文章，目的是表彰其历史贡献。当然，因论题所及，《抗战烽火中的中国大学》主要聚焦大学师生的艰苦卓绝，可这不等于应该由"大学"来独自认领"文化教育中心大转移"的光荣。

（初刊2015年8月31日《贵州都市报》，原题《弦歌不辍　艰难玉成——陈平原教授谈抗战烽火中的中国大学》）

史家的学养与文人的情怀
——答《北大青年》记者陈雪问

《北大青年》：《抗战烽火中的中国大学》是您对于抗战时期这个特定年代下的大学教育和大学精神的一个研究，您觉得回顾那一段大学教育的历史是一个迫切的命题吗？它是针对现实的吗？

陈平原：像我这样研究"现代中国"的人文学者，不可能永远悬在半空中，与现实生活完全隔绝，"一尘不染"既不可能，也不应该。有"关怀"，但不失"严谨"，这才是比较理想的学术境界。在撰于1992年的《超越规则》中，我曾这样表述："现代学术日趋精细，操作性越来越强，只希望学者不要完全舍弃忧生忧世的学术背景，以及贯串在整个研究过程中的人文关怀。"但这种"压在纸背的心情"，一旦进入操作状态，最好暂时悬置，不该因此左右你的判断，或扭曲思路、抹杀证据。史家的学养与文人的情怀，若处理得好，可相得益彰。

记得钱穆晚年在台讲学,批评时人"不通文,不通书,只取一堆材料来做分析考据功夫,认为这便是科学方法了",殊不知好的人文学者,在史才、史学、史识、史德之外,还得有文章(《章实斋〈文史通义〉》)。这里所说的"文章",不是辞藻,而是动人与入情。无论"治史"还是"作文",要想感动别人,先得感动自己。我承认撰写《抗战烽火中的中国大学》时,除了理性与学养,是投入了感情的。

作为学者,"感动"之外,还得有理智的分析、准确的判断以及自我反省的能力。关注抗战中读书人的精神状态,危急时刻的不同选择,背后其实是有强大的文化传统在支持的,不要把事情想得太简单,更忌讳说得太轻巧。之所以细针密缝,左顾右盼,是努力体贴那特定环境中人物的困境与艰难抉择,不希望仅仅讲成一个励志故事,或抽象成若干道德信条。有心人能读出深深的感慨与关怀,但要说"针对现实",则不免将史学的功能说小了。

《北大青年》:您在书中提到,从老校友到教育史家,西南联大接下来变成一个全民参与的"历史记忆"。您着重关注当事人当年的文字,是否也是考虑到后人回忆的多有溢美,神化了西南联大?怎样理解西南联大在种种述说中的"传说"与"神话"?

陈平原:几乎所有采访,都提及这个问题:你是不是把西南联大等抗战中内迁的大学说得太好了?这倒让我反省,是我的表述不全面,还是今天读者的趣味发生变化?我的立场很明确,谈抗战中的中国大学,不能任意拔高,但必须把其"光荣与梦想"说准、说深、说透。

我首先承认,今人对于西南联大的叙述,有美化的成分。理由很简单，时间久了，回忆往事，总是往好里说。最早有意识地追忆西南联大的青春岁月，是1986年出版的《笳吹弦诵在春城》。那已经是时隔四五十年了，作者们大都退休，回首青春岁月，一定是美化。请记得，所有在校生谈到学校时，大都持批判立场；所有校友回忆母校，都特别感激。战争中的大学，当然有很多不愉快，读吴宓、朱自清的日记，知道那时的教授学生生活都很困难，工作上也有很多遗憾。比如，朱自清有一段时间很沮丧，写诗都是哀苦之音，叶圣陶还再三鼓励他，我们有光明的未来，应努力写一些光明的诗篇。另外，上课也不太理想。可你读各家回忆录，大都是愉快且温馨。你要了解那个时代中国大学的实际状态，除了看各家日记书信，还有当时的报道。包括1946年出版的《联大八年》，那是战争刚结束时，西南联大学生会编的小书，里面就有很多对于大学的抱怨。这和过了四五十年写的回忆文章，明显不一样。既然如此，我们为什么还要如此满怀深情地追忆西南联大呢？

　　除了西南联大确实了不起外，还有一个很重要的心理因素。二十多年前，原西南联大经济学系主任陈岱孙为西南联合大学五十周年纪念文集作序，称："我们联大师生是否常有这种遗憾：西南联大只有八年（或者只有八年半……），可惜，联大的实体已不复存在，前无古人，后无来者。"（见西南联合大学北京校友会编《笳吹弦诵情弥切》，中国文史出版社，1988年。）其实，正因为西南联大在其最辉煌的时刻突然中止，所以我们格外追怀。如果一直办下来，也会有好多遗憾。今天，继承西南联大血脉的北大、清华、南开，再加上昆明的云南师范大学，也就是原先的西南联大师范学院，共享联大精神遗产，但谁也不独占，大家都说好话。我们共同纪念一所早就消失在历史深处的大学，大家都唱赞歌，越说越伟大。西南联大人才辈出，这是一方面;另一方面,西南联大之所以在历史书写中"独占鳌头",固然因其出身高贵,也与其突然死亡不无关系。

《北大青年》:《抗战烽火中的中国大学》中,收录的第一篇文章摒弃了对于诗歌的讨论,而第三篇文章又将西南联大教授的旧体诗作单做文章,从"诗史"的角度进行品读。其中深意在于?

陈平原:中文系教授研究教育史,关注的不仅仅是制度设计与经费使用,更包括学人的命运及其精神状态。因此,倾向于注重细节,关心传说,兼及诗文。我在书中也会使用一些统计数字,但整本书的长处不在这。

作为中文系教授,谈抗战中的中国大学,专门设一章辨析西南联大教授们的旧体诗词,除了本色当行,也算别有幽怀。旧体诗词在20世纪中国,已不是主流文体,教授们选用这个文体来抒发自家感怀,之所以值得关注,有以下两个参照系。第一,抗战中新诗发展的足迹,以及艾青、冯至、穆旦等诗人的成就,早就成为学界的热门话题,有很多研究成果。第二,近年学界颇有关注伪满洲国及汪伪政权高官的旧体诗词的,对其所谓的"牺牲精神"与"淑世心态"表达了过多的同情,我是不太认同的。请记得袁中郎的提醒:"自从老杜得诗名,忠君爱国成儿戏。"读书人心里想的、出门做的,与在诗中表达的,不全然是一回事。

旧体诗与文人的关系很复杂,既不能完全合一,也不能彻底分离。同样道理,我不会将陈寅恪等人的诗作为"正史"来解读,而是借以探究学者们在特定时期的心情与感怀。这很大程度是知识分子心态史、中国现代教育史,而不是文学史的论述。在那么困难的状态下,教授们之所以选择旧体诗词,一个是修养,一个是趣味,还有一个是便于表达隐微心情。此外,学者们吟诵旧体诗,大都不是为了公开发表,而是师友间相互唱酬,更像是一种生活方式而不是创作技巧。

《北大青年》:"大学史的研究也好,大学评论也罢,都应当是一种有情怀的学问,追求的是启示,而非影射。"在具体的写作过程中,碰到的最大困难是什么,如何克服,还有什么遗憾?

陈平原:这本书的写作,有得意的地方,但也有一些遗憾,更有一些引而不发。谈及西南联大教授的精神史,谈战争中学者的日常生活,谈战火中人文学者研究思路的变化,还有教育理念在战争状态下的自我调整等,自信不无创获。至于写作中碰到的难题,有些是技术性的,有些则属于目前不太好解决的。比如,如何看待战争中那些留在沦陷区的教授及学生的精神状态,还有他们当时及日后在学术上的成绩。我指导学生写博士论文,涉及沦陷区北平读书人的精神状态时,特别强调论述时的分寸感。这很重要,因治史的人都晓得,跟某一类资料长期打交道,不知不觉中受其影响,容易出现立场的偏移。这个时候,必须有超越当事人及现场感的价值观来观照与调整。

眼下各大学在追溯这段历史时,对抗战中的伪校,采取不同的论述策略。《北京大学校史》谈及抗战期间的"伪北京大学",一笔带过;《东南大学史》谈及"伪中央大学",则要详细得多。至于上海交通大学,抗战时一半在上海租界,一半在重庆九龙坡,你怎么叙述?是强调民族大义,还是推崇学术成就;是谈学者的关怀,还是谈研究的前景?说得更明白一点,在战争状态下,凡颠沛流离的,学术研究必定受影响;凡滞留北平或上海的,书桌比较安稳,学术成绩可能更大些。请问,你怎么论述?

如何叙述伪北大，不仅是资料的问题，更包括价值、立场与方法等。这里有道德判断，也有学术史视野，其中分寸感特别重要——哪些是不可原谅的，哪些是可以通融的，哪些存而不论，哪些点到为止。抗战胜利后，国民政府任命胡适为北大校长，在胡适回北平前，让傅斯年代理。傅斯年严正声明：伪北大教师一个都不用，伪北大学生必须考试甄别，才能进入北大继续念书。这在当时引起很大争议。

第一是教师。曾在伪北大教书的教授们，一下子全都失业了。这教授里有一位容庚，他做古文字研究，新中国成立后在中山大学教书，学问好，且性情耿直。他当时就写公开信，说国家危难，不能要求所有人都跟着军队走；而沦陷区的子弟需要有人教，我们在这里坚持中华文化立场，有什么罪过？可傅斯年不吃这一套，根本不予理睬。仔细阅读相关史料，沦陷区教师也有很多坚持民族立场，不与日本人合作的。傅斯年之所以这么强硬，是代表那些当初追随政府颠沛流离的读书人的利益的。他们受了很多苦，如今回到北平，内心深处不能接受留平教授自动入职，与他们平起平坐。所以，这个争论背后，不只是傅斯年一个人的想法。

第二是学生。学生起来闹了，抗议"被甄别"，说学校伪，学生不伪。烽火连天，青年学生无路可走，只好就近入学，这有什么可指责的？争论的结果，学校有所妥协。这些转入北京大学的学生，日后没问题。反而是以前毕业的，拿伪北京大学毕业证书的，日后怎么办，是个很大的难题。

在我看来，伪大学的校长，必须被指责或惩罚，因是汪伪政权任命的，而且在日本人的直接控制下。一般教授，若只是谋生，没做过什么特别不好的事，最多说他道德有亏，没什么了不起。学生入伪校，确实有点无奈，当初的北平，大家都知道，伪北大、伪师大是国民政府不承认的，所以尽量进入燕京大学、协和医学院和辅仁大学念书。可太平洋战争爆发以后，燕大及协和医学院也被关闭了，只有辅仁大学最值得期待。那时候，北平城里，国民政府承认、日本人也承认的，只有辅仁大学了。这所大学的存在，保护了好多一流文史学者的清誉与尊严。沦陷那么长时间，一年扛得住，两年三年就很勉强了，四年五年怎么办？如果没有合适的职业，教授们如何生存？所以，一方面是民族大义，另一方面是人之常情，对沦陷区的读书人，评价不能太苛刻。

《北大青年》："在中国，争辩教育得失，不专属于教育家和教育史家，而是每个知识分子都必须承担的权利和义务。"这么说的原因是什么？您曾说文学研究一经深入往往会触类旁通，您选择大学教育进行深入研究，是出于前面所说的知识分子的责任感，还是另有学术方面的考量？

陈平原：细察晚清以降中国的现代化进程，任何新思想、新学说、新技术、新文化，都必须借助"教育"才有可能广而告之，甚至落地生根。因此，如何进行正确且有效的"教育"——包括教育制度、大学文化以及士人精神，可说至关重要。在这个意义上，从"教育"入手改造中国，是一个漫长而曲折的过程。至于我为何关注教育，最初的契机是做博士论文时，思考"五四"时期的读书人为何能够接受各种小说形式的尝试（比如鲁迅的《狂人日记》）。当初以"从进士到留学生"为题，从教育制度的转折以及一代人知识结构的嬗变入手，讨论中国小说叙事模式的转变，洋洋洒洒好几万字，最终定稿时删剩下两三千，因自觉不成熟，但思路可取。有此机缘，作为文学史家，我开始与大学研究结盟。

《北大青年》：您曾说"所有的教育家，骨子里都是乐观主义者"，您不仅教书育人，还研究大学教育和教育史，您对于我们的教育抱着乐观的心态吗？

陈平原：最近二十年，除了若干大学史著，我还对当下中国大学屡屡发言。虽多有批评，但并不彻底悲观。比如，我多次提及，最近二十年的中国大学，乱七八糟但生气淋漓。我当然明白，这样的立场，不适合于大众传媒——不管表彰还是批判，只有把话说到顶点，才有听众，也才能被记忆。可那是我的基本立场——不仅仅是嘲讽与批判，更保持建设者的姿态。我相信，很多积极投身中国教育改革的人，欣赏或认同胡适所阐释的"鹦鹉救火"。他们知道"只要耕耘，必有收获"，但更了解中国教育的复杂性，抱有长期作战的信念，因此，我称之为"低调的理想主义者"。

(初刊2015年9月3日《北大青年》微信号)

如何超越"纪念图书"
——答《南方》杂志记者向松阳问

《南方》：是什么样的机缘，促使您写作这样一部以抗战中大学内迁为背景的作品？这些故事都是从一张西南联大的老照片开始的？

陈平原：20年前，我在中山大学读硕士期间的指导教授吴宏聪先生赠我精心保存的西南联大离开昆明前中文系师生合影，他当年是西南联大中文系助教；而我在北大念博士期间的导师王瑶先生则是西南联大中文系研究生。不难理解，这帧照片勾起我强烈的好奇心，自此特别关注这所神奇的大学。但这只是契机，从感兴趣到写学术著作，有漫长的路要走。意识到现代中国大学这一百多年的坎坷历程，其中最艰难也最精彩的，是抗战这一段，自然不能不格外留意。

《南方》：您选择在纪念抗战胜利70周年的时候推出这本书，有什么特别考虑？

陈平原：今年书店陈列的以及报刊推介的，多有各种抗战图书；加上官方大规模纪念抗战胜利70周年，这个时候出版这本书，必定会被打上"纪念图书"的烙印——包括读者的接受，官方的认可，以及出版社的支持，背后都有这个因素。而作为学者，我希望自己的工作能超越"纪念图书"。换句话说，过了10年20年，这本书还能经得起读者的品鉴与批评。

研究现代史、现代文学、现代教育、现代思想的学者，都会面临这个尴尬——要不备受冷落，似乎不及古代史著"有学问"；万一受到关注，又很容易变成了"纪念图书"。当年北大百年校庆，我出版《老北大的故事》，那可不是文学作品，是研究著作，谈大学史及大学精神。撰写那本书，从一开始我就很清醒，拒绝成为"应景文章"。因此，这书经过时间的考验，一版再版，最近还准备重印。

"纪念图书"的最大缺憾是开口见喉咙，且人云亦云。我选择在纪念抗战胜利70周年时出书，首先想到的是如何凸显自家面目——从教育史角度切入，但兼及政治史与心态史。另外，采用以"小书"说"大事"的形式。学界越来越倾向于"大书"，文章越写越长，资料越堆越多，最后变得不可读了。这书的篇幅原本比现在多一倍，排出校样后，我决定删去一半，目的是使思路更畅通，问题意识更明确。这样，学者愿意看，一般读者也能读。

《南方》：您写抗战中的大学内迁，为什么选取了现在这一角度？另外，在研究西南联大历史的诸多著作中，此书的最大特点是什么？

陈平原：单以论述对象而言，此书以西南联大为主，但也包括中央大学、浙江大学、中山大学、武汉大学、同济大学、厦门大学、河南大学、交通大学、西北联合大学等。如此点面结合，是为了兼及学术性与可读性，超越校史专家的独尊本校，同时避免一般教育史著的罗列数字，见林不见木。其实，如果时间及篇幅允许，可谈得更多点。《光明日报》筹备"抗战中的大学"专题（2015年8月25日），我建议在此十校之外，增加原本就在大后方的四川大学、云南大学、华西协合大学（含华西坝五校）；迁徙中的东北大学、复旦大学、广西大学；共产党领导的延安鲁迅艺术文学院、华北联合大学；以及沦陷区北平的燕京大学、辅仁大学。若能增加到20所名校（加上与之合并或合作的，大概30所），"抗战烽火中的中国大学"的整体面貌将得到更好的呈现。此设想最终没能完全落实，但西南联大的"弦歌不辍"并非孤立个案，这一思路已得到广泛认同。

对照1941年10月25日《解放日报》所刊《抗战后专科以上学校集中区域》，如今学界比较关注的是川西（成都）区、川东（重庆）区、云南区、贵州区以及西北区的诸多大学；至于两广区的中山大学、广西大学、江苏教育学院、广东省立文理学院、华中大学、国民大学、广州大学、勷勤学院，以及湘西区的湖南大学、师范学院、民国学院等，则不太受重视。时任教育部长的陈立夫日后在《战时教育行政回顾》中称，广东省立文理学院是抗战中所有高校"迁校次数最多的"——首迁梧州，再迁藤县，三迁柳州融县，四迁粤北乳源，五迁连县，六迁曲江，七迁连县，八迁罗定。

因体例关系，此书没能仔细考辨两广区诸多大学的迁徙路线、人物及故事等，有点可惜。近日《贵州都市报》准备推出16版的纪念特刊《西迁——抗战烽火中的文化传承》，邀我总论抗战中内迁的中国大学，报社则在声名显赫的浙江大学之外，突出此前不太受关注的大夏大学。这个思路是对的，每个地方的学者及媒体，都有义务发微抉隐，让更多抗战中坚持办学的内迁或本地的大学、中学浮出海面，得到后人的敬仰与表彰。

《南方》：您在书中提及，抗战期间的"大迁徙"，与20世纪60年代的"三线建设"，还有2000年开始的"西部大开发"，三者对于中华民族的可持续发展具有十分深远的战略意义，为什么这么说？

陈平原：因地理、气候及历史原因，直到今天，中国的东南沿海与西部地区在经济、文化、教育等方面，仍有很大差距。打开地图一看，今天中国人所说的"西部地区"，包括12个省、市、自治区，占全国总面积的71%。如此辽阔的区域，若长期经济欠发达，"孔雀"永远"东南飞"，对整个国家的均衡及可持续发展，是很大的障碍。以前或没有深刻意识到，或国力不够强盛，长期放任西部贫困与落后。20世纪60年代的"三线建设"以及2000年开始的"西部大开发"，是很明确的国家战略调整；而抗战期间的"大迁徙"，则属于无意得之，是被敌人的炮火打出来的。只不过国民政府及广大学者很快意识到这个历史机遇，做了很好的阐释。比如原北大校长、时任西南联大三常委之一的蒋梦麟，在防空洞中写下这么一段话："大学迁移内地，加上公私营工业和熟练工人、工程师、专家和经理人员的内移，的确有划时代的意义。在战后的一段时期里，西方影响一向无法达到的内地省份，经过这一次民族的大迁徙，未来开发的机会已远较以前为佳。"（《西潮》第30章《大学逃难》。）这个大判断，今天看来也不过时。

《南方》：今天谈论西南联大，已经成为全民参与的"历史记忆"。另外，还有很多平台在推介抗战中的内迁大学，对于这种连锁效应，您怎么看？

陈平原：谈抗战那段历史，无论你持何种政治立场，大概都会承认，那是中华民族浴火重生的关键。因此，单有官方的宣传远远不够，学界、媒体、艺术家以及广大民众，都有义务深度介入。上个月我去云南腾冲参观国殇墓园，那是去年国务院公布的第一批80处国家级抗战纪念设施、遗址之一，说实话，我很震撼。我注意到，很多民众自发前去观摩，且都神情肃穆。几天前，国务院又公布了第二批100处国家级抗战纪念设施、遗址，名录里有两个教育机构：一是云南昆明的"国立西南联合大学旧址"，一是陕西延安的"中国人民抗日军政大学纪念馆"。随着时间推移及研究的深入，我们对"抗战烽火中的中国大学"会有越来越深刻的认识，若公布第三批国家级抗战纪念设施、遗址，会有更多的教育机构及文化设施入选的。

《南方》：为何在谈论抗战中的中国大学时，要凸显"大丈夫"形象，这对于当今中国大学教育有何意义？

陈平原：20世纪50年代的"思想改造运动"，加上史无前例的"无产阶级文化大革命"，曾使中国知识分子长期灰溜溜的，抬不起头。最近十年，网络迅速崛起，嬉笑怒骂成了网上的主流文体，若干负面新闻被无限放大，"教授"居然成了"叫兽"，实在让人感叹嘘唏。"读书人"本该格外"明理"，中国教授的整体形象怎么会如此卑下呢？我即将发表在《北京大学学报》上的《会思想的芦苇，竟如此坚强——抗战初期北大教授的艰难选择》，其中有这么一段："抗战烽火中，大部分学识渊博的教授听从政府号令，辗转内迁，历尽艰辛，借用文天祥的《衣带赞》：'孔曰成仁，孟曰取义，惟其义尽，所以仁至。读圣贤书，所学何事？而今而后，庶几无愧！'"任何时代的读书人,都是良莠不齐,但在我看来,"对比明清易代之际的读书人,抗战初期北京大学的教授,其精彩表现,更为可圈可点"。之所以谈论抗战中的中国大学时,刻意表彰"大丈夫"形象,是希望给今天中国的读书人照照镜子。即便时代不同了,孟子所标举的"富贵不能淫,贫贱不能移,威武不能屈",还是很令人向往。

(初刊《南方》2015年第20、21期合刊,10月24日,原题《给今天中国读书人照照镜子——〈抗战烽火中的中国大学〉作者陈平原专访》)

中国大学的影响力比排名高
——答《长江日报》记者宋磊问

　　《长江日报》：论实力，中国顶尖大学在世界上排名不算靠前，与世界名校有较大差距，但为何北大、清华的影响力却很大？这种"不对等"说明了什么？

　　陈平原：谈论中国大学的影响力，可参考国际排名，但不能太依赖。北大百年校庆时，我写过一篇《作为一种文化景观的百年校庆》，其中提及学术水平并非世界一流的北京大学，其在东方古国的复兴道路上所发挥的作用，又是许多世界一流大学所不可比拟的。在一个国家的大转折关头，北大挺身而出，扮演了不可替代的角色，以至于你谈论百年中国的思想、政治、教育、学术，无论如何绕不开这所大学。这种机遇，说实话，千载难逢。同样道理，近30年中国经济、政治的迅速崛起，赋予北大、清华等中国大学很好的发展动力、机遇与前景。

《长江日报》：近年的各主流世界大学排名中，北大、清华大致在45至55的名次，在您看来，现在的世界排名和他们的实力对等吗？曾经一百开外的排名，是否在一定程度上被低估了？

陈平原：十年前，我写过《大学排名、大学精神与大学故事》（《教育学报》2005年第1期），专门谈这个问题。那年的泰晤士高等教育排名，北大居然名列第17；在我看来，这是绝对不可能的。据说，排名主要依据五项指标：第一，国际教师比例，第二，国际学生比例，第三，教师与学生比例，第四，教师科研成果的引用——这四个指标，北大都很一般；但第五项指标——学术声誉，北大居然高达322分，单项全世界排名第10，一下子提升了北大的排名。在我看来，这个排名所肯定的，不是北大的科研成果，而是中国在变化的世界格局中所具有的重要性。中国在崛起，而且在全球事务中发挥越来越大的作用；学者们在关注中国的同时，也在关注中国的高等教育。这就有意无意地提高了中国大学的学术声誉。近几年，大学排名越来越倾向于避虚就实，也就是强调"数字"而忽略"影响"。北大、清华的国际排名徘徊在前50名上下，我的总体判断是：学术水平没这么好，但影响力远比这高。也就是我前面谈到的，必须考虑国家的因素。

《长江日报》：中国大学和世界名校的差距怎么解决？靠向名校学习或"和国际接轨"？

陈平原：中国大学和欧美名校之间，在教学及科研方面，是有不小的距离。但我不喜欢"与国际接轨"这个提法。我常追问：究竟是哪个"轨"？又应当如何"接"？国外的好大学并非都是同一模式，每个在海外接受过高等教育的学者，都有自己心目中"理想大学"的范型。今天的中国大学都想接轨，但又都心有余而力不足，总是接得不顺畅。为什么？一是我们的包袱太沉重，二是我们走的本来就不是这条轨。现在中国高等教育的转轨，转得太急了，弄不好是会翻车的。其实，国外的大学也在转变，但基本上是大学自己在"摸着石头过河"。而中国的情况比较特殊，是在政府的号令下连续急转弯的。无论是当初的大学升级，还是日后的大学合并、大学扩招，以及近期的改普通教育为职业教育，几乎都是政府一声令下，各大学秣马厉兵、气势恢宏、步调一致地开始转轨。完全由政府决定大学应当往哪个方向转，且有明确的时间表，对于高等教育的发展而言，其实不太有利。

《长江日报》：近年来，各界直指大学教育问题的声音越来越多，在您看来，中国大学教育是在进步还是倒退？

陈平原：我发表在《探索与争鸣》2015年第5期的《当代中国大学的步履与生机》，原本是在美国乔治·华盛顿大学的专题演讲，其中有这么一段话："回过头来看这一百多年的中国现代大学史，有两处路走得比较顺畅，一是1928年至1937年；再就是1998年至2014年。其他的年份虽也有若干亮点，但往往是起伏不定。最近16年的争创一流与大学扩招，二者高低搭配，各有各的道理。身在其中者，很容易发现诸多积弊，因而怨声载道；但若拉开距离，其雄心勃勃与生气淋漓，还是很让人怀念的。"并非因为是在国外演讲，就专挑好的说；我在国内也是这么讲的。最近这16年，中国的高等教育两条腿走路，一是努力做强，追赶世界一流；一是尽量做大，扩大办学规模。应该说，两条腿都在用力，也都很有成效，可惜努力的方向不一样，有时甚至互相拆台。另外，操之过急留下了不少后遗症，还有政府决策导致地区以及学科间发展很不平衡等，但总的成绩不容否定。

《长江日报》：2014年5月，北大启动"燕京学堂"计划，向全球招生，设置一年制"中国学"硕士。后引起"燕京学堂风波"，您认为这一计划是一种有益的创新吗？关于"利"与"弊"的争论，您的观点是什么？

陈平原：平心而论，从社会募集巨额经费，创办培养国际人才的燕京学堂，应该说是很有创意的好事。只是因计划不周且用力太猛，加上论述时的若干瑕疵，以致引起部分师生及校友的猛烈批评，这么一来，好事不但多磨，且效果大打折扣，实在很遗憾。不想"高屋建瓴"地说风凉话，我希望站在建设者的立场，帮着出出主意，看能否进一步完善此计划。相关意见适时提交给了校方，至于是否被采纳，不在我考虑范围内。另外，撰写了《假如我办"燕京学堂"》，发表在《读书》2014年第9期。之所以略有耽搁，是假定那时大局已定，发文章只是为了"立此存照"。文章发表后，得到好多视野开阔且老成持重的著名学者的褒奖。

《长江日报》：蔡元培任北大校长时，曾提出的"兼容并包、学术自由"被人们广为熟知，这一办学方针是否依旧适用于今天的大学建设？为什么？

陈平原：《老北大的故事》中有一篇《有容乃大》，那是北大百年校庆时我接受《人民日报》记者徐怀谦的专访，专门辨析蔡元培在《致〈公言报〉函并答林琴南函》（1919年）中提出的"循思想自由原则，取兼容并包主义"。一般人可能会注重思想自由，我却更看重兼容并包。为什么呢？借用英国哲学家伊赛尔·伯林的概念，前者是积极的自由，后者是消极的自由。思想自由是对自我而言，用中国传统的说法是有所为；兼容并包是指对待他人，要有所不为。消极自由的意思，是保证你说话的权利，保证各种学说并存，让它们自由竞争，自由发展，谁赢得民心，谁就是胜利者。大学生有独立判断的能力，应该给他们选择的机会。从这个角度说，"兼容并包"是一个制度性的保证，比个人的思想自由更为可贵。蔡先生早年再三说，中国人不能容忍异端，长此以往，很容易养成一种正统的暴力，即对异端采取非常残酷的态度。而北大不同于其他大学的特点，就是相对来说能"包容"，因而才显得大。

《长江日报》：国外一些名校的师生斩获诺贝尔奖很频繁，而中国大学在校师生多年来鲜有获诺奖的人。随着近年来莫言、屠呦呦等中国人开始进入诺奖视野，今后，中国名校精英是否更容易获得诺奖的青睐？

陈平原：获诺贝尔奖是很高的荣誉，但在中国，此奖项被赋予了太多的光环。随着获奖人数的增加，中国人逐渐能以平常心看待；从事学术研究的，更是不该过分纠结于获不获奖。至于学者与大学的关系，我的导师王瑶先生曾做了个有趣的比喻：类似于商品展出在橱窗。商品（学者）不出名时，确实得益于"高大上"的橱窗（大学）；但一旦商品出了名，情况就倒过来了。我相信诺贝尔奖评委会看中的是莫言、屠呦呦的创作及研究成果，而并非因为他们是"中国名校精英"。

《长江日报》：在中国，进北大、清华成各地高考状元、学霸精英的首选，也被人们视作是走上真正成功人生的唯一机会，由此看来，中国的成才之路似乎路很窄？

陈平原：最近十多年，中国大学迅速扩张，去年毛入学率已达到37.5%，很快就会超过40%。因此，现在参加高考，不是考上考不上，而是能否进入名校的问题。必须承认，进入北大、清华等名校，可以得到更好的学习机会，人生道路也会走得比较顺畅。不仅中国，全世界都一样，进入名校乃"成功人生"的重要一步。可这个话题，如今被绝对化了。很多用人单位"查三代"——学士、硕士、博士都必须是名校，这就太过分了。这样一来，所谓"成才之路"，变成了中学阶段的学习成绩。好些"慢热型"的学生，或者桀骜不驯的孩子，因高考成绩不佳而没能进入好大学，日后发展艰难。这种教育及选拔机制，有利于学习型、模仿性人才，而不利于天才、偏才、怪才，这就导致当下中国教育总体水平不错，与以前相比有明显提升，但创造性不足。长远看，这是很大的隐忧。

（初刊2015年12月15日《长江日报》，原题《陈平原：中国大学的影响力比排名高》，刊出时略有增删）

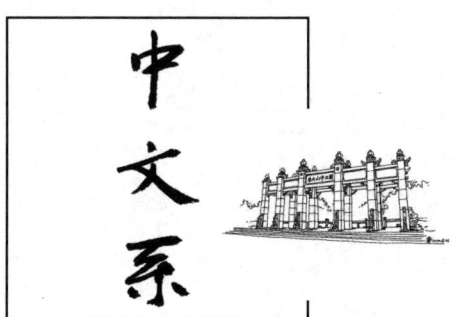
中文系

教育理念与教学方法
——答语文出版社社长王旭明问

【编者按】陈平原,北京大学中文系教授、系主任,香港中文大学讲座教授,教育部"长江学者"特聘教授。近年一直从事20世纪中国文学、中国小说与中国散文、现代中国教育及学术、图像与文字等方面的研究。近日,陈平原教授在中央干部培训班授课,语文出版社社长王旭明在听课后深受启发。之后,两人相约在万圣书园,从教育改革发展的大思路谈到语文教育问题。本报从高校去行政化、大学教育改革、中小学语文教学和中小学语文教材编写等四个话题切入,分四期编发对话内容,以飨读者。

卸任后,保留北大教授头衔就足够

王旭明:作为一个学中文的人,我素来对您十分敬仰。听说您将要辞去北大中文系主任职务，十分可惜啊！

陈平原：是的，9月份起我就卸任了。其实，2011年10月底就跟校长谈妥了，按时换届。系主任任期四年，之后也可以连任，但我不愿意。因为，做行政不是我的理想。如果你读过我的文章，就会知道我的立场跟目前中国高等教育的发展思路不太协调。卸任后，我会花更多工夫，认真讨论中国的大学教育问题。我不希望自己说话吞吞吐吐、畏首畏尾的，或因身兼行政职务而弄得自己立场分裂。作为系主任，我确实必须考虑自己的做法是否会影响到北大中文系的整体利益；但面对中国高校目前的情况，要让我选择默不作声，真是太委屈人了。

王旭明：还是觉得很可惜。如您再坚持当系主任，就很有可能升任校长。中途退出仕途，您是怎么想的呢？

陈平原：不会的。而且，这不是我的愿望。前些年，曾听一位在北大访学的外地教授讲：到北大以后，才知道学问并不是校长最大、院长次之、系主任再次之。在真正的好大学里，大牌教授的地位和影响力是可以超过校长和院系领导的。

做行政和做学者，是两种不同的思路。这些年，我明确意识到，长期从事行政工作对"学者"思维及趣味的破坏。我曾撰文反对一流学者当校长，原因很简单，以目前的体制，不要说校长，当了院长、系主任，再想做一流的学问，几乎是不可能的。所以，有必要让一部分好学者留在行政之外。

王旭明：在我国，学者做行政工作好像是一种奖励和认可。您怎么看待目前高校学者转行做行政这种现象的？

陈平原：我举语言学家李方桂的例子。民国年间，中央研究院决定成立民族研究所。当时的总干事傅斯年来请李方桂当所长，一连三次都被拒绝。最后，李方桂被逼急了，只好直说："说实在话吧，一流人才当学者，二流人才教书，三流人才做行政。"以前的学者有这个骨气，现在却不多见了。对比一下国内外情况，国内最大的问题就是奖励学者官爵，这会毁了中国教育，毁了中国科学的。其实，奖励学者的方式很多，诸如经费、助手、房子等，当然，最好是科研时间。而我们的学者，在学术上稍微有点贡献，就都希望得个头衔；殊不知，这"头衔"的负担多重、代价多大。

当然，我理解个中原因。在国外大学，做院系领导，掌握的资源并不像国内这么多。在国内，学者一旦当上了主任、院长、校长，掌握的行政资源很容易转化为个人的学术资源，并迅即换来更多的科研经费、获奖机遇、出国机会，以及人们的"热烈追捧"。这导致很多人有了一点学术成绩，就开始将重心转到行政上来。

王旭明：如您所说，为什么不能将学术与行政分开呢？比如院长、系主任的定位就是服务，只负责行政管理，不再承担学术资源分配、学术项目确认等工作。

陈平原：我上任以后，在北大中文系建立了财务委员会、教学委员会、学生权益委员会等，逐渐完善各种规章制度，并且自觉限制系主任的权力。可在实际操作中，碰到了不少问题。第一，大部分老师专心教学及科研，不习惯关心乃至介入院系工作。第二，大学管理越来越精细，日常事务越来越烦琐，教授们除了涉及自己的切身利益，避之唯恐不及。第三，我们的行政领导遴选方式有瑕疵。目前，不要说校长，就连院长和系主任，都是委任而非选举。任命前，学校会调查哪个老师呼声较高，但不会公开票数，而是由学校党委讨论决定谁来当系主任或院长。这跟国外大学情况很不一样。国外大学的院长系主任权力有限，且制度明确，运行机制简单。教师一旦受聘，能做什么，不能做什么，大家都很清楚。而我们不然，什么都可以"灵活掌握"，一切取决于领导的意志。这就是问题所在。制度没好好建立，加上薪水太低，各种津贴及奖励太多，导致大学里不得安宁。我卸任后，会专门撰文谈这个问题。

王旭明：说到这里，我还想聊聊中国传统的知识分子，历史上李白、杜甫都是千方百计想得到朝廷的认可，一次又一次被流放，一次又一次再回来，甚至为了报国不惜溜须拍马，牺牲人格。由此可见，"学而优则仕"应该是我们知识分子的传统。您为什么不坚持这个传统呢？

陈平原：清末民初，蔡元培等人追究中国科学技术落后原因时，再三感叹：我们缺乏愿意献身学术的人。学而优则仕，这是中国教育及中国学术的最大弊端。这种"奖励学问"的方式，很不可取。世人都在追问当今中国为何出不了"大师"，我说很简单，潜在的"大师"都见好就收，及时当官去了。

2007年1月《人民日报》刊载我的署名文章《专任教授的骄傲》，文中提到：到了我这个年纪，还没弄个校长、省长、市长来当当，很多人觉得没出息。我不这样认为。在某个公众场合，主持人问我，你除了北大教授，还有没有别的更好听的头衔。我说没有，而且，我以此为傲。那时，我还没有当系主任；当了系主任，印名片及自我介绍时，我都是"教授"在前，"系主任"在后。退下来后，我只留"北大教授"，这就足够了。

人真正的贡献及声誉,是靠实力而不是头衔。今天很多人不相信自己的实力,只能靠外在的标签。"标签"太值钱,才会导致目前中国学界一系列问题。就算让我当校长、省长,我也没有这个愿望。作为学者,对自己的专业都不能全身心投入,只是把学问当从政的敲门砖,长此以往,中国学术就更没希望了。

王旭明:但是,您没想过对中国当下乃至未来十几年内,起更大影响的还是行政力量,不是学术力量吗?

陈平原:这是个必须直面的难题,也正是我所要挑战的。

王旭明:您要挑战行政力量过大,学术力量偏弱的现象?

陈平原:我希望我能做得到。

王旭明:我希望您挑战成功。

(初刊《语言文字报》2012年8月3日)

教学重在双互动　学习切忌"大而全"

王旭明:一直以来,大学教育都是社会关注的话题,精英教育和大众教育这两个概念经常被提及。您如何看待目前高校所谓精英教学方式?

陈平原:无论在什么时代,精英教育总是属于少数。精英教育和大众教育,二者各有其定位,也各有其价值。目前的问题是,不少定位为"精英"的大学,其教学方式乏善可陈,与其他大学并无差异。

十年前我就说过，北大要想成为一流大学，先从教室改造起。因为，教室的布局跟整个教学方式密切联系。今天中国很多著名大学的教室，座位是一排排固定的，只能是老师站在台上讲，学生坐在下面听。在西方著名大学，尤其是研究院课程，大部分开的是讨论课。教室里不见高高在上的讲台，桌椅可以随意移动，师生围坐在一起，或发表、或对话、或辩难。而目前中国大学的教学方式，基本上是老师讲、学生听，区别仅仅在于修课人数多少，以及教师水平如何。可在我看来，公开演讲和课堂教学，是两回事。

王旭明：您那天给我们上中央干部培训课，是在演讲吗？

陈平原：是在演讲。所谓课堂教学，首先是了解学生状态，确定教学目标，而后才谈得上具体的讲授内容及教学方式。那天我的演讲，也留了时间回答听众提问，表面上很有互动。可你们这些学员来自不同行业，阅历、学养及趣味千差万别，且没有明确的学习目标，就是听听课而已。这样的公开演讲，当然只能"表演"了。课备得认真一点，PPT做得漂亮一点，语言生动些，听众的掌声就会很热烈。但这不是课堂，只要现场氛围好，听众是否受益，可以忽略不计。

表演精彩和学生受益，是两个不同的概念。要使学生获益，除了理解学生的立场及需求，还得努力把他们带入教学活动中。哈佛也有大课，最大的教室可坐1000人。可1000人的大课，除了主讲教授，还有几十名助教；教授讲完了，助教登场，带几组学生进行讨论。而国内绝大部分课程，学生只须带耳朵，最多记点笔记，并不要求参与讨论、积极发言。我在香港中文大学教书，每门课都有助教带领学生讨论；学期末打分，课堂表现占30%。不能满足于学生认真听讲，还得鼓励他们反刍、思考、分析、批判。这样，才能培养学生独立思考的能力、勇于挑战权威的精神。若是演讲,只问老师表现"精彩"与否;若是授课,则学生是否"获益"方才是关键。

在教学活动中,师生间必须保持不断的沟通与对话。这么做,前提是小班教学,或课后分组讨论。大班教学,听众一两百,老师满堂灌,这样的课堂,怎么能算是"精英教育"呢?

王旭明:要拆成小班了,教学成本必定就高。

陈平原:就是这个问题。为什么连研究院的课,都倾向于大班讲授?因为节约成本。北大还好,规定选修课5人以上就可以开。我刚到外地一所211大学演讲,他们学校规定,30个人以上才能开班。最近十几年,大学扩招,学生越来越多,学校计算成本,精打细算,更不敢提小班教学了。另外,老师也不太乐意。在大学教过书的都明白,刚入职时很辛苦,每门课都得认真准备。若干年后,讲稿都是现成的,也就懒得变了。如果多开讨论课,必须直面学生们的各种需求以及诘问;若学生水平高且很投入,你上的每堂课,都很有挑战性。当然,也有老师偷懒,让学生不断地"画龙",而自己则未能"点睛",或"乱点鸳鸯谱"的。

王旭明:我觉得还有一个问题,多少年来我们老师也是在这种体制下培养起来的,像您这样的善于跟学生沟通的老师很少。

陈平原:不能这么说。师生沟通不畅,教学效果不佳,有的限于个人能力,但更多是制度设计问题。目前的评价体系,关注科研成果,忽视课堂教学。本科教学如此,博士培养问题更严重。最近十几年,大家拼命争博士点,眼看稍微像样点的大学,都能自己培养博士生了。这样,大家都很开心。可实际上,很多大学只是依样画葫芦,没能体会各种规章制度背后的文化及精神。面对迅速增加的"博士生导师",教育部本应组织相关的培训班或研讨会,让大家了解怎么带博士生。

王旭明:目前的情况是:学校教授数量多,但是可带的博士生少,让谁带,不让谁带就成了问题,这样是否只好以项目来分配?

陈平原:理工科因导师负责申请科研经费,学生的奖学金也有部分是从导师的课题费里出,所以,越大牌的教授经费越多,学生会追着他/她来。人文学不是这个样子,奖学金基本上由学校统筹(各大学情况不一,略有差异)。内地高校是学生报考时,事先确定指导教授,是否被录取,导师起很大作用;港台大学则是学生考进来后,选择谁当指导教授,师生双向选择。前者更多考虑老师的尊严,后者则尊重学生的志向。

王旭明:我最近几年接触了不少北大文学专业毕业的博士、硕士。让我惊讶的是,他们基本上对很多作品都不了解,只会大量综合各种评论然后自己评论。这么多硕士或博士,无论对于文学研究的某个现象,或社会的某个现象,竟没有自己的独立的真知灼见。这种现象您认为是普遍的吗?

陈平原:去年我在北大出版社刊行专著《作为学科的文学史》,在三联书店出版评论集《假如没有文学史……》,都涉及你谈的这个问题。可以这么说,"知道很多,体会很浅",这是今天我们文学教育的一个通病。我认为,这跟1903年开始建立的一整套以"文学史"为中心的教学体系有关。以简明扼要的"文学史教材"为中心,"多快好省"地进行"文学教育",我开玩笑说,这更像是在学外国文学,只要求学生初步了解某一时代的作家、文类、风格、流派等,并不苛求对作品有深入体会。

今天中国的文学教育,过于强调"系统性",在我看来,有失偏颇。其实,除了专门家,没必要全面掌握丰富的"文学史"知识。一百多年来,文学史作为一个知识体系,日渐精微,迅速膨胀。学者们不断发掘新的作家作品,下一代人的文学史图景,必定比上一代人更繁复、更庞杂。这么一来,必须精简书目,有选择地阅读,否则,根本读不过来,也读不好。我再三强调,当老师的,应该允许学生有所"不懂",且鼓励他们说出自己真正"懂得"的。北大中文系出考卷,基本上不考偏题、怪题,而且可以选答,就是基于此设想。

王旭明:您给您的学生也是这样出题吗?

陈平原:是的。我们出博士招生试卷,也都是四题选两题,或五道选三道。有些题目你没把握,不想答,没问题,那就说说你最有把握的。如果你最擅长的都答不好,那实在说不过去。我们的硕士、博士入学考试中,面试占很大比例。面对面深谈,更容易测出你的底细。就从你写的论文说起吧,老师一步步追问,刨根究底,看你如何见招拆招,马上明白你的资质以及潜力。

王旭明:再问个与您相关的问题,目前高校的文学院比比皆是,北大现在还叫中文系,一直没有改名是什么原因呢?

陈平原:都说要"跟国际接轨",目前中国大学的"文学院",绝大部分是原先的中文系"升级换代"而成的;而这,恰好跟国际上主流的大学"不接轨"。香港中文大学的文学院有14个系,包括中文、英文、历史、哲学、艺术、音乐、语言学、人类学、文化及宗教研究等，这倒是跟欧美及日本的大学类似。我们单单是"文史哲"，还不是人家"文学院"的全部，就能分拆成文学院、哲学学院、历史学院、艺术学院、考古文博学院等。为什么这么做？大概是这些年大学扩张，鸟枪换炮，"系"改"院"，面子上好看，也便于在学校争资源。另外，"院长"叫起来好听，比"系主任"响亮多了。在公众场合，一般是先介绍院长、副院长，接下来才轮到你系主任。好在北大没有强求一律，校长说，你们若不觉得委屈，那就依旧当系主任吧。在北大内部，校方将中文系、历史系、哲学系与其他学院等同视之。北大中文系是百年老系，格外珍惜自己的优良传统，不想赶这个时髦。这么顽固地坚守，很多人预言我们兔子尾巴长不了，迟早会更弦易辙。但也听到不少叫好声。两个月前，参加《深圳特区报》组织的学术对话，武汉大学原校长刘道玉一见面就说，单凭你不改文学院，就得敬你一杯酒。可惜我不会喝酒。

（初刊《语言文字版》2012年8月10日）

语文课莫满足于"耳学"

王旭明：能否谈谈您的语文老师和您的中学语文课给您的影响？

陈平原：我是在文化大革命中上的中学，初中阶段没课上，整天"闹革命"；念高中时，碰上了邓小平"右倾回潮"，总算认真读了两年书。我是从插队的山乡跑去念书的，就近入学，进的是广东潮安磷溪中学。教我们语文课的金老师和魏老师，人都挺好，上课认真，对我很有帮助。但说实话，我的语文修养主要得益于家庭教育。父母都是语文教师，家里藏书比较多，使得我从小养成了读书的习惯。插队八年,记得"耕读传家"这一古训,没有一日废弃书本。

这不是一个人两个人的问题,最近,我们和欧美同学会建言献策委员会及上海交大媒体文化和社会发展高等研究院联合召开了"纪念77、78级毕业30周年论坛",我发现,好多人都有类似的经历。或许这是我们这代人的共同特点:缺少正规的基础教育,知识结构上有明显缺陷;好处是善于自学,不墨守成规,无论日后学什么专业,常有轶出常规的思考。还有一点,这代人不管学什么,普遍对"语文"有好感。因为,在乡下的日子里,"语文"是可以自学的;甚至可以这么说,"语文"主要靠自学。

章太炎说过,他的学问主要靠自学,而且,得益于人生忧患。与别的专业不同,一个人的"语文"能力,与人生阅历密切相关。这也是好多大作家没念过或者没念完大学,以及大学中文系不以培养作家为主要目标的原因。

王旭明:现在的语文课堂或语文老师是否也应该从您说的这几个方面来培养学生对语文的兴趣?

陈平原:无论老师还是学生,都希望能找到"读书的诀窍",即花最小的成本,取得最大的成效。可这一思路,明显不适合语文教学。实际上,"学语文"没什么捷径可走,首先是有兴趣,然后就是多读书、肯思考、勤写作,这样,语文就一定能学好。《东坡志林》里提到,有人问欧阳修怎么写文章,他说:"无他术,唯勤读书而多为之,自工。世人患作文字少,又懒读书,每一篇出,即求过人,如此少有至者。疵病不必待人指摘,多做自能见之。"这样的大白话,是经验之谈。欧阳修、苏东坡尚且找不到读书作文的"诀窍",我当然更是"无可奉告"了。据叶圣陶先生的长子叶至善称,父亲从不给他们讲授"写作方法",只要求多读书;书读多了,有感觉,于是落笔为文。文章写多了,自然冷暖自知,写作能力逐渐提升。叶老这思路,跟欧阳修的说法很接近。

今日中国,不管中考还是高考,考生都会全力以赴认真复习。这个时候,你会发现,恶补别的科目有用,恶补语文没用。因为语文的学习,主要靠平日长期积累。记得我参加高考,根本没预备语文,只是复习数学。我想,今天的中学生,大概也是这个样子。不是说语文不重要,而是语文无法"突击"。语文教学的特点是慢热、恒温,不适合爆炒、猛煎,就像广东人煲汤那样,需要的是时间和耐心。从这个意义上讲,"语文教学"说难也难,说容易也很容易。问题在于,心态要摆正,不能太急。

传统教育与现代教育有很大差异,不说培养目标,也不说课程设计,就说教学方式吧。以诗文为例,过去主要靠自学,学生面对经典的文本,仔细琢磨,百思不得其解,这才去请教;现在则以"文学史"或"文学概论"为教学中心,经典文本反而成了"配合演出"。学生省了上下求索的工夫,迅速获得有关作家作品的"精彩结论"。一星期就知道《诗经》是怎么回事;再过一星期,《楚辞》也打发了。一年下来,什么李白、杜甫,还有《西厢记》《红楼梦》,都能说出个一二三。这样的教学,确实推进很快,可学生真的掌握了吗?

晚清西学大潮中,章太炎对那时刚刚传入使用的教科书的标准化教学很不以为然,称:"制之恶者,期人速悟,而不寻其根柢,专重耳学,遗弃眼学,卒令学者所知,不能出于讲义。"(《救学弊论》)以课堂讲授为主,学生必定注重"耳学",养成"道听途说"的学风。而传统中国的书院教学,依靠山长的个人魅力,以及师生间的对话与交流,自学为主,注重的是"眼学"。在章太炎看来,前者整齐划一，更适合于普及知识；后者因材施教，有可能深入研究。这种对传统书院的理想化表述，有八年杭州诂经精舍的独特经历做底，更因章太炎不满于时人对新式学堂的利弊缺乏必要的反省。

当然，现代社会"知识大爆炸"，学生需要修习的科目很多，不可能只讲"四书五经"。不过，章太炎的话提醒我们：贪多求快，压缩饼干式的教学，效果并不理想。而且，读书人一旦养成"道听途说"的习惯，很难改过来。如何在"含英咀华"与"博览群书"之间找到合适的"度"，这值得从事教育的我们认真思考。

王旭明：这个问题其实从小学就存在了，语文学科承载了太多的责任，有意识形态、科普知识，真正涉及国学，涉及经史子集、传统私塾那些应该继承的东西已经非常少了。

陈平原："语文"这门课很特殊，无论哪个国家或地区，也无论谁来主持，课本编写及讲授方式必定跟整个时代风气有关。远不只是教孩子们识字、读书、作文那么简单，这门课还涉及人生观建立以及文化传承等，所以，意识形态的渗透是必然的。差别仅在于自觉程度，以及操作时能否隐晦些、优雅点。

培养学生具有较好的阅读能力、丰富的想象力，以及准确且有创意地使用本国语言文字，这既是语文课的工作目标，也是一个有教养的读书人的明显标志。周作人曾不无夸耀地谈及自己，说别的没什么，就是"国文粗通，常识略具"。其实，这已是很高的标准。

至于在编语文教材时，"科普知识"与"经史子集"各自的位置，到底该怎么摆放才好，这需要仔细斟酌，无法"一言以蔽之曰"。

王旭明：台湾的国文教学跟大陆是完全不一样的，他们对传统继承得很好，您在这方面有没有一些建议？

陈平原：说到台湾的国文教育，他们有他们的困境，尤其是前些年陈水扁当政时推行"去中国化"，留下了严重的后遗症。但即便如此，台湾各大学校园里，仍然守住了"大一国文"，这很了不起。

为全校学生开设"大一国文"，这本是老北大的传统，傅斯年将它带到了台湾，至今仍枝繁叶茂。每个台大学生，不管学什么专业，必修"大一国文"6学分，否则毕不了业。其他大学也都有类似的规定。正因此，我在台大教书时，对那里非中文专业学生的国文水平啧啧称奇。

反而是在大陆，"大学语文"始终没能挺直腰杆。20世纪80年代，因苏步青、匡亚明等人的大力倡导，"大学语文"热闹过一阵子。进入新世纪后，整个中国大学的发展路径，明显向新兴学科及实用学科倾斜，"大而无当"的"母语教育"于是命若游丝。除非是校长特别坚持，一般情况下，作为选修课的"大学语文"，如今成了鸡肋，随时可能退出历史舞台。

大学如此，这就难怪中小学不太重视语文课了。中学文理分科，本就十分遗憾；实行自主招生后，更有著名大学公开宣布不考语文，这是非常短视的行为。我写过《"学堂不得废弃中国文辞"——关于重建"大一国文"的思考》，特别感慨这个问题。在我看来，这是教育部的责任：回避矛盾，有意"不作为"，任由国人的"母语水平"迅速滑坡。

我那篇文章的标题，是借用晚清重臣张之洞的话。在他看来，既然规定"中学堂以上各学堂，必全勤习洋文"，便应反过来力保"中国文辞"的存在价值。此处刻意凸显"中国文辞"，不是基于文学兴趣，而是担心"西学大潮"过于凶猛，导致传统中国文化价值的失落。110年前的"深谋远虑"，今天看来仍"不无道理"。这其实很可悲哀。

（初刊《语言文字版》2012年8月22日）

教材编写如何因地制宜

王旭明：这些年各省都请著名的大学教授来担任中小学课本的主编，对此您怎么看？

陈平原：视野开阔、学识渊博的大学教授参与到中小学教材的编写中，当然有好处。首先是打破了原先相对封闭的教材编纂格局，其次是更多关注知识的整体性与延续性，再次，为推进教材革新提供了某种理论高度以及象征资本。但中小学教育与大学教育毕竟不是一回事，切忌将原本应在大学才教的知识，提前压缩到中学课本中去。大城市里的重点中学，教师和学生水平都很高，可这不是整个教改及课本编写的主要目标。另外，过多站在大学教授的立场看问题，可能会忽略中小学生的生理特点、接受能力以及欣赏趣味等。若是这样，调子唱得很高，但所编教材可能不切实际，不好用。

在我看来，大学教授若想介入中小学教育，首先必须多与中小学老师接触、交流，了解中小学的教学规律；不能"居高临下"，站在大学的立场来指导中小学教学。北大中文系每年都派老师参与高考命题、组织高考改卷、培训中学教师等。现在广泛使用的人民教育出版社版《语文》课本，就是袁行霈教授带着我们好些老师参与编写的。但北大中文系教授中，积极介入中小学教育、成功主持《语文》教材编写的，当推钱理群和温儒敏。他们俩的风格不太一样，老钱一直坚守民间立场，老温则官方色彩比较浓，承接的是教育部项目。但有一点，他们都不是一时兴起，而是多年以来持之以恒地关注中小学教育。

王旭明：您是否也关注过这些工作，是不是也愿意为中小学做些事情？

陈平原：前些年我也参加过中小学语文教材的编写，但不久就撤退了。因为我发现，解决语文教材编写中的诸多问题，非我能力所及。参加人教版高中《语文》课本编写，人家本来就兵强马壮、粮草充实，我只是起顾问作用，那好办。后来应邀与复旦大学资深教授章培恒先生合作，主编一套小学及初中《语文》课本，马上发现问题复杂，远远超出我的想象。我们俩长期在大学教书，学识、眼光、趣味，明显与中小学教师有别。组建教材编写组时，请了好些优秀中小学老师参加，虚心向他们学习，了解二年级学生和三年级学生的差异，初中一年级课本应该怎么编，还有为何这文章很好，但就是不适合作为范文。为了很好落实教学目标，到底该怎样循序渐进，诸如此类的技术问题，相对好解决；真正让我警觉，赶紧"金盆洗手"的，是以下三个因素：第一，编中小学教材，兹事体大，不同于个人著述。写文章，你说不行，我可以改；编教材可不一样，不能拿百十万儿童当白老鼠。第二，编教材的都希望面向全国，可中国太复杂了，东西南北、沿海内陆、城市乡村，你越深入调查就越心虚。第三，编教材，有意识形态方面的限制，但同时还受商业利益牵扯，其中的复杂性，非我等书生所能掌控。某种意义上，编教材，确实是"工夫在诗外"。

说白点,为中小学生编教材,这是一件专业性很强的工作,不能只是"玩票",随便进来插一脚。既然我做不到全身心投入,只好赶紧撤退。这方面,老钱、老温比我强多了,他们有始有终……

王旭明:您的意思是说中小学教材编写本身是一个专业,并不是说文学家就可以编教材,大学老师就可以编教材,编者必须经过专业训练后才能编教材,是这个意思吗?

陈平原:是这个意思。举个例子吧,几年前,我翻看《叶圣陶全集》,偶尔读到这么一首《小小的船》,当即热泪盈眶:"弯弯的月儿小小的船,/小小的船儿两头尖,/我在小小的船里坐,/只看见闪闪的星星蓝蓝的天。"这是我小学时念过的课文,怎么会出现在《叶圣陶全集》?赶紧查《叶圣陶年谱》,才知道某年某月某日,叶先生正主持编写小学《语文》课本,因找不到合适的范文,干脆自己写一首。说实话,那一瞬间,我很震撼。

当初叶圣陶、张志公、张中行等人编中小学《语文》教材,他们都是大行家,且全力以赴,一辈子把这当事业来认真经营。他们深知什么样的语言、什么样的文章适合哪个年级的中小学生阅读;实在找不到合适的文章,还能自己拟写。如此敬业,方才是对中小学生的爱护、对语文教育事业的尊重。像我这样,三心二意的,实在问心有愧。

中学教师与大学教师,二者职责不同,可并非楚河汉界,永远不可逾越。相反,民国年间,教过一段时间的中学,再到大学任教的,比比皆是。而现在基本上做不到,各自的生存状态都被固化了;流动性缺失,对大学教师、对中学教师都不好。同样是大学教授,当过中学老师的,与从研究院到研究院的,明显不一样。前者普遍注重表达、擅长沟通。你看教过浙江上虞白马湖春晖中学的朱自清与朱光潜，所撰《经典常谈》《语文零拾》，或《给青年的十二封信》《谈美书简》，都是设身处地为读者着想，看起来特别亲切。他们编教材，也是这个风格。

王旭明：相比较而言，为什么大家喜欢读台湾的，喜欢读民国的，喜欢读历史的，喜欢读古远的，喜欢读旁边的一个小岛，2000多万人口的台湾，就是不喜欢读13亿人泱泱大国的语文教材，我想听听陈老师的观点。

陈平原：我参加过教材编写，其中甘苦略有体会。领袖诗文如何处理，爱国主义怎样凸显，时事题材不能遗漏，主旋律必须高扬，还有就是汉奸文人不能入选等戒律，限制实在太多了，最后，你只能不求有功，但求无过。语文教育被要求承载的东西太多，"工具性"与"人文性"如何协调，本来就不太好把握；再加上"政治正确"这条红线，无论如何不能触碰。这样，三下五除二，可腾挪施展的空间也就很有限了。

其实，台湾也有台湾的问题，他们的"国语文"课本（小学叫"国语"，中学叫"国文"），照样被多方挑剔，编写者也常被骂得狗血淋头。他们也是一纲多本，自由竞争，也有禁区，也讲"政治正确"，也有意识形态限制问题，只不过严重程度以及表现方式不一样而已。

具体到语文教材的特点，都兼及文言与白话，都讲循序渐进，只是两相比较，台湾的课本比较偏重古典，大陆则多收现代人的文章。其中一个有趣的差异，台湾的"国语文"课本基本不收翻译文章，而大陆各家所编语文教材，无一例外，都收录了不少精彩的译文。除了人文性、精神性方面的考虑，还有就是，我们认定，对于现代汉语以及现代文学的建构，翻译家起了很大作用。

王旭明：目前很多人在强调语文教材的创新，对此您的看法是？

陈平原："创新"是个好词，人见人爱；问题在于，什么叫"创新"，以及如何"创新"。教育理念变了，教材的编写方式也会跟着变；这样的"新"，乃有源之水，起码能自圆其说。另一种"新"，着力点在选文，强调的是"新人"与"新文"，期望给人"耳目一新"的感觉。这种努力，我不太欣赏。有一阵子，我为大学生编散文选，和几位老师分头做，结果发现，大部分篇章重叠。原因是，很多传世名篇的"好"，是得到广泛认同的。为教材选文，应该只管"好坏"，不问"新旧"。对教师来说是"旧"的，对学生依旧是"新"。基础教育不同于文学创作，讲求的是教学的有效性，而不是编写者的特立独行。经典阅读与时尚阅读，二者如何协调，历来见仁见智。我更偏向于前者，因为，越是时髦的东西，生命力越短暂。而基础教育是打底子的，这个"底"会长久地留存下去。小时候阅读或背诵的诗文，应尽可能"纯洁无瑕"，掺杂太多时代的以及个人的色彩，我以为不妥。

"文革"中，我在粤东山村教小学，看着隔壁班老师花一年时间，带学生背诵毛主席的"老三篇"，心里很难受。整整一年的语文课，就学这个，学生们倒背如流。有领导来视察，几十个孩子，放开喉咙，一起拖长声调："村上的人死了，开个追悼会，用这样的方法寄托我们的哀思，使全中国的人民团结起来……"这场景，确实很震撼。来访的领导无不拍手叫好，校长也很得意。我却暗暗叫苦，这些孩子长大后，对于语文课的记忆，该是何等苍白！

所谓"创新",一是人文性与工具性的对峙,一是古典与时尚的协调。此外,还有一点很少被人涉及,那就是如何养育或成全"文化的多样性"。中国这么大,各地区的文化差异十分明显;可是,因政治和商业的需要,大家都在追求"大一统"。所谓"地方性知识"以及方言文化等,完全被搁置了,这实在可惜。

(初刊《语言文字版》2012年8月24日)

在"史学品格"与"现实感怀"之间
——答《文学报》记者何晶问

【采访手记】于文学史、学术史、教育史、传媒史交叉处的学术研究,这是陈平原面向广阔而又纵向深厚的"学问"。而在这重重学问下,他更呼唤学者的"温情"、文人的"情怀",因而他撰写了多部随笔集,借以关注现实人生,"保持心境的洒脱与性情的温润"。"学问"与"温情",可看作是陈平原的两大人生底色。

一

《文学报》:20世纪80年代您与钱理群、黄子平的"三人谈",开启了"20世纪中国文学"的概念,此后您一直致力于文学史的研究,新近出版的《假如没有"文学史"……》一书可以看作您对这一问题的阶段性总结。文学史该如何写,这是贯穿30年来文学研究的重要问题，而写出一部自己满意大众认可的文学史书甚至是有些学者的最终目标。有评论称，您的努力似乎是在力图"摆脱以教材为中心的'文学史'情结，关注兼及大学课程、著述体例、研究思路、知识体系以及文化商品的'文学史'，将'文学史'纳入到学术史和教育史的夹缝中"。

陈平原：你提问的后半句，有点绕，半通不通的，虽加了引号，不是我的原话。好像是摘自此书广告，而那广告又是在撮述我刊于《读书》2009年1期的《假如没有"文学史"……》。原文是这样的："在我看来，'文学史'是一门既可爱又可疑的学问。为此，我写过不少文章，质疑国人根深蒂固的'文学史'情结。从1988年追随王瑶先生思考'中国文学研究现代化进程'算起，我之关注兼及大学课程、著述体例、研究思路、知识体系以及文化商品的'文学史'，至今已有20年历史。……总括起来，不外是在学术史与教育史的夹缝中，认真思考'文学史'的生存处境及发展前景。"

20世纪80年代至90年代前期，我的主要著述属于广义的"文学史"。不是面向大学生、取居高临下姿态的"教材"，而是与国内外学人平等对话的"专著"或"论文集"。那时候，我关注的是作家评价、思潮论述、著述体例等，不断翻新花样，目标是撰写"好的"文学史。90年代中期以后，我倾向于"重建文学史"，即借助学术史、思想史、教育史的视野，审视百年来中国"文学教育"的得失成败，反省"文学史"的工作目标，重新建构此知识系统。

就像我在三联版《假如没有"文学史"……》的"小引"中所说的，这么做，并非全然抹杀"文学史"的价值，而是蕴含"知识考古学"意义上的反省与质疑。质疑眼下遍地开花的"文学史"著述，某种意义上，也是在呼唤"兼及技术含量、劳动强度、个人趣味、精神境界"的"可爱"的文学史。至于我个人能否写出合格的、被学界认可的"文学史",不是很重要;若能推动中国的文学史著述逐渐从"以时间为线索,以排座次为旨归",转向"以问题为中心,兼及叙事能力与理论发现",则于愿足矣。

《文学报》:上文您提到"在学术史与教育史的夹缝中,认真思考'文学史'的生存处境及发展前景",由此不难看出学术史研究的重要性。您在《中国现代学术之建立》一书中以章太炎和胡适为中心,阐释了中国现代学术是如何建立起来的,推崇晚清、五四两代学人的努力。值得注意的是,对您而言,重要的是章太炎、胡适的学术姿态,而不单单是他们的学术思想内容,这样的态度是对学术脉络和历史进程的看重。是否也就是说,当下的文学研究者们,有必要了解、追寻前代的治学传统,从而选择自身的学术之路?

陈平原:《中国现代学术之建立》在国内外学界评价不错。本书在思想史的视野中谈论学科建设、研究方法以及学术转型,论者大都表示赞许。另外,不少书评提及作者"别有幽怀"。此书的撰写遵循严格的学术规范,但选题本身很大程度是为了解决自身以及一代学人的精神困惑。正是这种压在纸背的"现实关怀",才使得此书"那样地切中当代学人的心病"。"读《"建立"》一书有一种读史之乐,历史需要今人这样谈论,才会显得亲切可爱;今人需要有人这样谈论历史,才会觉得寂寞得慰,困惑得解。"(参见李书磊《陈平原学术观讨论》,《文艺争鸣》2000年3期。)最近到马来西亚讲学,在不同场合,有几位年轻教授不约而同地提及此书,都说读后"好感动",尤其是辨析"学术与政治"那部分。我一听就明白,不是这书写得特别好,而是因为他们也身处类似的环境,面临同样的选择与困惑。

我的专业是文学研究，20世纪90年代初因"现实感怀"而关注学术史。如此半路出家，史学根基必定不及专治思想史或学术史的学者。1998年，《中国现代学术之建立》刚出版时，我曾接受《文汇读书周报》记者采访，当时就自我表白："对我来说，'学术史'既是一项研究课题，也是一种自我训练：在触摸近百年学术传统的同时，不断调整研究思路，加深对中国历史文化的理解，甚至寻求安身立命的根基。因而，此举既牵涉才智，更关联心态与性情。这是一项实实在在的工作，需要热情，更需要恒心，能走多远就走多远，不假定研究的边界，也不预言前面是坟场还是鲜花。这种相对个人化的、与学界主潮若即若离的状态，是我的自觉选择，目的是保持独立思考的时间与空间。"十多年过去了，虽然也有《触摸历史与进入五四》《作为学科的文学史》等专著问世，但还是没能达成自己最初设定的目标。只是在"史学品格"与"现实感怀"之间保持必要的张力，这一追求没有变。

若借用梁启超《清代学术概论》的眼光，同样是做学问，"启蒙期"之"在淆乱粗糙之中，自有一种元气淋漓之象"，与"全盛期"之"门户堂奥，次第建树，继长增高，'宗庙之美，百官之富'，粲然矣"，二者最好是兼而得之；若实在不行，非二选一不可，我更倾心于前者。

二

《文学报》：作为学术最重要的生成地和成长地，大学近年来成为各方关注的焦点。您有这样一个观点：中国的大学教育史引进的是西方教育体系，而"中国书院的组织，是以人为中心的，往往一个大师号召,四方学者翕然从风,不仅学问上有相当的研究,风气上也有无形的转移",而在当下"融会中西教育的尝试或许更是一种不可或缺的思想资源",您提倡"大学管理之组织,书院教学之精神"。其实中国教育出现的种种问题,或许正是在从传统向现代转型的过程中,缺失了传统的资源。

陈平原:我在别的地方说过,要讲中国的现代化进程,"西化"最彻底的,莫过于"大学"。今天中国的大学,不管是进入"985""211",还是普通高校,都与传统中国教育没有多少精神上的联系。1925年4月,北大校长蔡元培在德国做题为"中国现代大学观念及教育趋向"的演讲,称对于古代中国的高等教育,"其质与量不能估价过高",晚清以降,"摆在我们面前的问题,是要仿效欧洲的形式,建立自己的大学"(《蔡元培全集》第五卷,中华书局,1988)。实际上,自从书院制及科举制被正式废除,中国人对于自家传统教育方式,信心始终不足,不存在"估价过高"的问题。

十多年前我撰写《大学之道传统书院与二十世纪中国高等教育》时,中国的高等教育刚刚开始提速,如何与国际一流大学"接轨",成了最为时尚的话题。有感于世人只谈"榜样的学习",不说"传统的转化",似乎光明就在前头,只要你努力往前赶就行了。我在好多文章中提及,对于中国大学来说,"转型"比"接轨"要艰难得多,因为方向、路径及动力均不确定,一切都得自己摸索。但中国大学如果不满足于成为"欧洲大学的凯旋",就得这么摸索着前进。这里的关键,除了不能失掉"自信心"(参见陈平原《如何建立中国大学的独立与自信》,《中国青年报》2012年5月16日),还有就是对于传统中国教育的菁华以及百年中国大学的经验,得有足够的体认。

我曾提及,教育部把大学校长们轮番送到耶鲁大学接受培训,让他/她们真切感受国际一流大学的氛围,这很好;但同时也希望有关部门为大学校长们办另一个培训班,专门讲授我上面提及的"传统中国教育的菁华以及百年中国大学的经验"。这样,才不会"食洋不化"。我不是专业的教育史家,谈什么不谈什么,取决于时局变化,也取决于自己的心情及立场。

传统资源的缺失,不是喊几句口号、贴几块补丁,或发起"读经运动"就能解决的。这里需要细致的辨析,以及艰难的转化。比如,单就教育理念、校园氛围以及师生关系而言,欧美著名大学的书院制(或称寄宿学院),与传统中国书院是比较接近的。华人社会里,香港中文大学一直这么做,且效果很好。眼下国内复旦等大学也在尝试,但这涉及校舍建设、经费使用、社团活动、管理方式,以及国人对于"一流大学"的想象等,还有很长的路要走。这种事情,想比没想强,做比不做好。

《文学报》:当下的大学似乎总不叫人满意,大家常在问一个问题:中国当代大学教育为什么培养不出大师?人们怀念追溯五四、西南联大那些大师辈出的时代,期冀为当下大学获取经验,但效果不明显。中国当下大学似乎存在着难以解决的问题,大师的愿景也离得越来越远。

陈平原:"大师"不是一个确定的术语,随语境以及发言人的立场而上下滑动。你看报纸文章,有时批评中国没有爱因斯坦那样的"大师",有时又报道政府在表彰做出突出贡献的"大师",且数量不少。至于"学术江湖"上,年纪稍大且稍有点名气的,全都被当作"大师"介绍或引进。所以,我不想参加此类讨论。

另外,在"大师"之外,近年又冒出一个很响亮的名头,叫"领军人物"。在当下人才竞争白热化,人才流动频繁活跃的情况下,高校往往努力延揽"学界的领军人才",而忽视了学科间的差异。尤其是在哲学、史学、文学、艺术等人文领域,能取得真正意义上的"学术创新"的,大都是我行我素的"独行侠",而非所谓的"领军人才"。好的人文研究,以个人的才华、激情与学养为核心,有没有合作者、参与人数多少、经费充足与否等,全都不重要。但我们现有的人才观乃至整个社会的评价体系,倾向于"学术领导",热衷于大规模的"集团作战"。这种做法,必定偏向于"编纂"而不是"著述",编几百册、上千册一套的大书,摆在屋里很好看,此等"皇皇巨著",其作用仅仅是满足领导"盛世修大典"的虚荣心而已。反之,那些有思想、有个性、特立独行的真正意义上的学者,则得不到应有的重视,很容易被湮没。

当下中国大学的主要问题,在我看来,不在大师之有无,而在制度方面的缺失。好的制度,能让"中才"板凳甘坐十年冷,经由不懈的努力,做出一流的成果;坏的制度,则唆使所谓的"大师们"或陷于内讧,或忙于夺利,或躺在功劳簿上睡大觉。

三

《文学报》:学问之下是治学者的性情,正如您所说,如此反省当今中国以"知识积累"为主轴的文学教育,呼唤那些压在重床叠屋的"学问"底下的"温情"、"诗意"与"想象力"。"温情"一词成为您学问的底色,这大概与您自身的性情有关。而对于学者们的专业著述,我们也期待看到学者显出自身的性情,而不是冷冰冰的毫无温情的机械学问。

陈平原：有专业考虑，也有个人因素。五六年前，我在题为《人文学的困境、魅力及出路》的演讲中，提醒大家关注人文学的特点，那就是学问中有"人"、学问中有"文"、学问中有"精神"与"趣味"。自然科学不是这样的，社会科学也没必要如此，唯独人文学，允许乃至鼓励研究者将"专业研究"与"个人情怀"相结合。"假如将'学问'做成了熟练的'技术活儿'，没有个人情怀在里面，对于人文学者来说，是一个很大的悲哀。所以，我首先想说的是，学问中有人，有喜怒哀乐，有情怀，有心境。"我的感慨是，当下中国学界有两种偏差，一是缺乏必要的专业训练及"实事求是"精神，信口开河；一是被自己那个强大的专业背景给压垮了，学问越做越没趣。

作为人文学者，治学时的"温情"与"想象力"，很大程度体现在如何思接千古，与古人处同一位置，感同身受，设身处地地体验、思考、表达。做研究不可能没有理论预设，但最为忌惮的，还是拿一把固定的尺子，东裁西量、左砍右杀。古今之间，科技水平及生活方式千差万别，但人的"心情"及"感受"还是相通的，千万别把古人想得太笨——我这里所说的"古人"，没有特定年限，泛指生活在"过去时代"的先辈们。

有些学问日新月异，比如生物医学、航天科技，不要说唐宋人不懂，百年前也无此梦想。人文学者没有这么幸运，很难"会当凌绝顶，一览众山小"。一代人有一代人的眼光与趣味，生活在"科技发达"的21世纪，我们不敢说自己比先秦诸子或古希腊人更有智慧、更有教养。托科技进步的福，今人容易显得"很有学问"。今天从事史学研究，若完全拒绝数据库或电子检索，是很大的遗憾；但同时我还是想提醒，即便是竭泽而渔、网罗天下资料的新考据学，也不能让机器味道湮没了研究者的精神与趣味。

《文学报》：如您所说，人文学者治学时的"温情"与"想象力"在于他们更注重"思接千古"。这承接了中国文人治学中注重自身的性情、喜好表达的传统。但这样的传统在当下似乎有所断裂，一些人文领域中的治学者，他们仅是"具有相关专业知识"，而非"学者文人"。我们应该做的，是去反观传统文人的治学，去寻求当下做学问应该秉持的态度、显现的性情。

陈平原：传统中国，"学问"与"文章"之间，确有较好的沟通，但这不等于说"文人"与"学者"没有分别。翻阅古代史传，"文苑"与"儒林"分列，各有各的天地。偶有跨界表现且两边都得到承认的天才，但一般情况下，还是"术业有专攻"。不能标榜"传统文人的治学"，那很容易引起误解的，因这并非治学的正途或理想境界。

古人读书与今人读书，从内容到形式到趣味，全都不一样。这牵涉到社会氛围、生活方式以及技术手段，只可以"借鉴"，不可能"复制"。我主张对"传统"有较多的体贴，但不欣赏招摇过市的"古衣冠人物"。大概跟我长期关注"现代中国"的文学、教育、思想、学术有关，谈论此类问题，必定左右开弓。还有，在我看来，这很大程度上是个人选择的问题，跟学者自身的阅历、处境及性情直接关联，强求不得。

四

《文学报》："治学之余，撰写随笔，借以关注现实人生，并保持心境的洒脱与性情的温润。"《学者的人间情怀》一文，可能是最早反映您这种对现实关怀的文章了,而之后您出版了同名的随笔集,又有《北京记忆与记忆北京》等书,是否在您看来,做学问的同时,是应该将自己从学术中抽离出来,写散文、记随笔,关怀现实人生?

陈平原:同样是读书做学问,学科不同,才情迥异,没有"应该"这一说。所谓"治学之余,撰写随笔,借以关注现实人生,并保持心境的洒脱与性情的温润",那只是我个人的志趣。去年复旦大学出版社约我编"三十年集",一开始谢绝,因已出版过类似的"自选集";后来改变主意,是因为出版社答应我只选评论或随笔,着眼点在"个人三十多年来的切身的经历、体验,独特的观察与思考"。这样一来,从"专业成绩"转为"学术观察",那我有兴趣,也有把握。书名定为《压在纸背的心情》,正是立足于此。

《学者的人间情怀》写于1991年4月,那时我在香港中文大学做访问学人,对学界前途以及个人命运多有思考。文章经过一番审查与打磨,面世是在两年之后。此文被多种选本收录,流传甚广,我自己也很看重。经历过一场大的政治动荡,读书人何去何从,那时我们的困惑与挣扎,二十年后看,你或许会觉得幼稚,但这是历史的"必经之路"。不敢说记录下一代人的足迹,但自家走过来的路,以及特定时刻的心情与志向,若不写散文随笔,很可能就随风飘逝了。

既希望"坚守书斋",又拒绝"不食人间烟火",如何兼及"学问"与"人生",每个学者都有自己的"独得之秘"。选择何种文体来表达自己的现实关怀,因人因时因地而异。比如,最近几年我多写短文,不是想转行当作家,而是出任北大中文系主任,时间被切得很碎,且有义务在各种场合"讲话"。与其讲些不痛不痒的官话,干脆"物尽其用",写成小文章。现在任期已满,有时间从容读书,希望能完成那些"半截子"论文。由此可见,影响一个人的"文体选择"

的因素很多。

《文学报》：您《读书的"风景"》一书最近刚出版，副题是"大学生活之春花秋月"，这是一本以公开演讲为主体的面向大学生和研究生的书，在刚结束的上海书展上，被上海新闻出版局携手星尚传媒评为10本好书之一。"春花秋月"让人不禁想起一派春日里秋夜下勤勉读书的画面，似乎正是读书的好时节、好"风景"。

陈平原：《读书的"风景"》（北京大学出版社，2012）出版后，《文汇报》《新京报》《光明日报》《南方都市报》等都发表了热情洋溢的书评，让我很感动。此书"小引"提及自己既希望尽教师的职责，又不愿耳提面命，于是换一个法子"劝学"。接下来，便是印在封底的那段话："书中展示的，不是包治百病的'良方'，也不是经济实用的'指南'，只不过是一片郁郁葱葱、期待有心人徜徉其间并评头品足的'读书的风景'。"下面还有一句，可惜没被摘进来："至于诸君瞥过一眼之后，是否愿意深入堂奥，那得看各人的机缘。"之所以如此低调，因我知道，当下中国，任何形式的"劝学"，效果都很有限。弄不好，还可能招来一通嘲笑：难道"风景"只属于大学？"春花秋月"值多少钱？"读书"有什么意义，能改变贫富两极分化的现状吗？面对此类或雅或俗的诘难，我只能虚心受教。

倒是另一个问题，此书"以公开演讲为主体"，可又经常旁征博引，是如何处理"论述"与"史料"的关系的，这值得辨析。我平日演讲，并非张口就来，都是认真准备的；而且，演讲之后，若公开发表，还得认真修订。根据演说整理成文，一般都旗帜鲜明，思路清晰，语言也比较顺畅。因为，你不能"说"得特别曲折，特别复杂，特别拗口，那样不会被接受的。用眼睛阅读和用耳朵倾听，途径和效果是不一样的。写文章力图简洁，即便问题很重要，也都是点到为止，切忌反反复复、婆婆妈妈的。可你要是这么演讲，没人听得懂。尤其大段引用古诗文，除非人所共知，否则不解说不行。比起文章来，演讲的篇幅会拉长，因基本立论不变，但需要解释史料，或借助若干有趣的小故事来调节现场气氛。好的演讲就像好的文章，都需要认真经营。

我写过一篇题为《有声的中国》的长文，副题是"'演说'与近现代中国文章变革"（《文学评论》2007年3期）；另外，也主编过"现代学者演说现场"丛书（山东文艺出版社，2006），在"总序"中称："只有在现场，演说才能充分展现其不同于书斋著述的独特魅力。不单论题的提出蕴含着诡秘莫测的时代风云，现场的氛围以及听众的思绪，同样制约着演说的发展方向。在这个意义上，理解'演说'的魅力，必须努力回到'现场'。"表面上，你读到的都是"文章"。可由演说整理成文的，与在书斋里独立撰写的，味道就是不一样。书斋撰述直接诉诸读者的眼睛，只要我的论证完美，你一时读不懂没关系，可以反复看。但如身处演说现场，听不懂，来不及回味，一下子就过去了。这本书基本上都是演讲稿，肯说"多余的话"，长处与短处，均在此。

五

《文学报》：作为北大人，对于这所百年高校历史的打捞钩沉是您的一种责任，而四十多年前四千名北大、清华教职工的鲤鱼洲岁月更是难以避开。反观一段历史并与之对话，既是一次记忆也是一次启程,因而您编了《鲤鱼洲纪事》一书,是为这段鲤鱼洲岁月"立此存照",更是为了一次思想的远航。

陈平原:从编《北大旧事》(三联书店,1998)、写《老北大的故事》(江苏文艺出版社,1998)起,我就有意识地关注自己就职的这所大学。但有一点,拒绝成为专门评功摆好的"校史专家",希望保持特立独行姿态,在现代中国教育、学术、思想、文化乃至政治史的夹缝中,反省这所大学一百多年的历程。具体操作时碰到一个很大的困难,新中国成立后的人事档案,尤其有关"反右"、"文革"等政治运动的部分,基本上无法查阅。只从教授名单、学生成绩、课程设置谈大学,没什么意思。短期内,这个状态不会改变。这就使得我萌生从民间立场打捞"历史记忆"的愿望——能有效阐释最好,做不到,起码也是"立此存照"。之所以旁枝逸出,在从事学术研究之余,花时间编《筒子楼的故事》(北京大学出版社,2010)和《鲤鱼洲纪事》(北京大学出版社,2012),背后的情怀在此。

编"筒子楼",校内校外都叫好,因没有任何"副作用";谈"鲤鱼洲"就不一样了,不断有人举牌或私下"警示"。说实话,我已做了最坏的打算,且设计了第二预案。请那么多老先生写文章,勾起很多不愉快的回忆,我必须对作者们负责。书能顺利出版,且获得媒体的关注和好评,已经出乎我及不少文章作者的意料。当然,此书也有不尽如人意的地方。有的可以辩解,如征稿对象仅限于北大中文系教师及家属,那是为了回避陷阱而采取的策略;有的则是编辑时的疏漏,如某作者开列在鲤鱼洲的北大中文系教师名单,漏了向仍旦、袁行霈等先生,引起不必要的纷争。

编辑此书的体会,我在《"别忘记苦难,别转为歌颂"——对话北京大学中文系主任陈平原》(许荻晔,《东方早报》2012年4月

5日)以及《"既有激情燃烧,也是歧路亡羊"——对话《鲤鱼洲纪事》主编、北京大学中文系主任陈平原》(刘悠扬,《深圳商报》2012年5月7日)中,已大致说清楚了。唯一需要补充的,是"技术"之外的"情怀"。我曾经提及"1968"乃20世纪人类史上关键性的一页,而看看法国知识界与中国读书人对各自的"1968"的反省与解读,你真的很惭愧。"牛棚""干校"与"知青下乡",此三大举措,均属文化大革命的"伟大创举",年轻一代不了解,中年以上或许记得,但缺乏深刻的反省。我在文章中提及:"'事件'早已死去,但经由一代代学人的追问与解剖,它已然成为后来者不可或缺的思想资料。在这个意义上,我甚至有点怀疑,近二十年中国学界之所以成就不大,与我们没有紧紧抓住诸如'1968'之类关键题目,进行不屈不挠的'思维操练'有关。"(参见《无法回避的"一九六八"》,《万象》创刊号,1998年11月。)在我看来,20世纪中国众多影响深远的历史事件,只有"五四"是得到比较充分的理解与阐释的。不管风云变幻,无论褒贬抑扬,"五四"能成为一代代人精神成长史上必不可少的对话目标,实在极为幸运。

《文学报》:从事文学研究已近三十年,许多问题其实历久弥新,每一次的阐述都有新的内容。您最近研究的重点仍然围绕着这些问题来进行吗?

陈平原:产品还没做出来,就开始"广而告之",这习惯不好。我不愿意申请"课题",就因为对此类目的性与规划性很强的"学问"不以为然。手头有若干书稿,都是写了好多年,不满意,仍在琢磨中。什么时候放出去,没定,也不着急。等正式出版后,再来"邀功请赏"。

我曾说过，因为在大学教书，必须带着学生往前走，故关注的问题很多。不断开设新的专题课，有的日后写成专著，有的则只是开了个头，就转给有兴趣的学生去做。研究重点分散，这是当老师——尤其是像我这样自认为对学生成长有责任的"老教授"的宿命。大概只好等退休后，才可能一段时间内集中精力做一件事情。

(初刊2012年9月13日《文学报》)

学者风范与学人本色
——答湖南理工学院余三定教授问

自觉保持"学者的人间情怀"

余三定：我对您的学术研究一直比较关注，十多年前我曾写过一篇一万多字的文章，题目是《博取杂用　守旧出新——陈平原教授治学述略》，拙文对您早期的文学研究（其中的重点是中国现代文学研究）成就做了初步的梳理。我注意到，此后您这十多年来的学术视野和研究范围已完全超越单纯的文学领域而进入到多个重要领域，比如您对现代中国学术史、现代中国教育史，特别是现当代中国大学教育以及当代（当下）的重要学术现象和文化现象等等的研究，都取得了令人瞩目、影响巨大的成就。因此我以为，如果简单地称您为文学学者或文艺理论家的话并不全面，准确地说应该称您为"人文学者"。而且我以为，称您为"人文学者"，不仅是说您的研究视野开阔、研究范围宽广，更重要的是说您具有真诚的人文情怀。您曾提出过保持"学者的人间情怀"的观点，希望您能给予简略解说。

陈平原：从政或议政的知识者的命运，并非我关注的重心；我常想的是，选择"述学"的知识者，如何既保持其人间情怀，又发挥其专业特长。我的想法说来很简单，首先是为学术而学术，其次是保持人间情怀——前者是学者风范，后者是学人（从事学术研究的公民）本色。两者并行不悖，又不能互相混淆。这里有几个假设：一、在实际生活中，有可能做到学术归学术，政治归政治；二、作为学者，可以关心也可以不关心政治；三、学者之关心政治，主要体现一种人间情怀而不是社会责任。不过，述学和议政，二者在价值取向和思维方式上有很大区别，这点还是分辨得清的。即如20世纪20年代初，鲁迅在写作《热风》《呐喊》的同时，撰写《中国小说史略》。前两者主要表现作者的政治倾向和人间情怀（当然还有艺术感觉），后者则力图保持学术研究的冷静客观。从《小说史大略》到《中国小说史略》，一个突出的变化就是删去其中情绪化的表述，如批判清代的讽刺小说"嬉皮笑骂之情多，而共同忏悔之心少，文意不真挚，感人之力亦遂微矣"。熟悉那一阶段鲁迅的思想和创作的读者，都明白"共同忏悔"是那时鲁迅小说、杂文的一个关注点，可引入小说史著作则显得不大妥当。因中国历来缺少"忏悔录"，那么怎么能苛求清代讽刺小说，再说讽刺小说作为一种小说类型，本就很难表现"忏悔"。鲁迅将初稿中此类贴近现实思考的议论删去，表明他尊重"述学"与"议政"的区别。

余三定：您上面主要是以鲁迅为例来客观地、也是有力地阐述了作为真正学者保持"人间情怀"的重要性和必要性，我想进一步询问的是，您个人在这方面的向往和追求是怎样的？

陈平原：我个人更倾向于在从事学术研究的同时，保持一种人间情怀。我不谈学者的"社会责任"或"政治意识"，而只谈"人间情怀"，基于如下考虑：首先，作为专门学者，对现实政治斗争采取关注而非直接介入的态度，并非过分爱惜自己的羽毛，而是承认政治运作的复杂性。说白了，不是去当"国师"，不是"不出如苍生何"，不是因为真有治国方略才议政；而只是"有情"、"不忍"，基于道德良心不能不开口。这点跟传统士大夫不一样，在社会政治生活中，并不自居"中心位置"，不像《孟子》中公孙衍、张仪那样，"一怒而诸侯惧，安居而天下息"。读书人倘若过高估计自己在政治生活中的位置，除非不问政，否则开口即露导师心态。那很容易流于为抗议而抗议，或者语不惊人死不休。其次，万一我议政，那也只不过是保持古代读书人以天下为己任的精神，是道德自我完善的需要，而不是社会交给的"责任"。也许我没有独立的见解，为了这"责任"我得编出一套自己也不大相信的政治纲领；也许我不想介入某一政治活动，为了这"责任"我不能坐视不管……如此冠冕堂皇的"社会责任"，实在误人误己。那种以"社会的良心"、"大众的代言人"自居的读书人，我以为近乎自作多情。带着这种信念谈政治，老期待着登高一呼而应者从的社会效果，最终只能被群众情绪所裹挟。再次，"明星学者"的专业特长在政治活动中往往毫无用处——这是两种不同的游戏，没必要硬给自己戴高帽。因此，读书人应学会在社会生活中作为普通人凭良知和道德"表态"，而不过分追求"发言"的姿态和效果。若如是，则幸甚。

鲁迅常常是创造"新形式"的先锋

余三定：我知道您对文学的研究很重视研究范式的创新。比如您的《二十世纪中国小说史》第一卷就创造了一种新的小说史体例，它既不以具体的作家作品为中心，也不以借小说构建社会史为目的，而是自始至终围绕小说形式各个层面如文体、结构、风格、视角等的变化来展开论述；同时，抓住影响小说形式演变的重要文学现象，在韦勒克所称的"文学的内部研究"中引进文化和历史的因素，用您自己在该书《卷后语》的话说就是："注重进程，消解大家。"又如您的《小说史：理论与实践》更是一部别开生面的著作，如果把它做学术归类的话，可以说在它之前还没有过同类型的著作，它的研究对象、角度、重点、思路是全新的，它既非小说学的理论陈述，也非实证色彩浓厚的小说史专著，而是介于二者之间——一部关于小说史研究的专著，即一部关于小说史理论或曰小说史学的专著。与此同时，您对所研究的文学现象则很重视其文体的创新，希望您能以鲁迅为例谈谈对文体创新的看法。

陈平原：1933年3月，鲁迅撰写日后被学界经常征引的《我怎么做起小说来》。作家如此坦率地自报家门，且所论大都切中肯綮，难怪研究者大喜过望。其中最受关注的，除了"说到'为什么'做小说罢，我仍抱着十多年前的'启蒙主义'，以为必须是'为人生'，而且要改良这人生"，再就是关于"文体家"的自述："我做完之后，总要看两遍，自己觉得拗口的，就增删几个字，一定要它读得顺口；没有适宜的白话，宁可引古语，希望总有人会懂，只有自己懂得或连自己也不懂的生造出来的字句，是不大用的。这一节，许多批评家之中，只有一个人看出来了，但他称我为Stylist。"最早将鲁迅作为文体家（Stylist）来表彰的，当属黎锦明的《论体裁描写与中国新文艺》。可黎氏此文将Stylist译为体裁家，将"体裁的修养"与"描写的能力"分开论述，强调好的体裁必须配合好的描写，并进而从描写的角度批评伤感与溢恶、夸张与变形等。后者所涉及的，本是文体学所要解决的难题，如今都划归了"描写"，那么，所谓的"体裁"，已经不是Style，而是Gener——这从黎氏关于章回小说《儒林外史》的辨析中，也不难看出。倒是鲁迅关于Stylist的解读，接近英文本身的含义。黎氏对Stylist的误读，其实很有代表性，因古代中国作为文章体式的"文体"，与西学东渐后引进的探究语言表达力的"文体"（Style），二者之间名同实异，但又不无相通处。直到今天，中国学界谈论文体，仍很少仅局限于语言表达，而往往兼及文类。如此半中不西——或者说中西兼顾——的批评术语，使我们得以将"Stylist"的命名，与"新形式"的论述相勾连。就在黎氏撰文的前几年，沈雁冰发表《读〈呐喊〉》，赞扬鲁迅在小说形式方面的创新：在中国新文坛上，鲁迅君常常是创造"新形式"的先锋；《呐喊》里的十多篇小说几乎一篇有一篇新形式，而这些新形式又莫不给青年作者以极大的影响，必然有多数人跟上去试验。鲁迅没有直接回应茅盾关于其小说"一篇有一篇新形式"的评述，但在《故事新编》的序言里，称此书"也还是速写居多，不足称为'文学概论'之所谓小说"，除顺手回敬成仿吾的批评，也隐约可见其挑战常识、不以"文学概论"为写作圭臬的一贯思路。

余三定：希望您能具体谈谈鲁迅在文体创新方面的努力和成就。

陈平原：鲁迅本人的写作，同样以体式的特别著称，比如作为小说的《故事新编》，以及散文诗《野草》。《野草》最初连载于《语丝》时，是被视为散文的（虽然其中《我的失恋》标明"拟古的新打油诗"，《过客》则是剧本形式，可以直接转化为舞台演出）。等到鲁迅自己说"有了小感触，就写些短文，夸大点说，就是散文诗"，大家这才恍然大悟，异口同声地谈论起散文诗来。鲁迅曾自嘲《朝花夕拾》是"从记忆中抄出来的"，"文体大概很杂乱"。其实，该书首尾贯通，一气呵成，无论体裁、语体还是风格，并不芜杂。要说文体上"很杂乱"的，应该是指此前此后出版的杂感集。《且介亭杂文》中的《忆韦素园君》《忆刘半农君》《阿金》等，乃道地的散文，可入《朝花夕拾》；《准风月谈》中的《夜颂》《秋夜纪游》则是很好的散文诗，可入《野草》。至于《门外文谈》，笔调是杂文的，结构上却近乎著作。文章体式不够统一，或者说不太理会时人所设定的各种文类及文体边界，此乃鲁迅著述的一大特征。轮到鲁迅为自家文章做鉴定，你会发现，他在"命名"时颇为踌躇。翻阅收入人民文学出版社1981年版《鲁迅全集》第四卷的《鲁迅著译书目》、第七卷的《自传》、第八卷的《鲁迅自传》和《自传》，其中提及短篇小说、散文诗、回忆记、纂辑以及译作、著述等，态度都很坚决；但在如何区分"论文"和"短评"的问题上，则始终拿不定主意。称《坟》为"论文集"，以便与《热风》以降的"短评"相区别，其实有些勉强。原刊《河南》的《人之历史》等四文，确系一般人想象中的"论文"；可《看镜有感》《春末闲谈》《灯下漫笔》以及《杂忆》等，从题目到笔法，均类似日后声名显赫的"杂感"。将《坟》的前言后记对照阅读，会觉得很有意思。后者称，"在听到我的杂文已经印成一半的消息的时候"——显然当初鲁迅是将此书作为"杂文"看待，而不像日后那样将其断为"论文集"；前者则干脆直面此书体例上的不统一:"将这些体式上截然不同的东西"合在一起,只是一般意义上的文章结集,并没有什么冠冕堂皇的理由。反过来,日后鲁迅出版众多"杂感集",其中不难找到"违规者"。在《二心集》的序言中,鲁迅称"此后也不想再编《坟》那样的论文集,和《壁下译丛》那样的译文集",于是百无禁忌,在这回"杂文的结集"里,连朋友间的通信"也擅自一并编进去了"。其实,不只是朋友间的通信,《二心集》里,除作为主体的杂感外,既有论文(如《硬译与文学的阶级性》)、演讲(如《上海文艺之一瞥》)、传记(如《柔石小传》,也有译文(如《现代电影与有产阶级》)、答问(如《答北斗杂志问》)、序跋(如《〈艺术论〉译本序》)等,几乎无所不包。同样以说理而不是叙事、抒情为主要目标,"论文"与"杂文"的边界,其实并非不可逾越。鲁迅不愿把这一可以约略感知但又很难准确描述的"边界"绝对化,于是采用"编年文集"的办法,避免因过分清晰的分类而割裂思想或文章。对于像鲁迅这样因追求体式新颖而经常跨越文类边界的作家来说,这不失为一种有效的创举。在《〈且介亭杂文〉序言》里,鲁迅进一步阐释"分类"与"编年"两种结集方式各自的利弊,强调"分类有益于揣摩文章,编年有利于明白时势"。"只按作成的年月,不管文体,各种都夹在一处,于是成了'杂'"——如此纵论"古已有之"的"杂文",恰好与《〈坟〉题记》的立意相通。也就是说,鲁迅谈"杂文",有时指的是"不管文体"的文章结集方式,有时讲的又是日渐"侵入高尚的文学楼台去的"独立文类。

关于新时期三十余年文化之变

余三定：对于新时期30余年的改革开放的发展历程，您认为从文化变迁的视角该怎么看？您不久前曾发表过一篇文章，《何为/何谓"成功"的文化断裂——重新审读五四新文化运动》，听上去似乎有些矛盾。"断裂"和"成功"，是很难放在一起的。

陈平原：首先需要说明，我所理解的"文化断裂"，并非善恶美丑的价值判断，而只是一种历史描述，即社会生活、思想道德、文学艺术等处在一种激烈动荡的状态。这既不是一个褒义词，也不是一个贬义词。接下来，才有所谓"成功"或"失败"的文化断裂。改革开放之前，我们特别强调各种形式的"革命"；之后，我们改变了这种独尊革命的思维方式，这些年则更多强调历史发展的"连续性"。可我认为，即便是"和谐社会"，也并不像桃花坞年画描述的那样"一团和气"，照样有各种各样的矛盾。历史本来就是由"演进"与"嬗变"、"延续"与"转型"之互相缠绕构成的，有断裂也有连续，这才是一个完整的历史。把历史进程想象成"一路顺风"，那是很不现实的。而且，没有任何跌宕起伏的历史，实在太无趣。正是各种各样的断裂，造成某种意义上的间隔或跃进，这才是我们所需要的历史。在这个意义上，我说"五四"新文化运动是一个"成功"的文化断裂。其实，20世纪的中国历史上，有好多类似的"断裂"。比如，1898年的戊戌变法、1905年的摒弃科举，还有废除帝制、全面抗战等，在思想文化上都造成某种断裂。新中国建立后，文化大革命爆发等，也是如此。我们今天为何纪念改革开放？不也是承认那是对"文革"历史的否定？今天这个"断裂"获得大家的认可，承认它是对10

年"文革"的终结,代表一个新时代的开始。

余三定:怎样理解一个新时代的开始?

陈平原:毫无疑问,30余年前开始的那场变革,彻底改变了我们的生活方式和文化现实以及精神状态。比如说,如果你关注文学艺术,你会记得,1985年是个关键的年份。那时候,"文革"以后培养的大学生开始独立表现,走上历史舞台,如文学创作、电影艺术、人文研究等,好些"新潮"都是在1985年涌现出来的。经历过对西方文学、学术的热烈拥抱,到这个时候,逐渐找到一种属于自己的表达方式。因此,1985年对于文学艺术、人文学术而言,绝对是个重要年头。至于经济史或社会学家,你肯定关注1992年。因为,邓小平南方谈话以后,我们重新确定了政治路线,强调市场经济的重要性。如果你关注的是大学教育,我提醒你注意1998年。以前我们的口号是"建设世界一流的社会主义大学",北京大学在百年校庆期间,起草文件时,建议去掉"社会主义"四个字。因为北大早就是一流的社会主义大学了。这个建议被高层接纳,江泽民总书记在代表中共中央做的报告里面,做出"建设世界一流大学"的战略决策。这可不仅仅是几个字的差异,此后中国大学的发展方向与目标,发生了根本性的变化。选择不同的"关键年份",意味着你谈论"三十年"时的观察点,蕴含着某种特定的立场与思路。所以,所谓首尾完整的"三十年",其实是一个假定的论述框架,里面有很多缝隙,进入以后,每个人都有自己的阅读与阐释方式,这才可能呈现千差万别、五彩斑斓的"三十年"。

充分正视我国目前办大学的"误区"

余三定：我在前面提到，您近十年来对现代中国教育史、特别是现当代中国大学教育一直在进行锲而不舍的研究，发表了许多独特的、深刻的见解和观点。其中您关于办大学的"误区"的分析就非常尖锐而深刻，希望您能具体谈谈。

陈平原：我以为，大学的一大特点，在于需要"接地气"，无法像工厂那样，引进整套设备；即便顺利引进，组装起来后，也很容易隔三差五出毛病。有感于此，对眼下铺天盖地、不容置疑的"国际化"论述，我颇为担忧。比如，以下几个口号，在我看来属于认识上的"误区"，有澄清的必要。第一个误区：办大学就是要"与国际接轨"。可国外著名的大学并非只有一个模式，那么到底要用哪个"轨"，怎么"接"？认真学习当然可以，也很应该；但"接轨说"误尽苍生。某大学校长主持汉学家大会，说"我们也要办一流的汉学系"。初听此言，啼笑皆非——本国语言文学研究和外国语言文学研究，岂能同日而语！不过，这位校长并不美丽的"误会"，倒是说出了一个可怕的事实：今天的中国大学，正亦步亦趋地复制美国大学的模样。第二个误区：办大学就是要"强强联手"。据说要建"世界一流大学"，最佳途径就是强强联手，因为各种数字一下子就上去了。幸亏还没把北大、清华合起来。大学合并，有好有坏，但"强强"很难"联手"；一定要"合"，必定留下很多后遗症。过多的内耗，导致合并后的"大大学"需要10年、20年的时间来调整、消化。需要的话，强弱合并还可行，因为大学需要有主导风格，若强强合并，凡事都争抢固然不好，凡事都谦让也不行。第三个误区：办大学就是要

"取长补短"。办大学,确实不能关起门来称大王,要努力开拓视野,多方取经,既借鉴国外著名大学,也学习国内兄弟院校。只是因为有各种评估及排名,这个"取长补短"的过程,不知不觉中演变成缺什么(专业)补什么(专业),最终导致自家特色的泯灭。让人担忧的是,这个"整合"的大趋势还在继续。第四个误区:办大学就是要努力"适应市场需要"。学生选择专业,有其盲目性,这可以理解;更可怕的是政府缺乏远见。在我看来,无论请进来还是送出去,都应该考虑国家需要——凡市场能解决的,不要再锦上添花。每年都有留学生拿中国政府的奖学金,进就业前景好的商学院或法学院。这实在不应该。欧美也是这样,政府或大学的奖学金,不是奖励选择热门专业,而是用来调节社会需求的。你学古希腊的哲学或文学,就业前景不太好,但又是整个人类文明必不可少的,那我奖励你。同样道理,用国家经费送出去的留学生,也应该有专业方面的要求。第五个误区:办大学就是要多跟国外名校签合作协议。恕我直言,很多协议属于空头支票,签了一大堆,很快束之高阁。所有的"合作",必须落实到院系才比较可靠;而其中最为实惠的是"互派学生"。但这有个前提,得有经济实力支撑。

余三定:您作为中文系教授,面对浩浩荡荡的留学大潮,您有何感想和看法?

陈平原:这些年,我不得不再三辩解:不同学科的"国际化",其方向、途径及有效性,不可同日而语。自然科学全世界的评价标准接近,学者们都在追求诺贝尔物理学奖、化学奖;社会科学次一等,但学术趣味、理论模型以及研究方法等,也都比较趋同。最麻烦的是人文学,各有自己的一套,所有的论述都跟自家的历史文化传统,甚至"一方水土"有密切的联系，很难截然割舍。而人文学里面的文学专业，因对各自所使用的"语言"有很深的依赖性，应该是最难"接轨"的了。所以，文学研究者的"不接轨"、"有隔阂"，不一定就是我们的问题。非要向美国大学看齐，用人家的语言及评价标准来规范自家行为，即便经过一番励精图治，收获若干掌声，也得扪心自问：我们是否过于委曲求全，乃至丧失了自家立场与根基？

倡导并积极探索文学讨论课

余三定：5年多前，我在2007年1月16日的《人民日报》读到过您的散文《"专任教授"的骄傲》，该文写道："2006年，我总共获得了国家、教育部、北京市、专业学会以及北京大学颁发的6个奖；其中，最让我牵挂的，是级别最低的'北大十佳教师'。因为，其他的奖都是肯定我的专业研究，只有这个是表彰我的教书育人。作为大学教师，我更看重'传道授业解惑'。"就是说您十分乐意当一位"专任教授"，您确实也是北大特别受欢迎的"专任教授"。我记得1992-1993学年度我在北大哲学系做访问学者的那一年，每周都去听您的课，从未间断，至今仍觉得是一种美好的享受。您特别提倡文学教学的讨论课，希望您具体谈谈讨论课。

陈平原：讨论课就是德、美两国大学之"Seminar"。简单地说，就是师生在一起坐而论道；而不是演讲课，任凭教授一个人唱独角戏。演讲课上，教授妙语连珠，挥汗如雨，博得满堂掌声；学生不必怎么动脑筋，只是一个旁观者，闭着眼睛也能过关。讨论课则不一样，学生是课堂的主体，必须在教授的指挥、引导下，围绕相关论题，阅读文献，搜集资料，参与辩难，并最终完成研究报告。一个关注知识的传播，一个注重研究能力的培养，后者无疑更适应于研究生教学。可在很多大学里，教务部门担心老师们偷懒，要求教师一定要站在讲台上，对着几十乃至上百名博士生硕士生，哇啦哇啦地讲满两个小时。似乎只有这样，才是认真负责。如此规章制度，把博士生当中学生教，把大学教授当公司职员管，效果很不好。

余三定：请您谈谈北京大学的讨论课。

陈平原：在北大，由于实行比较彻底的学分制，学生可以自由选课，加上好多慕名而来的其他大学的教师及研究生，著名教授为研究生开设的专题课，往往变成了系列演讲。对此，我深感不安。我在好些国外大学讲过课，没像在北大这么风光的。教授是风光了，讲到得意处，掌声雷动。可我知道，这对学生的培养很不利。但想改变这个状态很难。不说别的，教室就设计成这个样子，椅子是固定的，你只能站在凸起的讲台上演讲，无法坐下来跟学生一起讨论。我不止一次说过，北大要想成为一流大学，先从一件小事做起，那就是彻底改变后勤部门决定教学方式的陈规。呼吁了好些年，最近才得到校方的允诺，在新建的教学楼里，预留众多可以上Seminar的小教室。最近十几年，类似的讨论课，我试验过好多次，效果都很好——尽管因转移教室，不太符合学校的要求。考虑到北大的特殊情况，我只好妥协，一学期演讲式的大课，一学期讨论班的小课。

（初刊2012年11月28日《文艺报》，原题《学者风范与学人本色——文艺理论家陈平原访谈》）

"我在中大康乐园完成了精神蜕变"

——答《广州日报》记者赵琳琳问

【采访手记】"我们与'五四'一代都是幸运儿,不同之处在于,'五四'那代人的'光荣'是自己争取的,我们则更多得益于社会大转型。""我曾在一篇文章中提及,自己的表演舞台在未名湖畔,可完成精神蜕变,却是在中山大学的康乐园中。"如今已是学界知名教授的陈平原曾是位从广东潮州一步一个脚印走出的普通孩子。作为恢复高考后的第一届大学生,他在中大度过了四年大学生涯。除了怀念曾教过自己的先生,对于文人绕不开的时代与个人问题,他怀着老一辈学人的谦恭,将成功归结于时势造英雄。

北大中文系,红砖小楼,门前初夏的阳光灿烂、碧草如茵。窗外,是一群白肤蓝眼的留学生在悠闲地享受日光;窗内,陈平原先生在讲述自己20世纪70年代末的求学之路。

时代与我：成功者需有自我反省的精神

《广州日报》：您如何看待或评价自己的求学之路？

陈平原：我出生在广东潮州，在一座大山脚下长大。必须承认，我读书的环境不理想、起点很低。但是因缘际会，没有落下从小学到大学的任何一个学段。1970年春天起，我在潮安某山村当民办教师；1971年夏天，我果断地选择了回到学校，继续读高中。那时候，这个选择并不被大多数人理解，因为在山村当民办教师待遇是不错的。而返校读书即使完成学业，之后何去何从，都面临着巨大的不确定性。

如果说我有什么长处，那就是比较擅长自我反省。时代留给我们的烙印，是抹不去的，不要自欺欺人。和同时代学者一样，大家都耽搁了好几年。但如果你把自己放在一个世纪的学术史或思想史的脉络中，你会发现，你的那些曲折经历不算数。后世的历史学家不会因为我们这代人曾下乡插队八年，吃了很多苦，就刻意给我们打高分。

《广州日报》：1977年，您参加高考的作文，作为三篇作文之一，登上了《人民日报》，现在再看，怎么评价这件事？

陈平原：20世纪90年代，我曾写过一篇文章，题为《永远的"高考作文"》，嘲笑自己说毕业那么多年，很多人说起我，记得的仍是我那篇高考作文。对我个人而言，作文登在《人民日报》上，那是偶然中的偶然。我由此获得很大的利益，如愿以偿上了中山大学。可另一方面，无论我怎么努力，都走不出高考作文的"华盖"。当然，这是自嘲的话。

我常说，77级应该有反省精神，主要原因是，我们的成功很大程度得益于时代。作为恢复高考制度的首批大学生，我们明显是受益者。

《广州日报》：作为77级的学人，您似乎特别强调应该有反省精神？

陈平原：1977年，整个高考的录取比例约为27：1。我的那些中学同学，由于种种原因，错过了这个机会，之后，他们的人生道路与我截然不同。不能说没上大学就没出息，但那些错过这个机遇的，很多人日后在争取回城上及回城后都遭遇很大的苦难。

我们这一代人其实活得很苦。作为"幸运儿"，我很不喜欢青春无悔之类的大话。很多人说，正因为你们在农村锻炼出来了，所以才能取得今天的成就。我不承认这种假设，如果不是幸运地搭上末班车，我很难有今天这样的境遇。跟我同时代的许多下乡知青并非没有才华，而是因为他们没有机会真正绽放自己的青春。所以，即便是成功者，请你不要吹牛皮，必须有悲悯之心，要学会自我反省。

中大与我：真正的大学生活在图书馆、课堂中

《广州日报》：能否谈谈您记忆中在中山大学的四年大学时光？

陈平原：从1978年2月至1982年1月，我就读于中山大学那四年，恰好是中国改革开放刚刚起步、思想解放运动风起云涌的时代。大学四年，我多少有接触过中大的中文系教授，曾宪通老师曾带我去拜访过容庚先生，听他教导年轻人如何立志读书，以及讲述自己"课越上越少，薪水却越来越高"的奇妙变化；因编辑校园文学刊物《红豆》，也曾登门向楼栖先生请教。至于王起先生，读书时听过他演

讲，毕业后多次拜访，受益匪浅。

现在，很多人对大学生活的回忆，停留在谈恋爱等风花雪月之上，然而一代代学人真正的大学生活是在实验室、图书馆、课堂中。

《广州日报》：您说过，尽管自己的求学生涯很长，但完成人生的精神蜕变，其实是在中山大学读大三、大四的时候。

陈平原：我在中大读"中国现代文学"专业研究生，指导教师是吴宏聪、陈则光和饶鸿竞三位先生。近代文学方面我受教于陈则光先生，现代文学则以吴宏聪先生为主，至于新文学书籍以及鲁迅著作版本等，这方面的兴趣与能力，主要得益于饶鸿竞先生。因此，在我人生的精神蜕变中，饶老师曾给我很大帮助。

饶先生有"把玩书籍"的兴趣，每回见面，总是侃侃而谈，然后不无炫耀地亮出某本好书。20世纪80年代后期，我开始出书，他叮嘱凡是论述的不必送，若是史料或谈论书籍的，一定要寄来，因为他喜欢。我知道，现代文学界有不少像饶先生这样因"书籍"而与作家结下深情厚谊的，比如鲁迅就是如此。现在不一样了，发表成果的压力越来越大，学者们只顾写书，而不再爱书、藏书、赏书、玩书了，这很可惜。真希望哪一天我才思泉涌，为饶老师写一篇好文章，讲述康乐园里师生互相激励、其乐融融的故事。

（初刊2013年5月22日《广州日报》）

每一次学术转向的背后，我都有内在理路在支撑

——答《南方都市报》记者李昶伟问

【采访手记】尽管还在暑假，陈平原的行程仍然排得很满。在北京采访陈平原时，他刚从拉萨回来，不是去旅游，而是忙西藏大学的援藏项目。接下来几天他要去潮州参加饶宗颐先生的国际学术研讨会，然后还要去中国香港、日本。陈平原这两年在香港、北京两地跑。除了担任北大中文系的教职外，陈平原也是香港中文大学中国语言及文学的讲座教授。

在香港的一个变化是，作为凤凰卫视《锵锵三人行》的嘉宾，陈平原2013年上了八次电视。对于做电视节目嘉宾，陈老师小心翼翼，说自己"还在评估以后能不能做这样的事情"。在节目中，陈平原侃侃而谈，谈大学、谈教育、谈武侠背后的人文等话题，但陈平原也有很多原则，譬如没准备的题目不说，八卦不说，不懂的问题不说。他说，不想让学生看到自己的老师在电视媒体上胡说八道。

当陈平原的学生很幸福,采访中,能感到学生在陈平原那里的分量。人在香港,除了邮件往还,陈平原也经常飞回北京上课,指导学生。更重要的是,入了"陈门",能得到陈平原、夏晓虹两位导师亲炙——这对学术伉俪术有专攻,但研究领域大体相近。陈平原一直看重师者言传身教的力量,他说自己做那么多研究一半是为了自己,一半是为了学生。"好大学给予学生的说得比较多,但是你不知道好的学生对老师是什么样的刺激。"

我最困难的关卡是在中大越过去的

《南方都市报》:您正式的学术训练是从什么时候开始?

陈平原:正式的学术训练,一般都是在进大学之后才开始的。但我们这代人有点特殊,进大学前,在乡下待了好多年,那段自学的经历,对我们来说很重要。你这种提问方式,隐含了一个值得反省的问题,即我们是否太看重、也太强调"名门正派"了。现代大学制度建立以后,我们都特别倚重"正规训练",看不起"野狐禅"。在我看来,有些专业靠自学不行,比如原子物理或基因工程。但有些专业不一样,比如文史哲,受过"正规训练"的,就不一定比"自学成才"的更精彩。

《南方都市报》:其实是想追溯您学术上的渊源,从治学上讲,对您影响深远的师长有谁?

陈平原:要说学术上的影响,最明显的,当然是到北大跟随王瑶先生念书。我读博的故事,在好多文章中提及。这里更想谈谈我中大的老师。我在中山大学待了6年半,本科在这里读,硕士也在这里念。而且,我最困难的关卡,是在中大越过去的———无论是精神上、生活上还是学术上。因此,我到北大念书时,没有任何自卑感。

我在中大念硕士研究生时,有三位指导教师。三位教授的学识及性情都不一样。陈则光先生去世较早,他主要研究近代文学。当年学界做晚清文学研究的专家并不多,比较突出的是北大的季镇淮先生和中大的陈则光先生。我是学现代文学的,可我的博士论文兼及晚清与五四,学术视野跟别人不太一样,这和陈老师帮我打下的基础有关。

另一位导师饶鸿竞先生当过中大图书馆的副馆长,特别熟悉现代文学资料,对书籍本身也很有兴趣。我开始出书后,饶先生告诉我,凡理论著作就不必寄了,若是随笔集或资料集一定寄给他。我喜欢书籍,也写些小文章,这跟饶先生的鼓励有关系。

吴宏聪教授长期当中大中文系主任,他对我的影响主要是学术视野与胸襟。我做学问的路子跟吴老师不太一样,可他能宽容地接受,甚至很支持。吴老师说,他当年在西南联大做毕业论文,选择曹禺戏剧为题,很多人不以为然,只有沈从文和杨振声两位教授支持他。这件事他永远感怀,使得他尊重学生的独立思考。我在中大的这三位老师,给我不同的教诲,一个是近代文学知识,一个是书籍的感觉,还有一个是对学问的眼光和气度。

上个月中大举行毕业典礼,请我回去演讲,就住在黑石屋。那是我当年举行硕士论文答辩的地方。那一届中大硕士生学制三年,北大只有两年半,我想考北大博士生,于是提前毕业。吴老师说:别的学校就不必去了,但如果北大要你,我们欢送。

《南方都市报》:那是为学生的前程着想。

陈平原:是的,一直到现在,我还是很感激这三位导师。关于北大的老师，除了长文《念王瑶先生》，我还写过好些文章，如谈吴组缃先生、谈季镇淮先生、谈林庚先生、谈金克木先生等。还有不少老先生，只是偶然接触，没有机会登堂入室，不好妄加追攀。

《南方都市报》：您的研究涉及范围很广，从20世纪小说研究，到学术史、散文史、图像研究，再到教育史，到城市文化，不同关注点演变的过程是怎样？

陈平原：学生们不懂，以为老师真了不起，做了那么多研究，很羡慕。我告诉他们，那是因为我年纪大，读书时间长，且持之以恒。你们一开始不能这么做，还是要一个问题一个问题地解决。其实，我在某个特定时期，也是术业有专攻的。只不过学术视野不断拓展，兴趣也有所转移，全部著作放在一起，才给人眼花缭乱的感觉。你得了解我80年代喜欢什么，90年代关注什么，新世纪在做什么，最近又有什么新动向，分解开来，就一点也不稀奇了。唯一可称道的是，不断挑战自己，而未曾死守自家的一亩三分地。学问做到一定程度，我就会做出判断，是一直往前走好呢，还是另辟蹊径更精彩？这取决于课题本身的潜力，也取决于自己的兴趣。面对某个学术课题，有的人希望"彻底解决"，把所有的残渣碎片都打扫干净，不留一点遗憾；有的人做学问特别倚重"好奇心"，一看潜力不大，挑战不足，就开始转移阵地了。两种治学路径各有利弊，我明显属于后者。当然，如果有一天，我发现这老题目也能做出新文章，会杀个回马枪的。

学术研究要学会量力而行

《南方都市报》：您近十年的关注点是什么？

陈平原：2012年我发表过一篇文章，题为"'现代中国研究'的四重视野——大学·都市·图像·声音"，谈我近年比较关注的四个话题。第一是大学。因为，在我看来，现代教育制度的建立，决定了20世纪中国的基本面貌。对于现代中国教育的考察，我主要用力在大学。这方面的书籍，我已出版了好几种，也比较受关注。

第二是都市。传统中国文人即便长期住在都市，也都更向往山林与田园，这里蕴含着某种哲学趣味，但也不无"文化偏见"。今天回过头来看，不要说现代，即使在古代，城市的重要性也没有被充分认识。越来越多的中国人居住在城市，如何理解城市生活、城市文化、城市的历史以及城市的美感，是个有待开发的大课题。这一块，我做了一些工作，包括开课、出书、写文章，也包括组织讲座以及国际研讨会等。

第三是图像。我是中文系出身，对文字比较敏感，无论谈社会、历史、文化还是文学，基本上靠的是文字。对文字的感受、挑剔、辨析、欣赏的能力，那是中文系的拿手戏。但最近十多年，我还关注了图像。比如，我出版《图像晚清》以及《左图右史与西学东渐》等著作。后者前几年由香港三联书店推出，学界反应很好，我还在修订与补充，准备明年交给北京的三联书店刊行。谈论晚清画报，我自认为下了很大的工夫，也有不少心得。所谓的"读书人"，在"读字"之外，必须兼及"读图"，方才不至于偏废。

最后一个问题，是关于声音的研究。文字寿于金石，而声音则随风飘逝。中文系学生谈戏剧，基本上说的是文学剧本，很少理会声腔以及舞台演出。其实，声音很重要。而在录音设备出现之前，我们没办法永久保留前辈优美的声音，不管是唱腔、诵读还是演讲。我曾做过若干研究，比如晚清以降的"演说"如何影响现代中国文章的体式,还有教师课堂上的"讲授",是怎样超越具体的教材与课室,而成为学生们永远的记忆。这需要理论假设,更需要大量的实证研究,以便重建那已经永远消失了的"现场",让当下的读者真正理解那曾经存在的"有声的中国"。

《南方都市报》:您曾经说过做学问要有其性情,也强调学者专业研究要有人间情怀,您觉得就性情而言如何影响您的治学方向?情怀如何体现于学术研究?

陈平原:说实话,我很高兴自己很早就知道很多事情我做不了,因此,只好专心读书。毕业后,同学有的从政,有的经商,做得风风火火,我之所以沉得住气,是因为我知道自己能力及兴趣均不在此。很多人自恃才高,什么都想做。想要的东西太多了,也就很难集中精力做任何一件事情。我想要的不多,且觉得读书做学问挺有趣的,也适合我的脾性,就这么一直走下来。能力太强或机会太多时,容易歧路亡羊。这么多年读书做学问,我从不眼红这个朋友当了省长、部长,那个同学发了大财。一方面知道那不是我的长项,另一方面也是志不在此。这是我说的"情怀"的第一层意思。

第二层意思呢,是我常说的,做学问要有"压在纸背的心情"。从事学术研究,有两种不同的取向,一是强调对社会、对整个人类都有意义;一是选择自己能做且真正感兴趣的。这两者之间常有矛盾,要学会很好地协调。有的人做学问喜欢标榜"国家需要",显得责任重大,毋庸置疑;但如果你做不了,或不是你擅长的呢,怎么办?若自家的知识储备以及性情都不在那里,硬做是做不好的。在"为人之学"和"为己之学"中间,最好能保持适当的张力。

我的学术转向,大都采取"移步变形"的办法,每一步迈出去,都有认真的考量。除思考此新课题在学术史上的意义，更多考虑的是自己的能力及兴趣。作为下乡知青，我深知选择合适的担子很重要：明明能挑一百斤，你只选了五十斤的担子，那是存心偷懒，没出息；为了大众的喝彩，勉强挑起了一百五十斤，踉踉跄跄，既不可能走长路，且很容易把腰给扭了。做学术研究，并非一蹴而就，得学会"量力而行"，既不偷懒，也不充大头，这样才能走得比较远。

你问我学术的关注点为何转来转去？我不会随风转，每一次"移步"背后，都有内在理路在支撑，若时间允许，可以讲出一堆有趣的故事来。在这过程中，有挣扎，有困惑，有得意，也有失落。并不是"一路凯歌"的，每跨出关键性的一步，我都知道自己将失去什么。

《南方都市报》：您能具体说说吗，譬如说学术史的研究，内在理路是什么？

陈平原：谈学术史研究，必须回到二十世纪八十年代的语境。我是那时走上学术舞台的，也很怀念那个时代的文化氛围。

九十年代的学术转型，有政治上的因素，也是学界的自我调整。包括五六十年代被压制的若干社会科学的重新崛起，包括人文学因无力解决具体的社会问题而日渐边缘化，也包括新一代学人良好的学术训练等。别人不好说，我自己当年办《学人》集刊以及发起学术史研究，很大程度是在清理自己的思路，思考人文学的魅力、陷阱及突围方向，了解自己所研究的学科的过去、现在及未来，观察我们这代人的长处及毛病到底何在，看还能走多远。

我的学术史研究，更多的是一种自我训练——思考二十世纪八十年代的文化热、思考五四新文化运动的狂飙突进、思考晚清以降西学东渐的步伐，然后确定自己的方位，选择自己的道路。"中国现代学术史"这门课其实没准备好,我是一边讲授,一边备课的。今天看似乎只是"加强学术训练",当年却主要是心情问题。

做学问不仅仅是一门技术活,需要大的文化视野

《南方都市报》:心情问题怎么讲?

陈平原:这里所说的"心情",属于我自己,也属于我的学生。当年学生们听这门课,之所以会感动,是听出我的弦外之音。《中国现代学术之建立》出版后,好几位同代人写评论,也都读出了论述背后的心情。这里有"古典",也有"今典",不知道后人能否欣赏。

《南方都市报》:钱穆曾说以通驭专,您也写文章提倡通识教育,您自己是怎么解决治学中通与专的问题的?

陈平原:不是所有人都能"以通驭专"的,有的人只讲通,有的人只会专,也没什么不好。我更愿意采用另一种说法,那就是"大处着眼,小处入手"。没有"大处着眼",很容易变成饾饤之学;不想"小处入手",则往往变成凌空蹈虚,弄不好就成了"侃大山"。在专业分工日渐琐细的状态下,"通"更多的是一种理想,而"专"则是现实需求。某种意义上,今天有志从事学术研究的读书人,入口处必定是"专",完成博士论文、获得学术职位后,才有可能放长视线,从容思索,逐渐获得一种"通"的立场、眼光与趣味。我们只能这么说,做"专家的学问",但努力获得"通人"的眼界和情怀。

《南方都市报》:余英时讲治学门径的问题时提到,目前的最大问题除了怎么做研究以外,是立志的问题。中国以前讲读书要先立

志，现在都是职业观点。

陈平原：如果说二十世纪八十年代的学人喜欢说大话，学术训练不太好；那么今天恰好相反，很多人训练很好，但志向不大，且趣味不佳。受北大中文系学术委员会的指派，我为研究生开设一门专题课"学术规范与研究方法"，已经讲了八年，效果很好。最初设计这门课，确实带有"教训"的意味，提醒学生们要遵守学术规则等。我加入了"研究方法"，将着重点转移到了"学术志向"的培养。当一个好学者，不纯粹是技术问题，其中的境界与情怀，更值得期许。用什么办法，使学生们感觉到做学问是一件很有意思的事情，值得你全力以赴地投入，且乐在其中？关键是让他们理解技术背后的心情，路径蕴含的境界，然后，"虽不能至，心向往之"。

做学问不仅仅是一门"技术活"，确实需要大的文化视野，才能养成学者的气质与情怀。大学之所以超越"职业培训学校"，关键就在这儿。我这里所说的"职业"，不仅指官员、商人、记者等，也包括学者。二十年前，听日本学者感叹他们的大学教授基本上都成了"学匠"，那时感触不是很深。现在明白了，有了基本的学术训练后，能不能成为好学者，就看他在"职业"之外，有没有更高的追求。

《南方都市报》：这种学问的吸引力，您是怎么传达给学生的？

陈平原：其实，我在北大讲这门课，每次讲都不太一样。有基本的思路，但大部分是根据学界的状态以及自己的研究，不断加以调整与更新。如大学的功能、学者的志向、述学的文体、引文的技巧等，牵涉很广，我会变着法子讲，且努力讲开去。但有一点，我做过学术史研究，会有意识地补充进来大量的学术史资料。这样，学生们才愿意听下去，也才会有比较真切的体会。如果你老是居高临下、耳提面命地教训学生，人家不听你这一套。做学问是有魅力的，要让学生体会到其中的乐趣，这比教他们怎么具体操作还重要。

我的很多新想法都是被学生们逼出来的

《南方都市报》：从晚清小说开始，到后面的图像研究等，您整个治学当中比较重要的思想资源是什么？

陈平原：谈思想资源，有大小之分，有虚实之别。有挂在嘴上整天念叨的，也有藏在心里独自享用的。我不说这些，还是缩小范围，谈谈作为"中国现代文化或文化研究"这一特定专业的"思想资源"。如果你研究二十世纪上半叶中国的历史、文化、思想、学术，建议你读我给我指导的研究生开的八个人的"必读书"——章太炎、梁启超、王国维、刘师培、蔡元培、鲁迅、周作人、胡适。不管你的研究课题是否牵涉这几个人，但其著作都值得你认真研读。因为他们恰好处在一个新旧交替、中西碰撞、社会转型、风云激荡，各种矛盾集合在一起的时代，他们的思考、他们的痛苦、他们的成功与失落，到今天你我都还能感受得到其"余波荡漾"。这八个人的政治立场与文化趣味不一样，但他们对世界的思考都很认真，也有一定的深度。我们今天的生活处境，仍处在其思考的延长线上，某种意义上，他们的困惑仍是我们的困惑，他们的追求也仍是我们的追求。我承认跟孔夫子对话很重要，但我更希望跟鲁迅、跟胡适等晚清以降的思想家、学问家深入对话。比起思路清晰、立场坚定、旗帜高高飘扬的"论述"，我更感兴趣的是错综复杂、元气淋漓、生机勃勃的历史现场，以及当事人那些充满忧虑与纠结的思考与表达。因为，那更真实，更有张力,而更值得仔细琢磨。我知道,要想说法响亮且被人记住,最好是立场坚定,一以贯之,几十年就说一句话。可惜我不是那种性格,我更愿意面对复杂的历史。

《南方都市报》:您无论是专著还是学术文章还是学者散文,所出成果让人叹为观止,有什么时间管理和工作方法上的秘诀吗?您是如何构建您的写作环境的?

陈平原:我曾经说过,诗人和学者是两回事。诗人激情洋溢,神游四海,其代表作往往是一挥而就,且流传千古。在那个特定时刻,诗人的生命之花得到彻底绽放,让时人及后代惊羡不已。而学者则很少有这样的机缘,尤其是人文学者,很大程度是"千锤百炼"出来的。假如你有才华的话,经由长期的阅读、思考、积累、撰述,锲而不舍地走下去,基本上都能获得成功。我不敢说自己做得很好,聊以自慰的是,一路上左顾右盼,兴高采烈地做学问。必须承认,我很幸运,刚上路时,因"文革"刚结束不久,竞争者不太多,有较好的表演空间。一路走来,不时有掌声鼓励,因此没有过早地停止脚步。有很多朋友才华横溢,但因某种偶然因素,没能获得好的舞台,或者过早地退场了。我是勤能补拙,几十年积累下来,因此就有了这么点小成绩。不过,内心深处我一直有一种困惑,我们这代人到底能走多远?借用鲁迅《过客》的话,前面是有召唤的声音,朋友们也都在往前赶,但大环境的限制不容忽视,同代人的水平也会制约你的思考及学问的格局。

还有一点我想说,那就是学生们期待的目光。别的地方我不知道,起码北大的学生很强,在他们殷切目光的注视下,你不好意思不努力往前走。我之所以不断地推进思路与变换话题,有一个技术性因素,那就是为了"应付"我的学生。北大允许优秀的本科生听教授们为研究生开设的专题课,而后他们很可能跟你念硕士、博士,一听就是十年,你总不好意思老讲那一套吧?学生都"天天向上"了,当老师的,不好意思原地踏步。

我的好多新想法,或者对某些新课题的关注,是被学生们逼出来的。当然,学生一旦跟上了,我就"光荣"地退出了,因为他们比我精力集中,一旦认准方向,心无旁骛,会做得比我好。起码在北大,"教学相长"不是空话。不断涌现的好学生,他们的提问,他们的作业,他们崇敬或疑惑的目光,会催促你往前走。

同题问答

《南方都市报》:对您影响最大的书有哪几本?

陈平原:这个问题不好回答。因读书较多,不同时期兴趣不太一样,而且,还没到结账的时候。

《南方都市报》:您认为要做好学问最重要的是什么?

陈平原:志向、才华、学养、身体。

《南方都市报》:目前为止,您个人最满意的著作是哪一本?

陈平原:1992年初版、日后多次重刊的《千古文人侠客梦——武侠小说类型研究》。因那本书的写作状态和当时的心境密切相关,对我个人来说,这既是一本不错的学术著作,也借以度过某种精神上的危机。

《南方都市报》:您的工作习惯是什么样的?

陈平原:我和妻子夏晓虹都底子薄,所以,要格外珍惜自己的身体。既然懒得锻炼,那就改为不熬夜。我生活有规律,一般情况下,晚上十二点以前睡觉,早上七八点起床。

《南方都市报》:除了做学问外,还有些什么样的爱好呢?

陈平原:旅游。我们每年走很多地方,国内国外都去,一边讲学,一边游玩。

(初刊2013年8月1日《南方都市报》,原题《陈平原:每一次学术转向的背后,我都有内在理路在支撑》)

中文系就是为你的一生打底子
——答《钱江晚报》记者屠晨昕问

【采访手记】与北京大学中文系主任、教授这样的赫赫名声相比,陈平原有一个更为人们广泛接受的雅号——"平原君"。他的为人,与他的名字"平原"一样,平静、仁厚、亲和。在称呼包括记者在内的陌生后辈时,他总是在名字后面加个"君"字,谦逊有礼,颇具民国之风。同时,做事又认真不苟,说一不二。

陈平原出身于汕头农业学校的教师家庭,在当地乡村,他家的藏书"富甲一方"。读博期间,他与从事晚清文学研究的夏晓虹结为夫妇,成为北大一对著名的"学术伉俪"。他曾闲刻一枚藏书章,表现夫妻两人坐在一盏台灯下读书的场景。

今年9月,陈平原从担任了4年的系主任职务上卸任。他自认"缺乏行政兴致与官场智慧",曾因"有些话只能绕着弯子说"而倍感不适。回归纯粹的教授身份,让他找回了久违的自在。不当官了,言说便可以更自由了。刚刚由三联书店推出的新书《花开叶落中文系》里，陈平原结集了自己任北大中文系主任期间的文章，围绕着让中国几代读书人魂牵梦绕的"中文系"，娓娓道来。

关于新书和中文系

《钱江晚报》：您为何会想到推出《花开叶落中文系》这样以中文系为题的一本新书？

陈平原：三年前，为纪念北京大学中文系创办100周年，我曾撰写了《"中文教育"之百年沧桑》，其中提及：相对来说，本国语言文学（以及历史、哲学、宗教、社会、经济等）的教学及研究，集中最多的精英，也最有可能深入展开，并对社会产生较大的影响。

因此我以为，中文系师生有责任介入当下的社会改革以及思想文化建设。不是不要专业，而是在专注自己专业的同时，保留社会关怀、思想批判、文化重建的趣味与能力。说到底，"人文学"是和一个国家的命运紧密联系在一起的，它不仅是一种"技术"或"知识"，更是一种挥之不去的"情怀"。很可惜，这种"情怀"在当下专业化大潮冲击下，正日渐衰退乃至失落，因此，我觉得有必要为"中文系"写一本书。

《钱江晚报》：中文系被人们看作是"万金油"，什么单位都能去。在普通人看来，中文系毕业生可以适应各行业各种需要较好的文字功底的岗位，但并不适应专业技术性比较强的职务。您如何看待这种社会观念与现状？

陈平原：北大中文系本科毕业生80%进入研究院，很多人日后成为专家学者,不过,这在国内是特例。我们就说一般意义上的"中文人",到底何去何从。

今人喜欢说"专业对口",往往误将"上大学"理解为"找职业",很多中国大学也就顺水推舟,将自己降低为"职业培训学校"。

在我看来,当下中国,不少热门院系的课程设计过于实用化;很多技术活,上岗前培训三个月足矣,不值得为其耗费四年时光。相反,像中文系的学生,研习语言、文学、古文献,对学生的智商、情感及想象力大有裨益。走出校门,不一定马上派上用场,但学了不会白学,终归会有用的。

中文系出身的人,常被贬抑为"万金油"——从政、经商、文学、艺术,似乎无所不能;如果做出惊天动地的大成绩,又似乎与专业训练无关。可这没什么好嘲笑的。中文系的基本训练,本来就是为你的一生打底子,促成你日后的天马行空,逸兴遄飞。有人问我,中文系的毕业生有何特长?我说:聪明、博雅、视野开阔、能读书、有修养、善表达,这还不够吗?当然,念博士,走专家之路,那是另一回事。

《钱江晚报》:您曾经撰文讲述了一件事,您在北大医院看病,大夫看您名字眼熟,就猜您是哪个学院的,猜了一圈也没猜到是中文系。这样的尴尬是否说明,如今中文系的社会地位在下降?

陈平原:中文系的地位,前些年的确下降了,但现在其实有"触底反弹"的迹象。三年前北大百年系庆时我就说过,文史哲等人文学科最困难的时候过去了。今年,我遇到的各大学中文系主任都说,这几年招生的质量在上升,生源比前几年要好得多。中文系学生的就业,也并不像人们所想象的那样困难。

当今世界,无论"语言"、"文学",还是"历史"、"哲学",

都不可能成为门庭若市的显学；但中国的人文学科正逐渐走出低谷。

关于大学学风

《钱江晚报》：您有着"平原君"的雅号，学生们都特别喜欢您的儒雅、宽厚。在上课以外，您平时指导学生有什么独特的方式吗？

陈平原：我坚持了好多年，每周跟自己指导的研究生吃一次饭。不是下馆子，而是上课之后，师生各自打来饭，在教研室里边吃边聊，或专业研究，或生活琐事，或热点新闻。偶尔也会带他们出去春游、秋游或学术考察。在这种轻松的场合，更容易讨论一些即兴的、新潮的、大家都没把握的学术问题。

我和夏晓虹各自指导的研究生因专业相近，组织了一个读书班，轮流做报告，互相切磋。我们有时也参加，但主要是学生们自己做。

《钱江晚报》：您在《花开叶落中文系》一书中提及，行政化干扰，学风浮躁、急功近利，不仅是中文系和人文学科，也是中国大学教育共同面临的问题。为何我们的教授普遍比较浮躁？

陈平原：中国大学之所以格外浮躁，很大原因是我们面对的诱惑太多了。教授从学校里获得的报酬，很可能比不上从外面得到的，这就使他们很难安心教学。

我曾说过，今天中国最大的问题是"正业报酬太少，副业收入太多"。

国外及港台大学的薪金制度比我们合理。我在香港中文大学当讲座教授，他们给我的薪水很高，但有一点，以后学校让你做任何事情，都不会再有额外报酬。

而我在北大教书，正式薪水很低，但有这个补贴那个奖励，合起来高于基本工资。目前全国大学都是这个样子。在我看来，这不是一个好的管理制度。

我们大家现在都"生活在别处"。以大学为例，门卫在读书，学生去打工，教授在走穴，老板来讲课，校长做课题，官员忙兼职。在一个正常社会，本应各司其职；你可以有业余爱好，但"副业"不能成为"常态"。否则，所有的人都不敬业，事情必定一团糟。在我看来，今天中国大学里老师们教学不够用心，是整个大环境决定的，不是几句道德说教就能解决的。

《钱江晚报》：2012年9月，您从担任了4年的北京大学中文系主任职务上卸任，重新回归一名普通大学教授的身份。或许很多人不能理解，您为什么做出"弃官"的选择？

陈平原：放长视线，系主任、院长、校长乃至部长等，都没什么了不起；作为读书人，若能成为一个大学者，那才是最值得骄傲的。系主任原本就不是"官"，故无所谓"弃官"一说；只有在中国大学，才有将系主任等同于"处长"这样的"奇观"。

我当然知道，戴着"北大中文系主任"的帽子，游走四方时，还是比较吃香的。可读了这么多年书，还被这些虚名所羁绊，那就太没出息了。现实生活中，"当官"的好处确实很多，读书人若不能超越这些"利益计算"，那是做不好学问的。

关于阅读趋势

《钱江晚报》：之前在做客《锵锵三人行》时，您谈到，当人把记忆交给电脑、手机后,人脑会迅速衰退。如今许多人都遇到了提笔忘字的现象,人们的阅读趣味,是不是也会随着技术手段的改变而转移?

陈平原:信息技术上的革命,确实改变了很多人的阅读习惯。我担心,读书本、读报刊、读电视、读网络,还是在读手机,这五种不同的阅读方式,本代表着知识传播道路上的不同阶段,如今同台竞技,让大学生们眼花缭乱,不知该如何选择。

最怕的是,整天在网络上东游西荡,表面上忙忙碌碌,实际上收获甚微。还不仅是阅读的效果,更重要的是心情——面对网络上排山倒海、五花八门、激动人心、不读就OUT的信息,你还能沉得住气,潜心阅读思考吗?说句玩笑话,当下中国的读书人,可真是"五色令人目盲"。

《钱江晚报》:周作人曾说,庸劣之书,"非特无用,且为大害"。在数字阅读时代,"庸劣之书"更是俯拾皆是。现在的读书人比以前来说,更需要选择的眼光与自我阅读的定力⋯⋯

陈平原:书有好有坏有雅有俗,但一般来说,相对于整个文化生产,经典的书还是更值得阅读。在不同的时代,有不同层次的经典。有2000年的经典,有200年的经典,有50年的经典。能在读书人书架上长期站立的,就算经典。

林语堂说过,他喜欢读极上流的书和极下流的书。我们应该读自己喜欢的书,为自己而读书。

(初刊2013年12月8日《钱江晚报》,原题《每周跟研究生吃饭的平原君说——中文系就是为你的一生打底子》)

中文情怀与大学教育
——答《乌鲁木齐晚报》记者杨梦瑶问

【采访手记】2013年10月,关于"高考英语降分,语文分值提高"的消息不绝如缕,加之央视《汉字听写大会》等节目引发的"汉字危机"的全民讨论,中文教育再次成为热门话题。不知是巧合还是有意,11月底,知名学者陈平原推出了他任北京大学中文系主任期间的文章结集,取名《花开叶落中文系》。记者由此产生采访陈平原的想法。采访的过程颇有趣,三封邮件串联起此次采访。

记者于12月17日联络到陈平原新书出版方三联书店的编辑卫纯,被告知,陈平原对采访有一定要求,先发采访提纲,然后等待消息。于是,在研读此书后,于19日将采访提纲发送至卫纯,经由他转呈陈平原。收到陈平原的第一封回复,是在20日晨。电子邮件里回复道:"梦瑶君:谢谢你仔细阅读我的书,也谢谢你关心中文系的命运。请告知,连提问带回答总共多少字,以便我看菜下饭。若字数超了,我会删提问。"

如此亲切平易的口吻，倒使得记者忐忑起来。随即回复了相关提问后，在回复的邮件中，便附上一句"若老师时间允许，晚生希望在下周二左右收到回复"的请求。出乎意料，22日晚间10时，陈平原的两封邮件顺次抵达记者邮箱。其中一封是回复外加个人简介，另一封是他的生活照。陈平原老师的回复早于记者的预期日期，这算是邮件采访中的小概率事件。在"北大中文系主任"、"教授"等身份之外，契约精神的信守、礼贤下士的平等待人，令记者对陈平原肃然起敬，也是此番采访，记者对他的最深印象。

此外，《花开叶落中文系》围绕着让中国几代读书人魂牵梦萦的"中文系"展开，无论讲述北大旧事，还是追怀学界故人；无论针砭大学弊端，还是点拨后进治学，勾勒"另类系史"，都是以"中文教育"为归属，处处体现陈平原的"中文情怀"，读起来也轻松有趣，这也迥异于陈平原此前所著多为学术类作品。这恰恰呼应了陈平原自序说的："本书所收均为旧文，仅起'立此存照'的作用；至于这五年间个人的得失成败、酸甜苦辣，日后专门追忆与辨析。"在本书前言中，陈平原还透露了编纂这册小书的另一特殊因缘——北大中文系即将从静园五院迁往未名湖畔的人文学苑。花开叶落，颇有几分"伤春悲秋"的滋味。

谈语文教育："为你的一生打底子"

《乌鲁木齐晚报》：近日，关于"高考英语降分，语文分值提高"的讨论，意见不一。在您看来，提高语文分值的方法是否有望扭转"汉语教育"的颓势？

陈平原：我再三论证母语教学的重要性，不仅仅因为我是中文系教授。"母语教育"不仅仅是读书识字，还牵涉知识、思维、审美、文化立场等。好在这问题现已得到越来越多人的关注，相关机构也在下决心，包括最近出台的两个举措：逐步取消中学的文理分科；高考时降低英语分值、提高语文分值。高考是个指挥棒，从改革高考入手是有道理的。目前虽然只有山东、江苏、北京等个别省市这么做，但我相信，顶层设计好了，下面的改革是可以推得动的。

《乌鲁木齐晚报》：在《学堂不得废弃中国文辞》一文中，您提到了在高校恢复或加重"大一国文"课程比例这一建议。

陈平原：至于"大学语文"或"大一国文"的设置，目前还看不到曙光。以我国的实际情况，若教育部怕担责任，犹豫徘徊，不指定为必修课（哪怕就两个学分），所谓"大学语文"很重要，"只能加强不能削弱"就是一句空话。

《乌鲁木齐晚报》：受实用和功利风气影响，曾被誉为"万金油"的中文系，如今貌似也不如往昔辉煌。您觉得，中文系的"实际作用"是什么？

陈平原：在我看来，当下中国，不少热门院系的课程设计过于实用化；很多技术活，上岗前培训三个月足矣，不值得为其耗费四年时光。中文系的学生，研习语言、文学、古文献，对学生的智商、情感及想象力大有裨益。走出校门，不一定马上派上用场，但学了不会白学，终归会有用的。

中文系的基本训练，本来就是为你的一生打底子，促成你日后的天马行空、逸兴遄飞。有人问我，中文系毕业生有何特长？我说：聪明、博雅、视野开阔、能读书、有修养、擅表达,这还不够吗?当然,念博士,走专家之路,那是另一回事。

《乌鲁木齐晚报》:作为中文系教师,您怎么看待中文系和文学创作之间的关系?

陈平原:念中文系的学生,很多都有作家梦。因此,抗战中西南联大中文系主任罗常培,以及二十世纪五六十年代北大中文系主任杨晦,都曾公开宣称:中文系不培养作家。

轮到我当北大中文系主任,还不断有人要我表态:你们到底培不培养作家?面对此挑战,我调整了论述策略,努力向众多热爱文学的青少年解释:第一,中文系包括语言学、古典文献、古代文学、现代文学等诸多专业,各自发展方向不同,不能只谈文学创作;第二,文学创作需要天赋与才情,任何学校都无法批量生产好作家;第三,不是我们不要,而是做不到;若天降大作家,当然求之不得。最后,办教育的人都记得两句话,第一因材施教,第二欲速则不达。营造好的校园氛围与文学风气,然后顺其自然,等待收获。

《乌鲁木齐晚报》:您又如何看待中文系和文学研究之间的关系?当下,人文学科的博士生、教授常有,可好学者却不常有。

陈平原:读书做学问,太笨不行,这大家都明白。我想说的是,太聪明也不行。因为聪明人往往不愿意下苦功,都想找捷径,四两拨千斤。方法对头,确实可以减少失误,事半而功倍。但这样的好事并不常见。况且,大家都是聪明人,都在殚精竭虑地寻找解决问题的最佳途径,这个时候,拼精神,拼意志,拼耐力,甚至还拼身体。智商、才华、兴趣、机遇之外，肯下笨工夫，对于学者来说，是个重要条件。我相信章太炎的说法，"学者虽聪慧绝人，其始必以愚自处"（《菿汉闲话》），这才可能做出大的成绩。

谈大学教育："大学就该有诗有歌有梦想"

《乌鲁木齐晚报》：不少包括中文系教师在内的大学教师"重科研轻教学"，您怎样平衡科研和教学二者的关系？

陈平原：北大的情况有点特殊，必修课少，选修课多；而讲授选修课，是可以跟自己的科研相结合的。更何况，北大学生眼界很高，你若没有新东西，不认真备课，会被赶下台的。从我踏上北大讲台那天起，就一直是两条腿走路，兼顾教学与科研。我的很多研究成果都是先在北大课堂上讲授，与学生交流，随着思考逐渐成熟，才落笔为文的。这么做的好处是，教师保持压力与亢奋，学生则得以较早进入学术前沿。不是等出书后，走上讲台念讲稿，学生才知道你在做什么；而是让学生了解你的探索过程，若有兴趣，还可以提前参与。

我知道，并非每个学校都能这么做，有的因师生比关系，教师授课时数很多；有的则因学生水平较低，教师很难将教学与科研相结合，只好分而治之。那样的话，校方必须采取更为明智的策略，且有实际措施，才能让教授们重视教学。

《乌鲁木齐晚报》：在《诗歌乃大学之精魂》一文中，您说，大学是个写诗、做梦的好地方。犹如诗人不能仅靠写诗"吃饭"，大学时代，过得好似职业培训固然褊狭，可沉醉在诗词歌赋中，不知归路,也易受现实威胁。

陈平原:我说过,不管你学的是什么专业,在繁花似锦、绿草如茵的校园里,与诗歌同行,是一种必要的"青春体验"。世界上最虚幻、最先锋、最不切实际、最难以商业化,但又最能体现年轻人的梦想的,就是诗歌。十八岁出门远行,你我心里其实都揣着诗;三十岁以后,或许梦想破灭,或者激情消退,不再摆弄分行的字句了。可那些青春的记忆,永远值得珍惜,值得追怀。至于如何适应严酷的社会现实,怎样调整自己的生活姿态,这是目前各高校正着力做的,不必我来提醒。

二十世纪八十年代,据说燕园里丢一个馒头就能砸死三个诗人,那时确实需要告诫年轻学生处理好"做梦和现实的关系"。而今远非如此,各大学为争取更高的就业率,纷纷开设各种紧贴市场的实用性课程,所以我才反其道而行之,告诉大家,大学就应该有诗,有歌,有激情,有梦想。

《乌鲁木齐晚报》:虽然您离开了任职四年的系主任,不过通过字里行间可以看出,您对高校沉疴的担忧不限于中文系。当高校被戴上"行政化""世俗化""教育功利化"的枷锁而无法自拔,南方科技大学仍在改革路途中缓缓前行。

陈平原:我对南方科技大学的改革努力充满敬意,但不寄予太大的希望。南科大如今成了"改革的旗帜",不要说反对者,单是公众寄予太大热情,要求你只能往前走,不能后退,不能迂回,不能妥协,不能……就让你受不了。有经验的人都明白,改革步伐不是迈得越大越好,得看"天时地利人和"。我曾经说过,不指望北大、清华在大学制度建设方面有大的突破,就因为他们的一举一动,都被全国人民拿着放大镜,加以审视与监督。请记得,真正的高校改革,很可能是"于无声处听惊雷"。

(初刊2013年12月24日《乌鲁木齐晚报》,原题《原北大中文系系主任陈平原新书出版:"中文情怀"挥洒字句间》)

北大与五四精神
——答《东方早报》记者胡攀问

《东方早报》：您曾用三个词来描述"五四"的风采。第一是"泥沙俱下"，第二是"众声喧哗"，第三是"生气淋漓"。这三个词要如何展开？对您来说，五四精神是"众声喧哗"？

陈平原：任何一个大规模的群众运动，必定是"泥沙俱下"；否则，"水至清则无鱼"。凡在伦理道德上"有洁癖"的人，做学术研究可以，搞政治运动不行。不管组织者最初动机多么纯粹，走着走着就会变了形，到最后结账的时候，往往只能"大处着眼"了。历史学家当然必须"识大体"，可如果对那些互相对立且缠绕不清的人物、思想、言论、立场没有充分的了解与认知，其建构起来的历史必定苍白，即便骗得了当下，也骗不了子孙后代。有一点必须牢记，1919年的中国，各种思潮风起云涌，诸多力量逐鹿中原，热血青年只在救国救民、寻求变革这一点上有共识，至于旗帜、立场、理论、路径等，完全可能南辕北辙。日后有的成功了，有的失败了，有的走向了反面，今人只能感叹唏嘘，不要轻易否定。经由一代代人的钩稽与阐释，那些长期被压抑的声音，正逐渐浮出水面；而那些阳光下的阴影，也日渐为后人所关注。如何看待林纾的捍卫文言文、怎么论述《学衡》派的功用，还有火烧赵家楼是否合适，这些不仅涉及具体人物评价，更牵涉大的历史观。这个时候，既不能抹杀已获得的新视野与新证据，也不应该轻易否定前人的研究成果。通达的历史学家，会认真倾听并妥善处理"众声喧哗"中不同声部的意义，而不至于像翻烙饼一样，今天翻过来，明天翻过去。在我看来，"五四"可爱的地方，正在于其不纯粹，五彩斑斓，充满动态感与复杂性。

《东方早报》：外界多用"爱国、进步、民主、科学"作为五四精神，这四个词语也被用在北大的"八字诀"上，您觉得这中间体现了北大和五四精神怎样的联系？

陈平原：这"八字诀"不是从来就有的。与很多大学一建校就确定校训不同，北大至今没有公认的校训与校歌。校方对于北大特性的表述，明显是个大杂烩：兼有"思想自由、兼容并包"的传统，"爱国、进步、民主、科学"的精神，以及"勤奋、严谨、求实、创新"的学风。这三句话，若做知识考古学的发掘，不难发现其从属于不同的"地层"。所谓的"传统"，出自1919年蔡元培《致〈公言报〉函并答林琴南函》："对于学说，仿世界各大学通例，循'思想自由'原则，取兼容并包主义"；所谓的"精神"，则是1998年北大校庆百年时提出的新口号；至于"学风"，乃二十世纪八十年代的产物，记得写在如今已拆掉的大饭厅的墙上，每天经过时，都必须面对。好像有点乱，没能"定于一尊"；但这也有好处，起码提醒我们校训不是符咒,没有那么大的法力,无法深刻影响乃至决定一所学校未来的走向。至于我本人,更欣赏蔡元培的"循思想自由原则,取兼容并包主义",因那更切合北大的特点。不若"八字诀"之放之四海而皆准,因而丧失了具体阐释的力量。

《东方早报》:您为什么说五四运动时期的北大,是一个"好大学"的典型?

陈平原:北大百年校庆期间,我说过一句很有名的"大话":"就教学及科研水平而言,北大现在不是、短时间内也不可能是'世界一流';但若论北大对于人类文明的贡献,很可能是不少世界一流大学所无法比拟的。因为,在一个东方古国崛起的关键时刻,一所大学竟然曾发挥如此巨大的作用,这样的机遇,其实是千载难求的。"十年前,北大推行人事制度改革,我又说了一句:"百年北大,其迷人之处,正在于她不是'办'在中国,而是'长'在中国——跟多灾多难而又不屈不挠的中华民族一起走过来,流血流泪,走弯路,吃苦头,当然也有扬眉吐气的时刻。你可以批评她的学术成就有限,但其深深介入历史进程,这一点不应该被嘲笑。如果有一天,我们把北大改造成为在西方学界广受好评、拥有若干诺贝尔奖获得者,但与当代中国政治、经济、文化、思想进程无关,那绝对不值得庆贺。"前年我在《中国青年报》发表《如何建立中国大学的独立与自信》,其中有这么一句很沉痛的话:"改革开放三十年,若讲独立性与自信心,中国学界不但没有进步,还在倒退。"三句话合起来,就是我对"好大学"的想象。

《东方早报》:在您《触摸历史与进入五四》一书中,您以作为教育家的蔡元培为考察对象,为的是"叩问大学的意义",您觉得五四之后的中国现代大学制度里,北大传统确立的重要意义是什么?

陈平原:我曾经说过,"百年中国,有独立的大学理念,而且能够真正付诸实施的,不敢说独此一家,但蔡元培无疑是最出色的。这是因为,有其位者不一定有其识,有其识者不一定有其位;有其位有其识者,不一定有其时——集天时地利人和于一身,才可能有蔡元培出长北大时之挥洒自如。"有一点必须澄清,民国年间令人敬佩的大学校长,不止一个蔡元培,清华的梅贻琦、南开的张伯苓、燕京的司徒雷登等等,都很了不起。抗战期间国立西南联合大学的辉煌,如今成为一个神话。对于西南联大来说,在制度建设上,清华比北大贡献大。而南开作为私立大学、燕京作为教会大学,也都各有自己的一套。这与五十年代以后的状态很不一样。我不否认近年中国大学的办学规模与学术水平有明显的提升,但在制度及精神上,似乎仍有很大的发展空间。

《东方早报》:在往年的采访里,我看到您说您正在编撰《回到现场——北大学生的"新文化"》,这个新文化指"五四",但是不是可以延伸到现在,您也是北大人,您觉得现在的北大精神是什么,和以往五四时期有什么变化?现在的北大是否依然传承了五四精神?

陈平原:五四运动的幸运在于,刚刚落幕便被正式命名,而且从第二年起就有各种各样的纪念活动。几乎从一开始,北大师生就"认领"了这份光荣,即便是国民党当局强力压制下,也都每年举行纪念活动。可以这么说,五四确实是北京大学的"精神烙印"。一代代北大青年学生,不管做得到做不到,都会高举五四的旗帜。但有一点,谈五四,照样是"远近高低各不同",因各自的阐释立场迥异。同样纪念五四运动,共产党命名"青年节",国民党则定为"文艺节",前者明显棋高一着。青年朝气蓬勃,且代表着未来,从政治领袖的立场考虑,无疑比区区文艺更值得用心与用力了。至于你说的那本书,仍在路上,因学生们赶论文,不太好打扰。不过我相信当初的直觉——如今学界谈"五四",过多关注教授们(陈独秀、李大钊、胡适)的精彩故事,而相对忽略学生的立场与感受。

《东方早报》:您曾经说到要走出五四,也曾带领学生一起重回五四现场,您觉得现在的社会需要的是走出还是回到?

陈平原:十五年前,为了编写《触摸历史:五四人物与现代中国》,我确实曾带学生重走五四路。北京电视台的记者听说了,临时决定同行并跟拍,片子在电视上播出过,效果很好。可惜现在找不着了。有电视人希望重走重拍,我谢绝了。当初很新鲜,也很真诚,如今再走一遍,那就变成演出了。至于你问到底是"走出神话"还是"回到现场",我只能这么回答:年复一年的"纪念",对于传播五四运动的声名,固然大有好处;可反过来,又容易使原本生气淋漓的"五四",简化成一句激动人心、简单明了的口号。这是我所不满意的。因此,我才会说:当下首要的任务是让"五四"的图景在年轻人的头脑里变得"鲜活"起来。在《触摸历史与进入五四》英译本序中,我说了这么一段话:回过头来看,20世纪中国,就思想文化而言,最值得与其进行持续对话的,还是"五四"。所谓的"五四运动",不仅仅是1919年5月4日那一天发生在北京的学生抗议,它起码包括互为关联的三大部分:思想启蒙、文学革命、政治抗议。虽然此后的中国发生了翻天覆地的变化,但那个时候建立起来的思想的、学术的、文学的、政治的立场与方法,至今仍深刻地影响着我们。一代代中国人，从各自的立场出发，不断地与"五四"对话，赋予它各种"时代意义"，邀请其加入当下的社会变革；正是这一次次的对话、碰撞与融合，逐渐形成了今天中国的思想格局。

《东方早报》：2014年5月4日，习近平来到了北大。往年，胡锦涛、温家宝也都曾在五四到访。北大成为国家领导人五四行的目的地，您觉得这传递出什么信息？

陈平原：这里只能以史为鉴。从1939年陕甘宁边区将五四确定为"青年节"，到中国共产党掌握政权后，将"纪念五四"上升为一种政府行为，年年举行纪念活动，五年一中庆，十年一大庆，每回的中央主要领导讲话，往往体现了某种"政策导向"。我曾经借助1949年—1999年间《人民日报》每年发表的五四社论，看史学论述如何与波诡云谲的政治风云纠合在一起，构成一道隐含丰富政治内涵的"文化景观"。值得注意的是，同样谈论"五四"，政治家、思想家、文学家、史学家等，各有各的立场，也各有各的声音，无法互相取代。只不过在很长时间里，政治家的意愿起主导性作用。习主席的北大之行到底传递出什么信息，我不是这方面的领导或专家，不好乱猜。中宣部很快会组织专家撰写辅导材料，那时再好好学习吧。

（2014年5月4日答问，第二天由澎湃新闻微信平台推送，改题为《陈平原谈北大和五四精神》）

"文学史"永远都在重写

——答《深圳商报》记者夏和顺问

【编者按】从钱穆讲文学史算起,60年了;从1988年学界呼唤"重写文学史"算起,也26年了。这些年来,关于中国文学史的书写究竟怎样呢?本编辑部借连载钱穆《中国文学史》引起关注之机,顺水推舟,发起"再提'重写文学史'"讨论。从本期始,《文化广场》推出《再提"重写文学史"》专栏,将陆续采访一批文学史专家学者,以访谈形式再续"重写文学史"之理想。欢迎广大读者批评和热情参与!

作为中国文学史研究领域的权威学者,陈平原多年以前就关注到钱穆在新亚书院讲述中国文学史的历史事实,并曾在其专著中加以论述。钱穆以《先秦诸子系年》《中国近三百年学术史》和《国史大纲》等一系列史学著作名扬于世,论述文学史只是其宏大的史学架构中的一个分支。钱穆曾任北京大学教授,1950年在香港创立新亚书院,为现今香港中文大学前身之一。陈平原是北京大学教授、曾任中文系主任,香港中文大学客座教授,钱穆《中国文学史》讲稿在本报独家连载,陈平原教授接受本报记者专访,坦率地发表了自己的看法。

1955年,钱穆断言"我国还未有一册理想的中国文学史"。1985年,尚为北京大学博士研究生的陈平原即与黄子平、钱理群展开"20世纪中国文学"对话,拉开了重写文学史的序幕。今天再提重写文学史,陈平原感慨系之,他对记者表示,更珍惜当年那些论述背后的情怀。他认为,"文学史"永远都在重写,钱穆先生所言"一切尚待吾人之寻求与创造",正是学问"生生不息"的原动力。他还认为,"文学史"应该是个性化的,每个从事文学研究的好的学者,都"应该在心中或口头有一部自己的文学史"。

何为理想的《中国文学史》

《文化广场》:钱穆先生1955年在香港新亚书院讲授《中国文学史》,最近由其弟子叶龙将笔记整理成书,独家授权本报连载并准备出版。新亚书院是香港中文大学的前身之一,作为香港中文大学的客座教授,您怎么看这一事件?

陈平原:3年前,我在北京大学出版社刊行《作为学科的文学史》,其中第四章第七节《史家之"诗心"》,专门讨论钱穆在新亚书院讲述中国文学史课程。"钱穆做出这一选择,或许有师资力量或学生趣味的考虑,但起码是对自家的文学修养很有把握。1963年香港的人生出版社刊行薄薄一册《中国文学讲演集》,收文十六篇;后增加十四篇,扩充为《中国文学论丛》,由台北的东大图书公司刊行（1983）。钱穆的这两册'文学论'，大部分是演讲稿，照作者说的，'没有一贯的计划和结构'，且因'听众对象不同，记录人亦不同，因此所讲所记，精粗详略各不同'。但观察'自序'中的表白，作者对自家讲授文学课程以及撰写相关论文，相当自信……实际上，若将《中国学术思想史论丛》卷一的《读〈诗经〉》《〈西周书〉文体辨》，卷二的《中国古代散文——从西周至战国》，卷三的《读〈文选〉》卷四的《杂论唐代古文运动》《读〈柳宗元集〉》《读姚铉〈唐文粹〉》等考虑进来，钱穆关于'中国文章'，确有不少独到的体会。"但有一点必须提醒，著述与讲稿体例不同，论述策略不一样，经本人修订的记录稿与未经本人审定的听课笔记，更是有很大的差异。

《文化广场》：钱穆讲《中国文学史》时开宗明义："直至今日，我国还未有一册理想的《中国文学史》出现，一切尚待吾人之寻求与创造。"有学者指出，时过60年，情况还是如此。您如何理解"理想的《中国文学史》"？

陈平原：就看你怎么定义"理想的"。若追求"定论"，确实没有出现；若只讲"很可看"，则"江山代有才人出"——我这里借用的是鲁迅的思路。在回答什么是好的文学史的提问时，鲁迅推荐丹麦文学史家勃兰兑斯的著作："文学史我说不出什么来，其实是G Brandes（勃兰兑斯）的《十九世纪文学的主要潮流》虽是人道主义的立场，却还很可看的。"（《致徐懋庸》，《鲁迅全集》第十二卷303页，北京：人民文学出版社，1981年）。至于涉及中国文学史，鲁迅有时极力褒扬刘师培的著作，有时则断言"中国文学史没有好的"。前贤虽有过很好的著述，但"理想的《中国文学史》"却有待我辈努力——所谓"一切尚待吾人之寻求与创造",并非目空一切,也不保证后来者一定比前人更高明,但这是学问"生生不息"的原动力。钱穆这么看,今人又何尝不是如此?

一时代有一时代的文学史

《文化广场》:1985年,您和黄子平、钱理群提出"20世纪中国文学"的概念;1988年,王晓明与陈思和在上海提出"重写文学史",京沪学界前呼后应,几乎形成一场文学或文化革命。这场革命的结果与您的预期和想象是否存在差异?

陈平原:"文学史"永远都在重写,只是变化的尺度有大小,且被接受的程度不同而已。我在北大讲过多轮"中国文学研究百年"选修课,深知一时代有一时代之文学,一时代有一时代之知识生产,一时代有一时代之文学史书写,因此,对我们30年前的学术主张不会有太高的期待。"20世纪中国文学"这个概念本身,目前既被广泛接受,也受到了很多深刻的质疑。面对这些褒贬,我都没有回应,因那只是一个历史足迹,我更珍惜的是那些论述背后的情怀。

《文化广场》:当年北大一批学人倡议写《二十世纪中国小说史》,但只有您写出第一卷,此书由北京大学出版社出版,后改名《中国现代小说的起点——清末民初小说研究》再版。请您谈谈写作此书的背景,其后续情况如何?

陈平原:《二十世纪中国小说史》第一卷1989年出版,第二卷到现在还没影子。北大出版社原本对这套书寄予很大希望,因为,第一卷陈平原,第二卷严家炎,第三卷吴福辉,第四卷钱理群,第五卷洪子诚,第六卷黄子平,除了我刚出道,应该说都是一时之选。可最后出版社顶不住了,2005年,将已刊行16年的《二十世纪中国小说史》第一卷改题《中国现代小说的起点——清末民初小说研究》,单独重印。不过说好,什么时候第二、三、四、五、六卷出版,这书马上归队。为什么会这样拖沓?主要是主编严家炎先生特别严谨的学术态度决定的。当初虽多次讨论,但第一卷是由着我的性子写,出版后严先生才发现,若按他自己的趣味及写作计划,这第二卷跟第一卷的风格差别很大了。改变自己的风格,不可能;不改,不合适;放弃,不愿意。只好这么拖着,说是想想办法;可这一想,就是20多年了。本来很简单的,各写各的,每卷作者自己负责,合起来,不就行了吗?可严先生说,不,作为一套书,要有"整体感"。这可就惨了,这6个人恰好都是很有学术个性的,怎么可能捏在一起?于是,严先生不催,我们就各干各的活去了(参见《为何"严"上还要加"严"》,收入《花开叶落中文系》,北京:三联书店,2013年)。这也提醒我们,主持重大科研项目时,如何兼及整套书的主体风格与每位学者的独立性,不是一件很容易的事。对于成熟的学者来说,合作编书可以,合作撰史很难——除非写成连续性著作。

《文化广场》:中国文学史作为一门学科,产生于20世纪初。从技术层面上说,这门学科现在是否已经成熟?比如古代文学与现当代文学的贯通问题,比如晚清文学与新文学的对接问题,诸如此类。

陈平原:作为课程设置的"文学史",与作为著述体例的"文学史",以及作为知识体系的"文学史"、作为意识形态的"文学史",四者之间互相纠葛,牵一发而动全身。我在《作为学科的文学史》中,谈论作为知识生产的"文学史",体会其中体制与权力的合谋，意识形态与技术能力的缝隙，还有个体学者与时代氛围的关系；众多努力中，尤其注重从"教育"角度切入。像你所说的，古代文学与现代文学的贯通，诸如此类的困难，与其说限于学者的个人才华，不如说是学术体制决定的。我曾撰写《中国散文小说史》（1998年上海人民出版社初版时名为《散文小说志》，2004年起改现名），出版了，评价也不错，可无法推广。因为论述对象跨时代（古代、现代），且跨文类（散文、小说），大学里没有这样的必修课。一句话，你若想写成通用教材，就只能遵循教育部的学科设置；若不考虑课题或评奖，则可以海阔天空。

文学史应该是个性化的

《文化广场》：100多年来，文学史的命运也随着中国社会政治经济及文学发展而波动起伏，这期间，你曾总结有四代学者，可能很快有第五代出现了。对他们的总体成就您如何评价？

陈平原：你引的是我的《四代学者的文学史图像》（初刊《北京大学学报》1997年4期，收入《假如没有文学史……》，北京：三联书店，2011年）。此文写于18年前，其中假定学者的"临界年龄"是50岁："这并非认定年过半百的学者便不再有创造性的研究成果，而是说，当上一代学者的主力超过50岁时，新一代学者才有可能得到充分的发挥，也才能得到社会的普遍关注。"成长并主要活跃于20世纪八九十年代的第四代学者，现在都早已过了50岁。在这个意义上，第五代学者已经成型，且有很好的发挥。问题在于，"学术史上的'代'的更迭，并不仅仅是换了一批新面孔，而很可能是意味着学术思路及研究模式的转移"。这方面，第五代学者还有很大的发展空间。总的判断是：因外在环境的变化，第五代学者的学术热情及精神氛围不及第四代，但学术训练更好，表演的舞台也更大。

《文化广场》：您说过，文学史只是一根拐杖，是登入文学殿堂的辅助之物。这是否意味着文学史就应该是个性化的，每一个讲授文学史的教师，都应该有一部自己的文学史，即使不撰述出版，也应该在心中或口头有一部自己的文学史？

陈平原：我并不完全否定"文学史"的存在价值，我质疑的是世人对于"文学史"的迷信，另外就是追问现代中国的文学教育，是否一定要以"文学史"课程为中心。因为，一旦引入学校、课程及课堂，所谓"文学史"，很容易就变成了长时段、系统性、四平八稳的教科书。传统中国的文学教育以文本阅读为中心，现代则转为顶礼膜拜教科书。对比传统中国文人，现代读书人的视野更为广阔，但大都是虚假的博学，知道很多，但体会很浅。就像朱熹嘲笑时人读书不细，读了好像没读，没读又好像读过。

进入互联网时代，这个问题更严重。因检索极为方便，记忆不太重要；所谓文学教育，当以阅读、品鉴、分析、阐发为关键。12年前，我撰写短文《"文学"如何"教育"》（初刊《文汇报》2002年2月23日，收入《假如没有文学史……》），称："文学教育的重心，由技能训练的'辞章之学'，转为知识积累的'文学史'，并不取决于个别文人学者的审美趣味，而是整个中国现代化进程的有机组成部分。'文学史'作为一种知识体系，在表达民族意识、凝聚民族精神，以及吸取异文化、融入'世界文学'进程方面，曾发挥巨大作用。至于本国文学精华的表彰以及文学技法的承传，反而不是其最重要的功能。"这个状态目前看来不太理想，必须加以调整。我之所以出版《作为学科的文学史》，目的是反省当今中国以"积累知识"为主轴的文学教育，呼唤那些压在重床叠屋的"学问"底下的"温情"、"诗意"与"想象力"——这既是历史研究，也是现实诉求。具体到文学史的讲授及著述，我不欣赏思想上大一统或追求发行量的通用教材，而更喜欢钱穆这样的"自作主张"。在我看来，每个从事文学研究的好的学者，都"应该在心中或口头有一部自己的文学史"。

（初刊2014年8月11日《深圳商报》，原题《北大教授陈平原："文学史"永远都在重写》）

耳顺之年陈平原

——与张双庆对谈人生与文学

【编者的话】陈平原1954年生于广东潮州，1978年入读中山大学中文系，1984年于中山大学获文学硕士学位，1987年于北京大学获文学博士学位，现为北京大学中文系教授。2008年加入香港中文大学中国语言及文学系，成为内地、香港罕有的"双聘教授"。陈平原维持半年北京、半年香港的教授生活至今七年，而今年亦是陈平原六十岁耳顺之年，趁2014年踏入尾声之际，本刊特邀陈平原与本刊社长张双庆对谈，且看陈平原亲剖人生经验与未来大计。日期：2014年11月22日；地点：香港中文大学教职员宿舍；对谈：陈平原（北京大学中文系教授、香港中文大学中国语言及文学系讲座教授）、张双庆（本刊社长）；整理、摄影：赖宇曼（本刊执行编辑）。

张双庆：你今年六十岁，有没有退休的打算？

陈平原：北大副校长曾问我，人文学的教授六十岁以后还能不能做出成绩来。我跟他说，自然科学的学者是不可能的，四五十岁已经是顶峰了；人文学学者不一样，到六十岁以后才有真正重大的成果。此前是学术及教学的积累，到了六十岁以后，各方面成熟，若机缘凑合，可以做出较大的学术成果来。

张双庆：我想起钱锺书所说的"科学老家"和"老科学家"。

陈平原：几年前我曾在大陆媒体呼吁，学者的退休年龄应有时间差。譬如自然科学的教授是六十五岁，人文学科的是七十岁。北大做过统计，自然科学评正教授的平均年龄是三十九岁，社会学科四十三岁，人文学是四十五岁。人文学读博士的时间本来就比较长，毕业后也要晚一点才成熟，那是因为，人文学里的某些传统学科，已经研究一千年了，想一下子做出大成绩来，是不太可能的事情。

张双庆：如果不考虑退休问题，你未来有什么计划？准备在哪方面多做研究？

陈平原：我马上出一本《自序自跋》，收入我编著各书的前言后记。2015年会在北京三联书店出版《左图右史与西学东渐》增订本，这本书2008年在香港三联书店出版过，内容是晚清画报研究，研究图像和历史、文化、文学的关系，这回修订，增加了很多内容。

另外一本还未做完，题目是《有声的中国》，研究声音和社会变革以及教育、学术、文学的关系，主要关注晚清以后的"演说"，已陆陆续续写了四五篇文章，预料明年或后年会做出来。

第三个题目，是我每年都做、每年都有成果出来，那就是"大学"。我关注当下的大学状态。比如,下个月到北京开会,就是专门谈大学问题。中国大学走到什么地步,哪些问题可以突破,如何才能有所作为等。另一部分精力放在大学史研究,尤其是晚清以降这一百多年的中国大学历史,这是我很感兴趣的。

张双庆:以一个大学做单位,还是整个中国的大学?

陈平原:整个中国的大学。我围绕"大学史"这个题目,做了一场场演讲,也写了一篇篇论文,一直想写成一本专业性的"现代中国的大学之道"。虽在不同的书里都提到,但缺乏一个总体性论述,那是我希望做的事情。

最后一个是都市。现代都市与现代文学的联系十分密切,我和王德威合作做"都市想象与文化记忆"系列会议,已经十年了,每两三年找一个城市,至今已经开了四个。

张双庆:有哪四个城市?

陈平原:北京、西安、香港、开封。会议召集国内外的学者——文学、史学、哲学、考古、艺术、建筑等,各专业的学者聚集在一起,共同讨论都市问题。不过,我们是史学或文化研究,不是讨论现实决策问题。我写过一篇文章,谈我关注的"现代中国研究"的四种方式:图像、声音、大学、都市。

张双庆:以上四个城市,除了香港的文化比较浅以外,另外三个都很具代表性。

陈平原:唐及唐以前西安是关键,宋代是开封,明清是北京,近现代有香港。但很遗憾,香港的论文集还没有出来,另外三本论文集早已刊行。这是我想象不到的,原来内地出版有规定,涉及香港台湾的书要专门送审。这书交北大出版社已经两三年了,还在审查中。有一些提法,在香港很普通,大家也都习惯了,可放在内地就有问题。还有若干香港学者论文中的粤语腔问题,从规范的现代汉语看,那句子是不通的。所有这些,都需要磨合。

张双庆:谈城市有没有用上一些理论?譬如说城市书写?

陈平原:每个人情况不一样,不强求一律。历史学家谈城市、考古学家谈城市,以及文学界或建筑学界谈城市,各有自己的一套话语,我们希望在这么多专业的对话和沟通中,碰撞出比较好的论述方式。

另外,每个城市也都不一样,谈西安和谈香港,是完全不同的论述。谈西安我们请考古学家,他们更有发言权。谈香港那次,陈国球请了几位职业建筑师来谈香港建筑的保育,即老建筑的维修、活化、改造、使用等,很技术化,让我很开眼界。学人文的,很容易有理念,但缺少实践经验,谈起来很虚。建筑师平日活动限制在自己的圈子里,也有兴趣听一些不同行的学者讨论问题。

其实,还有两个很值得谈的城市,但一直避开,希望放在将来。一个是上海,一个是台北。上海研究已经有大量著作出版,相对来说比较成熟,因为它比较单向,乃西学东渐的最佳样本。北京还想再做一次,因为它的复杂性。既是传统中国的帝都,又是国际性大都市,兼及旧学新知与西学东渐,值得认真探究。

张双庆:刚才问研究都市有没有什么理论,是想到有次到北大交流,在座谈会上北大同学很喜欢问,你用了什么理论去做研究,但是我个人是很怕理论。在研究上,你是怎样看理论?

陈平原：北大中文系分工比较细，有十个专业，有些专业如文艺理论、比较文学等，本来就是弄理论的。还有，青年学生一般都会喜欢谈理论。越是年轻，越没有社会经验，越相信或希望有一个包治百病的好理论，马上就能用得上。

但我和夏晓虹指导学生，会更强调历史感，根据具体的研究对象来设计自己的研究方法和理论框架。不能说完全不讲理论，只是理论不外露，隐含在具体研究的推进中。我们与国外学者交流对话时，他们都觉得很轻松，背后都是有想法或理论的，但不会直接把它放在台面上。

理论很新鲜，但理论很容易过时。美国学界三五年就一个新潮流，等到它转到中国来，生根开花，那边差不多已经过时了。过于卖弄理论，随意宰割研究对象，容易导致对历史不尊重，那样不好。

张双庆：我也是很怕理论，我喜欢做数据，做语言学的数据、语言调查。

陈平原：我的学生到香港或到上海教书或念书，给人的印象是没能出口就一大堆理论，不够深刻；可之后在具体研究中，你会发现他的史学训练、文学感觉、以及学术意识等，会逐渐浮现出来。

今天中国大陆，愈是不太好的大学，学生愈喜欢谈理论。学术训练不足，图书资料也不够，就希望熟读几本理论书，然后出来闯世界。不少外校生来到北大，很聪明的，满口新理论，可没读多少书，这需要重新调教，大家都很痛苦。

张双庆：你在广州中山大学念书待了几年？

陈平原：六年半，本来是七年。那个时候北大提前招生，所以我就提前半年离开广州。

张双庆：潮汕已经没什么印象对不对？那时的生活对你做学问有没有影响？

陈平原：潮汕地区还是很有印象的，我在那边上中学，还下乡插队，只是真正进入学术领域，那是到广州以后。"文革"期间没办法继续上学，我就到乡下去，靠我们家里的藏书。我爸妈都是当老师的，所以我乱读书。

张双庆：没有抄家吗？

陈平原：是这样的，"文革"刚开始时被红卫兵查封了，之后我妈妈复出，提出想使用这批书，所以还是要回来了。

张双庆：我听过一个笑话，说"文革"要封书，有个人自己做了封条封上去，那些书就可以保存下来。

陈平原：我家里的书，因为一开始就被查封，既然封了，其他红卫兵就不会再来动。所以，被查封，反而保存下来了。我在乡下总共八年，1969年冬下乡，1978年初才回来。

张双庆：没想到"文革"对你的影响也这么大，我不走的话是66届，那时候最高峰。

陈平原：夏晓虹也是，不过，我比晓虹他们北京的学生好啦！广东的"文革"是1966年10月份才开始，北京的是6月份。所以，北京的"文革"开始时，小学毕业就在小学待着，广东"文革"开始比较晚，我已经进入初中了。初中三年没读什么书，但我在中学里待着。

我爸妈已经被打倒,所以我也没有参加红卫兵的经验和资历。

张双庆:靠边站。

陈平原:对。这样的好处是,我没有搀和进"文革"的疯狂阶段。我说我在乡下八年,几乎没人相信。潮汕人有一特点,从明代开始走南洋,有钱就回乡盖房子。他们还会再去南洋,但房子留着,万一子弟落难可以回来。所以,我们全家都在外面,"文革"不行了,奶奶说我们回老家去吧。老家在距离潮州城大约十公里的一个山村,回到家乡,父老乡亲是会帮忙的。我回去不到一年,就让我当民办老师,所以晓虹说我虽在乡下生活,但和她在东北插队不一样。

在乡下的日子里,我基本上没有离开过图书。我日后研究领域较广,跟我在山村的阅读有关,没人指导,不守边界,有什么书看什么书。现在的学生,从小学、中学、大学到博士毕业,每个阶段都有老师给他们开必读书。我没有这个条件,所以养成乱读书,读杂书的习惯,而且上蹿下跳,不受学科边界的限制。这样读书有遗憾,但也有好处。那些从小学到博士都有人指导,甚至念同一个学科的,属于名门正派,武功修炼得很娴熟,可就不懂各种亦正亦邪的门道。

张双庆:在广州、北京、香港做学问,每个地方有什么区别?

陈平原:先说北京和广州。北大一百周年校庆时,我应邀写过一篇文章《从中大到北大》,就是从中山大学到北京大学,比较这两所大学的差别。北大学术风气很浓,但距离政治中心太近,容易受政治思潮影响。北大校园总会出政治方面的人才,所以有些人从入学就打定主意走官场路这条路。"志向远大",好处在这里,不好处也在这里。

第二点，在北大出名相对来说比较容易。1985年我和老钱、黄子平一起提出"二十世纪中国文学"，一下子大家都知道了，到今天还有人跟我说当年风行一时的"三人谈"，那时我才博士二年级。所以，在北京学术界，若做得好的话，得到的关注度要比在中山大学大得多。当然，做得不好，也会臭名远扬。因为，北大就是焦点所在。如果有才华且甘坐冷板凳，在中山大学做学问，或许可以做得比较出色。

至于香港中文大学，我来这里已经七年，真正待下来是三年半。这段时间，生源发生很大变化，现在研究生的状况比我刚来的时候好。我主要教研究生，本科生接触较少，现在也有很多内地学生到港中大念本科，大约占招生总数的10%。至于学术型研究生，内地学生的比例更高，中文系大约50%，历史系90%。再加上学术风气变化，这些年港中大学生在讲论会上的表现，明显比我刚来时活跃得多，这一点我很欣慰。

对我自己来说，在港中大教书的好处是，让我有一个距离去审视中国的高等教育，不然我不会写这本《大学小言——我眼中的北大与港中大》。在此之前，我去过国外好几所大学讲学，但顶多待一个学期，只是讲课，不介入他们的实际运作。在港中大，中文系的所有委员会我都参加了，因此得以了解这里的学术评判与管理运作。我的书主要是写给大陆读者看的，所以，香港这边的毛病我没有着力去谈。任何一个制度都会有这样那样的毛病，我用香港作为镜子，来看内地的大学，它的问题和遗憾。如果没有这几年的经历，我不会写这本书。

另外，我好几篇大的学术论文是在香港写的，因为这里比内地安静。

张双庆：我还以为在香港的行政工作、应酬会比较多！

陈平原：与我在北大相比，在香港应酬少多了！譬如你邀请我参加电影节或戏剧活动，我若不愿意出席，那是没关系的。除了朋友聚会，熟人来港接待一下，就这样，很简单。在北京，我需要出席的活动或参与的杂事，远比在港多。在香港教书，生活单纯多了。

张双庆：刚才你说"文革"的时候乱读书像练功，我想起了你的一部书——《千古文人侠客梦》，金庸的武侠小说大家都很感兴趣，你就写了一本，但后来没有再发展。

陈平原：这本书1992年人民文学出版社初版，后来有各种版本。我谈的不只是金庸，是从《史记》的游侠列传、唐诗的游侠想象，一直讲到金庸的武侠小说。在我诸多著作中，这本书在专业以外影响最大，只要你喜欢武侠小说，就有可能关注。这书剑桥大学出版社买了英文版权，还有俄文版、韩文版等。

我是做小说史的，从小说类型角度讨论武侠小说，这一选择，与八九十年代的政治变化有关。过了两三年，严家炎老师在北大开讲金庸的专题课，还写了《一场静悄悄的文学革命》，引起很大的轰动。既然风气已成，加上我的书早已出版，就不再做这方面的研究了。

张双庆：你本来是做小说，博士论文是《中国小说叙事模式的转变》，但后来就没有做太多小说研究。

陈平原：我主要做小说叙事模式、小说类型、小说文体研究，《二十世纪中国小说史》第一卷，以及《千古文人侠客梦》完成后，我就没再专门做小说研究了。2004年出版《中国散文小说史》，兼及散文与小说两大文类。以后散文做了一段时间，后来就是学术史、大学研究等。我会思考这个领域的研究到了哪一个地步，有没有可能实现大的突破，如果有，那就值得投入。

张双庆：提到武侠小说，香港就经常碰到通俗的问题，整天有雅俗文学的争论，你怎么看这个问题？

陈平原：九十年代初我写《小说史：理论与实践》，里面专门谈雅俗问题。我第一次到日本交流时，他们告诉我日本没有雅俗文学的争论，只有好文学与差文学。二十年后，我们的雅文学和俗文学的区别也愈来愈模糊，譬如侦探小说、科幻小说，它不一定就是通俗的。同样道理，金庸小说已经开始雅俗共赏了。

又例如电影和电视，理论上电视是通俗的，可现在电视也有拍得很精致的。相反，电影很多往市场走了，你不好说电影就是高雅的。以文类分，诗应该是高雅的，可今天烂诗很多呀！所以，已经不适宜用雅和俗来作为判断文学的标准。

张双庆：香港和内地就是不知怎么搞的，喜欢一刀切，就只有两边。语言学也是这样，共同语和方言，共同语不等于方言，方言就要规范，把它注明是方言。

陈平原：2011年我在香港办"都市想象与文化记忆"国际研讨会时说到一个问题，相对于内地，特区政府对文化的支持远远不够。我不知道为什么这里的文化事业会这个状态。像你们办杂志这么辛苦，还有出版社也很艰难。这里的文化资助，似乎倾向于表演性质的，如芭蕾舞、交响乐等。

张双庆：现在艺展局也是这样，资助小交、芭蕾舞，一年就上千万，给文学可能只有一两百万。

陈平原：我关注两岸三地政府对文化的态度，台湾是审查拨款但不怎么管，内地是我给钱我就要管，香港是我不给钱也不管！内地有时会把文化当作一个政治工程，一下给一大笔钱。香港教育学院的陈国球编《香港文学大系》，看他辛辛苦苦到处找人，实在辛苦。做这种事，很容易得到政府资助的。当然，得到资助以后，人家会从行政的角度指导你，包括怎么编、何时出版等，会有一系列规定。

相对内地来说，香港特区政府对文化的重视，或者说对香港软实力的强调，明显不够。比如，我在香港办"都市想象与文化记忆"会议，找做香港研究的国外学者，发现做香港经济的不少，做香港历史文化研究的则很难。我说过，特区政府应该出钱，把香港重要的历史文献收集整理，影印若干套，送给全世界重要的大学及图书馆。

张双庆：这是方志的问题，政府都不给钱做方志，内地是非常重视的，设有方志办。

陈平原：广州现在编《广州大典》，可就有点夸张了——民国以前所有的东西，只要跟广州有关的，全部收入。我说篇幅这么大，能不能就做成电子版？据说还是要正经出书，那样摆出来好看，反正钱有的是。上海是这样，北京也是这样，都是这个思路。是有点好大喜功，但把基本资料保存下来了；香港连这个都做不到，实在有点可惜。

张双庆：你担任《香港文学大系》顾问，现在进行得怎样？香港作者的身份究竟该如何界定？香港有很多南来作家，应不应该算这些人？

陈平原：前天在中大的讲论会上，有学生做关于新加坡文学的报告，首先碰到的就是定位问题，到底谁可以算是新加坡作家？学生说，有新加坡国籍的就算。可这么一来，独立之前的作家你说算还是不算？生活或路过的作家很多，独立之后有些入马来西亚籍，还有些去了中国内地。他们碰到这一类的困难，也很麻烦。我注意到，香港的双年文学奖的参评要求是，在香港出版，同时作者是香港永久居民。这样区分，是不是意味着"身份证"对作家很重要？

其实，还得考虑创作时间。现在谈大学史，都说我们有多少名师，可你仔细看，很多人是重叠的。因为，当年大学教授四处流动。我说，这人算不算你们大学的名教授，不能只看档案，说他曾在这里待过，还得看他在这里有没有写出重要作品。若有，证明他跟这间大学有紧密关系，是你们的名教授。

香港也面临这个问题，我们没办法判断那些在香港生活的人的真实国籍。若他拿英国或加拿大护照，但在香港生活，用中文写作，你怎么办？算不算香港作家？作家的创作，与生活环境及文化氛围关系密切，跟国籍或护照的关系反而不是很密切。今天就碰到这样的提问：高行健算不算中国作家？他入法国籍，但他用中文写作。在我看来，他仍然是中国作家。

张双庆：现在香港报刊上的文学已经衰落了，内地是否一样？

陈平原：不只是香港，两岸三地都是如此。其实，最明显的是台湾。八十年代台湾的副刊很优秀，也非常强势，《联合报》及《中国时报》的副刊影响整个社会、文坛以及学术界。从二十世纪二十年代到世纪末，那是副刊的时代，副刊曾经是组织文化运动、影响学术发展的一个重要园地。很可惜，现在没有了。

报纸上文学的声音减弱，这和整个社会生活及风气变化息息相关。上大学的人愈来愈多，教养愈来愈高，照理说喜欢文学的人应该愈来愈多，可实际情况并非如此。原本由文学提供的娱乐、审美、休闲、教养四个功能，今天往各个方向分散出去了——书籍、游戏、影视、网络等等。以前大家读报纸看副刊，今天就不是这个样子了。其实不只是报刊的问题，整个媒体都在变化，愈来愈往信息、商业、娱乐方面走。以前是文人办报，有自己的情怀；现在是商人或政治家办报，公众要什么，他就给什么，公众的趣味决定了报纸的选择。

文学作品不一定在报纸上发表，也可以在网络上，还可以作为私人交流。还有，今天很多平面媒体的记者也对文字没有兴趣了。他们认为报纸上的东西只是信息，我则作为文章来经营，这落差很大。你发表文章，好多报纸已经不寄样报了，那很麻烦，叫你自己到网上去看。

今年上海《文汇报》全面改版，减少时政，突出文化、学术、文学，往人文方向走。这方向是对的。只谈信息，纸媒打不过网站，网站的容量没有限制，传播速度又快。以前报纸追求容量，尽可能压缩篇幅，最好是千字文，这个习惯必须改变，要做到有趣味、有思想、有高度，需要一定的分量。因此，精致的长文章，值得纸媒认真经营。现在的《文汇报》，有时发万字长文，这值得注意。五十年代中共刚建立政权时，给《文汇报》的定位就是办给知识分子看的报纸。很可惜，今天最缺的，就是文人办报。

张双庆：《南都周刊》现在也是朝这个方向。我记得《南都》曾经访问你，你很多访问都很精彩，这些出不出版？

陈平原：前年我出版了《京西答客问》。"答客问"是一种特殊文体，古代中国就有，处理得好，虚实兼备，可以是好文章。当然，大部分专访没有这个水平，而且可能重复。那本书所收访谈，长的一万字，短的两三千，我觉得有意思的就会收入。

　　访谈至此，时近黄昏，列席一旁的本刊总编辑黄仲鸣突然打破沉默，问陈教授与夏晓虹教授的恋爱经过，陈教授急唤一直来回厨房客厅为各人泡茶斟茶的夏教授解围，只闻厨房传来夏教授之声曰："问你不是问我呀！"陈教授求助无门，唯有轻描淡写道："那时候我在北大念博士，她已经留下来教书，很自然地我们就在一起了。"夫妻俩志趣相投，彼此相依相伴半辈子，确是人间美事，羡煞旁人！

　　最后，不知此篇访谈记会否有幸得到陈教授青睐，收入下一部答客问集子里头呢？不过，按本刊惯例，以上访问内容一概未经陈教授事先审阅。

（初刊香港《百家》第三十五期（陈平原专辑），2014年12月15日。此专辑除了这篇对话，还有黄仲鸣、夏晓虹、陈国球、陶海燕、李婉薇、黄志红、韩劲杨等人文章）

年长一辈应为后来者搭建舞台
——答新华社记者任沁沁问

【采访手记】"五四",一个时代转折的节点,一种精神力量的地标。96年间,我们一直纪念"五四",从未停止过对"五四"运动和"五四"精神的探寻。新华社记者日前对话北京大学教授陈平原,请这位倡导"人间情怀"的学者谈"五四"精神的当代启示,以及当代青年的责任。陈平原著有《触摸历史与进入五四》。

新华社:"五四"运动已经过去96年了,我们每年都要纪念"五四",为什么?"五四"对今日中国有什么影响?

陈平原:1919年5月,运动还在进行中,北大教授及学生就在南北报刊上发表总结性文章,为"五四运动"命名,且大力表彰"五四精神",如顾孟余的《一九一九年五月四日北京学生之示威活动与国民之精神的潮流》、罗家伦《"五四运动"的意义》、张东荪

《"五四"精神之纵的持久性与横的扩张性》等。第二年起,每年"五四"前后,北京学界及媒体都会组织专门的纪念文章。1939年陕甘宁边区将"五四"确定为"青年节"。新中国成立后,将纪念"五四"上升为重要的仪式。

我撰写《触摸历史与进入五四》的目的是让"五四"的图景在年轻人的头脑里变得"鲜活"起来。在此书英译本序中,我说了这么一句话:回过头来看,20世纪中国,就思想文化而言,最值得与其进行持续认真对话的,还是"五四"。

虽然"五四"之后的中国发生了翻天覆地的变化,但那个时候建立起来的思想的、学术的、文学的、政治的立场与方法,至今仍深刻地影响着我们。一代代中国人,从各自的立场出发,不断地与"五四"对话,赋予它各种"时代意义",邀请其加入当下的社会变革;正是这一次次的对话、碰撞与融合,逐渐形成了今天中国的思想格局。

新华社:中国的大学和国家民族的命运之间,有什么关联?当今大学,应该怎样承继这一传统?

陈平原:几乎从一开始,北京大学师生就主动认领了这份光荣,即便在执政的国民党当局强力压制下,也都每年举行纪念活动。可以这么说,"五四"确实是北京大学的"精神烙印"。一代代北大青年学生,不管做得到做不到,都会高举"五四"的旗帜。可另一方面,这一论述略有偏颇:即便局限在5月4日走上街头抗议的3000大学生,也都来自不同学校;北大学生是整个学潮的积极推动者,但不能独占这份荣耀。

对于一所大学来说,能在如此重要的历史转折关头,深刻影响其进程及方向，这可是千载难逢的。如此机遇，岂是多少科研项目或诺贝尔奖得主所能比拟的。正是在此意义上，北大百年校庆期间，我说过一句很有名的"大话"："北京大学在人类文明史上的贡献，超过世界上很多一流大学。"

我承认，目前中国大学的教学及科研水平无法与世界一流大学比肩，但我反对因排名靠后而丧失自尊与自信。在我看来，大学不仅生产知识、培养学生、出科研成果及学术大师，还应该有批判精神与思想力量，能够主动介入当下中国的社会变革。

新华社：那一代青年引领一个民族走上现代化道路，也为民族发展提供了新的精神元素。当代青年面临的时代条件与"五四"时期有何不同？当代青年如何承继"五四"精神，超越自身的不足？

陈平原：学界论及"五四"运动，多从蔡元培、陈独秀、李大钊、胡适、钱玄同、刘半农、周氏兄弟等名家说起，这自然没错。可有一点不能忘记：这是一个标榜"新青年"的运动，大学生的作用不可低估。

毫无疑问，今天青年所面临的处境，与"五四"时期有很大的差异，无论褒贬抑扬，均不能生搬硬套。还是从"五四"说起——名为学生运动，指引方向并提供思想原动力的依旧是"导师"。可随着时间的推移，学生一代逐渐成长，在长辈搭建的舞台上纵横驰骋，最终成就了自己的一番事业，甚至在许多方面超越了师长一辈（无论政治、学术还是文学创作）。说这句话，有两层意思：第一，不该用眼下正在学校念书或刚刚走出校门时的表现来评价一代青年的得失，借用毛泽东的诗句，"风物长宜放眼量"；第二，年长的一辈应追问自己是否为后来者搭建了更好的舞台，而不是抱怨"一代不如一代"。

新华社：恩格斯说，青年的性格就是时代的性格。大变革时代，社会流行价值似乎发生了一些偏差，有人认为实利战胜了理想。我们应该回归传统，还是面向未来？

陈平原：一代人有一代人的舞台、责任与命运，有时强求不得。生活在风云突变的时代，青年因其敏感与胆略，容易脱颖而出；而太平年代的青年，一切按部就班，施展才华的时间相对推后，表演空间也明显缩小。这是没有办法的事。"五四"时期的英雄，放在另一个时代，很可能"出师未捷身先死"。长期研究"五四"新文化，且经历过20世纪80年代思想潮流的激荡，我对当下青年的世俗化倾向有深刻的体会。但另一方面，我对此并无苛责。对于今天中国的大学生不再"仰望星空"的说法，我不太认同；以我在北大教书的经验，青年学生依旧是最具理想性的群体。

谈论今天中国的大学生，之所以有那么多负面印象，与传播媒介与发言姿态有很大关系。任何时代，先知先觉、精英分子、高屋建瓴、献身精神，全都只能属于少数人。我们阅读历史文献，得到的是那些有能力发出声音且经得起时间淘洗的人物；而在高等教育大众化的时代，全民借助网络发声，各种"奇葩"说法层出不穷。若你以为网络上的言论便代表主流民意或中国未来，那你就大错特错了。借用鲁迅"中国的脊梁"的比喻，今日中国，依旧"有埋头苦干的人，有拼命硬干的人，有为民请命的人，有舍身求法的人"——这里包括无数可敬可爱、"位卑未敢忘忧国"的青年。

（初刊2015年5月4日《新华每日电讯》，原题《陈平原：年长一辈应为后来者搭建舞台》）

对公众发言，必须坚持专业立场
——答"腾讯文化"记者胡子华问

【采访手记】对著名学者陈平原而言，报刊既是学术研究的对象，也是对公众发言的平台，更是对当下的社会潮流和思想演进保持敏感的一个渠道。在他看来，谈论报刊，从晚清到"五四"，文人学者的影响力很大；二十世纪五十年代以后，政治家最为举足轻重；最近十几年，资本的力量变得越来越引人注目。所以，陈平原认为，学者选择在报刊上对公众发言时，在个人良知之外，最好坚持专业立场，说"负责任的话"，不要被各种力量所左右。同时，在表达上，他希望把报刊文章和学术论文区分开，努力做到深入浅出。他说，每个学者都是有局限性的，必须清楚自己发言的边界在哪里。

腾讯文化：在您的新书《"新文化"的崛起与流播》中，有不少篇幅涉及了报刊与文学，您提到这可能与您偏向"文学的生产机制和传播方式"的学术趣味有关,按照韦勒克的说法,怎么看待您在文学内部研究与外部研究之间的选择?

陈平原:每本书都有自己的功能。我的博士论文《中国小说叙事模式的转变》,从叙事模式入手,一开始大体上是内部研究。但在具体研究的过程中,我就发现这个内部的形式演变受外在的政治体制、社会生活以及思想潮流的影响很大,所谓外部和内部,其实是相对而言的。所以,《中国小说叙事模式的转变》关注的是形式问题,但也涉及社会生活、政治思潮、教育制度等。当初我用的是美国艺术史家克莱夫·贝尔的一个概念"有意味的形式",就是说,这个形式是包含着意识形态的。

《"新文化"的崛起与流播》大部分是从报刊和出版的角度来谈文学,比较侧重文学传播的技术手段和外在环境。因为,古代中国和现代中国在美感方面确实有变化,但很难一下子说清楚;相对而言,技术的变革就显得一目了然了。但仅仅描述出版的状态及报刊的发展,还不够,还得回到它和文学潮流、文学形式之间的关系。这个研究的着力点,就是从报刊和出版入手,最后落实在文学思潮以及文学形式的演变上,这样才比较完满。打通文学的外部研究与内部研究,是我的努力方向,只不过这本书确实偏于外部研究。

腾讯文化:报刊本身是不是给文学带来了鲜明的现代性?

陈平原:报刊是现代社会的产物,但我们很难仅用"现代性"来论述。作为一种新的文学生产及传播方式,它确实影响十分深远。我曾在《文学史家的报刊研究》中指出:"大众传媒在建构'国民意识'、制造'时尚'与'潮流'的同时,也在创造'现代文学'。一个简单的事实是,'现代文学'之不同于'古典文学',除了众所周知的思想意识、审美趣味、语言工具等，还与其生产过程以及发表形式密切相关。换句话说，在文学创作中，报章等大众传媒不仅仅是工具，而是已深深嵌入写作者的思维与表达。"

腾讯文化：在那样一个带有强烈"开启民智"的时代，报刊上的文学作品承担的功能是什么样的，或者说人们对它本身经历了怎样的认知变动？

陈平原：如果落实到具体的报纸，很可能都是既有经世致用，也有风花雪月，只是侧重点不同。学者在论述的时候，基于自己的立场，选用了某一角度去建构那一段历史。因此，研究者的价值判断很重要。那些被我们认可的，不等于就是当初影响最大的，更不等于当初发行量最多的。一个时代有很多种声音，只不过后来有的被认可，有的被凸显，有的则被遗忘或抛弃了。

相对而言，我比较强调报纸的副刊，因它在组织作家、影响潮流、提出口号，以及发表作品等方面，确实起了很重要的作用。

大作家的写作就是文学

腾讯文化：自晚清报刊出来之后，引起了一个发表、写作潮流，有人称其为报刊文学，它有形成自己的美学特征吗？

陈平原：我不喜欢"报刊文学"这个概念，我们只能说报刊的出现，改变了人们的欣赏趣味、创作心态和表达方式。文学就是文学，用哪一种媒介来表达，有关系，但不是决定性的。用媒介来命名文学，我以为不太合适。就像前些年强调"网络文学"的特殊性，越说越离谱，我也不喜欢。否则，大家会误以为在报纸上刊载是一种文学,印在图书上又是一种文学,上了网更是一种崭新的文学,这就很奇怪了。

古代中国图书,大都是按照文体来编排的,报刊出来以后,最大的特点就是把文体边界给打破了。你会发现,在同一张报纸里,甚至在同一个版面上,会有各种各样的文体,不全是律诗,也不全是古风,甚至连古文、骈文与白话文都可以混排了。在这个过程中,很容易产生文体上的变异,诞生出一些新的文体,比如鲁迅的杂文,或者周作人的小品等。所以,理解报刊和出版,对于研究现代中国乃至整个世界的文学,都是非常有帮助的。

腾讯文化:提到文体,就会涉及一个争讼不断的问题:如何评价鲁迅杂文写作的文学性?鲁迅的杂文写作某种意义上是不是也可以理解成是报刊在"使用"鲁迅?

陈平原:应该这么说,第一,作家经常在报刊上发表文章,报刊的特点会影响其写作。第二,杂文文体的兴起跟报刊有直接关系,这也是可以断定的。但要是因此就判定杂文算不上文学,我不赞成。鲁迅选择杂文是不是合适,从二十世纪三十年代到现在,不断有人在争论。但请记得,鲁迅曾再三表白,是不是文学不重要,符合不符合"文学概论"更不重要。老是用一个框框来套,这个是文学,那个不是文学,这个框框本身就是可疑的。不要纠缠是不是文学,应该倒过来想,若大作家用心经营,出手就是文学。文学的边界,是文学史家定出来的,没那么神圣,但凡大作家出现,这个框框都会被改变,后来者于是有了新的文类观念。比如,以前觉得赠序或墓志铭不算文学,可韩愈出来之后,赠序或墓志铭就可以是文学;同样道理,你问杂文算不算文学,鲁迅出来之后,杂文就是文学。

革命和文学是两回事情,可鲁迅希望把二者结合起来,让革命内在于文学,或者文学内在于革命,这是作家一种深刻的思考与追求。鲁迅用杂文的形式,实现了这个追求。鲁迅杂文里,确有些是配合时事而写的,可配合时事不一定就不好,就看你的艺术才华。其实,我们把文学和非文学隔得太开了,它的界限不是特别清楚的。从二十世纪三十年代起,就不断有人感叹,说鲁迅不应该浪费才华在杂文上,应该多写些小说;因为,小说是文学,杂文不是。可过了几十年,很多当初声名显赫的小说,今天没人读了,而鲁迅那些好的杂文还能流传下来,还继续被广泛阅读。

21世纪,小说不再像20世纪那么重要

腾讯文化:在文体变化中,小说经历了怎样的变化?

陈平原:在20世纪,小说的命运是很特殊的。在传统中国,小说不登大雅之堂。只有在20世纪,因兼及娱乐性、政治效应与教育功能,小说的地位得到了迅速的提升。晚清时,梁启超办《新小说》杂志,主张"欲新一国之民,不可不先新一国之小说",因为小说有娱乐的功能,容易引起民众的阅读趣味,方便传播政治理念。其实,在整个20世纪,小说都是最重要的文类。到今天为止,小说也仍然是重要文类,只是不像以前那么地位显赫了。

在21世纪乃至未来,还会有很多人写小说,也还有很多人喜欢读小说,但它的重要性已经有所下降。在20世纪的中国,小说之所以特别重要,是因为有很多新的知识需要靠小说来传递。当初的启发民智,传播科学知识,推进社会改革,都可能借助小说的影响力。甚至你想了解股票市场,都应该去读《子夜》。今天用不着了,我们有各

种各样的专业读物。这意味着，小说不再是中国人的"百科全书"了。另外就是娱乐，以前之所以特别重视小说，是因为它的娱乐性。可现在年轻人连读小说都觉得累，电影、电视、游戏等分担了小说的娱乐功能。教育功能和娱乐功能被分担和取代，但小说的想象力还在，故魅力依旧。总的来说，小说在21世纪的中国，不会再像20世纪那么重要，或者说不再承担那么重大的功能了。

腾讯文化：但小说本身也在变化。

陈平原：任何一个文类都会随着时代的变化而变化，根据时代的需要做许多调整。我的意思，不是说小说走到了穷途末路，而是小说必须自我调整，方能更好地重新出发。今天，我们每年生产那么多本小说，在我看来，很多不值得读。20世纪80年代，中篇小说特别时兴，现在则非要写长篇不可。以前我们觉得，好的短篇小说非常有魅力，可现在短篇小说没多少人认真经营，也没有多少人热心阅读。长篇小说为什么今天这么蓬勃，真的有这个需求吗？另外，作者真的非得用长篇小说来写作才过瘾吗？不用长篇小说，或者不用小说，我能不能用别的文类来表达我的经验、感悟与思考？所有这些问题，必须直面，或者说值得我们关注与思考。

腾讯文化：那您觉得小说应该怎么调整，现在不少小说不再注重情节、故事，会不会变得越来越专业化？

陈平原：我只说必须调整，没说哪一种调整最合适。小说这一文类，这十几年也在拼命挣扎，很多作家在努力。但到底朝哪一个方向转更合适，目前说不清。每一种实验，都有一个最初的混沌的阶段，且实验不一定成功。若你身在其中，可以用自己的体会发言；若只是围观者,则先别下结论,过一段时间再来看它能走多远。

学者对公众发言,要坚持自己的专业立场

腾讯文化:当时报刊纷纷出现,并成为文化论争的阵地,它其实会把一些书斋式的学者卷进来,所以对象牙塔的冲击特别大,您觉得在当下,学者需不需要介入社会,或者该以怎样的方式介入?

陈平原:在每一个大变动的时代,所谓的"象牙塔",必定会受到强烈的冲击。而且,中国传统读书人,"风声雨声读书声声声入耳",总是希望肩负起这个责任,去影响社会进程。远的不说,从晚清以来,一直都有这个传统,只不过有的是自觉的,有的是被迫的。反而是最近这二十年,社会与学院之间的壕沟日渐加深,学院派的立场也越来越明确。

你问我学者需不需要介入社会纷争,我既不能说要,也不能说不要。因为,这是个体的选择,每个学者都可以根据各自的专业、立场、经历和趣味进行选择。如果你专业做得很投入,效果也很好,且自觉没有时间、没有兴致,更没有能力关注社会问题,或者把复杂的专业问题讲给老百姓听,因此选择了"闭门读书",在我看来,没什么不对。

但若选择对公众发言,我希望你能坚守学者的良知与基本立场。因为,一旦进入媒体发言,很容易被风潮所裹挟,如果你今天这个说法,明天那个说法,公众需要什么,你就说什么,到最后人家都不知道你的立场在什么地方。所以,我的信念是,学者一旦进入公共场域,借助大众传媒发言,除了基本的政治立场,最好不要完全丢掉自己的专业背景。用胡适的话来说,就是:"我们要用负责任的态度说

负责任的话。"

腾讯文化：您自己也经常在报纸上写文章，您会做哪些调整，这个事情本身对您自己有助益吗？

陈平原：我写报纸文章的时候，了解我的工作目标是什么，还有我的目标读者是谁。我会把学术论文和报纸文章分得很清楚，不会在报纸上表演"高头讲章"。当然，这个论述策略的调整，不能损害我的基本立场。其实，坚持你的学术立场，同时又能让大众理解与接纳，做到"深入浅出"，是很不容易的。这也是一种本领，不是谁想做就能做得到的。

你问写报纸文章对于专业研究的影响，这得看研究领域。比如我研究现代文学、现代教育和现代学术，写写报纸文章，保持对当下的日常生活、社会潮流和思想演进的敏感，对我的学术研究是有意义的。只不过在节奏上必须调整好，不要弄到写不出专业论文来。但如果你是研究上古史或物理学，经常在报纸上写文章，估计就比较难"两全其美"了。

不希望纸媒完全死掉

腾讯文化：新文化运动时期，您提到很多报纸副刊或文学杂志其实是作家自己创办的，或者是有作家参与编辑的，其后，它是否有被政治运作，或是资本运作的情况发生？

陈平原：二十世纪五十年代以前，报刊的职业化程度并不像我们今天那么高，一个大学教授为报纸编副刊，是很正常的。报社也会以客卿的方式，聘一些教授来参与工作。但五十年代以后，随着管理体制的转变，所有媒体都进入了政府的掌控，相应地，编辑的职业化程度也大大提高。比如说，编辑就是编辑，记者就是记者，教授就是教授，分工已经很明确，教授们一般也就不再编杂志或编报纸副刊了。最近二十年，相对独立的杂志和报纸越来越多，情况有所变化，不少教授参与媒体工作，其位置属于"不即不离"。

此外，正如你提到的，资本的力量越来越深刻地影响媒体的运作，这是我们必须面对的大问题。有形的广告、无形的软广告，或者通过各种"曲线救国"的方式，收买文人来参与媒体工作，包括网络，包括影视，也包括纸媒。以报刊为例，从晚清到"五四"，文人学者的影响力很大；五十年代以后，最为举足轻重的，无疑是政治家；最近十几年，资本的操控和影响力变得越来越大，这是值得我们警惕的。

腾讯文化：这两年报纸相继死掉，副刊会死掉，还是会由网络来继承呢？

陈平原：我当然希望纸媒不要太过衰落，更不要说被消灭了。纸媒跟网络竞争，容量、速度与灵活性，都远不及网络。所以，在我看来，纸媒日后需要往专业化与专题化的方向发展，包括深度的报道、研究、调查、论述等等。而在此蜕变的过程中，各种副刊的重新崛起，以及诸多学者的主动介入，将是一个值得期待的趋势。

夹在个人与官方之间的文学史写作

腾讯文化：在文学史里，晚清就像一片"游移的湖"，它的归属判断可能会涉及背后关于整个"现代中国"的理解。从您的研究思路出发,对晚清是怎样一个判断,这个判断提出了怎样的研究视野和研究空间?

陈平原:1985年,我和钱理群、黄子平发表过《论20世纪中国文学》,后来在《读书》杂志有一个连载,叫《二十世纪中国文学三人谈》。此前,晚清属于近代,"五四"属于现代。从那个时候起,我们的基本观点是,谈"现代中国",必须从晚清说起。

1987年,我在博士论文《中国小说叙事模式的转变》中第一次把晚清和"五四"放在一起讨论,比如说,我们会发现,即使到了"五四"前后,晚清那代人包括梁启超、蔡元培等,还在发挥积极作用。这个思路跟美国教授张灏的观点有点接近,我们都明确意识到晚清和"五四"两代人的工作是在做同一件事情。他讲整个中国思想的转型,是从1895年到1925年,而我的论述是从1898年到1927年,都是在谈三十年。他从1895年讲起是因为甲午战败,是从危机讲起,我从1898年讲起是因为戊戌变法,不仅是危机,更是变化。在具体论述中,他强调思想转型,我则从文学入手,强调社会、文化、文学、思想、学术都在这个地方转型。正如你所说的,如何界定晚清、晚清的地位和晚清的功能,背后是有各自的整套的学术理念的。我的论述,最值得关注的,很可能是一再强调晚清和"五四"两代人做的是同一件事情。

腾讯文化:在文学史写作中,如何处理个人见解和个人风格?

陈平原:你说的文学史写作,必须考虑是否作为通用教材。作为个人著述的文学史和作为一个通用的得到官方认可的文学史,不是一回事。如果是教材,本身就会受到很多的限制,比如教育部的规定,大学课程的设计,还有多人合作互相牵制等。从某种意义上说,现有的规章制度，包括课程要求以及出版审查等，确实会导致文学史教材比较刻板，说得不太好听就是平庸。但如果你特立独行，写得很有个性，又可能不被官方认可，无法得到推广。这是个两难的局面。

腾讯文化：那怎样来评价官方文学史教材的工作？

陈平原：所有官方认可的通用的文学史教材，必定受制于主流意识形态，这是没有办法的事。但每一个好教授在讲课的时候，都会在教材之外，讲述自己的意见。当你讲述自己的意见时，请记得，这不是一种普遍性知识。你不愿意妥协，作为一种个人声音存在是允许的，但你的东西很难成为通用教材。

腾讯文化：在很多文学写作者看来，文学史的写作跟他们好像没有多大关系，是处于一个各行其是的状态。对此，您怎么看待？

陈平原：文学史不是写作指南，并非读好文学史就能写小说。文学史是对过往时代文学的梳理、鉴别和论述。所以，学习文学史课程，更多的是一种知识积累，不是写作训练。

腾讯文化：尽管您提到文学史是朝向过去的，但还是会呈现出来一个对文学优劣的判断，这个判断标准和当下写作者可能就会存在关联？

陈平原：作为课程的文学史，主要面向过去，是一个知识积累的过程，它培养的是文学常识及审美趣味。二十年前我写过一篇《新教育与新文学——从京师大学堂到北京大学》，讨论晚清以降大学课程的变化，尤其是文学史课程如何促成各种新的文学潮流。从某种意义上说，文学史的写作和教学，影响的不是当下，而是下一代读书人的趣味与技能。

腾讯文化：那如何看待涉及当前的当代文学史的写作？

陈平原：在我看来，文学研究分两种，一是文学批评，一是文学史。文学史是不断生长的，过去的"当代"，若干年后就成为"历史"。因此，你问"当前"的创作，那是"文学批评"；至于这部作品日后能否以及如何进入"文学史"，那是一个漫长的过程，即在大浪淘沙中逐渐被读者及专家认可。

（初刊腾讯文化2015年5月27日及26日，原题《陈平原：对公众发言，必须坚持专业立场》《陈平原：夹在个人与官方之间的文学史写作》，现二合为一）

新文化运动是一个播种的时代
——答《凤凰周刊》记者徐伟问

【采访手记】一百年前的新文化运动，是由一本杂志及其主创人员引领的，那是一个报刊尚为新生事物的时代，也是一个民智未开等待启蒙的时代。《新青年》的创刊，既顺应时势潮流，也为潮流推波助澜，它成为文学、礼教、宗教、伦理、婚姻、贞洁、戏剧等一系列文化议题的主导者与参与者，通过设置议题、激发讨论、传播常识，开启了一场震烁古今的文化启蒙运动。

在清末民初的报刊热潮中，《新青年》为何能一枝独秀，成为潮流的引领者，受到智力、主张、文本、策略等多方面因素的影响。著名学者、北京大学中文系陈平原教授在新著《"新文化"的崛起与流播》中，将《新青年》置于报刊大潮中进行考察，从大众传媒的视角，分析文化的生产机制与传播方式，将人们的视野拉回现场，使对于《新青年》和新文化运动的解读，得以更接近历史的真实面目。

"新文化运动"由何而来？

《凤凰周刊》：2015年，学界隆重纪念新文化运动一百周年，但对新文化运动是否应该以1915年《青年杂志》创刊为起点，似乎仍存争议，您如何看待？

陈平原：关于新文化运动的起点如何界定，取决于论述者的理论预设和学术视野。历史事件和运动趋势是两回事，要认定某个历史事件的发生时间，比如《青年杂志》创刊或陈独秀担任北大文科学长，那很容易，因为这个时间点是明确的；但像新文化运动这样具有趋势性的社会思潮，对其如何起承转合，需要视谈论的内容和解释的方向而定。

比如，谈五四运动和新文化运动是不一样的，前者偏重于政治抗争，论述者会强调其从思想启蒙到文学革命再到政治抗争的全过程。而谈新文化运动，一般会从1915年《青年杂志》（《新青年》前身）创刊或者1917年白话文运动兴起算起。

不过，我个人的学术立场会和很多学者不一样，在《触摸历史与进入五四》的导言中，我曾强调晚清与五四两代人的合力，共同促成了新文化运动的成功。从戊戌变法到20世纪20年代中期，思想的、语言的、文体的、媒介的、教育的一系列变革，构成了我们今天所说的新文化运动。启蒙思想家有意识地借助大众传媒来改变中国，是戊戌维新开始的。当然，在此之前已有报刊出现，如王韬在香港办《循环日报》等，但那时还没有形成大的思潮。

《凤凰周刊》："新文化运动"作为一个概念被提出，据可查文献，最早是什么时候？

陈平原：我没有做过全面检索，不能确认谁最早使用"新文化运动"这个词。但是，我们可以看到，1920年陈独秀在《新青年》上发表《新文化运动是什么？》，专门谈这个问题。此时，"新文化运动"这个词已经很流行了，陈独秀只是赞成而已。五个月后，胡适发表公开演讲，干脆拒绝自己从事的就是"新文化运动"。鲁迅也曾在《热风·题记》中提及，"新文化运动"这个词是外人给取的，最初甚至不无嘲讽的意味。只是新思潮的力量越来越大，这个词逐渐普及，最后连胡适本人也都接受了。因此，即便我们把20世纪最初20年的报刊全部检索一遍，寻出谁最早使用这个词，也都意义不大。关键是辨析这个词的具体内涵，以及推动这个词流通开来背后的力量。

大众传媒视角里的《新青年》

《凤凰周刊》：您在新著《"新文化"的崛起与流播》中，将《新青年》放在清末民初的报刊大潮中讨论，特别强调其"大众传媒"的性质，选择这样的视角用意是什么？

陈平原：今人谈论《新青年》的时候，容易走向神圣化和污名化两个极端。在我看来，必须将它还原为一本杂志，才能对其准确定位，明白其文章的特点和用意，并对其不足予以同情之了解。

包括陈独秀在内，几乎所有主要作者，在介入《新青年》事业之前，都曾参与报刊这一新生的文化事业，并多有历练。如陈独秀办《安徽俗话报》、蔡元培办《警钟日报》、吴稚晖办《新世界》、章士钊办《甲寅》、钱玄同办《教育今语杂志》、李大钊编《言治》，还有周氏兄弟为《河南》《浙江潮》《女子世界》撰稿并积极筹备

《新生》杂志。《新青年》的作者群及编辑思路，与《清议报》《新民丛报》《民报》《甲寅》等清末民初著名报刊，有着千丝万缕的联系。故而，我们今天重新评估《新青年》，首先必须将其还原为一本报刊。

清末民初迅速崛起的报刊，已经大致形成商业报刊、机关刊物、同人杂志三足鼎立的局面，而《新青年》正是同人杂志的最杰出代表。以北大教授为主体的《新青年》同人，是一个有共同理想，但又倾向于自由表述的松散团体，他们借报刊为媒介，集合同道，形成某种"以杂志为中心"的知识群体。后来，"同人杂志"已超越一般意义的大众传媒，兼及社会团体的动员与组织功能。世人心中的"《新青年》同人"，已经不仅仅是某一杂志的作者群，而是带有明显政治倾向的文化团体。

《凤凰周刊》：在当时的报刊潮中，《新青年》能脱颖而出并引领新文化运动的关键原因是什么？

陈平原：在清末许多早期启蒙者的论述中，我们已经能找到民主思想的萌芽，但是，出现思想萌芽与形成一种文化思潮，不是一回事。新文化运动并非某一个人的奇思妙想，或偶然出现的一篇好文章，它包括旗帜的高扬、同道的呼应、社会的接纳、读者的追随，这些合在一起才能够构成所谓"运动"。

《新青年》之所以能在众多杂志中脱颖而出，关键在于和北京大学结盟。《新青年》影响最大的时期，是中间的第三卷到第七卷，那时候，绝大部分稿件出自北大师生之手。最开始的两卷虽也有一定影响，但它之所以能风靡全国知识界，很大程度上是因其与北大结盟。在结盟前，其作者群主要是陈独秀的《甲寅》旧友，结盟后则基本上是北大师友；结盟前，其发行陷入危机，结盟后发行量陡增到1.5万份，除了社会影响巨大，本身还可以盈利。到第四卷之后，甚至对外宣称"不另购稿"，也就是说，对于世界、对于时事、对于文学革命或思想启蒙等各方面议题，其同人作者群都能完成。与北大结盟后，《新青年》的整个学术影响力和思想洞察力，得到迅速提升。所以说，陈独秀的北上是关键一步。

《凤凰周刊》：与一般的时评杂志相比，《新青年》有何突出特点？其所发起和主导的白话文运动、孔教、礼教、戏剧、婚姻等问题讨论，都是当时急迫的社会热点问题，这些议题产生的背景是怎样的？

陈平原：《新青年》的突出特点，在于它比别的时评杂志更有学问，但杂志本身又是直面当下的。当时所有重要的社会议题，《新青年》都有所涉及，他们把学理和大众需求很好地结合在一起。

读书人参与时代议题，可通过演讲、著述、教书或与大众传媒结合等形式。陈独秀曾说过，他办杂志有两个特点，第一，"有一种主张不得不发表"，第二，"有一定的个人或团体负责任"。前者凸显同人杂志的精神，后者则指向同人杂志的形式。既要有学问，又要愿意跟公众对话。当时社会上出现的称帝问题、妇女问题、孔教问题等，都是沿着这个思路被提出来加以探讨的。

我所强调的，要从杂志的角度来理解《新青年》，还包括理解其表述的"极端"与"过激"。不是今天，当时就有人批评《新青年》"好骂人"、"说话太极端"。实际上，《新青年》同人自己也意识到了这个问题。不过，如果我们从杂志经营的角度考虑，就会明白这正是大众传媒的特点。杂志不是结构严谨、论证充分的著作，也没希望"藏诸名山,传之后世",而是要每时每刻都面对公众,回应当下的热点问题。而大众传媒要想吸引尽可能多的读者,夸张的语调、杂文的笔法,乃至"挑战权威"与"过激之词"等,都是必不可少的办刊策略。当时的情形,一是国势危急,时不我待;二是大家都还没掌握好大众传媒的特点,说话容易出火。至于《新青年》迅速崛起,不可避免地对他人造成压迫,打破了原有的平衡,对其"垄断舆论"的批评,需做具体分析。

《凤凰周刊》:从当时的销量来看,《新青年》并不是销量最大的媒体,鲁迅小说的发行量甚至不如张恨水的小说,但为何《新青年》会成为新文化运动的主阵地?其主要撰稿人会成为运动领袖?

陈平原:谈论文学史或思想史上的影响力,不能单纯从销量来判断。在我看来,有两种读者,一种是一般读者,其购买和阅读,乃纯粹的文学消费;另一种则是理想读者,他们不只是阅读,还批评、传播、模仿、再创造。当年张恨水的读者确实比鲁迅多,但这只是短时间内。因为,他们的读者素质是不一样的,鲁迅的读者有评论、传播以及模仿写作的能力,而张的读者只是将其当消遣读物。

另外,鲁迅等人的小说和散文,发表两三年后就可能进入了中小学教材,或被选入各种选本,很快形成巨大的影响力。张恨水的小说从来没有进入中小学教材,差别就在这。谈影响力,不能只看图书销量,必须把教育考虑在内。除了中小学教材,大学里的课堂讲授,集体住宿制度,还有社团活动等因素,都使得同样一本书,卖给一般市民与卖给大学生,传播的广度与速度是不同的。因此,我才会特别强调《礼拜六》和《新青年》的读者构成不同,直接影响其传播效果。

也谈新文化人的学养问题

《凤凰周刊》：过去，我们一直认为新文化运动的两个旗帜是"民主"与"科学"，但学者秦晖提出，新文化运动领袖们真正谈民主共和、宪政法治的很少，更多的是谈个人的独立自由和思想解放，这与他们主要是留日有关，在学养方面可能存在不足，您如何看待？

陈平原：其实，应该这么提问，为什么那时的读者对宪政法治之类的话题不太感兴趣，而更关心个人的独立与自由？某种程度上，主要不是作者的学养，而是读者的趣味和接受能力决定了杂志的编辑方向。我们不能用今天专家的眼光来苛求当时的作者与编辑。其实，这些问题都有人谈过，但不受关注；而没有进一步的追问，也就难得深入展开。虽然陈独秀说过，办刊必须"有一种主张不得不发表"，但杂志多少还是受制于读者的能力和趣味的，当主编的，会根据读者反馈不断调整议题和编辑策略。

此外，五四新文化人和20世纪30年代以后的读书人最大的区别，是他们不够"专业化"，其趣味接近于百科全书派，什么都知道，什么都感兴趣，什么都想学，但不是某一个特定领域的专家。专业化是20世纪30年代以后的大趋势，如果用专门家的标准来评价晚清和五四两代学人，那会不准确的。那个时候的读书人，饥不择食地吸收各种知识，他们读书不是为了拿学位，撰稿也不是在做博士论文，学到了新知，赶紧用它来改造中国。如此学以致用，不免急功近利，读歪了，或解偏了，那是很正常的事。

至于说整个作者群的知识结构是什么样子，可以这么说，我们今天的学者，学养大都不如晚清及五四的新文化人。我们确实受过很好的学术训练,但只知道自己专业领域的那一点东西,只能做一些专家之学;专业以外,若需发言,往往捉襟见肘。某种意义上,五四新文化人是开疆辟土的一代,而我们基本上是守成,做些局部的调整或反拨,意义是不一样的。

另外,我们必须明白当时读者的水平,他们需要什么样的东西,这才是我们理解杂志的关键。杂志编辑乃作者和公众之间的一座桥梁,作者立意太高,那就压一压;读者水平太低,那就提一提。为什么《新青年》谈法治、谈宪政的文章很少,因这类话题当时不太受关注;为什么谈婚姻、谈贞洁能引起全民大讨论,因那是广大读者的切身体会。成功的杂志,毫无例外,作者和读者必须不断地相互调试。

《凤凰周刊》:可见,新文化运动之所以能兴起,与其注重与大众的结合互动,并在语言和文本上进行改革有莫大关系,而此前维新派的思想萌芽,还是停留在知识精英阶层,未能形成大的社会思潮。

陈平原:形成思潮是有条件的,不只是见解高低的问题。某一个时期,若大家都在关注某个话题,那必定是有原因的,不会是偶然的。有一些话题,确实是主编预先设计的,但操纵得动操纵不动,除了主编及作者自身的才华,还牵涉读者的接受能力。

一百多年后,我们回头看晚清及五四的报刊,还会有新鲜感。因为,那时的新文化人,几乎把每个有趣的话题都提出来了,但每个问题都没说透,遍地开花,却很难结果。必须等后来者追上来,在遍地野花中选择一朵,摘下来,插在头上,再继续往前走。所以,新文化运动是一个播种的时代,不是一个收获的时代,不应该用今天"典藏"的标准来衡量当时的作品。他们播下那么多种子,良莠不齐,过了三四十年甚至一两百年,我们不断跟他们对话,调整自己的方向与步伐,真正收获的,应该是聪明且勤奋的后来者。

《凤凰周刊》:一百年后的今天,我们来回顾和纪念这本杂志和这场运动,其主要价值和意义是什么?对当下中国的学人有何启示?

陈平原:谈新文化运动那代人的姿态,会让今天的读书人感到惭愧。那代人的意志与激情、立场与胸襟,以及学养与情怀,都是今天的读书人所缺乏的。如何选择一个独立思考的位置,获得一个自由辩论的平台,回到坚持自家理念而又能够充分表达的理想状态,对于今天中国的读书人来说,还是颇为奢侈的。

今天中国的读书人,不太敢像五四新文化人那样,非常直率、表里如一地表达自己的思考、困惑和追求。有领导在场和没领导在场说话不一样,人前和人后说话不一样,在媒体上发言,在课堂上讲话和在朋友圈中聊天也不一样。回过头来看,你会觉得五四那代人挺可爱的,他们的见解不见得高深,但文章读起来会有一种心旷神怡的感觉。谁都明白,说得到的不见得就能做得到,但敢于直截了当地说出自己相信的观点,还是很令人羡慕的。我们今天缺的,或许就是这个东西。

五四新文化运动在20世纪中国思想文化进程中扮演了重要角色,作为后来者,我们必须跟当时的思想学说、文化潮流、政治运作等保持不断的对话。这是一种必要的"思维操练",也是走向"心灵成熟"的必由之路。在这个意义上,新文化运动之于我辈,既是历史,也是现实;既是学术,更是精神。

(初刊《凤凰周刊》2015年第28期,10月5日,原题《陈平原:新文化运动是一个播种的时代》)

小城文化与学者之路
——答《潮州日报》记者邢映纯等问

有文化的小城,为人生打好底色

《潮州日报》:陈教授您好!感谢您接受我们的采访。您是潮人的翘楚,您在中国文学研究方面的成就已是有目共睹。这次专访,作为您家乡的媒体,我们主要想知道,您作为从潮州这个小地方出来的读书人,如何一步步成为今天的大学者的?换个角度说,以前我们是"知其然",今天,我们希望通过我们的报道,让人"知其所以然"。

陈平原:你刚刚说"小地方",在我看来,潮州不是大都市,也不能算太小的地方。前些天,在三亚国际财经论坛上,那财经论坛里还套着一个文化论坛,我谈到都市化以后,特别怀念那些有历史有文化的小城。经济全球化势不可挡,与之相对应的文化多样性该如何实现呢？单靠历史文化名镇名村不行，因力量太小，只能起怀旧、观光或点缀作用。小城不一样，那些动辄有千年历史的小城，有自己的人物、故事乃至方言，是很好的文化标本，若能保存下来，是可以帮助实现中国文化的多样性的。还记得邓丽君那首《小城故事》吗？我特别感叹，不仅中国，全世界都是这样，很多大人物都是在小城里面出生并长大的，然后再到大城市去发展。这样的话，他/她有另外一种生活体会，不断地在两种不同文化经验之间对话、调整与转换，兼及生命深度与灵活性，更可能有大的发展空间。

《潮州日报》：您对家乡的这种感情，是年轻时候就有呢？还是现在才有？因为年轻的时候，我们总是向往大城市的。

陈平原：没错，年轻人都向往大城市，尤其向往大城市的华丽与丰富，那里有更多的发展机遇。永远都在小城里生活，会有遗憾的。可有了大城市的生活经历，闯荡世界一段时间以后，了解生活及文化的多样性，明白繁华背后的阴影，再回过头来，你也许会觉得小城的生活状态更有吸引力。大致20年前，我写过一则题为《小城故事多》的短文，谈的是欧游的感觉。今天的中国，最吸引年轻人的是"北上广深"；那是因为中小城市的机遇较少，且各种生活及文化设施没有发展好。我相信再过20年，中国会出现一批美丽、舒适、宜居且有文化的小城。

上个月，我带了两个学界朋友到韩山师院做演讲，也想让他们了解这个南方小城。他们到了之后特别惊讶，说没想到潮州这么有文化！其实，潮州的情况是这样的，大文人不多，小文人遍地都是。我不敢说潮州出过多么伟大的作家，但这里普遍的文化水准和教育水准都不错。这是一个基本判断。从这里走出来的读书人，琴棋书画，基本修养很好。有了合适的环境，自然而然就能茁壮成长。

这是小城走出来的人的共同特点。好处是随时随地蓄势待发，缺点则是受制于外在环境。永远都生活在小城，可能会受制于小城的趣味及格局，加上没有那么大的舞台，很难有大的发挥。我们都知道，站在高处说话，声音是可以传得比较远的。假如有好的条件，由小时候的修养和地方文化的熏陶所塑造出的潮州人的基本品格，就自然会生发光大。所以，我虽然强调小城的魅力，还是希望更多潮州子弟，考北大清华等名校，或者到各国好大学念书；首先是走出去看世界，至于将来回不回潮州，那另说。

当然，潮汕人走出去，一开始会有点"憷"，就像你刚才说的，我们自认为潮州是个小地方。我刚到中山大学念书时，也是这么想的。多年后回过头来看，潮汕人基本的文化修养和教育水平并不比大城市的孩子差多少。当初我的不少同学是从北京、上海或广州招来的，聊天的时候，听得你一愣一愣的。他们确实比我们见多识广。可这没什么了不起，那是生活环境造成的，不代表我们笨或不努力。现在好多了，当初潮州这小城确实给人很闭塞的印象，我曾经说过，上大学前我没有看见过火车。这是潮汕以前的特点，人称省尾国角，交通很不方便。可我们是"起了个大早，赶了个晚集"，晚清的时候已经有火车，要不怎么叫"铁路线"，到20世纪30年代抗战的时候拆掉了。起码我出生后，潮汕就没有火车了。生活在大城市的人，很可能觉得你太乡下了，居然没有见过火车。可实际上，潮汕并没那么闭塞，教育及文化基础也都很不错。

"高考作文登在《人民日报》上，是一个非常偶然的事情"

《潮州日报》：但是进大学后您已是名人了，您的高考作文《大治之年气象新》已被《人民日报》转载，在小城是史无前例的，在全国也引起了轰动。还"憷"吗？

陈平原：是的。高考作文登在《人民日报》上，那是一个非常、非常偶然的事情。有兴趣的话，你看一下我那篇颇有自嘲精神的《永远的"高考作文"》。当年《人民日报》登了四篇作文，一个北京的，一个广东的，还有其他人，我忘记了。这中间只有我留在学术界，而且略有影响力。所以，每当纪念改革开放，或者怀念邓小平，报社或电视台就会来采访，弄得我很不好意思。你想，都这么多年过去了，我老在说高考作文，显得特别没文化（笑）。我自己心里很清楚，不会得意忘形的。虽然那篇高考作文后来进入了各种作文选，还有人分析得头头是道，说写得多好多好，我说这都是胡扯。（笑）这不是客气话，高考作文本就不可能有好文章。更何况，那时刚恢复高考制度，怎么考，大家都没经验，也没时间复习准备。我基础不错，考上了，很幸运，如此而已。至于作文登上了《人民日报》，那纯属偶然，说得不好听，这就叫撞大运，或者说"瞎猫碰上了死老鼠"。

《潮州日报》：当时会不会觉得特别骄傲？

陈平原：没有。我当然会很高兴，但不会太骄傲。也就是我在《永远的"高考作文"》中说的，我明白自己的实际水平，同学中有不少比我强，他们上大学前就是小有名气的作家，而我又是小地方来的，大家会有点不太服气。我跟大家解释，在考大学之前，我是语文老师，教了五年书。语文老师的作文，不说精彩，起码没有大的毛病，文通句顺。作家不一样，你们都想出奇制胜，表现自家才华。如果参加高考，作家的作文不见得能拿高分，因为不守规矩，太个性化了。

《潮州日报》：您很客观地评价自己。

陈平原：我想清楚了，不是因为别的，就因为我是语文老师，作文中规中矩，而又略有一点才华。太有才华的话，天马行空，高考可能考不好。在这个意义上说，我只是符合基本的作文要求，在一个合适的场合说了一些合适的话。同学听了我的解释，觉得我有自知之明，不错，还有戏。当初若是太得意，那早就完蛋了。

"这些年我之所以做得不错，是因为我的歧路比较少"

《潮州日报》：中大应是您迈向今天学术殿堂的第一个平台？虽然您刚说了，一开始有点"憷"。

陈平原：对。我当年在中山大学的老师说了一段话，后来我不止一次转述给我的学生。他说，根据他的观察，大学第一年，都是大城市来的人吃香，因为他们见多识广，能言会道，表现很张扬；小地方来的学生，木讷，不太爱说话，明显气势不足，有点胆怯。然后呢，第二年，第三年，大家分头努力，到了第四年，你就发现，反而是小地方来的人学得好。因为，一开始我们不太自信，把自己压得比较低，学习很刻苦，而且没那么多旁骛。大城市来的学生，往往心高气傲，有各种各样的想法，很活跃，在学校里是风云人物。小地方来的人比较内敛，勤奋，知道自己的不足，所以很用功。这就导致到了毕业的时候,成绩最好的,走到前面的,往往是小地方来的人。我经常用这个话来鼓励我的学生,因为,到现在为止,我指导过的博士生,大都是从小地方走出来的。所以我说,小城有文化,就是这个道理。

读书,没有才气不行,但太有才气也读不好。因为太有才气的人不屑于花时间,下苦功,也不愿意长时间坐冷板凳,他们都想走捷径,三下两下就走到最前面。过了一段时间,发现不行,此路不通,那就更着急了,更得想办法抄近路。可问题在于,做学问本就没有什么捷径,所谓"成功",其实就是尽可能少走弯路。小地方来的人,知道自己不足,还比较愿意下苦功。我特别强调,是有文化的小城走出来的读书人——因为小地方有小地方的问题,比如格局太小,容易满足,或者小肚鸡肠等。潮州是个有文化的地方,从这小城走出来的,大都有底蕴。只要不自卑,够努力,一旦机缘凑合,他的聪明才智就会发挥出来。

经常有人问我说,你做得不错,是怎么做的?我回答很简单,因为歧路比较少。谁都明白歧路亡羊的道理,但不见得能拒绝各种诱惑。我之所以歧路少,不是因为意志特别坚定,而是我八面风光的可能性不大。很多人足够聪明,但可能性太多了,什么都想要,就容易歧路亡羊。我很早就知道自己不适合于从政,也没有能力经商,更当不了体育或演艺明星,一大堆好路都行不通,只有读书做学问好像还可以。

《潮州日报》:所以您就心无旁骛地做下去?

陈平原:对。之所以"心无旁骛",某种意义上就是意识到自己的短处,在各种自我限制中起步,走自己认准的路。我颇为担心的是,很多孩子太聪敏了,心比天高,有各种各样的想法,什么都舍不得丢弃，于是随时转弯，到处跟风。一开始看不出毛病，可五年十年后，问题就会逐渐呈现出来。

《潮州日报》：那您在中大用了多长时间，就脱颖而出了？

陈平原：（笑）我从来就没有"脱颖而出"，缺少你所需要的戏剧性。只能说，大概到大学四年级的时候，我读书就开始有点感觉了。

《潮州日报》：能简单回忆一下您在中大的读书经历吗？

陈平原：我在中山大学读了六年半的书，四年本科，两年半硕士。一开始，就像所有小地方出来的人一样，很勤奋，能读书，会考试。只不过，在按部就班的学习过程中，我会不断地自我反省。

《潮州日报》：但当年在中大的人，基本上也都是能读书，比较用功的。

陈平原：对。大家学习都很刻苦，但不见得都有自我反省的意识与能力。一二年级还很不自信，主要靠分数来肯定自己。到了三年级以后，逐渐明白读书的道理，开始天高任鸟飞，不再局限于老师的课堂讲授。所以，我四年级时写的毕业论文，今天还能看。也就是那个时候，自我感觉开始上路了。

《潮州日报》：您自己最满意的，算作您的成名作的是什么？《大治之年气象新》应该不算？

陈平原：那个不算。1985年，浙江文艺出版社出版了《全国大学生毕业论文选编》，收录了全国中文系77、78级大学生毕业论文若干篇，里面就有我那篇初刊《中国现代文学研究丛刊》的《论曹禺戏剧人物的民族性格》。我曾自我评价，大学毕业论文做得不错，博士论文也很出色，就是硕士论文没做好。因学制不同，我要考北大博士生，就得提前半年毕业，因此论文准备不足，写得比较仓促。

"也许，喜欢念书就是我的特点"

《潮州日报》：歧路比较少，是因为您从小就明白您读书的方向？

陈平原：不是的。一开始读书，没什么方向感，逮到什么读什么，只是喜欢读书而已。当然，从小就喜欢读书，这跟我父母的职业有关。我父母都是老师，在中专或中学教书，都教语文。这么说你就明白，我学文学，似乎是天生注定的。

有一个细节，可以说出来。1969年秋天，我没办法继续升学，只好回老家潮安磷溪公社旸山村插队务农。到乡下劳动不到半年，父老乡亲照顾我，让我当民办教师，当时我才16岁。教了一年半，1971年的夏天，我决定辞职，回去念高中。很多人说我傻，因为教书这活很不错，不用风吹日晒，还有时间读自己喜欢的书，而且工分不少。所以，当我决定放弃教职，重新回去读书的时候，很多人来劝我，说你读完高中又怎么样，还找不到比这更好的位置。

当时根本没想到日后能自主考大学，只是觉得，只要有机会，我就一定要念书。

《潮州日报》：父母支持吗？

陈平原：父母当然支持。1971年至1973年间，我在原来的潮安四中,那时叫磷溪中学念了两年高中。所以,在同代人中,我的学历是最完整的,从小学到初中到高中,到大学到硕士到博士,每一环都没有缺。不是预料到将来可以考大学,我才去念书的,就是喜欢念书。有机会,不管怎么样,先念了再说。

《潮州日报》:您当时看的书有倾向性吗?

陈平原:你应该看我的一篇文章,题目叫《父亲的书房》,大意是说,看一个人的书房,可以了解这个人的精神气质;而看一个父亲的书房,可以预知其子女将来的趋势。我的爸爸妈妈都是语文老师,所以,我自然而然就走到这条路上来。用今天的眼光,那时我家的藏书并不算多,但在当时已经很了不起,有好几个大书柜的书。利用我妈妈刚获得解放,重新开始教书的机会,申请要回以前被查封的书籍。所以,文化大革命期间,我在乡下插队八年,还能坚持读书,很大原因是我自己家里有不少书。

《潮州日报》:当时读书不会受影响吗?

陈平原:没人管,因为我已经在乡下生活了。家里原有的藏书,是我重要的启蒙导师。以后我走哪一条路,跟这批书有很大关系。我考上中山大学中文系,此前我已囫囵吞枣,翻阅过黄海章先生的《中国文学批评史》、王季思先生的《西厢记校注》;后来念北京大学博士生,导师王瑶先生的好多种书,我们家都有,此外还有林庚先生的书,吴组缃先生的书。我事后发现,中大、北大好几个著名文学教授的书,我家里原来都有。当然读不太懂,但也就这么读下来了。

《潮州日报》:很多孩子读书,会对小说类比较喜欢,对研究类的不太感冒？

陈平原：当时的想法是，我这辈子大概没有机会念大学了，所以，我自己给自己上大学。我知道，这些书是大学教授写的，很重要；没人教，那我就自己学。刚好父母藏书中，除文学作品外，有各种各样的文学史，还有文学批评史，以及各种文学研究专业著作，我都是拿起来就读。读得懂读，读不懂也读。借用鲁迅的说法，这就叫"随便翻翻"。日后居然考上了中文系，而且以文学研究为职业，实在是机缘巧合。当初的"乱翻书"，属于"无心插柳柳成荫"吧。

《潮州日报》：也为您的今天打下了基础。

陈平原：对。当然，没有人指导的阅读，会走很多弯路。但在这个过程中，也会自我摸索，养成了你自己的阅读习惯。比如，比起现在很多科班出身的年轻学者，我的阅读兴趣及研究范围是比较广的，这就是当年乱读书留下的印记。好处坏处都在这儿。如果是从本科、硕士、博士读下来，一路都有人指导，很少走弯路，但会被限制在某个学科范围内。而我不太受这个限制，经常左右冲撞、上下求索，这跟我当年凭兴趣自主选择的阅读习惯有关。

《潮州日报》：当年的乱翻书，也打开了您后来学术研究的空间。

陈平原：当然，如果后来我没有机会进大学接受正规的学术训练，一直满足于"乱翻书"，那也有很大的遗憾。我的好处是，自主学习与科班训练，日后在某一点上两者结合起来了，这就好像打通了民间与庙堂。

这期间，还有一个我要特别提到的，那就是当时的潮安县文化馆对业余作者的扶持。我在乡下插队务农，业余时间阅读写作，潮安县文化馆的老师们帮助我，提供发表的机会。这里有两个人我很感念，一个是曾庆雍，一个是李英群。当年的县文化馆就设在今天的开元寺里面，我经常去。从我插队的磷溪旸山到潮州开元寺，路很远，要骑脚踏车。不过，一路走来，风光无限，那是暗淡岁月里的灯光。

《潮州日报》：您怎么会找到那个地方去？

陈平原：曾庆雍、李英群跟我爸爸很熟悉，第一次见面，是我爸爸带着去的。虽然我在文学创作上没什么成就，但在乡下那段日子里，有文化馆的鼓励与支持，让我自己显得好像也挺有文化的样子。当初如果没有他们的鼓励，或许我就不会这样坚持下来。所以，我特别感谢他们。

《潮州日报》：后来到北大，您跟钱理群先生有了交流，促使您成为北大王瑶先生的博士生？当时具体聊了什么？

陈平原：那个时候，我刚好到北京开会，上北大找黄子平。钱理群当时是王先生的助教，人很热情。我随身带着我的会议论文《论苏曼殊、许地山小说的宗教色彩》，那是油印本，还没有正式发表，我就给了他。他一看很喜欢，就建议王先生把我招过来。王先生读了论文，也觉得挺好的，然后跟北大校方提，想让我来北大教书。北大认为聘一个外校毕业生，没把握，以前也没有这么做过。于是建议王先生招博士生，博士毕业再留校任教，就顺理成章了。因此，我成了北大第一批两名文学博士之一。

《潮州日报》：也是很顺畅的？

陈平原：是的。当初我就知道，只要考上大学，以后的路，自己能走出来。对我们那代人来说，恢复高考是最为关键的，如果没有这一制度的转变，个人再有才华也没用。所以，77、78级大学生普遍对邓小平很有好感。

来北大找以前认识的黄子平，以及老钱看了我的文章就推荐给王瑶先生，我就这么进了京城。这一切都很自然。今天的人不太能了解80年代的精神氛围，那时的读书人普遍有这种"同气相求"的感觉。当然，我真正的精神蜕变以及自信心，很大程度是在中山大学完成的。那时候的大学生，愿意跨长江、过黄河，到京城打拼，是需要勇气与底气的。当我走进北大校园的时候，一点都不自卑，也并不觉得北大就一定比中大强多少。

《潮州日报》：您进了中大，到了第三第四年之后，就找到自己的路。

陈平原：说找自己的路，其实是慢慢摸索出来的。所谓自信心，也是逐渐建立起来的。到大学四年级，我就知道自己大概可以往下走。第一次感觉写论文的乐趣，而且意识到自己的文章会有个性，还有发展空间，确实是从《论苏曼殊、许地山小说的宗教色彩》这篇文章开始。写这篇文章时，我在中大念硕士二年级。

我是一个低调的理想主义者

《潮州日报》：大家都知道，做学术研究，要耐得住寂寞。对比学术研究，文化研究或许会更寂寞，因为它不同于科技研究，很难有很明显的社会效果，也就难有那种成就感。为何这么多年下来，包括在市场经济大潮中,在"造原子弹的不如卖茶叶蛋"的年代,你仍能做到心无旁骛,没有歧路?

陈平原:几年前,《求是》杂志副牌《小康》做改革开放30年回顾,报道了一些代表性人物,写我的那一章题为《我是个低调的理想主义者》。你问我为什么不会因外在的诱惑而动摇,或者受到什么打击就气馁或者说放弃,这跟我的出身及性格有关系。我总觉得,像我这样从小地方走出来,能走到今天,已经很不错了。不要悬得过高,尽力而为,每天都能往上走一点就行了。不会把自己设想得特别伟大,中才而已,但努力下去,会有一点收获的。你说最终能走多远,我也不知道。不是告诉你,我是小地方出来的吗?小地方出来的人有个好处,就是知道生活艰辛,不会想入非非,老惦念着一步登天。我知道自己底子不好,见识有限,那就慢慢来。假如能长久保持这种不断向上的姿态和心境,10年20年30年50年以后,回过头来看,你也许已经走得很远了。这是笨人的思路,但借用章太炎的说法,做学问必须是有天分而自居愚笨。

"我只想当一个学者,一个好学者"

《潮州日报》:保持向上的姿态,舞台空间又不断扩展。一开始是北大,后来又到世界各地著名学府讲学或访问研究。当访问学者会不会进一步打开你的空间?

陈平原:其实北大的平台挺好的,作为北大教授,我是比较幸运的。张爱玲的小说里面有一句话,说香港是个夸张的地方,摔一跤都比别的地方疼。我说过,北大也是一个夸张的地方,在这个地方演出,不管优点还是缺点,都容易被放大,被高估。北大教授的名声及地位，普遍超过本人的实际水平，这一点我很清醒。北大的位置很重要，加上我的专业是中国文学，即使在国外，人家也会重视你，觉得你代表了你们国家的文化水平。开相关的学术研讨会或邀请讲学，需要找一个中国代表，很容易就想到了北京大学。所以，我比同时期其他高校的学者有更多的机会。

《潮州日报》：出去之后对您的影响最大的是什么？

陈平原：跟国外学者交流，是一种正常的学术活动，因专业的关系，我的心态比较平和。我知道汉学家他们的强项，也了解他们的缺点，所以不会特别自卑，也不会特别亢奋。

前些天《长江日报》刊发一篇关于我的专访，题为《陈平原：中国大学的影响力比排名高》，是从我的"大学五书"说起的。其中记者问到，莫言、屠呦呦得诺贝尔奖，是不是跟他们出身名校有关系。我说没关系的，接着引用我的老师王瑶先生的话，他说，学者和大学的关系，就好像商品和橱窗。你没有出名的时候，橱窗给你很多帮助，你放在这个耀眼的橱窗里展出，人家就会重视你；当你有一天出名了，那橱窗就会因为商品而获益。我之所以学术之路走得比较顺，某种意义上得益于橱窗。有机会被放置在北大这个橱窗里，再做不好，实在说不过去。

《潮州日报》：您刚说过自己是个不想当官的人，最后还是当了北大中文系的主任？

陈平原：（笑）中文系主任不算官啊。

《潮州日报》：但在北大这种地方，能走到系主任这个位置，主要靠什么？

陈平原：没靠什么。也可以这么说，20世纪90年代以后，我做了不少学术组织工作，是民间性质的，所以，在中国学术界，我的人脉和声誉比较好。让我当北大中文系主任，除了教学及科研成绩，大概与这种人脉与声誉有关。可即使我不当系主任，也有那样的影响力。当年我决定辞职，教育部原新闻发言人、后来的语文出版社社长王旭明专门跑来问我，说为什么不干了，你应该可以往上走的。我说我对从政没有任何兴趣。我要当一个学者，一个好学者。学校信任我，同事信任我，让我做一届系主任，这很光荣；可做系主任需要花很多时间及精力处理行政杂务，对我来说，那是一种奉献，绝不会恋栈。

《潮州日报》：现在还在做吗？

陈平原：早就不做了。四年任期一到，马上就下来。做行政工作不是我的最爱，或者说，不是我的兴趣及专长所在。

《潮州日报》：看资料显示，从90年代中期开始，您已有数十种著作发表？

陈平原：应该说，真正的著作只有30余种。所谓出书七八十种，是包括选本及随感。

《潮州日报》：这对很多人来说已是很"多产"的了。哪来那么多时间呢？

陈平原：我妻子也是北大中文系教授，志趣相同，除了旅游，没有别的爱好。这样，生活比较简单。从长远来看，生活有规律是一个学者的重要素质。文学创作需要爆发力，各种才情突然间爆发，生活可能很不规律。做学问不是这样，那是一个长线工程，必须有良好的心境，稳定的生活态度，以及比较有节奏感的工作，这样才能一步一步往前走。

我进入工作状态不久，就获得了读书写作的自由，不为生活所迫，加上我们对生活的要求没那么高，所以比较从容。现在的年轻人比我们当年困难，有的是因为欲望太多，有的则是基本生活没保证。我博士毕业后留在北大，这么多年来，穷也行，富也行，基本上跟时代一起前进，不用操很多心。因此，我会有比较稳定的心态及时间，投入到我喜欢的学术研究里面来。

《潮州日报》：每天会不会忙到很晚？

陈平原：晚上一般十二点睡觉，早上七八点起来。长期这样，对于研究者来说，这是一种必须有的生活节奏。

《潮州日报》：回到学术研究话题方面来。您出了那么多书，但今天，能静下心来看学术著作的人很少。

陈平原：是的。但也没必要那么多人读。曲高和寡，这是一个方面，假定你的工作属于"阳春白雪"，就不能要求"下里巴人"的听众都欣赏。这里的高低雅俗，指的不是道德境界，而是文化修养。无论古今中外，学术著作从来就不可能有那么多人读。有时因风气缘故，会有虚假的"学术畅销"，如20世纪80年代《存在与时间》《存在与虚无》一印就是十万册。但这个时间很短，因为很多人买回家去，根本不读，也读不懂。其次，你做精深的专业研究，决定了你不可能有特别多的粉丝；如果你有那么多粉丝，反而是有问题的。如果我的学术著作成了畅销书,第一不可能,第二我没有这个愿望,第三万一真的如此,那这个社会可能有问题。《千古文人侠客梦——武侠小说类型研究》算是我的著作里阅读面最广的,刊行20多年来,简体字繁体字总共七八个版本,加上英文、俄文、韩文的译本,也不够十万册。那本书也是学术著作,不好读的,很多人买完以后就发现上当了。我从司马迁的《史记·游侠列传》一直讲到金庸小说,讨论的是中国文化一个特殊的面向——游侠精神与江湖世界。

《潮州日报》:那本书的文风,跟您后来的文风似乎也不大一样。

陈平原:那是因为谈武侠,必定多"意气"。每一本书,讨论的是特定的问题及对象;长期对话的过程,必定影响到你的表达,你的趣味。谈武侠,谈教育,谈中国散文,谈现代学术,论述对象不一样,不知不觉中,你会移步变形。

《潮州日报》:跟随您研究对象不同,您的文风也在不断转换?

陈平原:应该这么说,你喜欢什么,才会选择什么作为研究对象;可在你跟研究对象的长期对话过程中,你会不自觉地受它的影响。这样一来,你的趣味,你的立场,你的文风,多少都会有调整。有一个词叫"尚友古人",就是说跟你心仪的古人长期对话,你的精神气质会受到影响而提升。你喜欢什么样的人,长期跟他对话,久而久之,你的气质会往那个方向变化。

《潮州日报》:现代文化研究方面,不管您喜欢与否,都会逼着自己去看?

陈平原:在具体的研究过程中,很多书不管你喜欢不喜欢,都必须读，有时甚至要求"竭泽而渔"。但选择什么题目，你是有自主性的。我选择这个研究对象，而不选择另外一个，背后是有原因的，除了资料准备、研究方法、操作技能，还有自己的人生趣味和价值立场。比如，朋友们说你写完了《千古文人侠客梦》，应该接着写《红袖添香夜读书》，因为"言情"跟"武侠"一样，也是我们很重要的文化传统。可我没有这么做，起码在那个时刻，这个题目与我没有"趣味相投"。文学史上、文化史上、学术史上值得探讨的话题很多很多，最后你选择哪一个，投入五年十年的精力，似乎冥冥之中自有定数。其实，制约着这一选择的，有时是外在风气，有时是学术理路，有时是材料发现，但更重要的是个人的心境。

《潮州日报》：文学批评更讲究客观性。做研究时，如何做到入乎其内又出乎其外？

陈平原：长期的学术训练使你具备这种学养与判断力，不会进去之后出不来。如果真的进去之后出不来，要不你原先的学养对付不了这个题目，要不你浸淫时间不够，还没想清楚到底该怎么做。这个时候不要硬做，可以停一停，歇一口气，或出去转一圈，再换一种思路阅读，说不定就"柳暗花明又一村"了。

《潮州日报》：这应该也跟您的个性有关？我们感觉您相对比较客观。包括对自己的评价都很客观、冷静。这也使您的研究空间更大了。但做现代文学史的研究，会不会有"题尽"的时候？一个课题，您很想进入，结果发现早有"崔颢题诗在上头"？

陈平原：随着时代变化，会有很多新的话题、新的视野、新的可能性。即便是作家研究，每代人的阅读也都不一样，今天读鲁迅和

30年代读鲁迅、50年代读鲁迅、80年代读鲁迅是不一样的。这才会有"一千个读者会有一千个哈姆雷特"的说法。更何况成熟的学者有很多种选择，完全可以根据自己的学养、气质及学术判断来选择自己认为合适的题目。有些人抱怨题目被前人做完了，那是因为你被人家罩住了，跳不出来，没有那个力气，也没有那个心境另辟蹊径。所谓"另辟蹊径"，那是一种冒险，不保证成功，说不定五年十年甚至一辈子的心血白费了。可这正是做学问的乐趣所在。如果一切都稳稳妥妥，那就谈不上"路漫漫其修远兮，吾将上下而求索"了。一个外国留学生对我说，特别佩服我的一点是，做学问做得兴高采烈。别人表彰你"苦读"，我却从来没有这种感觉，做学问有时顺有时不顺，但总的来说做得很开心。

"只有你往前走了，学生才能往前走"

《潮州日报》：您还获得过北大"最受学生爱戴的十佳教师"？为何能获得这荣誉？

陈平原：北大的"十佳教师"评选，只是面对本科生教学。今年评十个，明年评十个，好多年了，不少教师获得过这个荣誉。可参加评选的前提是给本科生上课。其实我大部分时间上的是研究生的课。相对来说，研究生可能更能欣赏我的课。没有别的原因，就因为我教书比较认真。

《潮州日报》：您现在还备课啊？！

陈平原：当然啦。这是好大学的特点，教学与研究携手前行。每年的教学内容，往往跟我的研究联系在一起。我现在大部分时间给研究生上课，除了自己直接指导的，还有中文系其他老师乃至其他院校的研究生，专修加旁听，少则四五十，多则八九十个，我不能让他们失望，必须不断往前推进。学生听了你多年课程，你老讲那一两门课哪行啊！所以我得不断地变，开出各种新课来。为了我的学生，我也必须努力往前走。只有你自己不断前行，才能引领学生往前走。

《潮州日报》：您这样，学生压力会很大，要青出于蓝而胜于蓝就比较难。

陈平原：所谓"青出于蓝而胜于蓝"，不是鼓励老师偷懒。老师不能随便被学生超越。你要树立不断升高的标杆，让学生不太容易跳过去，虽然我们最终希望学生能超越自己。我以前说过，长江后浪推前浪，但前浪不能太快地死在沙滩上。明知总有一天会被超越，前浪也得拼命往前赶。

"有需要的话我会帮家乡做点事"

《潮州日报》：离开家乡这么多年，您一直很关注潮州。今年被聘为市政府决策顾问，在决策咨询会上，您对古城的保护建设提了很好的意见。我记得您用了一个词，叫"活着的古城"？

陈平原：对。作为潮州市政府文化顾问，我会努力帮助家乡做一点事，包括出谋划策等。说实话，我能写文章，但招商引资或打通关系，非我所长，也非我所愿。

《潮州日报》：当时，您还提到准备出版一本书，读书人都喜欢看的介绍潮州文化的书？进展怎样？

陈平原：这只是发愿，还没弄好。我想请韩师的林伦伦、黄挺等朋友一起来做，他们比我更有经验。

《潮州日报》：关于您个人的，还有一个问题，就是您父母为何给您取"平原"这名字？有什么寓意？

陈平原：（笑）也有不少人问这问题。我想没那么复杂，50年代至70年代，父母给孩子起名字，不像今天这么多讲究或寄托。我是老大，爸爸妈妈给我取名"平原"，老二"草原"，老三"高原"。刚进中山大学念书，辅导员还问我，你爸爸是不是地理老师？

（初刊2016年1月19日《潮州日报》，原题《从小城走出来的大学者——访北大中文系教授、博士生导师陈平原》，采访者邢映纯、陈培娜、洪曼峰，刊出时略有增删）